Sven Regener
Glitter-schnitter

Roman

Kiepenheuer & Witsch

Aus Verantwortung für die Umwelt hat sich der *Verlag Kiepenheuer & Witsch* zu einer nachhaltigen Buchproduktion verpflichtet. Der bewusste Umgang mit unseren Ressourcen, der Schutz unseres Klimas und der Natur gehören zu unseren obersten Unternehmenszielen.

Gemeinsam mit unseren Partnern und Lieferanten setzen wir uns für eine klimaneutrale Buchproduktion ein, die den Erwerb von Klimazertifikaten zur Kompensation des CO_2-Ausstoßes einschließt.

Weitere Informationen finden Sie unter:
www.klimaneutralerverlag.de

1. Auflage 2023

Verlag Galiani Berlin
© 2021, 2023, Verlag Kiepenheuer & Witsch, Köln
Alle Rechte vorbehalten
Covergestaltung Rike Weiger. Berlin
Covermotiv © 4000, Hamburg
Lektorat Esther Kormann
Gesetzt aus der Stempel Garamond
Satz Buch-Werkstatt GmbH, Bad Aibling
Druck und Bindung CPI books, GMBH, Leck
ISBN 978-3-462-00445-8

Für Charlotte, Alex und Max

I
Das wird super!

»Schau, da hast du ihn! Das ist der Aufschäumer. Und damit machst du dann die Melange!«, sagte Kacki.

Frank Lehmann zog am Hebel und wie erwartet kam der Dampfstrahl aus dem darunter angebrachten Metallrüssel.

»Genau so!«, sagte Kacki.

Das nervte. Denn sosehr sich Frank Lehmann gefreut hatte, dass er die Frühschicht im Café Einfall machen durfte, denn so nannte Chrissie das, was sie hier gegen den hartnäckigen Widerstand ihres Onkels, des Café-Einfall-Besitzers Erwin Kächele, eingeführt hatte, Frühschicht, so als wäre das Café Einfall ein Stahlwerk oder ein Krankenhaus, aber egal, so froh Frank Lehmann also war, dass Chrissie heute mit ihrer Mutter zu Ikea fahren und ein paar Möbel kaufen musste und er nach dem Putzen der Kneipe gleich dableiben konnte, um an Chrissies statt die Frühschicht hinter dem Tresen durchzuziehen, so sehr ging es ihm andererseits auf den Wecker, dass die einzigen Kunden, die sich bis jetzt eingefunden hatten, diese beiden Leute aus der ArschArt-Galerie waren, der, den sie Kacki, und der, den sie Jürgen 3 nannten, weil Kacki gleich mit dem Thema Milchaufschäumen angefangen hatte, und jetzt kriegten sich die beiden gar nicht mehr ein, Milchaufschäumen hier, Milchaufschäumen da, und das nur, weil sie statt eines normalen Filterkaffees, wie er nun mal standardmäßig aus der großen alten Gastrokaffeemaschine kam, die Karl Schmidt, der mit Frank Lehmann, Chrissie und H.R. Ledigt direkt über dem Café Einfall wohnte, immer Centre Pompidou nannte, weil sie also statt eines normalen Filterkaffees aus dem Centre Pompidou nun unbedingt eine Melange haben wollten, was immer das sein sollte, »damit kann man nämlich auch eine Melange machen«, hatte Kacki gesagt, »auf jeden Fall etwas, das einer Melange ähnlich wär!«, und das hatte etwas mit Milchaufschäumen zu tun und mit dem Metallrüssel am Centre Pompidou und damit, dass da Dampf rauskam, mit dem man Milch aufschäumen konnte, was Frank Lehmann natürlich schon gewusst hatte, was den beiden aber herzlich egal war, sie machten immer weiter und weiter damit, Milchaufschäumen hier, Milchaufschäumen da, es hörte überhaupt nicht mehr auf und kein Ort, an dem man sich davor verstecken konnte!

Andererseits aber wollte er auch nicht unfreundlich sein, die beiden ArschArt-Leute waren seine einzigen Kunden, das war ja das Schwierige an diesem Beruf, dass man die Beherrschung nicht verlieren und die Kunden nicht vergraulen durfte, und deshalb sagte er möglichst konziliant, nachdem er ein weiteres Mal den Dampfhebel bedient hatte, um seinen Worten mit dem Zischgeräusch Nachdruck zu verleihen: »Was für eine bescheuerte Melange denn überhaupt?!«, obwohl ihn das natürlich nicht interessierte, er die Frage nur stellte, um überhaupt auch mal wieder etwas gesagt zu haben und gegen die beiden österreichischen Melange-Folklorefreaks in die Offensive zu kommen.

»Schau«, sagte Jürgen 3, von dem Frank Lehmann wusste, dass er auch ganz normales, unauffälliges Hochdeutsch sprechen konnte, wenn er wollte, der jetzt aber onkelhaft weich und mit einer Mimik sprach, die Frank Lehmann an Filme erinnerte, die er als Kind sonntagnachmittags immer im Fernsehen gesehen hatte, Filme mit Leuten wie Paul Hörbiger und Hans Moser und dergleichen, jedenfalls sagte Jürgen 3 nun paulhörbigergleich: »Schau, das, was die Italiener Cappuccino nennen, das nennen wir Österreicher Melange. Weil wir's erfunden haben und nicht die Italiener! Und sicher nicht der Deutsche, der das, selbst wenn er es Cappuccino nennt, mit Sahne macht, mit Sahne! Das habe ich selbst erlebt«, wandte er sich entrüstet an seinen Landsmann Kacki, er drehte sich auf seinem Hocker zu ihm hin und runzelte die Stirn, und Frank Lehmann wurde das Gefühl nicht los, dass er gerade einer Laientheateraufführung beiwohnte, wobei der eine den Paul Hörbiger und der andere den Peter Alexander gab, Charleys Tante quasi, nur ohne Frauenkleider, und Kacki Alexander sagte auch sogleich: »Es ist aber eben auch so, dass sie noch nicht einmal einen Mokka mit ihrer Maschine zusammenbringen, das ist ja das Traurigste, dass sie zwar einen Dampfhebel für eine Melange haben an ihrer deutschen Maschine, aber dann können sie den Milchschaum nur auf ihren furchtbaren Filterkaffee obendrauf tun, des is scho arg!«

»Wenn sie das nicht sowieso gleich mit Sahne machen!«, sagte Jürgen 3.

»Med eanam Obers, des pack i net!«, stimmte Kacki zu.

Frank hätte die beiden gerne rausgeschmissen, aber er machte sich keine Illusionen: Wenn man es nicht bald erreichen würde, in der Frühschicht vom Café Einfall wenigstens so viel Umsatz zu machen, dass man sich am Ende der Schicht seinen Lohn aus der Kasse nehmen konnte, ohne dabei das Wechselgeld zu plündern, wenn man also Erwin Kächele weiterhin darum würde bitten müssen, sein Portemonnaie aus der Hosentasche zu ziehen und ein oder zwei Scheine herauszugeben, bloß damit man nicht umsonst gearbeitet hatte, dann gute Nacht, Frühschicht, dachte er, und er wusste, wenn die Frühschicht fiel, dann würde Chrissie ihm den Putzjob abjagen, mit dem er im Augenblick im Café Einfall seine Brötchen verdiente, Blut, da machte Frank Lehmann sich nichts vor, war dicker als Wasser, selbst bei Erwin Kächele, und dann hieß es für Frank Lehmann, Ex-Speditionskaufmann, Ex-Bremer, Ex-Wehrpflichtiger, Ex-Selbstmordvortäuscher und kleiner Bruder von Manfred Lehmann, sich einen Job auf dem offiziellen Westberliner Arbeitsmarkt zu suchen, und dafür war er noch nicht bereit.

»Am Ufer machen sie damit Milchkaffee«, sagte er, um den beiden Alpenrepublikchauvinisten etwas entgegenzusetzen, »mit Filterkaffee, das ist da ein Riesending, die schäumen da Milch auf, als wenn's kein Morgen gibt und die Leute trinken das wie blöd, aber das sind größtenteils auch keine Österreicher«, fügte er gallig hinzu, »deshalb kommen die prima damit klar.«

»Ja, da machen die einen auf französisch«, sagte Jürgen 3 unbeeindruckt, »grad dass sie es nicht Café au Lait nennen. Die haben sogar diese albernen Schalen, in denen das dann daherkommt, aber innen drin ist immer der deutsche Filterkaffee.«

»Das ist wie die ganzen Menschen hier«, sagte Kacki,

»die sind genauso, außen machen sie einen auf französisch, aber innen drin, da steckt der Deutsche!«

Frank nickte. Er verstand die beiden eigentlich ganz gut, auch wenn sie Unsinn redeten, sie hatten Heimweh und kamen in Berlin nicht klar, ihm ging es genauso, ihm fiel es hier auch nicht leicht, er war bloß hergekommen, weil er nach einem Rausschmiss aus der Bundeswehr seinen Bruder treffen und um Rat fragen wollte, aber der steckte gerade in einer Anstalt am Kudamm fest, wo sie irgendwelche Psychopharmaka an ihm ausprobierten, und gleich danach wollte sein Bruder dann nach New York gehen, was also tat er, Frank Lehmann, in dieser Stadt, die jetzt, Anfang Dezember, immer kälter und kälter und immer dunkler und dunkler wurde, deren Luft als gelber Nebel unbeweglich in den Straßen stand und die Lungen und Gemüter verpestete, und nun stand auch noch die Frühschicht und damit sein Putzjob auf der Kippe, es war alles nicht einfach.

Aber es gab auch Hoffnung: Vor kurzem war er am Paul-Lincke-Ufer unterwegs gewesen, mit Chrissie, mit der er gut klarkam, zu gut vielleicht, letzte Nacht hatte er von ihr geträumt, ein verwirrender, sexverstrahlter Traum war das gewesen, er mochte gar nicht daran denken, jedenfalls war er mit ihr am Paul-Lincke-Ufer unterwegs gewesen, weil sie beim Bilka am Kottbusser Damm Lebensmittel einkaufen wollten, und dabei waren sie an drei Cafés vorbeigekommen, alle gestopft voll, vormittags schon, und in eins waren sie zu Forschungszwecken hineingegangen, da hatten die Leute gefrühstückt, als würden sie dafür bezahlt, riesige Teller mit Schinken, Wurst, Käse, Marmelade, Brötchen, Butter und Obst hatten sie in sich hineingeschlungen, vor allem aber hatten sie

Milchkaffee getrunken, das war Frank aufgefallen, jeder Mensch, der dort gesessen hatte, hatte eine Suppenschale mit Milchkaffee vor sich auf dem Tisch stehen, daran erinnerte er sich jetzt, und er war sich sicher, dass man, um die Frühschicht im Café Einfall zum Laufen zu bringen, Milchkaffee anbieten musste, das war eindeutig das angesagte Getränk!

»Des is sowas von schirch!«, sagte Kacki jetzt.

»Sagt mal, ihr beiden«, sagte Frank, »warum macht ihr eigentlich neuerdings bei der ArschArt alle so penetrant einen auf Österreicher?«

»Na geh! Wir sind Österreicher!«, sagte Kacki.

»Ja, aber ihr habt das doch bis jetzt eher verheimlicht!«

»Jetzt nicht mehr!«, sagte Kacki.

Jürgen 3 nickte zufrieden. »Jetzt sind wir stolz drauf!«, sagte er.

*

»Schau mal, Chrissielein, das süße Kinderbettchen da, so eins hätte ich für dich damals auch gerne gehabt!«

Sie standen in der Kindermöbelabteilung und Chrissie war zornig, so sehr, dass es wehtat, es war ein tiefsitzender Zorn, der sich die ganze Fahrt hierher, an den Spandau-Arsch der Welt, wo sie in Westberlin ihren Ikea hatten, immer weiter aufgebaut hatte, ein Zorn wie eine Betrunkenheit oder ein gebrochener Arm, nichts, was man wegdiskutieren konnte, und das machte Chrissie hilflos und traurig zugleich.

Sie war nach Berlin gegangen, um zu bleiben, endlich raus aus Stuttgart und weg von Kerstin, ihrer Mutter, aber Kerstin war hinterhergekommen und hatte sich in ihr

Leben wieder hineingedrängelt, so sah Chrissie das, und sie war fest entschlossen, sich das nicht gefallen und sich nicht wieder von ihrer Mutter einwickeln zu lassen, auf keinen Fall darf das enden wie mit der blöden Hauswirtschaftsfachschule, dachte sie.

Aber wenn es nur darum gegangen wäre, ihrer Mutter bei ihren Versuchen, sie nach Stuttgart zurückzuholen, die Stirn zu bieten, dann wäre es noch irgendwie erträglich gewesen, aber da war eben auch noch diese Traurigkeit, die mit der Anwesenheit ihrer Mutter einherging, eine Traurigkeit, gegen die Chrissie nicht ankam und die daher rührte, dass sie ihre Mutter eben doch sehr liebte und sich manchmal auch gerne wieder in genau so ein süßes Kinderbettchen legen wollte und zugleich wusste, dass das natürlich nie mehr geschehen würde, während ihre Mutter ihre sentimentalen Erinnerungen an die kleine Chrissie und die gemeinsame Zeit und was nicht alles fröhlich auslebte und aussprach und damit Chrissie immer noch trauriger und hilfloser machte.

»Kannst ja jetzt kaufen!«, sagte Chrissie patzig.

»Ach Quatsch, das ist jetzt doch viel zu klein für dich!«

»Ach, wirklich?« Chrissie konnte nur hoffen, dass sich Kerstin irgendwann an ihr abgearbeitet haben und aufgeben würde, denn sosehr sie ihre Mutter liebte und so hilflos sie auch war, so verloren war doch auch der Posten, auf dem ihre Mutter kämpfte, die einzige Lösung war, dass sie irgendwann erschöpft aus Berlin abreiste, denn das hier, das war ihre Stadt, fand Chrissie, da war kein Platz für sie beide, und für sie drei schon gar nicht, denn nun meldete sich auch noch Wiemer zu Wort, Kerstins neuer Freund, mein neuer Stiefvater nannte Chrissie ihn manchmal hämisch, um irgendwie damit klarzukommen, dass ihre Mutter mit dem Typ da Sex hatte, es war alles widerlich, aber auch traurig, man sollte sich für seine Mutter freuen können, dachte Chrissie verwirrt, da ging alles durcheinander in ihren Gedanken, Wiemer ist gefährlich, dachte sie, was ist, wenn sie wegen ihm hierbleibt, spielen wir dann Vater, Mutter und Kind, so wie man es früher gespielt hatte, im Kindergarten, zu dritt und Chrissie dann als Babylein im Kinderbettchen und was nicht alles, so ein bescheuertes Kinderspiel, sollte man das hier jetzt nachspielen, Kerstin, Wiemer und Kind, nur über meine Leiche, dachte Chrissie, jedenfalls meldete sich nun Wiemer, von dem Chrissie noch immer nicht den Vornamen wusste, was ja irgendwie auch mal bezeichnend war, mit den Worten: »Wo ist eigentlich H.R.? Wir dürfen den nicht verlieren, der ist ja wie ein Huhn bei Gewitter, da muss man immer dranbleiben!«

»Der Trottel mit der Polaroidkamera?«, sagte Kerstin. »Den haben wir doch schon ganz vorne verloren. Bei den Musterwohnungen.«

※

H.R. hatte sich erst einmal setzen müssen, so überwältigt war er von der Musterwohnung, was für ein hässliches Wort für so eine schöne Sache, diesen skulpturgewordenen Traum von einem besseren Leben, diese Studie in heiler Welt, Collage aus Möbeln, Küchengeräten, Kissen, Decken, Vorhängen, Lampen und Geschirr, sie war so perfekt, damit konnten nicht einmal die Bilder von Norman Rockwell mithalten, hier wurde von einem gelingenden Leben erzählt, in dem an alles gedacht und für alles gesorgt war, für Vati gab es einen Sekretär mit Schreibtisch, auf dem Stifte, Schreibunterlage, Radiergummi, Bleistiftspitzer und das Schreibpapier Olof ungeduldig auf ihn und seine erfolgreichen Geschäfte warteten, für Mutti eine Küche, die so kompakt und so perfekt in das Wohnzimmer integriert war, dass man sie mit den Blicken erst suchen musste, die man aber, hatte der Blick sie gefunden, nicht mehr aus den Augen lassen konnte, so genial waren dort Herd, Abzugshaube, Kühlschrank, Spüle und Arbeitsfläche ineinander verzahnt, man sah direkt vor sich, wie die Mutti hier die Smörrebröter auf den Frühstücksbrettchen namens Britt anrichtete, damit die Kinder, die derweil in ihren Stockbetten mit niedlichen schwedischen Kuscheltieren kuschelten und lustige schwedische Kinderbücher lasen, gleich aufspringen konnten, um sich mit ihren Eltern an den über und über mit Tellern, Schälchen, Schüsseln, Gläsern, Bechern, Besteck und allerhand quietschebuntem Quatschplunder wie Blumenvasen, Plastikblumen, Kerzenständern, Servietten, Serviettenringen und so weiter bestückten Esstisch in der Mitte des Raumes zu setzen und dort fröhliche Lieder singend Smörrebröter zu verputzen, nicht ohne sich vorher im Badezimmer, für das Waschbecken, Klo und Duschkabine auf engstem Raum in einer mit einer Schiebetür abriegelbaren Nische untergebracht waren, die Hände gewaschen und die Haare gekämmt und natürlich zur stilvollen Beleuchtung der Smörrebrötunterhaltung die buntbedruckte Papierballonlampe über dem Esstisch und gewiss auch die hellblau beschirmte Stehleuchte angeschaltet zu haben, die den Weg ins Elternschlafzimmer beleuchtete, dessen Schiebetür offen stand, um den Blick auf ein weißes Himmelbett mit rot-weiß kariertem Bettzeug und blauem Nachttisch freizugeben – es war fantastisch, eine Orgie in Konsum und Design, Hauptsache, es wohnte niemand darin, H.R. hatte schon einen Titel dafür: Nach der Neutronenbombe!

Gut, dass er die Polaroidkamera mitgenommen hatte. Und viele Filme. Er stand auf und begann, den ganzen Wahnsinn auf Polaroids zu dokumentieren. Die Bilder legte er der Reihe nach auf die Teller, die auf dem Esstisch standen. Er war beim vierten Teller angekommen, als hinter ihm eine Stimme losknarzte:

»Was machen Sie'n da?« Es war ein Mann in Ikea-Angestellten-Uniform mit einem Stapel Frotteehandtüchern. »Wird 'n ditte?«

»Das müsste eigentlich«, sagte H.R. und fotografierte das Bild, das an der Wand hing, es hieß Lunebakken und stellte eine schwedische Landschaft dar, »zu erkennen sein: Ich fotografiere.«

»Ja, aber was wird 'n dit?«

»Fotos, guter Mann! Das werden Fotos.«

»Da weiß ich aber nicht, ob das erlaubt ist. Da müsste man erstma einen fraren!«

»Können Sie gerne machen. Aber wie soll ich das alles so schön bei mir zu Hause hinkriegen, wenn ich das hier nicht fotografieren darf? Das sollten Sie dann auch gleich fragen, guter Mann! Oder gibt's dafür eine Anleitung, eine Aufbauanleitung oder sowas, wie bei den Möbeln?«

»Wie jetze, zu Hause? Wat soll'n dit heißen, zu Hause!«

»Wieso, das ist doch eine Musterwohnung, Leben auf fünfundzwanzig Quadratmetern, das ist doch die Idee dabei, dass man sich das zu Hause ganz genau so aufbauen kann. Sonst ergibt das doch keinen Sinn, sonst ist das doch bloß l'Art pour l'Art, guter Mann!«

»Ja wie jetze? Zu Hause? Da müsstnse dit ooch allet koofen, sa'ck ma! Da brauchense von allet die Nummern und dann müssense dit allet koofen.«

»Klar, koof ick.«

Der Ikea-Mann guckte H.R. ungläubig an und kratzte sich am Kopf. »Koofen? Mit allet?«

H.R. nickte. »Mit allet!«, bestätigte er.

*

»P. Immel wollte«, sagte Jürgen 3, »dass wir das mit dem Österreichersein verheimlichen, weil er die Paranoia gehabt hat, dass die uns ausweisen. Hat er jedenfalls gesagt. Oder weil er sich irgendwas davon versprochen hat. Keine Ahnung, ich hab das nie verstanden, ich bin ja erst so kurz dabei. Außerdem habe ich einen deutschen Pass, ich bin ja aus dem Mühlviertel und meine Eltern waren Deutsche, aus Niederbayern. Das war schon hart …!«

Frank Lehmann war damit beschäftigt auszuprobieren, ob sich mangels anderer Milch nicht auch eine Kondensmilch-Wassermischung irgendwie aufschäumen lassen würde, während sich die beiden Alpenstrategen auf der anderen Seite des Tresens an der Frage abarbeiteten, warum sie neuerdings einen auf Folklore machten. Das Schlimmste an der Kondensmilchaufschäumerei war das gurgelnde Geräusch, das dabei entstand, das war wirklich hässlich, gar nicht zu vergleichen mit dem irgendwie gemütlichen, spaßverheißenden Rauschen, das er in dem Café am Paul-Lincke-Ufer wahrgenommen hatte, in dem er mit Chrissie eine Weile auf einen Milchkaffee gesessen hatte, das war ein schönes Geräusch gewesen, auch in seiner Modulation, es hatte grell angefangen, wenn die den

Dampfrüssel in ihr Gefäß getan hatten, aber dann war es rasch zu einem gedämpften, weichen Rauschen geworden, das hatte ihm gut gefallen, aber hier war alles falsch, der Sound war falsch, die Milch war falsch und ein professionelles Gefäß zum Aufschäumen hatte Frank natürlich auch nirgends gefunden, das waren so Blechbehälter, die gab es bei Erwin Kächele nicht, deshalb arbeitete Frank mit einem großen gelben Kaffeebecher, auf dem »Olympia 1972, München« stand.

»Des is scho arg!«, sagte Kacki.

»Was jetzt«, versuchte Frank Interesse zu heucheln, »das mit P. Immel oder das mit Niederbayern? Oder das mit dem Mühlviertel?«

»Alles«, sagte Jürgen 3.

»Was du da umeinanderschäumst, des ist aber net so leiwand«, sagte Kacki vorwurfsvoll. »Des spritzt ja. Und klingt so schirch.«

»Wahrscheinlich«, sagte Jürgen 3, »ist das zu heiß geworden. Du darfst das nicht zu lange aufschäumen, weil dann wird's zu heiß und dann fällt's wieder in sich zusammen, weil wenn die Milch kocht, dann ade du schöner Schaum!«

»Nein, das ist«, sagte Frank, »weil es mit Wasser verdünnte Kondensmilch in einem Olympia-Becher von 1972 ist.«

»Kondensmilch?!«, rief Kacki entsetzt, »Kondensmilch für a Melange?!«

»Wundert mich gar nicht«, sagte Jürgen 3. »In einem Land, wo sie Sahne für den Cappuccino benutzen, nehmen sie natürlich auch Kondensmilch für die Melange her. Und Filterkaffee. Es ist zum Weinen!«

»Ja«, sagte Frank und freute sich ein bisschen, dass die beiden so geschockt waren. »Ich habe halt nur Kondensmilch, da habe ich die verdünnt, ist ja im Grunde genommen dann doch wieder richtige Milch. Oder jedenfalls H-Milch. Müsste eigentlich schäumen. Am Ufer haben die auch H-Milch genommen, und das hat geschäumt wie die Hölle.«

»Geh bitte«, sagte Jürgen 3, »bist sicher, dass du uns jetzt nicht einfach nur verarschst?«

»Was? Ich?«

Die Tür ging auf und Erwin Kächele kam herein.

»Was macht ihr denn hier?«, sagte Erwin.

»Milchkaffee«, sagte Frank.

»An Schas! Med ana Kondensmilch!«, sagte Jürgen 3.

»Blöder geht's net!«, sagte Kacki.

»Wieso macht ihr eigentlich bei der ArschArt neuerdings so penetrant einen auf Österreicher?«, sagte Erwin.

»Wir sind Österreicher!«, sagte Kacki.

»P. Immel will das jetzt so«, sagte Jürgen 3. »Er meint, das ist jetzt ein echtes Plus für uns. Also, seit wir verhaftet worden sind.«

»Jetzt hätt i scho gern so einen deutschen Kaffee«, sagte Kacki. Frank füllte eine Tasse und stellte sie ihm hin.

»Man muss sich anpassen«, sagte Kacki. »Auch beim Kaffee. Das ist das Schwerste. Aber das mit dem Reden, das ist dann wiederum das Allerschwerste, verstehst?«, sagte er zu Erwin, der ganz und gar nicht den Eindruck machte, irgendwas zu verstehen. »Das ist nicht immer leicht, so in der Fremde. Da geht einem das richtige Reden nicht so leicht von der Zunge. Da macht man dann sogar manchmal Fehler!«

»Und weil wir da dann gar nicht ausgewiesen wurden«, ergänzte Jürgen 3 sinnlos. »Die haben unsere österreichischen Pässe gesehen und wollten uns gar nicht ausweisen.«

»Warum hätten die euch ausweisen sollen?«, fragte Erwin.

»Weil wir doch nicht in der EWG sind.«

»So so …«, sagte Erwin wieder. »Na ja, ich bin selbst schuld, dass ich gefragt habe. Und was macht ihr hier bei uns? Warum geht ihr nicht in eure eigene Kneipe, die doch gleich nebenan ist?«

»Ist das eine Art, seine Kunden zu behandeln? Sie zu fragen, warum sie nicht nach nebenan gehen? Macht ihr das bei allen so? Oder ist das, weil wir Österreicher sind?«

»Geh, lass, Kacki«, sagte Jürgen 3, »jetzt mal easy!« Und zu Erwin sagte er: »Wir wollten nur einen Kaffee trinken. Oder lieber eine Melange. Weil wir haben ja noch nicht offen, wir machen ja immer erst am Abend auf.«

Erwin seufzte. »Ihr habt's gut«, sagte er. »Und was ist eine Melange?«

»Melange ist das, was man sonst auch Cappuccino nennt«, sagte Frank, »das meinen die beiden hier jedenfalls. Mir ist das egal, ich will lieber Milchkaffee machen.«

»Aber wir ham's erfunden! Das mit der Melange!«, sagte Kacki.

»Das wird ja immer interessanter«, sagte Erwin. »Ich fall gleich ins Wachkoma!«

»Ich finde, wir sollten Milch kaufen und dann damit Milchkaffee für die Leute machen«, sagte Frank. »Das mögen die. Ich war neulich mit Chrissie in einem Café am Ufer, da hatten die …«

»Ja, ja, ja«, würgte Erwin ihn ab. »Und wieso arbeitest du hier und nicht Chrissie?«

»Die ist doch bei Ikea! Mit ihrer Mutter, also Kerstin. Also du weißt schon. Mit deiner Schwester.«

»Ja, kenne ich«, sagte Erwin.

»Und mit Wiemer. Und mit H. R.«
»Mit H. R.? Bei Ikea?«, sagte Erwin.
»Und mit Wiemer.«

*

Kerstin lief hinter Wiemer her, eigentlich Martin, aber so wollte sie ihn nicht nennen, Martin ging nicht, Martin ohne mich, dachte Kerstin, als sie hinter Wiemer hinterherlief, sie hatte mal was mit einem Martin gehabt, das war lange her, und das einzig Gute daran war Chrissie gewesen, und sie wünschte keine Martin-Neuauflage, auch sollte Chrissie nicht mitkriegen, dass Wiemer mit Vornamen wie ihr Vater hieß, es war auch so schon alles schwierig genug für das arme kleine Ding, fand sie, während sie immer weiter hinter Wiemer den Weg zurücklief bis dahin, wo die Musterwohnungen waren, und das ist ja mal wieder typisch, dachte sie, dass man dann so blöd ist und dem hinterherläuft.

»Heinz-Rüdiger?! Heinz-Rüdiger?!«, rief Wiemer in die Musterwohnungen hinein, das waren aber auch verwinkelte Dinger, irgendwie so Alles-auf-engstem-Raum-Quatsch, wer will denn sowas, fragte sich Kerstin, haben die da keinen Platz in Schweden?

»Heinz-Rüdiger?! Heinz-Rüdiger?!«
»Was willst du denn mit dem?!«, sagte Kerstin entnervt.
»Ich hab Hunger«, sagte Chrissie. »Gibt's hier auch irgendwo was zu essen?«
»Ich will mit ihm reden«, sagte Wiemer. »Außerdem brauchen wir ihn. Du auch.«
»Ich? Den brauchen? Das will ich aber nicht hoffen, dass ich den jemals brauche!«

»Und wenn du ihr« – Wiemer zeigte wie anklagend auf Chrissie, das sollte er mal lieber lassen, dachte Kerstin – »ein Bett und ein Regal oder was gekauft hast, wie willst du das dann zu ihr nach Hause kriegen?«

»Wieso ich? Ich dachte, du machst das! Da wolltest du dich doch darum kümmern.«

»Ja, habe ich ja auch, und genau darum ist H. R. doch dabei! Der hat den LKW, wenn du dich erinnern willst! Da kann man doch wohl mal eben nach ihm suchen! Heinz-Rüdiger! Heinz-Rüdiger!«

»Wenn du zu H. R. Heinz-Rüdiger sagst, dann reagiert er nicht«, sagte Chrissie. »Außerdem will ich überhaupt kein Bett! Ich hab doch schon eine Matratze, das reicht doch!«

Kerstin seufzte. Wie konnte Chrissie einerseits so ein tolles Kind sein und andererseits so doof? »Das versiffte Ding!«, sagte sie. »Dass meine Tochter auf dem Boden schläft! Ohne Bett! Und einen Schrank brauchst du auch. Statt dem Karton da! Ich kann nicht wieder nach Hause fahren, bevor das nicht erledigt ist!«

»Das ist allerdings ein starkes Argument«, sagte Chrissie. Warum musste die nur so böse sein?! Kerstin hätte am liebsten geheult.

»Heinz-Rüdiger, Heinz-Rüdiger«, rief Wiemer.

*

»Heinz-Rüdiger, Heinz-Rüdiger«, rief es von draußen.

Der Ikea-Mann legte seine Handtücher ab. »Ick weeß nich«, sagte er und kratzte sich am Kinn. »Sie wollen wirklich alles kaufen?«

»Allet«, sagte H. R. nachsichtig. »Allet koofen, bitte!

Einmal allet, immer allet. Ansonsten: Ja sicher, sonst ergibt das doch keinen Sinn.«

»Sinn? Wieso Sinn?«

»Na ja, halb besoffen ist rausgeschmissenes Geld«, zitierte H. R. zum ersten Mal seit langem seinen Vater, der das immer sehr gerne und sehr oft gesagt hatte, sehr oft auch sehr undeutlich, bevor er dann relativ früh gestorben war.

»Vasteh'ck nich!«

»Macht nüscht!«

»Wenn Sie das alles kaufen wollen, dann müssen Sie das teilweise aus der SB-Halle selber holen und teilweise aber auch aufschreiben lassen.«

H. R. schaute den Mann an. Der sprach ja wohl in Rätseln!

»Ick saret nur«, sagte der Mann und hob die Handtücher wieder auf. »Lassen Sie mich mal kurz durch, ich muss die hier ins Badezimmer bringen.« Er zwängte sich an H. R. vorbei.

»Das müssen Sie mal genauer erklären«, sagte H. R. »Ich war noch nie bei Ikea.«

»Na ja, das eine ist zum Selbermitnehmen, dit is vor der Kasse, sa'ck ma, so'n Lager, da müssen Sie das selber rausholen und durch die Kasse schieben, dit andere holen die Ihnen dann nachm Bezahlen aus dem anderen Lager, wa? Dazu muss dit aber dann hier uffjeschriem und an der Kasse erst bezahlt werden.«

H. R. schaute den Mann an und war beeindruckt. Aber auch verwirrt.

»Warum?«, sagte er.

»Is ebend so. Dit müssen Sie sich allet uffschreiben, aber das eine für die Kollejen, dass die dit ooch nochmal uffschreiben für die Kasse und das andere für sich selbst, damit Sie das finden. Dit is ne Musterwohnung, die jibtet nich pauschal oder im Jesamtpaket oder so, so ist dit nich jemeint, dit is mehr so l'Art pour l'Art, das haben Sie schon ganz gut erkannt.«

H. R. war überrascht. Der Mann war nicht, was er zu sein vorgab. Verdächtig war auch die seltsame Mischung aus Berlinern und Nichtberlinern bei ihm, die folgte keinen Gesetzmäßigkeiten.

»Okay, können Sie das dann mal eben alles aufschreiben?«

»Watt'n, icke? Jetze? Allet?«

»Vorschlag«, sagte H. R. »Sie schreiben alles auf und ich fotografiere alles. Aber Sie müssen das so aufschreiben, dass ich dann weiß, was ...«

»Watt'n? Icke?«

Jetzt wurde es zäh, aber das war ja zu erwarten gewesen, man müsste das alles protokollieren, dachte H. R., das konnte man sicher noch irgendwann mal gebrauchen.

»Sie sagen doch selbst«, sagte er, »dass ein Teil der Sachen erst an der Kasse bezahlt werden muss und dazu muss ich das doch irgendwem von Ihnen alles sagen, was ich da will, damit ich von dem dafür einen Zettel bekomme, mit dem ich das dann an der Kasse bezahlen kann, richtig?«

Langsam klärt sich alles auf, dachte H. R., den das aus irgendeinem Grund wirklich interessierte, er hatte auch alle Schilder und alle Hinweise und Erklärungen vom Eingang bis hier und in dem Katalog, den er eingangs mitgenommen hatte, gründlich durchgelesen, schon weil das so toll geschrieben war, so herrlich einfach und naiv wie ein Bild von Grandma Moses, und der Kunde wurde dabei gnadenlos niedergeduzt, wohl weil das irgendwie schwedisch wirkte, wie in Ferien auf Saltkrokan, wo die Kinder Sachen wie »Du, Herr Blomquist« oder was auch immer sagten, das hatte was! »Wenn das also für so ein Warenprotokoll alles aufgeschrieben werden muss, warum soll ich das dann erst alles hier aufschreiben und dann ...«

»Hier sind überall so kleine Bleistifte«, unterbrach ihn der Mann, »und so kleine Zettel gibt es auch.«

»Ja, ja, aber das geht ja nun am Thema vorbei, guter Mann, ich meine, Sie müssen das doch sowieso aufschreiben, haben Sie gesagt, und wenn ich das vorher auch schon mache und dann Sie auch nochmal, dann ist das doch wie stille Post.«

»Könntick schon machen. Aber ick wollte eijntlich nur die Handtücher bringen, die fehlten noch.«

»Genau das hatte ich auch schon gedacht«, sagte H.R., um dem Mann eine Freude zu machen.

»Heinz-Rüdiger! Heinz-Rüdiger!«, rief es wieder von draußen. »Wo bist du denn?!«

*

»Heinz-Rüdiger! Heinz Rüdiger!«

Chrissie wusste nicht, was sie am meisten hassen sollte: das blöde Ikea, den noch blöderen Wiemer oder ihre allerblödeste Mutter, die sie erst zu dem einen hingeschleppt hatte, um dann dort dem anderen hinterherzulaufen, bloß um sich mit dem dann zu streiten.

»Hör mal, Wiemer«, sagte ihre Mutter, »wenn du willst, kannst du ja hier gerne weiter nach dem Trottel rufen. Aber ich gehe jetzt mit Chrissie«, und hier nahm sie Chrissie am Arm, hakte sich sogar bei ihr unter, wie um die Geschlossenheit ihrer weiblichen und familiären Reihen zu demonstrieren, »mal weiter und ein anständiges Bett für sie kaufen.«

»Ich will überhaupt kein ...«, sagte Chrissie.

»Papperlapapp! Da kriegst du ja eine Staublunge, wenn du mit der Matratze auf dem Boden schläfst!«, sagte Kerstin und zog Chrissie mit sich fort in Richtung Betten und Schlafzimmer.

*

»Wieso ist die bei Ikea?«, fragte Erwin.

»Da kann man Möbel kaufen«, sagte Frank, »ich war da mal, das ist bei uns in Stuhr!« So, jetzt hatte er es gesagt, bei uns, hatte er gesagt, er hatte sich zum Bremer gemacht, in der Gegenwartsform, da war er jetzt zwar auch nicht besser als die beiden Melange-Fanatiker, aber irgendwie war es erleichternd.

»Ich habe ihr extra diesen Job hier eingerichtet«, sagte Erwin, »warum macht sie den dann nicht? Dann kann ich den Laden ja auch gleich wieder zumachen!«

»Nein, mach das nicht«, sagte Frank hastig und stellte schnell mit heißem Wasser aus dem Centre Pompidou einen Pfefferminztee her, in einem dieser Teegläser mit gläsernem Henkel, die hatte er früher immer doof gefunden, aber jetzt fand er sie toll, sie erinnerten ihn an den Vahraonenkeller in der Berliner Freiheit, da hatte er oft Tee aus solchen Gläsern getrunken, es wird immer schlimmer, dachte er, erst der Sextraum, dann auch noch Heimweh nach der Berliner Freiheit, ich muss mich zusammenreißen, dachte er. Er stellte das Teeglas auf eine Untertasse, dazu einen Löffel und ein kleines Döschen mit Kondensmilch, denn Erwin trank seinen Pfefferminztee mit Kondensmilch, die hatten sie in großen Mengen. Es wird Zeit, dass hier ein neuer Geist und eine neue Milch einkehrt, dachte Frank, sonst ist die Frühschicht bald Geschichte.

*

Da, wo Raimund saß, nämlich hinter seinem Schlagzeug, und so lange er das tat, was er tat, nämlich Schlagzeug spielen, war die Welt in Ordnung. So war es immer gewesen und so würde es immer sein. Wenn die Trommeln sprechen, schweigt der Kummer, hatte sein Schlagzeuglehrer immer gesagt, das war lange her, da war Raimund noch klein gewesen, aber es hatte damals gestimmt und es stimmte auch heute, wie schön, dass manche Dinge immer gleich bleiben, dachte Raimund, während er über die Becken hinweg Ferdi dabei zuschaute, wie der mit spitzen Fingern irgendwelche Knöpfe an seinem Synthesizer drehte. Etwas weiter rechts drückte Charlie die Hilti-Bohrmaschine, auf die er sehr stolz war und von der Raimund vermutete, dass er sie irgendwo geklaut hatte, mit voller Kraft in den Betonklotz, den er extra in diesen Übungskeller in der Forster Straße geschleppt hatte, und nun war ordentlich Lärm, das nahm Raimund jedenfalls an, denn wenn er spielte, hörte er nur sein Schlagzeug, weil er nun einmal eine Art Tunnelgehör hatte, so hatte er das schon oft irgendwelchen Mitmusikern, von denen es viele gegeben hatte, erklärt, während die das eher darauf geschoben hatten, dass er so laut spielte und sich sowieso nur für sein Schlagzeug interessierte, wobei man sich, dachte Raimund, schon fragen musste, was daran eigentlich falsch sein sollte.

Aber es war nicht nur laut, es stieg auch eine Menge Dreck auf, das war eine ziemliche Sauerei, was Charlie da veranstaltete, Raimund konnte sehen, wie kleine Betonbrocken und -körner auf den Fellen seiner Trommeln landeten und dort kleine Tänze und Sprünge vollführten. Das war nicht gut. Raimund hörte auf zu spielen.

»Was ist denn nun schon wieder, Raimund?«, sagte Ferdi.

»Irgendwie geil, das mit der Bohrmaschine«, sagte Raimund. »Irgendwie geil, Charlie. Aber auch irgendwie scheiße. Ich meine, da kommt jetzt der ganze Dreck und fliegt mir hier auf die Trommeln!«

»Sag nicht Charlie, Raimund«, sagte Charlie.

»Man kann kein Omelett machen, ohne Eier aufzuschlagen«, gab Ferdi zu bedenken. »Wir wollten eine Bohrmaschine und jetzt haben wir eine Bohrmaschine und eine Bohrmaschine macht nun einmal Dreck. Und ohne Bohrmaschine ist das alles nur halb so gut. Obwohl, eine Flex wäre noch besser. Aber dann wäre noch mehr Dreck. Und außerdem so Funken! Wobei die Funken natürlich super wären!«

»Eier wären auch eine Möglichkeit«, sagte Raimund. »Da kann man wenigstens die Richtung bestimmen, in die die Scheiße fliegt. Ich meine, wir spielen und Charlie wirft dabei Eier ins Publikum, ist doch geil!«

»Nicht Charlie, Raimund. Sag einfach Karl Schmidt!«

*

»Heinz-Rüdiger! Heinz-Rüdiger!« H. R. war natürlich klar, wer da rief. Und auch, wer gemeint war. So viele Heinz-Rüdigers gab es ja nun auch wieder nicht auf der Welt.

»Nicht verraten«, sagte er leise zu dem Ikea-Mann und verschwand in der Badezimmernische. Der Ikea-Mann folgte ihm.

»Schnell weg«, sagte H.R. leise.

»Hier, die Handtücher«, sagte der Ikea-Mann und hielt ihm die Handtücher vor die Brust. H.R. nahm sie und hörte im gleichen Moment, wie Wiemer hereinkam.

»Heinz-Rüdiger? Bist du hier?«

»Wat? Icke?«, sagte der Ikea-Mann.

»Nein, Heinz-Rüdiger!«

»Ich bin Jürgen.«

»Ja, aber ich suche Heinz-Rüdiger. Haben Sie den irgendwo gesehen?«

»Wat? Icke?«

»Ja. So ein Freak mit Polaroidkamera.«

»Wollnse denn von dem?«

»Das ist doch mal egal, haben Sie den denn jetzt gesehen?«

»Weeß ick nich. Siehtn der aus?«

»Na so mit Polaroidkamera. Laufen ja nicht so viele mit rum, oder?«

»Weeß ick denn, wie so ne Polaroidkamera aussieht? Ha ick doch keene Ahnung von.«

»Warum fragen Sie dann, was ich von dem will?«

»Hat der Ihnen wat jetan? Ist der irjndwie jefährlich?«

»Warum fragen Sie das? Sie fragen ja schon wieder, was geht Sie das an?«

»Wieso, Sie haben doch zuerst gefragt.« Die Sprache des Ikea-Verkäufers wurde immer seltsamer, beim letzten Satz sprach er überdeutliches Hochdeutsch, jedes Wort wurde einzeln ausgesprochen, die Endungen von *haben* und *zuerst* peinlichst genau ausgeführt. Gut, dass ich in diese Stadt gekommen bin, dachte H.R., sie ist voller Wunder!

»Und wieso liegen hier überall diese Polaroidfotos? Der versteckt sich doch irgendwo!«

»Ick sag jarnüscht mehr!«

Wiemer schaute in die Badezimmernische. H.R. wollte sich noch schnell in die Duschkabine zwängen, aber da war es schon zu spät.

»Heinz-Rüdiger! Ich glaub, ich spinne!«

»Wiemer!«, sagte H.R. »Sag nicht Heinz-Rüdiger! Du willst mein Manager sein? Dann sag nicht Heinz-Rüdiger!«

*

»Ich glaube, dass Chrissie«, begann Frank Lehmann und brach ab, was genau wollte er eigentlich sagen? Er wollte vermeiden, dass Erwin auf Chrissie sauer war und deshalb die Frühschicht im Café Einfall abschaffte, okay, aber er spürte, dass es um mehr ging, er wollte für Chrissie ein gutes Wort einlegen, aber nicht nur wegen der Frühschicht, es hatte etwas mit Zuneigung zu tun, war das am Ende wegen dem Traum der vergangenen Nacht, in dem es mit Chrissie sexuell so hoch hergegangen war? Man müsste mal bei Freud in der Traumdeutung nachlesen, ob das wirklich was zu bedeuten hat und wenn ja, was eigentlich?, dachte Frank, der die Traumdeutung in Bremen mal angefangen, aber nach ein paar Seiten beiseitegelegt hatte, sowas rächt sich später, dachte er, immer schön zu Ende lesen!

»Was glaubst du, dass Chrissie?«, fragte Erwin misstrauisch.

»Ich glaube, dass Chrissie nichts dafür kann, es ist nicht ihre Schuld, dass sie bei Ikea ist, das war ihre Mutter.«

»Die Susi?«

»Nein, Kerstin. Oder ist das gar nicht ihre Mutter?« Und wenn nicht, warum waren sich die beiden dann so ähnlich? Kerstin war, fiel ihm ein, auch in dem Traum vorgekommen, mal war es Chrissie, dann wieder Kerstin gewesen, schlimm, schlimm, schlimm!

»Kerstin heißt eigentlich Susi, aber den Namen mag sie nicht, der ist von ihrer Tante, die findet sie nicht gut, Kerstin hieß ihre Oma, das ist ihr zweiter Vorname.«

»Das ist aber jetzt auch wieder interessant«, sagte Jürgen 3 und roch an dem Kaffee, den Frank ihm hinstellte.

»Und wieso«, fuhr Erwin unbeirrt fort, »will die Kerstin unbedingt heute und unbedingt vormittags zu Ikea? Und seit wann hört Chrissie auf ihre Mutter?«

»Keine Ahnung. Dann hab ich jedenfalls die Schicht hier für Chrissie übernommen«, sagte Frank.

»Das kann man nicht trinken«, sagte Jürgen 3 und schob den Kaffee von sich weg.

»Trink es oder lass es«, sagte Frank.

»Die Frühschicht scheint sich aber nicht sehr zu lohnen, wenn die beiden Guschtl da deine einzigen Kunden sind«, sagte Erwin.

»Vorhin war noch ein anderer da, der ist aber schon wieder weg«, log Frank. »Die meisten Leute kommen später. Aber ich finde, wir sollten hier Milchkaffee anbieten, genau wie die Kneipen am Paul-Lincke-Ufer, da haben die in jedem Laden Milchkaffee und die sind tagsüber immer brechend voll, die Leute trinken das gern! Dafür brauchen wir aber Milch und so Schalen, wie die Franzosen sie haben, das mögen die Leute. Und irgendeinen Behälter für die Milch zum Aufschäumen. Und Croissants.«

»Nix!«, sagte Erwin. »Milchkaffee? Von wegen! Wir hatten das mal, damit fangen wir nicht wieder an! Für Milch braucht man Kühlung, die brauchen wir aber für das Bier, da ist kein Platz für Milch, und dann wird die schlecht und das Geld ist weg. Und eine Sauerei ist das! Und die Maschine muss gereinigt werden, wer macht das schon, ihr seid doch alle so schlampig. Ich habe nicht umsonst nur Flaschenbier hier. Wenn erstmal irgendwas irgendwo rumkeimt, ist gleich das Gesundheitsamt da. Mit sowas kann ich nichts anfangen, davon kommt nur Ärger!«

»Aber wenn schon, denn schon«, sagte Frank, »also wenn wir hier schon Kuchen anbieten, dann brauchen wir auch Milchkaffee, sonst kriegt den doch keiner runter, den kann man doch nicht mit Bier runterspülen!«

»Man kann ja H-Milch nehmen«, mischte sich Jürgen 3 ein. »Das wäre dann ein Kompromiss zwischen richtiger Milch und verdünnter Kondensmilch. Wer Filterkaffee für die Melange nimmt, der kann auch gleich H-Milch aufschäumen, das ist dann eh wurscht!« Er stand auf. »Wir müssen los, Kacki! Gleich ist Plenum!«

»Das wird was!«, sagte Kacki.

Erwin wartete, bis sie draußen waren, dann sagte er: »Denen kann man nicht trauen! Wie heißt der eine nochmal? Nicht Kacki, das ist ja wohl ein Name, den keiner vergisst, ich meine den anderen, den sie da als Strohmann eingetragen haben für das Intimfrisur … – oder muss man die Intimfrisur sagen?«

»Jürgen heißt der. Bei uns heißt er ArschArt-Jürgen, aber die bei der ArschArt nennen ihn Jürgen 3. Weil die noch zwei andere Jürgens haben.«

»Woher weißt du denn sowas? Wie kannst du dir sowas bloß merken?!«

»Keine Ahnung«, sagte Frank. »Sowas weiß man eben!«

*

»Geh mir weg, Raimund!«, sagte Ferdi. »Eier – das ist zu riskant. Könnte sein, dass die Leute die dann wieder zurückwerfen. Und der Synthie hier gehört mir nicht. Ich weiß auch, ehrlich gesagt, gar nicht, wie der eigentlich funktioniert.«

»Das weiß bei den Synthesizern doch niemand«, sagte Raimund nachsichtig. »Das ist doch alles Versuch und Irrtum. Außerdem können die Leute die Eier nur zurückwerfen, wenn sie die fangen und die Eier dabei auch noch heil bleiben, unwahrscheinlich, denke ich mal, das ist der Vorteil dabei!«

»Ich finde die Eier-Idee gar nicht so schlecht«, sagte Charlie. »Aber die Bohrmaschine ist besser!«

Ferdi war nicht bei der Sache. Er drehte nachdenklich an den Knöpfen seines Synthesizers herum. »Versuch und Irrtum«, sagte er träumerisch, »ja, so klingt's dann auch. Irgendwie gut.«

»Natürlich ist das gut«, sagte Raimund.

»Die Bohrmaschine ist unabdingbar, wenn wir auf die Wall City Noise wollen«, sagte Charlie. »Ich meine, das Ding heißt ja nicht umsonst was mit Noise!«

*

»Mein Gott, H.R.«, rief Wiemer empört, »was drückst du dich denn hier in den Ecken rum? Und was willst du mit den Handtüchern?«

»Ecke? Das ist das Badezimmer. Diese Musterwohnungen sind der Hammer! Könnte ich den ganzen Tag drin abhängen.«

»Wieso Hammer? Das ist Ikea! Wo soll denn da der Hammer sein?«

»Musterwohnung auf fünfundzwanzig Quadratmetern! Mit Kinderzimmer, Arbeitszimmer, Badezimmer, Küche, Wohnzimmer, Esszimmer! Guck dir das doch mal an!« H.R. hatte nichts gegen Wiemer, es war keine schlechte Idee, wenn Wiemer meinte, er könne sich um seine, H.R.s, Geschäfte kümmern, aber, dachte H.R., es wäre auch nicht schlecht, wenn er mal irgendwas kapieren würde! »Guck dir das doch mal an!«, wiederholte er beschwörend.

Wiemer war seltsam unbeeindruckt. »Kann ich kaum vermeiden, das anzugucken«, sagte er, »ich stehe ja mittendrin. Kann mich kaum bewegen, so vollgemüllt ist das.«

»Vollgemüllt? Natürlich, aber womit denn? Mit heiler Welt, Wiemer. Guck mal, die Servietten hier, das ist alles von denen, die Tischdecke, alles. Der ganze Kram. Und alles sagt: Dein Leben wird gelingen, du darfst bloß nicht darin stören. Ich nenne das: Nach der Neutronenbombe! Spitzentitel!«

»H.R.«, sagte Wiemer mahnend. »Du hast jetzt keine Zeit für so einen Scheiß! Du musst was für die Wall City vorbereiten! Die wollen eine Arbeit von dir sehen!«

»Wie jetzt, als Demo, oder was?«

»Ja klar. Meinst du, die nominieren dich einfach nur wegen der Krawalle nach?«

»Aber klar. Weswegen wohl sonst? Ich bin doch nicht blöd, das ist nur, weil ich im Fernsehen war, Fernsehen, Kunst-Riots, Kreuzberg, da stehen die doch drauf.«

»Ja. Und weil ich mich drum gekümmert habe, H.R.!

Weil ich extra zu Sigi gegangen bin damit. Und Sigi sagt, er muss jetzt mal irgendwas von dir Gemaltes sehen. Sigi sagt, er braucht was, damit er sich absichern kann.«

»Was jetzt? Avantgarde und Riots oder absichern?«

»Beides. Ist doch klar!«

Das gefiel H.R., weil es so doof war. »Okay«, sagte er. »Aber du musst mir helfen. Du musst die Sachen aufschreiben, die man hier aus dem Abholdings …« – er wendete sich dem Ikea-Mann zu: »… wie heißt das nochmal, wo man das rausholt? Also selber rausholt, nicht das, was Sie da aufschreiben?«

»Das wäre dann«, sagte der Ikea-Mann und sah dabei kurz von der Schreibarbeit auf, die er gerade mit der Zunge im Mundwinkel angefangen hatte, »die SB-Halle. Aber auch die Markthalle. Im Prinzip ist die SB-Halle an die Markthalle angeschlossen, sa'ck ma.«

»Also, Wiemer: Du musst die Nummern von den Sachen aufschreiben, die aus der SB-Halle abgeholt werden müssen. Und das andere, das muss der Kollege da erfassen und aufschreiben und das muss dann erst bezahlt werden.«

»Das ist doch Quatsch, H.R.«, sagte Wiemer. »Wo willst du denn hin mit dem ganzen Scheiß?«

»Also bitte mal!«, sagte der Ikea-Mann.

»In mein Zimmer. Das hat ziemlich genau fünfundzwanzig Quadratmeter.«

»H.R., es ist ja schön, dass du so ein Traumtänzer bist«, sagte Wiemer, »aber jetzt ist keine Zeit für sowas, jetzt musst du erstmal ein Ölbild malen.«

H.R. hatte keine Lust mehr auf diese Unterhaltung. »Haben Sie diese Wohnung eingerichtet?«, fragte er den Ikea-Angestellten.

»Nee.« Es entstand eine kurze Pause, in der der Ikea-Mann zu Ende schrieb. Dann schaute er auf und sagte: »Aba wär'ick jerne jewesen. Heile Welt, dit stimmt! Find-ick jut. Ick helfe Ihnen!«

*

Warum nur ist es Anfang Dezember schon so kalt, so bitter-, bitterkalt, dachte Kacki, als er mit Jürgen 3 die Skalitzer Straße überquerte. Es war so kalt, dass sie die Arsch-Art-Galerie nicht mehr warm kriegten, da freute man sich nicht mehr groß darauf, dahin zu laufen, das Haus war ja total heruntergekommen, wenigstens hatten sie die Kachelöfen noch nicht rausgerissen bei dem ganzen Sanierungs- und Instandsetzungswahnsinn, den P. Immel, da war Kacki sich ziemlich sicher, nur inszeniert hatte, um den Journalisten und sonst wem vorzugaukeln, sie seien Instandbesetzer und nicht in Wirklichkeit Hausbesitzer, obwohl, Hausbesitzer war nur P. Immel, die anderen nannte er seine Bagage, manchmal auch seine Entourage, bloß nach außen hin waren sie als ArschArt-Galerie angeblich alle gleich oder P. Immel höchstens Primus inter Pares, nun ja, was man so daherratscht, dachte Kacki, während er die Oranienstraße hinuntereilte, neben sich Jürgen 3, mit dem er sich ein bisschen angefreundet hatte in letzter Zeit, obwohl er das eigentlich gar nicht gewollt hatte, weil sein einzig richtiger Freund immer nur P. Immel sein sollte, der aber neuerdings immer schlimmer wurde mit seinem Wahn, alles zu bestimmen, der ihn, Kacki, seinen ältesten Freund, hintergangen hatte, hinter Kackis Rücken von H. R. Ledigt, der irgendwie reich sein musste, das Geld für den Kauf der Intimfrisur besorgt und dafür ein schmutziges, geheimes Gegengeschäft vereinbart hatte, nämlich dass sie bei der blöden Haut-der-Stadt-Ausstellung im blöden Kunsthaus Artschlag von dem blöden Wiemer in der blöden Ratiborstraße ihre schöne Dr.-Votz-Performance eben nicht im eigenen Recht, sondern nur als Untermalung für einen Kettensägenkrawall aufgeführt hatten, den H.R. mit einem am Bethaniendamm gestohlenen Baum veranstaltet hatte, und das wäre ja noch alles nicht so schlimm gewesen, wenn P. Immel doch wenigstens ihn, Kacki, seinen ältesten und besten Freund, vorher informiert und vorgewarnt hätte, aber nein, P. Immel hatte Kacki, der ihm immer vertraut und alles mitgemacht hatte, stattdessen als Kaiser Maximilian in dem lebenden Bild »Die Erschießung Kaiser Maximilians von Mexiko« verheizt, Kacki hatte alles gegeben, aber umsonst, H.R. hatte mit seiner Kettensäge die ganze Aufmerksamkeit an sich gerissen, Kacki war sinnlos im imaginären Kugelhagel gestorben, und bei aller Liebe – und die Liebe Kackis für P. Immel war unendlich, wie jede anständige Liebe – war es dann wohl kein Wunder, dass Kacki sich auch mal ein bisschen nach anderen Freunden umgeschaut hatte, denn wie schon der große Wiener Schriftsteller Johannes Mario Simmel getitelt hatte: Niemand ist eine Insel!

Und so lief er nun neben Jürgen 3 einher, mit dem er sich verabredet hatte, für die Intimfrisur, den ehemaligen Friseursalon, der neben dem Café Einfall darauf wartete, aus seinem gastronomischen Dornröschenschlaf geweckt zu werden, ein neues Konzept zu entwickeln, nur deshalb waren sie im Café Einfall gewesen, sie wollten die Lage sondieren, die nähere Umgebung der Intimfrisur erkunden, schauen, wie es die anderen machten, bei der Intimfrisur ging es im Moment nicht weiter, da ist im Augenblick so wenig Liebe drin, dachte Kacki, nicht einmal die Heizung war an gewesen, als sie vorhin da hineingeschaut hatten, so wenig Liebe steckt in der Intimfrisur, aber so viel Kälte, dachte Kacki, und er musste zugeben, er war auf das Café Einfall ein wenig neidisch gewesen, so stark, wie dort geheizt gewesen war, und die schöne Kaffeemaschine, auch wenn sie deutsch war, und so hatte er sich hinreißen lassen, den Piefke dort in Sachen Kaffee weiterzubilden, das hätte ich mal lieber lassen sollen, dachte Kacki, man darf der Konkurrenz nicht helfen, auch wenn's grausam ist!

Und solcherart in Gedanken verfangen stapfte Kacki mit Jürgen 3 auf die Naunynstraße zu, der ArschArt-Galerie und dem Plenum entgegen, wenn schon nicht als Freunde, so doch wenigstens als Verbündete, »sieh es als Aktionseinheit«, hatte Jürgen 3 gesagt, der hatte manchmal so komische Politwörter drauf, das lag wohl daran, dass er mal im Kommunistischen Bund Österreich gewesen war, und was immer Aktionseinheit bedeutete, Kacki war sich sicher, Freundschaft war es nicht!

»Aber nicht gleich mit der Tür ins Haus fallen, verstehst?«, sagte Jürgen 3. Sie waren schon an der Zone vorbei und bogen auf dem Heinrichplatz rechts ein, um von dort in die Naunynstraße zu kommen.

»Du hast gut reden«, sagte Kacki. »Mich schickst du vor und dann noch Anweisungen geben. Und was soll das heißen, mit der Tür ins Haus? Was soll ich denn sagen, wenn ich nicht mit der Tür ins Haus ...«

»Du bist P. Immels Liebling«, unterbrach ihn Jürgen 3, »wenn du es nicht durchkriegst, kriegt es niemand durch.«

»Von wegen Liebling!«, sagte Kacki bitterer, als er wollte, man muss seine Gefühle verbergen, dachte er, das ist eine der schlimmen Sachen in diesem Land, dass man seine Gefühle verbergen muss, sogar vor den eigenen Leuten! »Hast du eine Ahnung!«

»Egal, wie du es nennst, Kacki, du musst anfangen! Nur du kannst bei ihm etwas erreichen, wenn ein anderer das vorbringt, schmettert er das gleich ab.«

»Geh, bitte ...«, sagte Kacki verlegen und wider Willen etwas geschmeichelt, »es ist genau andersherum. Du musst es sagen und ich unterstütze dich dann. Dann ist P. Immel verwirrt. Und dann geht's durch.«

»Komm schon, Kacki! Du bist doch sein Liebling!«

»Ah geh ...«, sagte Kacki und spürte, wie er rot wurde.

*

»Also diese Sachen mit den gelben Etiketten sind dann alle in der Markthalle?«, sagte Wiemer, um auch mal ein bisschen Interesse zu heucheln.

»In der Markthalle!«, bestätigte der Ikea-Fachmann. »Da gibt es die kleineren Sachen, die man in einen Einkaufswagen tun kann. Die Markthalle kommt noch vor der SB-Halle. Manche Kollegen sagen, die SB-Halle gehört zur Markthalle, und ich sehe das auch so, weil bei beidem Selbstbedienung ist, wobei andere Kollegen das anders sehen, weil ...«

Der Mann redete weiter und Wiemer nickte alles ab, er saß am Esstisch und schrieb die Namen und Nummern der kleinen Sachen von einem laminierten Zettel ab, den der Ikea-Fachmann ihm gegeben hatte, Servietten, Kerzenständer, Kerzen, Bestecke, Gläser, Untersetzer, Kochtöpfe, Klopapier, Topflappen und so weiter und so fort, der ganze bunte Plunder, der überall herumlag, und alles mit schwedischen Namen, aber von dem Zettel abzuschreiben war immer noch besser, als die Infozettel abzulesen, die an Lampen und Lämpchen, Tischen und Tischchen, Betten und Bettchen und was auch immer angebracht waren, und Wiemer hoffte nur, dass, je länger er seine jetzige Aufgabe hinauszögerte, desto größer am Ende die Chance war, dass der Ikea-Mann das auch noch übernehmen würde. Der protokollierte gerade die ganz großen Sachen, Tische, Schränke, Herd, also Dinge, die irgendwie mit dieser SB-Halle zu tun hatten oder eben auch nicht, Wiemer hatte es immer noch nicht ganz begriffen und wollte es auch nicht begreifen. H.R. war derweil damit beschäftigt, alles zu fotografieren. Wieso hatte der die Polaroid dabei? Er konnte das doch nicht geplant haben, er hatte doch mehrmals erwähnt, noch nie bei Ikea gewesen zu sein, und so reich, wie H.R.s Familie allem Anschein nach war, glaubte Wiemer ihm das auch. Und dann die vielen Filme! Wer hatte auf gut Glück so viele Polaroidfilme dabei, wenn er in ein Möbelhaus ging? Entweder ein Genie oder ein Wahnsinniger, dachte Wiemer. H.R. war gewiss beides.

»Tut mir ja auch leid, H.R.«, sagte Wiemer, als der Ikea-Mann mal kurz Luft holte. »Aber es geht nicht anders. Ölbild oder gar nicht.«

»Ich mache keine Ölbilder!«, sagte H.R.

»Muss ja nicht Öl sein. Meinetwegen nimm den Schultuschkasten. Aber Sigi will, dass du mit einem Bild kommst. Irgendwas, das man an die Wand hängen kann.«

»Ich mach keine Ölbilder!«

»Red nicht, H.R.! Die wollen Bilder. Das ist eine Bilderausstellung. Jedenfalls überwiegend.«

»Wiemer! Du weißt doch ganz genau, dass ich kein

Ölbildschmierant bin, wieso machst du dann mit denen solche Dinger aus? Ich denke, du bist mein Manager, was ist das denn für ein Manager, der einem sowas einfach ins Gesicht sagt, ich meine, Ölbild?!«

»Damit wir mal ein bisschen weiterkommen. Du hast es bis jetzt nur geschafft, zweimal im selben Leben Klaus vom Einfall etwas an den Kopf geworfen zu haben, ansonsten balancierst du immer haarscharf am Abgrund der Bedeutungslosigkeit entlang, H.R.! Immer noch! Nach all den Jahren!« Ruhig auch mal an die Ruhmsucht appellieren, dachte Wiemer, mit Geld zu winken brachte bei einem wie H.R. ja leider nichts! »Aber jetzt ist mal Schluss damit, H.R., da hat sich jetzt eine Möglichkeit ergeben, dass du mal weiterkommst als immer nur bis zur nächsten Klowand! Und jetzt *mal* einfach mal was!«

»Aber was?«, sagte H.R.

»Ist mir doch wurscht!«

»Jetzt hör aber mal auf, Wiemer! Wurscht ist gar nichts! So kannst du nicht mein Manager sein. Ich meine, du weißt, was für Kunst ich mache, ich meine, Konzeptkunst, Wiemer, mal ehrlich, da ist überhaupt nichts wurscht, wenn da alles wurscht wäre, dann ...«

»Ick will mich nicht einmischen, ick vaschteh sowieso imma nur Bahnhof«, sagte der Ikea-Fachmann, »aber hier sind noch Servietten. Die sind in der Markthalle. Die sind nicht auf dem Zettel da! Schreim Sie die uff?« Er hielt Wiemer eine Packung Servietten hin.

»Markthalle?«, sagte Wiemer. »Welche Markthalle jetzt? Das SB-Lager? Ich verstehe nämlich auch immer nur Bahnhof.«

»Dit is ja beides Selbstbedienung, sa'ck ma! Und die Servietten sind natürlich in der Markthalle, sowat tut man doch nicht ins SB-Laber, dit is ja viel zu ... – ha'ck Laber jesagt? Kommt'n ditte?!«

*

»Okay«, sagte Ferdi und drückte die Stopptaste.

»Das Okay ist jetzt aber mit drauf«, sagte Charlie. »Wäre besser gewesen, du hättest erst draufgedrückt und dann okay gesagt.«

»Klugscheißerei. Ist doch egal. Wie viele Stücke haben wir jetzt?«

»Drei«, sagte Charlie.

Raimund war genervt. Das Aufnehmen von diesem Demotape war ein ziemliches Gewürge, weil Ferdi und Charlie so ein Geschiss darum machten, bei denen musste alles abgesprochen sein, wann man anfing, wann man aufhörte, das war langweilig, schnarch, aufhören!

»Und drei reichen?«, sagte Ferdi.

»Ja sicher«, sagte Charlie. »Höchstens drei, hat Wiemer gesagt. Wahrscheinlich wären auch zwei okay gewesen.«

»Lass mal anhören«, sagte Ferdi.

Raimund legte die Trommelstöcke beiseite. Jetzt auch noch anhören, dachte er, was kommt als Nächstes? Notenlesen?

*

»Ich trinke keinen Kaffee. Kriege ich Pickel von. Drehe ich voll durch. Vertrage ich nicht«, sagte Erwin. »Und Milchkaffee auch nicht! Was soll ich mit Milchkaffee?«

»Du ja nicht, die Kunden«, sagte Frank. »Da nehmen die am Ufer drei Mark für einen, das ist doch gut.«

»Warum sollten die Leute hierher gehen, wenn sie das auch am Ufer kriegen können?«, sagte Erwin, aber sein Widerstand, das wusste Frank, war gebrochen, das Zauberwort war »drei Mark« gewesen, Geld ist sein Kryptonit, dachte Frank im Gedenken an die vielen Superman-Hefte, die er als Kind immer bei Roman Heinze gelesen hatte, der hatte jede Woche das neue Superman-Heft von seinen Eltern bekommen, das war ein guter Freund gewesen, was jetzt, in seinen Gedanken, Frank irgendwie unangenehm berechnend vorkam, dass er da einen Zusammenhang herstellte, warum und ab wann hatte er eigentlich Roman Heinze aus den Augen verloren? War der noch in Bremen? Er wusste es nicht. Er wusste nicht einmal mehr, welche Farbe die Häuser auf der anderen Seite der Adam-Stegerwald-Straße hatten, so schnell geht das, dachte er.

»Dann nimm halt H-Milch, in Gottes Namen. Und wenn die Frühschicht vorbei ist, kippt ihr den Rest Milch aus der Packung weg, damit das hier nicht rumsteht oder in der Kühlung vergammelt. Und die Maschine muss saubergemacht werden. Ab 18 Uhr gibt es dann keinen Milchkaffee mehr. Einfach wegschmeißen die H-Milch, ist jetzt auch schon egal, schlimmer kann's ja schon gar nicht mehr kommen, manchmal denke ich, ich sollte Chrissie einfach Geld schenken, damit der Laden tagsüber zubleibt, da würde ich billiger wegkommen, wenn …«

Erwin hielt in seiner Rede inne, weil die Tür aufging und ein Polizist hereinkam, den Frank Lehmann nicht kannte, wahrscheinlich der neue Kontaktbereichsbeamte, dachte er, der alte KOB war einer der Hauptakteure der Krawalle im Kunsthaus Artschlag gewesen, seitdem hatte

Frank ihn nicht mehr gesehen, ein gemütlicher, älterer Herr war das gewesen, dick, langsam und berlinernd, und niemals hätte Frank gedacht, dass einer wie der so viel Staub aufwirbeln konnte, aber der Mann war unbeirrt seiner Arbeit nachgegangen und hatte den Baum, den H. R. für seine Installation »Mein Freund der Baum« am Bethaniendamm gefällt hatte, ausgerechnet auf der Ausstellungseröffnung von »Haut der Stadt« beschlagnahmen wollen.

Dieser Polizist war älter, aber dünn und drahtig, er wirkte nervös und müde zugleich und im Gesicht trug er einen großen, melancholisch herabhängenden Schnurrbart. Er kam herein, schloss hinter sich die Tür und sagte: »Na, schönen guten Tag auch. Ich wollte mich mal vorstellen. Ich bin der KOB hier.«

»Allet klärchen«, sagte Frank.

Erwin seufzte und schwieg. Der Polizist zeigte mit dem Finger auf ihn. »Und Sie sind der Herr Kächele, ja?«

»Uff jeden«, sagte Frank.

Erwin drehte sich zu ihm um. »Lehmann«, sagte er, »noch ein uff jeden oder allet klärchen oder irgendeine andere folkloristische Schleimscheißerei und ich entlasse dich!« Dann wandte er sich wieder dem KOB zu. »Ich habe gerade das Gefühl, dass sich alles immer und immer wieder wiederholt.«

»Das habe ich auch oft«, sagte der KOB. »Aber das liegt wahrscheinlich daran, dass es das Wesen von Wiederholungen ist, dass sie sich immer und immer wieder wiederholen.«

»Was ist das denn für ein Quatsch?«

»Wiederholen und immer und immer wieder, das ist doch ein Oxymoron!«

»Sie meinen Tautologie«, sagte Erwin. »Aber ich meine, es ist eher ein Pleonasmus und rhetorisch gerechtfertigt.«

»Sehen Sie, schon habe ich die Situation mit einem kleinen Rhetorikdiskurs etwas aufgelockert«, sagte der KOB.

»Die Situation«, sagte Erwin, »könnte unlockerer nicht sein!«

»Das sehe ich anders. Es geht immer noch unlockerer, Herr Kächele. Und was ich Ihnen sagen will, ist ...«

»Wollen Sie einen Kaffee«, unterbrach ihn Frank.

»Nein, danke«, sagte der KOB, ohne den Blick von Erwin zu lassen. »Ich will gar nichts. Deshalb bin ich hier. Das wollte ich sagen: Ich will gar nichts.«

»Okay«, sagte Erwin, »aber für gar nichts brauchen Sie nicht hereinzukommen.«

»Ich habe nicht mehr lang bis zu meiner Pensionierung«, sagte der KOB unbeirrt. »Aber verstehen Sie mich nicht falsch: Ich drücke keine Augen zu. Ich mache sie gar nicht erst auf. Das soll aber kein Freibrief sein.«

»Was denn sonst?«

»Ein Angebot! Nehmen Sie es als Angebot. Machen Sie mir keinen Ärger, dann mache ich Ihnen keinen Ärger. Aber wenn Sie mich mal brauchen sollten, bin ich da!«

Erwin richtete sich auf seinem Barhocker auf. »Hören Sie«, sagte er, »ich weiß nicht, was man Ihnen über mich erzählt hat, aber Sie machen sich da, glaube ich, falsche Vorstellungen. Ihr Kollege«, fügte er nach einer kurzen Denkpause hinzu, »hat immer berlinert, gehört das bei euch KOBs nicht dazu?«

»Könnse haben«, sagte der KOB. »Und ick sare ooch nur: Allet oké!«

Dann ging er wieder.

»Die werden immer irrer, die Typen«, sagte Erwin.

»Vielleicht war's ja nett gemeint«, sagte Frank. »Weshalb bist du überhaupt hier, Erwin?«

»Was ist das denn für eine Frage? Das ist meine Kneipe!«

»Ja, schon klar, aber dafür musst du ja nicht herkommen.«

»Ach so, ja …«, sagte Erwin und kratzte sich am Kopf. »Was war das nochmal?«

*

Raimund hörte nicht hin, die anderen beiden dafür umso genauer. Sie standen vor dem kleinen Kassettenrecorder, den Ferdi auf den Synthie gestellt hatte, und lauschten mit geneigten Köpfen auf das, was aus dem Lautsprecher kam. Raimund interessierte sich nicht für Aufnahmen. Wenn es erstmal aufgenommen war, dann war es ja Vergangenheit, was sollte das dann noch? Raimund hätte lieber weitergespielt.

»Also ich find's gut«, sagte Ferdi und drückte die Stopptaste. »Das Problem ist höchstens, dass die Bohrmaschine zu laut ist. Immer wenn die Bohrmaschine angeht, ist alles andere weg!«

»Weiter weg als dahinten kann ich aber nicht sein, Ferdi«, sagte Charlie. »Dazu bräuchten wir einen größeren Übungsraum. Oder ein Mehrspurgerät. Einen Vierspurkassettenrecorder oder sowas. Oder ihr müsst lauter spielen.«

»Noch lauter kann ich nicht«, sagte Raimund. »Ich prügel schon die Scheiße aus den Trommeln, ehrlich mal. Ich hab schon Angst, dass mir die Felle reißen.«

»Du hattest noch nie Angst, dass dir die Felle reißen,

Raimund«, sagte Ferdi sanft. »Nur ich hab immer Angst, dass mir die Trommelfelle reißen, wenn du spielst ... – Vierspurkassettenrecorder«, wandte er sich an Charlie, »wo kriegt man sowas her?«

»Ich kenne einen, der hat einen, vielleicht leiht er uns den, aber der wohnt in Schöneberg.«

»Ja geil«, sagte Ferdi, »aber auch zu weit. Und morgen ist Abgabeschluss.«

»Übermorgen«, sagte Charlie.

»Die Bohrmaschine ist zu laut«, sagte Ferdi.

»Finde ich nicht«, sagte Charlie.

»Ich weiß nicht«, sagte Raimund, »ist doch egal, oder?«

»Ich habe eine Idee«, sagte Ferdi. »Lasst uns noch eine Kassette aufnehmen, aber ohne Bohrmaschine, und dann gehen wir damit ins Café Einfall!«

»Verstehe ich nicht«, sagte Raimund.

»Macht nichts, Raimund, ich erklär's dir später.«

»Okay!«

*

»Guck dir die beiden an«, sagte ihre Mutter. »Mein Gott, die teilen sich wirklich ein Gehirn.«

»Ich wollte hier überhaupt nicht her«, sagte Chrissie. »Ich könnte jetzt schön im Einfall arbeiten und Geld verdienen.«

H. R. saß am Steuer von dem LKW, der hinten nur so Planen hatte, keinen richtigen Koffer, ein ziemlich blödes Teil war das, in das sie zu viert gar nicht reinpassten, Chrissie hatte bei Kerstin auf dem Schoß sitzen müssen bei der Herfahrt und dann immer das Geschiss mit »Hoffentlich sieht das die Polizei nicht«, mit dem Wiemer nicht hatte aufhören können, den ganzen Weg nach Spandau nicht, wo immer das überhaupt lag, das hatte ewig gedauert, und gleich würden sie genauso blöd wieder zurückfahren müssen, H.R. jedenfalls saß am Steuer und Wiemer winkte ihn rückwärts an den großen Haufen Möbelkram heran, den sie auf dem Gehweg aufgehäuft hatten.

»Du solltest mal lieber wieder ein paar Kuchen backen«, sagte Kerstin.

»Die bringen irgendwie nicht so viel ein, die werden ja kaum gegessen!«

»Schau dir die bloß mal an!«

Wiemer und H.R. mühten sich gerade damit ab, die rückwärtige Plane des LKWs irgendwie so nach oben zu werfen, dass sie da liegen blieb, aber das tat sie nicht, die beiden schleuderten die Plane hoch und sie rutschte wieder herunter, mehrmals hintereinander, das sah schon ziemlich komisch aus. Chrissie musste lachen.

»Nicht lachen«, sagte Kerstin. »Das kriegen die mit!«

»Wenn ich jetzt die Matratze und das Bett und so weiter habe, wie lange bleibst du denn dann noch?«, fragte Chrissie.

»Wieso? Willst du mich loswerden?«

»Nein, aber Erwin und Helga«, log Chrissie. »Die haben mich gefragt, wie lange du noch bleiben willst.«

»Wieso fragen die mich nicht selber?«

»Keine Ahnung, vielleicht haben die Angst vor dir.«

»Die spinnen doch!«

H.R. und Wiemer standen auf der Ladefläche und zählten beide zusammen bis drei, dann warfen sie die Plane noch einmal nach oben. Diesmal blieb sie liegen.

»Sag ich ja«, sagte Kerstin. »*Ein* Gehirn!«

»Wir können jetzt einladen«, rief Wiemer.

»Ja super!«, rief Kerstin. »Dann fangt mal an, ihr beiden! Ich rauch noch eben zu Ende.« Sie kramte in ihrer Jacke und zog ein Päckchen Zigaretten heraus.

Sie nahm sich eine Zigarette und hielt die Schachtel Chrissie hin.

»Hier«, sagte sie. »Und langsam rauchen!«

*

Im Café Einfall dachte Erwin Kächele fieberhaft darüber nach, warum er eigentlich hergekommen war, wegen des Pfefferminztees gewiss nicht, den hätte er sich auch zu Hause machen können, obwohl ihm auffiel, dass der Pfefferminztee hier irgendwie besser schmeckte als zu Hause, war das schon der von ihm eigens so benannte und also quasi von ihm entdeckte Gastro-Effekt, dem zufolge Getränke, die einem jemand anders zubereitete oder auch nur über den Tresen reichte, immer besser schmeckten als selbst zubereitete oder eingeschenkte? Diesen Begriff, Gastro-Effekt, dessen Erfindung Erwin sich als Frucht einer genuinen Erfahrungserkenntnis aufs eigene Konto schreiben wollte, wobei es Erwin nicht so sehr um die Entdeckung als vielmehr um die Genialität der Benennung ging ... – egal, dachte er, man darf nicht zu eitel werden, die Frage ist doch, dachte er, ob der Pfefferminztee hier besser schmeckt, weil der Gastro-Effekt wirkt, oder ob hier nicht vielleicht eine bessere Sorte Kondensmilch am Start ist, denn während er bei sich zu Hause die gleichen Pfefferminzteebeutel wie hier benutzte, kam dort die Kondensmilch aus einer Blechdose, hier aus kleinen Plastiknäpfchen, die man mit Alufolie gedeckt hatte, vielleicht, dachte Erwin, ist es die Kondensmilchsorte, vielleicht aber auch nur die exakte Bemessung der Kondensmilch, die den Unterschied ausmacht, mit den kleinen Näpfchen hatte man auf jeden Fall ein immer gleichbleibendes und damit verlässliches Ergebnis, aber diese Näpfchen hatte Helga bei ihnen zu Hause nicht dulden wollen, sie habe etwas gegen Plastikmüll und was für eine erbärmliche Verschwendung das sei, so Helga, und nun fiel Erwin auf einmal wieder ein, warum er hier war, und er sagte: »Helga!«

Frank Lehmann sah ihn erwartungsvoll an.

»Es ist wegen Helga«, sagte Erwin. Frank Lehmann nickte. Irgendwie fand Erwin ihn ganz gut, auch wenn er der kleine Bruder von Freddie war, es sah jedenfalls so aus, als interessierte er sich wirklich für das Café Einfall, er war auf jeden Fall eine gute Putze, das musste man ihm lassen, und wenn einer gut putzt, dachte Erwin, dann weiß er, wie Arbeiten geht. »Also Helga ist ja schwanger, wie du weißt!«

Erwin glaubte zu sehen, dass der kleine Lehmann die Augen verdrehte, nur einen kurzen Moment lang zwar, so kurz, dass Erwin sich nicht sicher sein konnte, ob er es wirklich gesehen hatte, vielleicht hatte Lehmann auch nur kurz zur Seite gesehen, weil die Kaffeemaschine gezischt und oder gegurgelt hatte oder wie man das nennen sollte, was diese Kaffeemaschine tat, die Erwin hasste, weil sie ihm den ganzen Quatsch mit der Frühschicht überhaupt erst eingebrockt hatte, irgendwie fanden alle die Maschine gut, warum, war Erwin ein Rätsel, wie konnte man so ein altes Riesenschrottgerät gut finden, das immer wieder kaputtging und für dessen Reparaturen Erwin bereits ein Vermögen ausgegeben hatte, was andererseits auch ein Argument war, das Scheißding zu behalten und weiter zu betreiben, irgendwie musste das Geld ja wieder reinkommen, es war ein Rattenrennen, jedenfalls hatte das Ungetüm gezischt oder gegurgelt oder was wusste Erwin denn, und Frank Lehmann hatte für einen winzigen Moment die Augen verdreht, Erwin hatte es genau gesehen, aber selbst wenn es wegen Helgas Schwangerschaft war, dass er die Augen verdreht hatte, so hatte er sie doch nicht genug verdreht, um Erwin so wütend zu machen, dass er mit einem Wutanfall riskieren würde, einen guten Mann zu verlieren, denn das war der kleine Lehmann, besser als sein Bruder jedenfalls; der große Lehmann hatte als Erwins Mitbewohner zuletzt in einem solchen Ausmaß genervt, dass Erwin froh gewesen war, als der erstmal für ein paar Wochen in einem Medikamentenversuchsprogramm in einem Hotel am Kudamm verschwunden war. Mit Freddie Lehmann wäre Erwin nicht so leicht fertiggeworden, der hätte sich nicht einfach in eine andere Wohnung umsetzen lassen, obwohl, der wollte ja sowieso nach New York, also Freddie, und deshalb ja auch der Kudamm-Quatsch mit den Medikamenten, ach Freddie, dachte Erwin dann doch ein bisschen liebevoll, du armer alter Sausack, was soll aus dir bloß werden, eigentlich mochte er Freddie, so wie er den kleinen Lehmann auch mochte, aber Freddie war zuletzt immer so böse und spöttisch und unwirsch gewesen, der hatte immer so schlechte Laune gehabt, erinnerte sich Erwin, und fing der kleine Lehmann jetzt auch schon so an, dass er die Augen verdrehte, wenn Erwin von seiner schwangeren Freundin sprach? Besser nicht!

»Also«, fuhr er fort, »die haben da eine Gruppe, also so

eine Schwangerengruppe, und jetzt wollen die, also will Helga ...«

In diesem Moment öffnete sich die Tür und herein kamen Ferdi, Raimund und Karl Schmidt und jetzt, dachte Erwin, war es eigentlich an ihm, die Augen zu verdrehen, sie kamen herein wie die Heiligen Drei Könige, sorglos, erwartungsvoll und mit Geschenken, der eine, Ferdi, trug einen dieser alten Kassettenrecorder mit eingebautem Lautsprecher, der zweite, Raimund, hielt eine große Bohrmaschine in den Armen und der dritte, Karl Schmidt, schleppte einen Betonbrocken, aus dem an mehreren Stellen rostiger Bewehrungsstahl herausschaute.

»Mensch Erwin, da bist du ja, was machst *du* denn hier?«, sagte Ferdi.

»Der Laden gehört mir, Ferdi. Das ist mein Laden. Hier bin ich, wann immer ich will, und daran wird, solange er mir gehört, niemals etwas Ungewöhnliches sein.«

»Okay, okay, okay, okay, okay!«, sagte Ferdi. »Kann ich mal einen Kaffee haben?«

»Aber immer«, sagte Freddies Bruder.

»Habt ihr auch Milchkaffee? Wie die am Ufer? So mit aufgeschäumter Milch?«

Erwin stutzte. Was war das hier? Wollten die ihn verarschen?

»Noch nicht. Ich muss erst Milch kaufen. Obwohl, warte mal, ich versuch's mal.«

Frank Lehmann öffnete mehrere Kondensmilchdöschen und schüttete sie in den Olympia-72-Becher, den Tante Susanne Erwin einst zu Weihnachten geschenkt hatte, da war er schon zwanzig Jahre alt gewesen, kein Wunder, dass Kerstin nicht mehr Susi heißen wollte. Jedenfalls tat Freddies kleiner Bruder Kondensmilch in den

Olympia-72-Becher, gab Wasser aus dem Hahn dazu und ließ das Gemisch von der Maschine durchblubbern und in den Krach hinein schrie Ferdi:

»Wir müssen mal eure Anlage benutzen, Erwin!« Er stellte den Kassettenrecorder auf dem Tresen ab und holte eine Kassette aus seiner Jacke. »Da müssen wir mal eben reinhören.«

»Wieso das denn?«, rief Erwin gegen das Geblubber und das sich in das Geblubber immer mehr hineinmischende Geheul der Maschine an. »Das könnt ihr doch auch auf eurem Gerät da hören. Das hat doch einen Lautsprecher!«

»Was?«

»Hör mal auf«, rief Erwin. Der kleine Lehmann hielt inne. Überall waren Spritzer von dem Kondensmilch-Wasser-Gemisch, mit dem der Nachwuchs-Freddie herumexperimentiert hatte. Er schüttelte die Hand, mit der er den Becher gehalten hatte. »Aua, aua«, sagte er.

»Die kleinen Sünden straft der liebe Gott sofort«, sagte Erwin.

»Lass mal hören«, sagte Ferdi und wedelte mit der Kassette. »Haben wir gerade aufgenommen!«

»Ich wusste gar nicht, dass ihr zusammen Musik macht. Seit wann das denn?«, sagte Erwin.

»Immer schon«, sagte Raimund. »Ich immer schon. Zwei Himmelhunde auf dem Weg zur Hölle!«

»Ja, aber um die geht's gerade nicht, Raimund«, sagte Ferdi. »Wir machen mit Charlie jetzt Glitterschnitter, das ist ein neues Projekt für die Wall City Noise, ist doch klar.«

»Ich versteh immer nur Bahnhof. Wer ist Charlie?«, sagte Erwin.

»Nicht Charlie sagen«, sagte Karl Schmidt.

»Leg doch mal ein!«, sagte Ferdi.

Erwin gab die Kassette an den Kondensmilchverspritzer weiter. »Leg mal ein«, sagte er in der Hoffnung, der kleine Bruder würde dann mit dem Aufschäumquatsch aufhören, schlimmer als das konnte die Kassette auch nicht klingen. Und tatsächlich: Eifriges Getrommel und ein Synthiepiepsen ertönte, daran war, wie Erwin fand, nichts auszusetzen. Ab und zu wurde das noch übertönt von einem Bohrmaschinengeräusch, das war irgendwie lustig, weil es so stumpf war.

»Wer hat die Bohrmaschine gespielt?«

»Na Charlie hier«, sagte Raimund und zeigte mit der Bohrmaschine auf Karl Schmidt.

»Nicht Charlie sagen«, sagte Karl Schmidt und stellte seinen Betonbrocken auf einem Barhocker ab. »Ferdi, sag ihm, dass er mit diesem Charlie-Quatsch aufhören soll.«

»Hör mit dem Charlie-Quatsch auf, Raimund«, sagte Ferdi. Und zum kleinen Lehmann sagte er: »Kannst wieder ausmachen!«

»Okay.« Der kleine Lehmann drückte die Stopptaste.

»Die Bohrmaschine ist zu laut«, sagte Ferdi.

»Finde ich nicht«, sagte Karl Schmidt.

»Ich aber schon. Irgendwie drückt die Bohrmaschine die anderen Instrumente an die Wand. Wir brauchen mehr Spuren«, sagte Ferdi. »Dann könnte man das feiner mischen. Deshalb würde ich sagen, dass wir hier die andere Aufnahme nehmen ...« – er holte eine Kassette aus dem Kassettenrecorder heraus und reichte sie dem kleinen Lehmann, »und dann ... – leg mal ein! Wie heißt du nochmal?«

»Frank.«

»Er ist der kleine Bruder von Freddie«, sagte Karl Schmidt. »Er ist neu in der Stadt!«

»Na dann, herzlich willkommen«, sagte Ferdi. »Und grüß Freddie, wenn du ihn siehst, er schuldet mir noch Geld. Und mach mal ein bisschen lauter.«

Frank Lehmann tauschte die Kassetten in der Anlage aus und drehte lauter. Es kam ähnliches Getrommel und Gefiepse wie zuvor aus den Boxen, aber diesmal ohne Bohrmaschine.

»Das mit der Bohrmaschine fand ich besser«, sagte Erwin.

»Sag ich doch«, sagte Karl Schmidt.

»Ohne Bohrmaschine ist das höchstens sowas wie Mike Oldfield für Arme«, sagte Erwin.

»Ja gut, aber die Bohrmaschine war zu laut«, sagte Ferdi. »Wir müssen das neu mischen. Wir spielen diese Kassette hier ...« – er zeigte auf das Kassettendeck hinter Frank Lehmann – »ganz laut ab, also über eure Anlage, und Charlie spielt dazu die Bohrmaschine nochmal neu ein und ich nehme das Gemisch von hier mit diesem Gerät auf einer anderen Kassette noch einmal auf, dann ist die Bohrmaschine nicht so laut. Weil hier mehr Platz ist als im Übungsraum. Genial!«

»Das kannst du gleich mal vergessen, Ferdi!«

»Come on, Erwin! Das wird super! Das macht Spaß. Das ist Mehrspurtechnik, das macht man so!«

*

Chrissie und ihre zwar doofe, aber auch, wie H.R. zugeben musste, ganz schön scharfe Mutter machten keine Anstalten zu helfen und H.R. konnte spüren, wie sich in

Wiemer der Aggro aufbaute, er wurde immer schneller und schlampiger beim Einladen, schnaufte wie ein Walross und schmiss mit den Sachen um sich, da war eine Menge Aggro drin, soviel war mal sicher, aber, dachte H.R., mit dem Aggro kommt bei Wiemer immer auch die Angst, bei anderen Leuten ist es umgekehrt, dachte H.R., die haben Angst und dann werden sie aggro, bei good old Wiemer ist es umgekehrt. Zusammen hoben sie den kleinen Herd auf die Ladefläche und Wiemer schaute H.R. dabei böse an und sagte, wahrscheinlich, um seinen Aggro irgendwie umzuleiten, zu H.R.: »Jetzt lass dich nicht hängen! Und mich auch nicht! Ich hab dich in die Wall City reingebracht! Nachnominiert! Sowas gibt es normalerweise gar nicht! Und alles, was du dafür machen musst, ist ein Bild malen, mein Gott, du wirst doch noch ein Bild malen können!«

»Ums Können geht's hier doch gar nicht, Wiemer. Hier geht's ums Prinzip!«, sagte H.R. »Sie wollen H.R. Ledigt, aber sie wollen ihn zu ihren Bedingungen. Da wird nichts draus! Ich male keine Ölbilder! Sehe ich aus wie Bosbach? Ich meine, der ist doch so eine blöde, rückgratlose Sau, der würde dir auch einen blasen, wenn du ihn dafür in die Wall City bringst.« Es war nicht ganz fair, Bosbach so in die Pfanne zu hauen, der hatte es sicher auch nicht leicht, der kleine Scheißer, aber bei Wiemer musste man immer einen auf irre und Übertreibung machen, sonst nahm er einen nicht ernst!

»Musste er aber nicht«, sagte Wiemer. »Bosbach ist nämlich drin. Und du kannst auch drin sein, H.R., ich meine, bist du bescheuert? Das wird später mal der Moment sein, auf den du zurückblickst und sagst: Da hat sich alles geändert, da wurde ich eine große Nummer!«

»Große Nummer gerne, Wiemer, aber dann doch bitte als der, der ich bin, und ich bin ja wohl Konzeptkünstler und kein Ölbildschmierant!«

»Dann überleg dir halt irgendein Konzept dazu. Ist doch scheißegal. Hauptsache, da fällt irgendwie ein Ölbild bei ab! Schreibst halt einen Beipackzettel dazu, das ist doch die Idee bei der ganzen Konzeptkunstscheiße!«

*

P. Immel saß in der ArschArt-Galerie und hielt den Hammer fest in der Hand. Er liebte die Plenums oder Plena oder Plenata oder wie man das nennen sollte, er konnte kein Latein und er wollte auch keins können, es reicht, dachte er, wenn man katholisch ist, da hat man die Pfarrer, die können Latein, da ist man aus dem Schneider. Aber er liebte die Vollversammlungen, weil sie, wenn er ehrlich war, das beste Stück Aktionskunst waren, das die ArschArt zustande brachte, das andere Zeug war auch nicht schlecht, zum Beispiel der Abend im Kunsthaus Artschlag neulich, wo sie mit Doktor Votz einen auf mexikanische Playbackgruppe gemacht hatten und als solche auch verhaftet und sogar in der Presse erwähnt worden waren, die BZ hatte auf ihrer Titelseite die Überschrift »Falsche Mexikaner terrorisieren Berliner Polizisten« gebracht, dazu ein Bild, auf dem er und Kacki im Sombrero in eine Polizeiwanne verladen worden waren, was letztendlich Dr. Votz auf die Wall City Noise gebracht hatte, das war ein Meisterstück gewesen, aber die Vollversammlungen waren doch irgendwie das Schönste, weil da alle mitmachten, weil sie sich ewig hinzogen und die ArschArt in ihrer Idiotie und Grandiosität und Sektenhaftigkeit zur vollen

Entfaltung brachten, er dabei der Oberguru mit Hammer und Kacki als Schriftführer an seiner Seite, leiwand!

Nur heute war irgendwie der Wurm drin, irgendwas stimmte nicht mit Kacki, P. Immel witterte Unheil, Verrat, es müffelt nach Shakespeare, dachte er, und Kacki ist die Nachtigall, aber wer, verdammt nochmal, ist dann die Lerche? Nur gut, dass er sich vorbereitet hatte! Und schon ließ er den Hammer niedersausen, wenigstens das konnten sie ihm nicht nehmen, immer schön mit dem Hammer auf den Tapetentisch, und dass Kacki dabei jedes Mal zusammenzuckte, war kein Schaden, genau dafür hatte er ihn ja zum Schriftführer gemacht, dass er neben ihm am Tapetentisch saß und mit dem Hammer erschreckt werden konnte. Das Protokoll beschlagnahmte er hinterher sowieso, das armselige Kacki-Geschmier, das musste alles archiviert werden, genau wie die Videokassetten, einer musste die Plenums immer auf Video aufnehmen, heute war es Michael 2, weil Kluge krank war, hoffentlich versaute der das nicht.

»Ruhe, Ruhe, ich will, dass jetzt alle die Pappn halten!« P. Immel hämmerte wild drauflos, bis alle still waren.

Michael 2 blickte vom Okular seiner Kamera auf und hob die Hand: »Eine Frage!«

Das war gut, fand P. Immel. Das taugte ihm. Da konnte er gleich noch einmal herumhämmern! »Ja bist deppert, du Powidlhirni?«, rief er dazu. »Dass du net die Goschn halten kannst?!«

»Genau das ist eben meine Frage: Müssen wir das mit dem ganzen Österreich-Gedöns auch durchhalten, wenn wir unter uns sind?«

Gedöns? Hatte er Gedöns gesagt? Das war schon nicht mal mehr Hochdeutsch, das war Niederdeutsch oder irgend sowas Krankes. »Das ist mir doch scheißegal!«, sagte P. Immel, hielt dann aber verwirrt inne: Hatte er scheißegal gesagt statt wurscht? War er auch schon so weit? Und wieso, dachte P. Immel, als er sah, wie sich Michael 1 meldete und auch gleich zu sprechen anfing, ohne dass man ihm das Wort erteilt hatte, sind die neuerdings so mutig und trauen sich was, was ist los, wo ist meine Kontrolle hin, nein, nicht Kontrolle, ich denke zu viel wie ein Deutscher, rief sich P. Immel gedanklich selbst zur Ordnung, obwohl, zur Ordnung, nein, nicht Ordnung, dachte er, Ordnung falsch, nicht Ordnung, Schlamperei, ich muss wie ein Österreicher denken, die Verwirrung war komplett und er gab das Denken ganz auf, das bringt doch nichts, dachte er, das muss jetzt mal aufhören!

»Manche sind ja auch nur halbe Österreicher«, sagte derweil Michael 1. »Enno zum Beispiel. Und Michael 2.«

»Stimmt gar nicht«, protestierte Michael 2. »Ich bin nur ein Viertelösterreicher!«

»Halt die Kamera gerade!«, ermahnte ihn P. Immel.

»Ich bin ein ganzer Österreicher!«, rief Enno, jetzt brechen alle Dämme und Deiche, dachte P. Immel, und auch das war natürlich schon wieder gedacht wie ein Idiot von der norddeutschen Küste, man musste stets auf der Hut sein, der Aufenthalt in diesem Land war wie eine Gehirnwäsche, da hatten die Alliierten in Westberlin den Deutschen noch viel zu viel durchgehen lassen, so preußisch, wie die immer noch waren, und dann wohnte man hier und plötzlich dachte man in Deichen und Dämmen, ohne es zu wollen, obwohl, dachte P. Immel, und dieser Gedanke beruhigte ihn ein wenig, bei der großen Wiener Donauregulierung wurden auch viele Deiche und Dämme gebaut, immerhin!

»Der Jürgen 3, das ist ein halber«, ratschte der Enno derweil sinnlos daher, »und der Bosbach war auch nur ein halber Österreicher. Ich bin ein ganzer Österreicher. Und außerdem möchte ich nicht mehr Enno genannt werden, Florian oder Flo bitte, so wie's richtig ist!«

»Pappn haltn, Tagesordnung!«, sagte P. Immel. »Punkt 2: die Intimfrisur! Da möchte ich jetzt aber mal einen Bericht haben. Jürgen 3 ist dran!«

»Wieso ich? Wieso nicht Kacki?«

»Weil's deine Kneipe ist, du Depp, oder weil du ein halber Deutscher bist, such's dir aus, es ist eben so, du bist dran. Nun berichte schon.«

»Okay, also, man kann die Zahlen folgendermaßen aufschlüsseln: …« Jürgen 3 stand auf und ging nach vorne. Aus lauter Langeweile haute P. Immel mit dem Hammer noch einmal auf den Tapetentisch.

»Aua«, rief Kacki empört. »Das tut jedes Mal weh, ich hab doch beide Hände auf dem Tisch.«

»Dann steck sie in die Hosentasche, Kacki. Wie siehst du überhaupt aus? Wo ist dein brauner Anzug?«

»In der Putzerei. Der hat schon gestunken.«

»Come on, Kacki, warum soll der nicht stinken?«

Jürgen 3 hatte derweil ein Stück Kreide aus der Tasche geholt und hinter ihnen auf die dunkelgraue, fleckige Wand geschrieben: »–2000!!!« Mit drei Ausrufezeichen, wie P. Immel feststellen musste, als er sich mit seinem Stuhl um 90 Grad drehte, um den Schmäh betrachten zu können.

»Minus zweitausend Mark«, sagte Jürgen 3. »Das ist es schon!« Demonstrativ steckte er das Stück Kreide wieder in die Hosentasche.

Was war das nun wieder für ein Schmierentheater? P. Immel war sich nicht sicher, ob er das jetzt gut oder schlecht finden sollte, man muss abwarten, dachte er, wer Aktionskunst macht, darf kein Kontrollfreak sein, schärfte er sich ein. »Das würde ich dann aber schon mal genauer wissen wollen«, sagte er.

»Das ist schnell erklärt«, sagte Jürgen 3 und holte die Kreide wieder aus der Hosentasche raus. »Wir hatten einen Wareneinkauf an Dosenbier von zweitausendundachtundsiebzig Mark und einen Umsatz von zweiundachtzig Mark, das macht in gerade mal drei Wochen Intimfrisur einen Verlust in Höhe von eintausendneunhundertachtundneunzig Mark, das gebe ich zu, da war ich hier ...«, er wischte die –2000 weg und ersetzte sie durch die Zahl –1998, »... ein wenig unkorrekt!«

»Aha!«, sagte P. Immel möglichst spöttisch. »Das kommt mir leicht sarkastisch vor, wie der Herr Halbpiefke das hier vorträgt.«

Manche lachten, das war schon mal gut, fand P. Immel, denn wo gelacht wird, da ist auch Häme und Kälte, und keine Aktionskunst ohne Häme und Kälte, dachte P. Immel, das war eine der Regeln, die er niemals laut aussprach, aber immer beherzigte.

»Das sind Tatsachen. Das Geld ist weg!«, sagte Jürgen 3.

»Ich höre immer Geld«, sagte P. Immel. »Welches Geld denn überhaupt?«

»Das Geld hier!« Jürgen 3 zeigte auf die Zahlen an der Wand. Blöder ging's ja wohl kaum!

»Ja, aber das sind ja nur Zahlen mit Kreide auf der Wand!«, sagte P. Immel heiter. »Womit ist denn das alles bezahlt worden? Wo kam das Geld her?«

»Ja nun ...«, sagte Jürgen 3 und schaute auf Kacki.

Kacki wurde rot, nur gut, dass P. Immel sich nur um 90 Grad gedreht hatte, da sah er das sofort, sehr verdächtig! »Nun, Kacki? Was wirst du denn so rot, wenn der dich anschaut, der halbe Herr Piefke? Wo is denn des Knedl her?«, wechselte er ins heimische Idiom, damit Kacki gleich mal den Ernst der Lage übernaserte.

»Das Geld habe ich aus der Instandsetzungskassa genommen!«, sagte Kacki entschlossen. »So!«, fügte er sinnlos an.

Das war nicht gut, fand P. Immel. Beim Geld hörte der Spaß auf. Die Instandsetzungskassa hieß so, weil die Fetzenschädel ihre Miete nicht hatten zahlen wollen, weil die ArschArt doch offiziell ein besetztes Haus war, obwohl das Haus ihm, P. Immel, gehörte, da hatte er ihnen die paar Groschen, die sie in der Tasche hatten, mit einer Instandsetzungskassa aus derselben gezogen, weil da konnten sie ja schlecht nein sagen, weil ja alle jetzt von Instandbesetzung redeten in dieser von völlig hirnmaroder Politik verdorbenen Stadt. Also war das sein, P. Immels, Geld gewesen, das hätte Kacki eigentlich klar sein müssen. Schließlich hatte P. Immel sich selbst als Säckelwart für die Instandsetzungskassa eingesetzt, was glaubten die wohl, warum? Und wie hatte Kacki das Geld überhaupt gefunden?

»Aus der Instandsetzungskassa?!«, sagte er nun und das darin mitklingende Entsetzen war nicht gespielt. »Ohne mich zu fragen? Ich bin doch der Kassier von der Instandsetzungskassa!«

»Das hast du behauptet, aber das wurde nie beschlossen«, sagte Kacki. Der traute sich was! »Und damit wird ja sowieso nichts Gescheites getan. Die war ja nur in dieser Keksdose bei dir da im Zimmer, Peter. Und wir wollten es ja auch bloß ausborgen und vermehren und dann zurückzahlen. Und ohne Bier kann man ja wohl kaum eine Kneipe betreiben.«

»Ja, aber wenn ich mir so die Buchhaltung von euch Sackhaarondulierern da anschaue« – P. Immel zeigte auf die Tafel –, »würde ich das nicht betreiben nennen, was ihr da gemacht habt. Eher verpatzen.«

In der richtigen Welt hätte Kacki jetzt einknicken und zu weinen anfangen müssen oder was auch immer, vorsorglich tat er P. Immel schon ein bisschen leid, aber nichts da! »Weil ihr alle alles versoffen habt«, rief Kacki, »so sieht's aus! Hier, ich hab's mir aufgeschrieben, am Ende habe ja vor allem ich alles getan, die ganze Arbeit da ...«

»Und ich? Ich etwa nicht?!«, rief Jürgen 3. »Ich habe die ganze Zeit da gearbeitet.«

»Und der Jürgen 3«, gab Kacki zu. »Wenn auch nicht die ganze Zeit! Jedenfalls habe ich mir das dann doch einmal genau aufgeschrieben ...«

Und mit einem durchaus bösartigen, wie P. Immel fand, Blick auf ihn, P. Immel, seinen alten, ja ältesten Freund aus gemeinsamen Kindertagen im sechzehnten Bezirk, zog Kacki einen Zettel aus der gschissenen schmutzfarbenen Cordjacke, die er jetzt statt dem schönen braunen Sakko trug, und las vor:

»Also: Michael 1, vierundzwanzig Bier, Michael 2, achtzehn Bier, Jürgen 1, siebzehn Bier ...«

*

»Gar nichts, gar nichts wird hier gemacht. Hier wird keine Kassette aufgenommen und auch nicht dazu gebohrt.«

Erwin stand in der Tür und sagte das jetzt schon zum dritten Mal. Karl, Ferdi und Raimund nickten eifrig mit den Köpfen. »Also, damit das klar ist: Nicht bohren. Nicht aufnehmen.«

Wieder nickten die drei, Frank schloss sich ihnen mit einem leichten Kopfschütteln an, damit Erwin endlich abhaute.

»Kein Ding, Erwin«, sagte Ferdi.

»Logo«, sagte Raimund.

»Easy«, sagte Karl.

»Ich verlass mich drauf, Lehmann!«, sagte Erwin ermahnend zu Frank. »Du bist hier verantwortlich!«

»Kein Problem, Erwin. Ich mach's.«

»Wieso machen? Was willst du denn machen?«

»Also nicht. Also nicht machen, meine ich.«

»Okay«, sagte Erwin. »Wenn ich nur noch wüsste, warum ich hergekommen war ...«

Irgendwas mit Helga und schwanger, erinnerte sich Frank, aber das sagte er lieber nicht, dann würde alles wieder von vorne anfangen. »Ich würde gerne Milch kaufen und das mit dem Milchkaffee anbieten«, sagte er stattdessen, »da kann man glatt zwei Mark fünfzig nehmen, das nehmen die am Ufer auch. Die nehmen sogar drei Mark! Dann sind wir billiger als die, dann kommen die Leute!«

»Das ist mir jetzt auch schon scheißegal, ehrlich mal! Dann mach's halt.«

»Und wir brauchen dann auch so Schalen, so wie die Franzosen. Die sind ohne Henkel, die bringt Chrissie von Ikea mit, wenn's klappt.«

»Ich will's nicht wissen. Ich bin schon weg!«

Erwin ging.

»Ja, nun aber schnell!«, sagte Ferdi. Karl ging mit dem Betonblock in die hintere, dem Tresen gegenüberliegende Ecke, wo die kleine Bühne war. Auf der stand ein Tisch, auf dem stellte er den Betonbrocken ächzend ab. »Hier ist es gut«, sagte er. »Ist denn irgendwo Strom?«

»Moment mal! Erwin hat doch gesagt ...«, sagte Frank.

»Komm schon, Frankie«, unterbrach ihn Karl Schmidt, »du willst doch wohl nicht einen auf Spielverderber machen! Ich meine, wie altjüngferlich kann man sein, erst der Quatsch mit dem Milchkaffee und jetzt hier einen auf Spaßverderber machen, ich kann gar nicht glauben, dass du wirklich Freddies Bruder bist! Ich glaube, du brauchst mal irgendwie Sex oder so.«

»Am Arsch! Das hat mit Sex nichts zu tun!«, wehrte sich Frank. »Hier wird nicht gebohrt! Ich habe den Laden gerade erst saubergemacht.«

»Hör mal, ich hab's doch erklärt«, sagte Ferdi. »Der Übungsraum ist zu klein und die Bohrmaschine ist zu laut. Und ohne Bohrmaschine kommt man bei der Wall City Noise nicht rein! Das versteht doch jeder. Da muss man doch nicht gleich hier rumspießern!«

»Echt mal!«, sagte Raimund. Er hatte sich hinter den Tresen geschlichen und fummelte am Kassettendeck herum.

»Hau hinterm Tresen ab! Du hast hier nichts zu suchen!«

»Ich hab hier auch mal gearbeitet.«

»Mir doch scheißegal.«

»Komm schon, Frankie!«, sagte Karl.

»Und sag nicht Frankie, Charlie«, ätzte Frank. »Frank ist mein Name! Das kann ja wohl nicht so schwer sein!«

»Mein Gott, du bist heute aber echt zickig. Weißt du, was du brauchst?«

»Nein. Und ich will's auch nicht wissen!«

»Das weißt du doch sowieso schon selber«, sagte Karl, »das ist doch offensichtlich, ich meine, du willst Milch aufschäumen, ich kenne das, das sind alles Ersatzhandlungen, da hängt man einen Rüssel in ein Gefäß und lässt es dann ordentlich sprudeln, da muss man ja wohl kein Freudianer sein, um zu wissen, dass einer, der sowas will, eigentlich nur mal wieder richtig Sex braucht! Hallo Lisa!«, sagte Karl. Eine Frau in Chrissies Alter war hereingekommen.

»Hallo Karl! Wer braucht Sex?«

»Schon gut. Niemand.«

»Ich hätte gerne einen Milchkaffee!« Die Frau setzte sich an den Tresen und schaute Frank an. »Kann ich einen Milchkaffee haben?«

»Äh ...«, sagte Frank. Das war eine tolle Frau, fand er, so toll, dass es ihm die Sprache verschlug.

Die tolle Frau drehte sich zu Karl Schmidt um.

»Ich wusste gar nicht, dass hier tagsüber auf ist. Was war das mit dem Sex, Karl Schmidt?«

»Die Milch ist alle«, sagte Frank.

»Schade, dann gehe ich mal weiter. Ich kam nur gerade vorbei und wollte einen Milchkaffee trinken, ich glaube, ich gehe dann mal weiter, wenn hier die Milch alle ist und ihr nur Sex im Kopf habt.«

»Ich nicht, aber andere!«, sagte Karl. »Bleib mal schön hier. Die Milch ist zwar alle, aber ich glaube, Frankie hier wollte gerade zum Supermarkt gehen und Milch holen, oder Frankie?«

»Nicht Frankie bitte, Frank!«, sagte Frank und konnte dabei die Augen nicht von Lisa lassen.

»Eben doch!«, sagte Karl. »Du kannst gar nichts dagegen machen, die Leute haben entweder zweisilbige Namen oder sie haben Spitznamen. Ferdinand: Ferdi. Raimund: Raimund. Elisabeth: Lisa. Erwin: Erwin. Und dann eben Frank: Frankie.«

»Karl: Charlie!«, ergänzte Raimund.

»Nicht Charlie bitte!«

»Ich heiße nicht Elisabeth, ich heiße nur Lisa!«

»Du kannst gar nichts dagegen machen!«, sagte Karl.

»Wer weiß!«, sagte Lisa und sah dabei Frank an. »Stimmt das?«, fragte sie. »Holst du Milch?«

»Auf lange Sicht ist das so«, ließ Karl nicht locker, »wenn sie dich nicht Frankie nennen, nennen sie dich irgendwann Lehmann, ist dir das etwa lieber?«

»Also ich finde Lehmann irgendwie gut. Das reimt sich auf Seemann. Das ist irgendwie heiß, finde ich«, sagte Lisa.

Frank spürte, wie er rot wurde.

»Okay, ich gehe dann mal Milch holen«, sagte er.

»Das ist gut«, sagte Ferdi, »geh mal los, wir passen so lange auf, dass nichts wegkommt!«

*

In der ArschArt-Galerie lief munter weiter das Plenum und Kacki hatte kein gutes Gefühl Jürgen 3 betreffend, er treibt immer weiter einen Keil zwischen mich und den Peter, dachte Kacki, es war wie bei Ödön von Horváth, einer musste zerstört werden und Jürgen 3 dachte vielleicht, dass er, Kacki, das sein würde, aber am Ende war er immer noch der alte Kumpel vom P.-Immel-Peter und wenn es hart auf hart kam auch der Einzige, der gegen den Peter anstinken konnte, zur Not Seitenwechsel, schärfte er sich ein, aber groß darüber nachdenken konnte er nicht, er musste weiter vorlesen, was auf seinem Zettel stand, vielleicht prekär, aber auch die Wahrheit, was da draufstand, und diese Wahrheit las er vor und das schon eine ganze Weile, daran konnte nichts falsch sein, Wahrheit bleibt Wahrheit, dachte Kacki und kam zum großen Finale, indem er sagte: »... und Karsten hatte vierzehn Bier, Heiner hatte achtzehn und Enno hatte achtundzwanzig Bier. So! Und das sind nur die, die heute hier sind!«

»Ich heiße überhaupt nicht mehr Enno«, rief Enno. »Kann das vielleicht endlich mal einer kapieren? Florian heiße ich, das kann doch nicht so schwer sein. Enno habe ich überhaupt nie wirklich geheißen, ich möchte das nicht mehr!«

»Na und«, sagte Heiner, »ich heiße auch nicht Heiner, aber ich beschwere mich nicht!«

»Ich aber schon! Warum sagt ihr jetzt nicht endlich wieder Flo?! So wie's früher war!«

»Halt die Pappn, Enno«, fuhr P. Immel dazwischen, »solange du wie ein Preuße daherredest, heißt du auch Enno! Außerdem ist Flo ein Scheißname!«

»Wir können nicht alle von Haus aus Pimmel heißen!«

»Ruhe, Ruhe, Ruhe! Enno: Strafbank! Stimmrechtentzug für dieses und das nächste Plenum!« P. Immel drehte den Kopf zur Seite und sah Kacki an. »Und nun?«

»Welches Stimmrecht«, rief Enno, aber Kacki wollte das jetzt nicht vertieft sehen, also sagte er schnell: »Nun weiß ich auch nicht! Wir haben ein Minus, verdient hat keiner was, ich habe umsonst gearbeitet, Jürgen 3 hat umsonst gearbeitet, Tag und Nacht!«

»Was man so arbeiten nennt«, sagte P. Immel. »Umeinandergestanden und mitgesoffen habt ihr. Ansonsten muss das Geld sofort eingetrieben werden, das muss sofort zurück in die Instandsetzungskassa!«

Darauf hatte Kacki nur gewartet. »Okay«, sagte er, »das wären dann bei zwei Mark fünfzig pro Dose Bier,

warte mal, ich hab's mir aufgeschrieben: ...« Er holte einen zweiten Zettel aus seiner Jacke und las vor: »Also: Michael 1, sechzig Mark, Michael 2, fünfundvierzig Mark, Jürgen 1, zweiundvierzig Mark fünfzig, ...«
Das Plenum wurde unruhig.

*

Kerstin hätte für die Rückfahrt vom Ikea gerne mal mit Chrissie getauscht, also dass sie oben gesessen hätte, bei Chrissie auf dem Schoß, aber davon hatte die nichts wissen wollen, »Du bist doch viel schwerer als ich«, hatte sie gesagt, das böse kleine Luder, also saß Chrissie wieder oben und Kerstin hatte keine Lust mehr, das war nicht mehr das Babylein, das sie mal so geliebt hatte, nun gut, die Liebe war noch da, aber das Babylein nicht mehr, so schwer wie es nun war, Kerstin hatte schon ganz taube Beine.

Und Wiemer hörte auch nicht auf zu quatschen: »Ich sag ja nur«, sagte er, »wir hätten weiß Gott schneller da wegkommen können, wenn ihr uns mal ein bisschen geholfen hättet.«

»Was soll's denn da zu helfen gegeben haben? Das war doch sowieso alles Zeug von dem da! H.R., sowas spreche ich als Namen gar nicht aus.«

»Dann sag halt Heinz-Rüdiger«, gab Wiemer zurück. Was war denn mit dem los? Wollte der sie loswerden? Konnte er haben! Da war sowieso schon einiges erkaltet von ihrer Liebe zu dem suspendierten Kunsthausguschtl!

»Heinz-Rüdiger ist nicht gut, das hat vier Silben, vier Silben ist zwar immer noch besser als drei, aber nicht so gut wie zwei«, sagte H.R., der, das musste Kerstin sich eingestehen, hinter dem Steuer des LKWs ziemlich gut aussah, das hatte was, wie er dort einen auf Kapitän der Landstraße machte, wie er das Lenkrad hin- und herdrehte, irgendwie sexy, er strahlte jedenfalls eine Selbstsicherheit aus, die Wiemer völlig abging.

»H.R., das klingt ja, wie wenn einer sich räuspert«, sagte sie, um das letzte Wort zu haben.

Daraufhin schwiegen alle. Das war dann auch wieder komisch, Kerstin war sich nicht sicher, ob die Leute ihren kleinen Witz verstanden hatten, Chrissie jedenfalls hatte noch nicht einmal zugehört, wie es schien, die saß nur auf Kerstins Schoß, versperrte ihr die Sicht und rauchte in einer Tour.

»Weil er einen Frosch im Hals hat«, versuchte Kerstin zu erklären.

Darauf ging keiner ein.

»So ha cha, so räuspermäßig«, versuchte sie es ein letztes Mal.

Idioten!

*

Am Ende der Wiener Straße, kurz bevor sie auf die Hochbahn und die Skalitzer Straße traf und dort ihren Namen lassen musste, war ein Bolle-Supermarkt, den kannte Frank schon, er kannte überhaupt alle Supermärkte in der Gegend, auch die Markthalle in der Eisenbahnstraße, den Getränkemarkt in der Pücklerstraße, den Reichelt am Kottbusser Damm, den Bilka am Kottbusser Damm, wo sie außer Essen auch noch andere Sachen hatten, Klamotten, Kurzwaren, den ganzen Kram, auch den schmuddeligen kleinen Edeka in der Reichenberger Straße, überall war er schon gewesen, er hatte oft eingekauft und dabei die Gegend erkundet in den zwei, drei Wochen, in denen er jetzt mit H.R., Karl Schmidt und Chrissie zusammenwohnte, so oft, dass die anderen das irgendwann als »spießigen Einkaufswahn« (Chrissie), »Sammelwut« (H.R.) und »muttihaften Betreuungsinstinkt« (Karl) verspottet hatten, da war dann mal Schluss gewesen, sonst hätte er jetzt auch aus der Wohnung über dem Einfall einen Liter Milch aus dem Kühlschrank holen können, aber der Kühlschrank war leer, Frank Lehmann war zwar neu in der Stadt, aber nicht so völlig verblödet, dachte er jetzt, sich selbst in die dritte Person setzend, was irgendwie komisch war, aber auch gut komisch, jedenfalls war Frank nicht so verblödet, dass er sich zugleich ausnutzen und verspotten ließ.

Nun stand er an der Kasse im Bolle am Ende der Wiener Straße mit drei Litern H-Milch im Arm und sah dabei zu, wie eine alte Frau Münzen in ihrer flachen Hand besichtigte.

»Warten Sie mal, ich habe irgendwo noch zehn Pfennige, warten Sie ...«, sagte sie.

»Oder zwee Sechser, dit ginge ooch«, sagte die Frau an der Kasse. »Soll'ck ma helfen?«

»Nee danke, dit machick lieber selber!«

Frank fand das schwer erträglich. Er war sich nicht sicher, ob es wirklich klug gewesen war, das Café Einfall im Stich zu lassen, auch wenn Karl noch dort war, der war ja immerhin ein Kollege, nur deshalb hatte Frank sich das überhaupt getraut, aber den anderen beiden Glitterschnitter-Flitzpiepen traute Frank keine fünf Meter weit, da war er jetzt schon ein bisschen nervös und hatte es eilig, außerdem wollte er Lisa schnell wiedersehen, wer wusste schon, wie lange die noch auf ihn und die Milch und den Milchkaffee warten würde!

»Ha'ck glei«, sagte die alte Frau und starrte weiter auf ihre Hand mit dem Geld. Dann rührte sie mit einem Zeigefinger der anderen Hand darin herum.

Frank stellte die Milch auf dem Transportband ab und hielt der alten Dame ein Geldstück hin.

»Hier, nehmen Sie, dann passt es«, sagte er freundlich.

»Wat soll'n ditte?«

»Zehn Pfennige. Können Sie haben. Damit's weitergeht.«

»Wat isn ditte? Binnick ne Prostituierte, dass ick Jeld annehme?«

»Nein, aber Sie brauchen doch zehn Pfennige, nun nehmen Sie sie doch, ist geschenkt, ich muss zurück zur Arbeit.«

»Lassen Sie sich nicht drängeln, Frau Kopetzki, immer schön langsam mit die jungen Pferde«, sagte die Frau an der Kasse.

Jetzt wurde es Frank aber ein bisschen zu dumm. Da will man einmal nett sein, dachte er, und gleich geht's wieder los mit den dummen Sprüchen! »Was für Pferde denn jetzt?«, sagte er. »Ich hab's eilig, ich muss zurück zur Arbeit!«

»Watt'n, Arbeet? Wat laufense denn hier rum, wennse uff Arbeet sind, dit vaschteh'ck nich!«, sagte die alte Frau. »Arbeeten und einkoofen? Jeht'n dit zusammen?«

Die Kassiererin nickte: »Kann ja wohl so eilig nicht sein, die Arbeit, wenn man da noch wat koofen kann, wür'ck ma saren!«

*

Die Sache lief und sie lief gut. Oder jedenfalls machte sie Spaß. Raimund verstand zwar nicht, warum Ferdi das mit der Bohrmaschine überhaupt neu abmischen wollte, Raimund fand, eine Bohrmaschine durfte ruhig laut im Mix sein, die Trommeln waren ja noch zu hören, das reichte doch, wahrscheinlich so ein Synthiespielerscheiß, dachte er, aber er musste zugeben, dass die Sache Spaß machte. Er stand am Kassettendeck vom Café Einfall und hatte die Hand am Lautstärkeknopf des Verstärkers; aus der Stereoanlage der Kneipe kamen brüllend laut sein Schlagzeug und das Synthiegepiepse und -geheule und am anderen Ende des Raumes versenkte Charlie seine Hilti-Bohrmaschine kreischend im Beton. Etwas weiter links, in Raimunds Nähe, stand Ferdi mit seinem tragbaren Kassettenrecorder und nahm alles auf, er hatte einen schnellen Soundcheck gemacht und sich für diese Position entschieden, »hier ist genau der Mix, den ich will«, hatte er gesagt, und Charlies Hinweis, dass mit einer zusätzlichen Kassettenrecorderaufnahme aber auch der Rauschpegel auf der Kassette ansteigen würde, hatte er mit »kleinbürgerlicher Hi-Fi-Scheiß« abgetan, was nun aber irgendwie ein Steineschmeißen im Glashaus war, fand Raimund, denn wer hatte denn mit der Korinthenkackerei angefangen, von wegen die Bohrmaschine zu laut, egal, Ferdi gab Charlie Zeichen zum Bohren und hielt dabei den kleinen Kassettenrecorder hoch und in der Mitte des Raumes war Lisa und tanzte und Raimund freute sich, es war lustig, was hier lief, nicht sehr musikalisch, aber lustig, und ansonsten wartete er auf das Zeichen für den Fade out, das Ferdi ihm angekündigt hatte, »ich zeige dir, wenn du runterfaden musst, dann müssen wir das nicht nochmal überspielen, sonst wird es zu schlimm mit der

Rauscherei«, hatte er gesagt, also was denn nun?, aber jetzt ging die Tür auf und der Typ, dem die Kneipe gehörte, kam rein und schrie irgendwas, was wie »Was ist denn hier los?« aussah und auch wie »Macht sofort aus«, aber das war nur Lippenleserei, das hatte keine Gültigkeit, fand Raimund.

Ferdi war auch mehr der Typ für Gebärdensprache im Augenblick, war ja klar bei dem Krach, Ferdi machte also für den Typen und für Raimund neue, unabgesprochene Handzeichen, die wohl bedeuten sollten, dass a) Raimund auf keinen Fall das Playback stoppen oder leiser drehen und b) der Typ vom Einfall mal still sein sollte.

Der Typ, dessen Namen sich Raimund nicht gemerkt hatte, weil was ging ihn der Name von dem Typen an? – als er, Raimund, in diesem Laden einst gearbeitet hatte, hatte der noch Zartbitter geheißen und war eine Schwulenkneipe gewesen, egal, jedenfalls ging der Typ ohne Namen hinter den Tresen und Raimund hatte schon Angst, dass er an die Anlage wollte, um sie abzudrehen oder sowas, das hätte schmutzig werden können, aber er blieb kurz vor Raimund stehen und machte sich an der riesigen Kaffeemaschine einen ... Pfefferminztee! Krank! War der extra deshalb zurückgekommen? Er ließ also das Wasser in ein Teeglas mit Pfefferminzteebeutel laufen und sah dabei Raimund komisch an, und Raimund gab ihm einfach mal ein kleines Daumenhoch, warum auch nicht.

Dann gab Ferdi das Fade-out-Zeichen und Raimund drehte erst langsam, dann immer schneller die Musik runter, aber Karl Schmidt bohrte weiter und das Mädchen Lisa hörte nicht auf zu tanzen, sie legte sogar noch einen Zahn zu bei ihren Verrenkungen, und Ferdi, der gute alte Ferdi, nahm's mit Humor und schaute ihnen lächelnd zu, nachdem er mit großer Geste die Stopptaste auf seinem kleinen Kassettenrecorder gedrückt hatte.

Der Typ, der, jetzt fiel es Raimund wieder ein, Erwin hieß, rief: »Seid ihr wahnsinnig? Wo ist der kleine Lehmann?!«

»Der ist beim Bolle! Milch kaufen!«, rief Raimund.

Charlie hörte auf zu bohren. »Sind wir fertig?«

»Wo ist der?«

»Beim Bolle!«, sagte Raimund. »Glaube ich jedenfalls. Ich würde zum Bolle gehen, wenn ich jetzt Milch kaufen wollte!«

*

»Aber ich kaufe die doch hier für die Arbeit ein«, sagte Frank.

Beim Bolle ging es nicht weiter. Die alte Frau stand wie angenagelt da und schaute abwechselnd auf ihr Kleingeld, auf Frank und auf die Supermarktkassiererin, je nachdem, wer gerade ihre Aufmerksamkeit brauchte.

»Na sauber! Wat soll'n dit für ne Arbeit sein, wo einer für Milch kauft?«, sagte die Kassiererin.

»Na, in der Kneipe. Für Milchkaffee.«

»Wat? Milchkaffee? Mit H-Milch? Dit kommt doch immer im Fernsehen, da kann man so Pulver für koofen, dit is jané schlecht, dit is dit Neueste.«

»Ist es nicht. Das ist uralt«, sagte Frank.

»Ja, und Sie werden hier an dieser Kasse auch uralt, wenn Sie frech werden. Da wären Sie nicht der Erste!«

»Da ist er ja, der Groschen«, sagte die alte Frau und

zeigte auf die Zehnpfennigmünze, die Frank noch immer in der Hand hielt. »Da ist er ja!«

*

»Und was ich noch vergessen habe«, kam Kacki in der ArschArt-Galerie zum Höhepunkt seiner Ausführungen, »P. Immel hatte zweihundertdreiundfünfzig Dosen Bier und das wären dann mal zwei Mark fünfzig, also das wären ...«

Weiter kam er nicht. Der Peter ließ den Hammer niedersausen, und weil Kacki gerade beide Ellenbogen auf dem Tapetentisch aufgestützt hatte, um sich ausdrucksstark mit beiden Händen den Zettel vor die Augen zu halten, zwiebelte das so dermaßen in den Musikantenknochen, dass Kacki aufstöhnte und ihm Tränen in die Augen traten.

»Papperlapapp, Kacki«, schrie der Peter. »Die habe ich doch nicht alleine getrunken! Die haben alle möglichen Leute getrunken!«

Jürgen 1 rief: »Und was ist das überhaupt für ein Scheißpreis, zwei Mark fünfzig für ein lausiges Aluweckerl?! Das ist eh viel zu teuer!«

Allgemeine Aufregung und Empörung, von überall her Rufe.

»Das zahl ich nie!«

»An Schmäh!«

»Bist deppert?!«

P. Immel haute wieder auf den Tisch. »Ruhe! Halst alle die Goschen!« Er zeigte mit dem Finger auf Kacki. Jetzt wird's arg, dachte Kacki, jetzt heißt es stark bleiben!

»Kacki, das ist nicht mehr prekär, was du da machst, das ist infam. Erst nehmt ihr das Geld aus meiner Winterfestmachungskassa, um eure blöden Schultheißdosen für euren blöden Sackfrisiersalon zu kaufen und dann wollt ihr auch noch mich – also von mir! – abkassieren, habt ihr denn überhaupt kein Schamgefühl mehr?«

Die Empörung wurde daraufhin nicht weniger, aber die Fronten unklarer, »Wieso deine Kassa? Winterfestmachung ist für alle da!«, rief zum Beispiel jemand, da traute sich einer was, andere riefen, »Hört, hört!«, einer rief »Kacki!«, andere wiederum »P. Immel! P. Immel!«, was immer das bezwecken sollte, es war eine ganz undurchsichtige Stimmungslage, die sich da präsentierte und Kacki schöpfte etwas Hoffnung, dass P. Immel diesmal nicht gewinnen würde, nicht heute, dachte er, nicht auf diesem Plenum, denn wenn einer immer gewinnt und der andere nie, dachte er, dann leidet irgendwann die Freundschaft, auch eine ganz alte aus Ottakring, das kann keiner wollen, dachte Kacki.

Jürgen 3 stand auf, bat mit Gesten um Ruhe und sagte: »Wenn ich dann einen Vorschlag machen dürfte, die Herren!«

*

»Und ob das Scheiße ist, Ferdi!«, sagte Erwin, als Frank das Café Einfall betrat. Frank ging hinter den Tresen und bückte sich, um die Milchkartons zu verstauen, während Erwin weitersprach: »Das wird Leo dir auch sagen, falls sie mit dir sprechen sollte, aber warum sollte sie das tun?«

»Leo? Welche Leo? Die von der Noise?«

»Natürlich Leo von der Noise! Wie wollt ihr denn da reinkommen, wenn ihr noch nicht mal Leo kennt?«

»Natürlich kenn ich die!«

»Klar kennen wir Leo«, mischte sich Karl Schmidt ein. »Oder, Ferdi?«

»Natürlich kenn ich die. Die kennt doch jeder! Wir haben da doch schon gespielt, mit Zwei Himmelhunde auf dem Weg zur Hölle!«

»Und Wiemer kennt die auch«, sagte Karl. »Und Wiemer hat gesagt, wenn wir ein Tape machen, dann gibt er das Leo.«

»Genau«, sagte Erwin höhnisch. »Und morgen ist der 6. Dezember, da kommt dann der Nikolaus durch den Schornstein und tut euch Mandarinen in die Strümpfe, ihr Vögel! Das könnt ihr doch vergessen!«

Frank dachte wieder an Lisa. War die noch dagewesen, als er eben hereingekommen war? Und wenn ja, was würde sie von ihm denken, wenn er sich hier feige hinter dem Tresen verkroch. Er kam hoch und sah sich um.

»Jetzt hör aber mal auf, Erwin!«, sagte Ferdi. »Das ist 1a Noise-Musik vom Allerfeinsten! Wenn die irgendwas bei der Wall City Noise brauchen, dann Noise!«

»Ja, vielleicht! Aber man macht doch keinen Bohrmaschinen-Noise auf die Musik und dann soll der so leise sein, dass man das Schlagzeug noch hört! Was ist das denn für ein halber Kram?«

»Wieso denn jetzt halber Kram? Ich spiel doch nicht Schlagzeug zum Spaß!«, sagte Raimund, der bei Frank hinterm Tresen stand und ihm verschwörerisch zuzwinkerte, warum auch immer. »Außerdem hat man das eh noch gehört. Das Schlagzeug hört man immer! Ich dachte, das ist wegen dem Synthie.«

»Das ist eben euer Problem«, sagte Erwin, »dass ihr Scheiße von Gold nicht unterscheiden könnt. Euer Tape aus dem Übungsraum war doch gut, ihr beide spielt da euer Gedudel und Getrommel und wenn der Bohrmaschinen-Noise losgeht, seid ihr weg vom Fenster, das ist doch gut! Was soll denn eine Bohrmaschine bringen, wenn die nicht superlaut ist?«

Lisa stand hinten an der Wand und machte etwas, das nach Tanzen aussah, irgendwelche Verrenkungen, die sahen gut aus, auch ohne Musik, aber ohne Musik natürlich auch superseltsam. Frank schaute ihr so lange zu, bis ihre Blicke sich trafen. Da hörte sie auf zu tanzen und kam an den Tresen. Sie kletterte auf einen Hocker und behielt ihn dabei die ganze Zeit im Blick.

Frank hob einen der Milchkartons und zeigte ihn ihr mit fragendem Blick.

Sie nickte. Jetzt verstehen wir uns schon wortlos, dachte Frank.

»Also«, sagte Ferdi, »du meinst, wir sollen das erste Tape aus dem Übungsraum nehmen, das Übungsraumtape mit der Bohrmaschine?«

»Wenn schon, denn schon«, sagte Erwin. »Ich kenn doch die Leo! Die heißt Leonore eigentlich. Oder Leopoldine? Jedenfalls ...«

»Siehst du? Sag ich doch«, sagte Karl zu Frank. »Bei Namen immer zwei Silben. Hab ich gesagt!«

Frank versuchte, die H-Milch-Kartons an einer dafür bezeichneten Stelle mit der Hand aufzureißen, aber es funktionierte nicht, er kriegte die Pappe nicht kaputt. Das sah sicher peinlich aus, wie er sich da abmühte, leider war nirgendwo eine Schere.

»Frank – Frankie; Ferdinand – Ferdi und immer so weiter«, sagte Karl.

»Karl – Charlie!«, sagte Frank.

»Nicht Charlie! Karl Schmidt hat auch zwei Silben, sagt einfach Karl Schmidt!«

»Kannst du bei Leo ein Wort für uns einlegen, dass die uns da spielen lässt?« Raimund holte ein Schweizer Taschenmesser aus der Tasche und hielt es Frank hin.

»Am Arsch. Geht da mal schön selber hin«, sagte Erwin.

»Ich dachte, wir schicken das mit der Post. Oder ist das schon zu spät?«

»Zwei Sachen!«, sagte Erwin. »Erstens: Sowas schickt man nie mit der Post! Was seid ihr denn für Naivlinge? Zweitens ist die Wall City Noise in knapp zwei Wochen! Da braucht ihr schon irgendwie eine Brechstange, um da noch reinzukommen.«

Eine kurze Zeit war alles still. Frank spülte den Olympia-1972-Becher aus und befüllte ihn zur Hälfte mit Milch.

»Dann nehmen wir jetzt das erste Tape, oder was?«, sagte Karl Schmidt.

»Ja, und dann sollten wir vielleicht gleich mal bei Leo vorbeigehen«, sagte Ferdi.

»Ja, macht das«, sagte Erwin. »Die hat ihr Büro über dem Sektor am Walther-Schreiber-Platz.«

»Kennen wir. Kennt jeder.«

»Ja schön. Dann fahrt da mal gleich hin! Und das Tape mit der Bohrmaschine nicht vergessen! Und die Bohrmaschine auch nicht. Und den da«, Erwin zeigte auf Raimund, »auch nicht!«

»Super«, sagte Raimund. Und zu Frank sagte er: »Brauch ich wieder.« Er zeigte auf das Taschenmesser.

»Und nimm den Stein mit, Karl Schmidt. Und du …«, wandte sich Erwin an Frank, »du kannst dahinten gleich wieder saubermachen!«

Die Stimmung im LKW war mies. Die beiden Frauen waren besonders schlecht drauf. Kerstin antwortete auf alles, was Wiemer sagte, schnippisch bis wortkarg bis gar nicht, das war übel und außerdem ungerecht, und untereinander waren sie sich auch nicht grün, Chrissie hatte Kerstin Susi genannt, seitdem war Funkstille. Aber wenn jemand beleidigt sein sollte, dann ja wohl er, Wiemer, für ihn hatte die ganze Ikea-Sache gar nichts gebracht, er hatte noch kurz mit dem Gedanken gespielt, sich ein Bündel von zwanzig Geschirrhandtüchern für nur zehn Mark zu kaufen, aber dann war er im letzten Moment zurückgezuckt – hätte er die bloß gekauft, warum hatte er das nicht getan?! Sogar Chrissie, die verwöhnte Göre, die ihre Mutter und natürlich auch ihn, Wiemer, immer so schlecht behandelte und so undankbar war, hatte sich trotz aller Anti-Ikea-Meckerei etwas gekauft, einen Riesenstapel Suppenschalen namens Björk, und die hatte Kerstin ihr auch noch bezahlt, zusätzlich zu der Matratze und dem Bett und dem großen Schrank, während er, Wiemer, wohl nur fürs Schleppen mitgekommen war, so sah das jetzt aus, eben noch Leiter vom Kunsthaus Artschlag, jetzt schon Möbelpacker für schwedischen Klimbim! Und keine Geschirrtücher! Und bei H.R. war er wegen dem Bild für die Wall City auch nicht weitergekommen!

Sie bogen von der Skalitzer Straße in die Wiener Straße ein, da grüßte schon die Pizzeria Los Amigos und Wiemer spürte, dass er Hunger hatte, da würde er später hingehen und sich beim Toni, der eigentlich Ahmed hieß, eine schöne Pizza Meeresfrüchte genehmigen, vielleicht kam Kerstin ja ohne ihre Tochter mit, man darf die Hoffnung auf ein besseres Leben nicht aufgeben, dachte Wiemer.

Vor dem Café Einfall fuhr H. R. auf den Haltebereich für die Busse der Linie 29 und schaltete den Motor ab.

»Super«, sagte er, warum auch immer.

»Geh mal runter«, sagte Kerstin zu ihrer Tochter, »ich muss dringend aufs Klo!«

»Ich komm mit!«, sagte Chrissie.

*

Jürgen 3 redete und redete, aber P. Immel hörte nicht mehr richtig zu, er war abgelenkt, er sah überall nur noch Verrat, Jürgen 3 ein Verräter, Kacki ein Verräter, Enno ein Verräter, H. R. sowieso und, Shakespeare hin, Shakespeare her, zu viele Verräter waren dann auch nicht gut, Verrat gut, aber Verräter in der Überzahl schlecht, wer sollte die alle bekämpfen? Da war eine große Müdigkeit, die P. Immel jetzt überkam, während Jürgen 3 weiter und weiter mit seiner angstrudelten – ja was eigentlich? Präsentation? Absichtserklärung? –, jedenfalls weitermachte, so mit Kreide und Wichtigtuerei, es war ekelhaft, aber irgendwie auch schon wieder gut, Aktionskunst macht man ja nicht, weil man es harmonisch haben will, dachte P. Immel, während Jürgen 3 mit seinem Vortrag langsam zum Punkt kam.

»Also, zusammengefasst: Dosenbier ...«

»Des heißt, bittschön, Aluweckerl!«, unterbrach ihn Michael 2.

»Aluweckerl, meinetwegen, wenn wer meint, er müsste jetzt wegen so einem Folklorescheiß hier unterbrechen, bitte, dann dauert es nur länger ...«

»Folklorescheiß? Nicht solche Worte, du Semi-Piefke!«, mischte sich P. Immel ein. »So darf hier nur *einer* reden, und das ist der, dem das Haus gehört!«

»Ja, aber für die Kneipe in der Wiener Straße bin *ich* eingetragen und *ich* halte den Kopf dafür hin, also die Herren, bitte danke, wo war ich, ach so, kein Dosenbier mehr, egal ob um zwei fünfzig ...«

»... was viel zu teuer ist!«, rief Jürgen 1.

»Jetzt haltet's aber mal wirklich die Pappn und lasst den Kasper ausreden, sonst geht das noch ewig so weiter!«, rief P. Immel.

»... äh, also, ja, jedenfalls kein Dosenbier mehr. Niemand ist so deppert und bezahlt für Dosenbier zwei fünfzig, wenn er die Dinger auch nebenan im Imbiss für eine Mark kaufen kann.«

»*Um* eine Mark! Nicht für, *um* eine Mark! So sagt's der Österreicher!«, rief Michael 2.

»Geschenkt!«, ließ sich Jürgen 3 nicht aus dem Konzept bringen. Der ist gefährlich, dachte P. Immel, gefährlicher als Kacki. Weil er keine Gefühle hat!

»Also, folgendes neues Konzept«, fuhr Jürgen 3 fort. »Wir machen aus der Intimfrisur ein Wiener Kaffeehaus mit Torten und Melange und allem Möglichen! Da gibt's dann den kleinen Schwarzen und den kleinen Braunen und dann gibt's die Melange und dann ...«

Jürgen 3 stockte in der Aufzählung. Was der jetzt wohl vergessen hat?, dachte P. Immel, aber da war auch schon Bewegung in das Plenum gekommen, von allen Seiten hagelte es Vorschläge:

»Schnitzel! Es muss dann auch ein Schnitzel geben!«, rief Holger.

»Und Erdäpfelsalat! Und ein Gulasch«, rief Karsten, wie hieß der eigentlich richtig? P. Immel wusste es nicht mehr.

»Mokka! Türkischen Mokka! In so einem Kupferkännchen!«

»Gulasch nicht zwingend«, rief Heiner, der in Wirklichkeit Karl-Josef hieß. »Aber wir brauchen Kellner, die so vornübergebeugt stehen und nichts tun und die so schwarze Gewänder anhaben.«

»Net Kellner! Schanis!«

Jetzt passt auf!, dachte P. Immel freudig erregt. Er stand auf und brüllte: »Ja seids ihr alle wahnsinnig, ihr gschissenen Kleinbürger?! Ich geh hin und sperr den Laden eigenhändig zu, dass ihr das nur wisst, ihr Paradeisafratzn!«

»Also ich finde das eigentlich ...«

»Halt's Maul, Kacki, oder ich vergess mich!«

»Das kannst du nicht, Immel!«, sagte Jürgen 3.

»Was? Mich vergessen?«

»Den Laden zusperren. Der gehört offiziell mir!«

»Ach nein! Und von wessen Geld ist der gekauft worden?«

»Ja, von deinem nicht, P. Immel! Wir haben das ganz genau erforscht. Das Geld kam von H. R. Ledigt, der da über dem Einfall wohnt mit den anderen Weichbirnen!«

Verrat, Verrat, Verrat! »Wer ist wir?! Na? Sag schon! Wer ist wir?! Wer hat das erforscht? Und was gibt's da zu erforschen?«

Nun schnatterten sie alle durcheinander, es war, wie wenn der Fuchs in den Hühnerstall gekommen war, P. Immel liebte diesen Vergleich, seine Oma hatte Hühner gehabt, im Hinterhof in Hütteldorf, das waren blöde Viecher gewesen, genau wie diese hier, »Wieso, das hat doch jeder gewusst?!« – »Oder nicht?« – »Ich nicht.« – »Der H. R. Ledigt, ist das der mit der Glatze?« – »Worum geht's überhaupt?« ... – es war ein wüstes Gegacker und ein saudummes dazu.

»Ihr seids doch alle deppert!«, sprach plötzlich eine Frauenstimme P. Immel aus der Seele. Eine Frauenstimme? Wo kam die denn her?

Alles verstummte. Wer hatte die Frau hier reingelassen? Wo war sie? Wie sah sie aus? Ein ganzer Raum voller Aktionisten drehte sich um. An der hinteren Wand – wie und wann war sie dahin gekommen? – stand eine Frau in ungefähr P. Immels Alter, also um die Ende zwanzig. P. Immel hatte sie schon einmal irgendwo gesehen, aber er wusste nicht mehr, wo. Sie sah gut aus, oder sollte man fesch sagen, fragte sich P. Immel, obwohl, fesch traf es nicht, es war eher scharf, ja, scharf war das Wort, scharf schaut sie aus, entschied er, sie trug einen Leder-Minirock und Netzstrümpfe und den ganzen anderen Plunder, den die Frauen heutzutage in dieser Stadt so trugen, zerfetztes T-Shirt, darüber Netzhemd, Stirnband, Springerstiefel, sowas, eigentlich schaurig, dachte P. Immel, der, was Frauengewänder betraf, eher konservativ war, ohne sich dessen zu schämen, sein Modevorbild war im Grunde die Kaiserin Sissi an Werktagen, ob nun wegen Romy Schneider oder trotz Romy Schneider, das war ihm egal. Aber an dieser Frau sah der moderne Plunder scharf aus oder richtiger, die Frau sah in dem Plunder scharf aus, vielleicht ist ja doch was dran an der Mode von heute, dachte P. Immel, wenn sie daherkommt wie an dieser Frau. »Wer bist denn du?«, fragte er, weil sonst niemand etwas sagte, weil auch alle anderen mit Staunen beschäftigt waren.

»Ich bin's Mariandl. Ich werd ab jetzt hier wohnen.«
»Wer sagt das?«
Die Frau hatte überhaupt kein Schamgefühl, keine Zurückhaltung, keine Angst, das war aufregend, fand P. Im-

mel, aber natürlich auch prekär, wie sollte man mit so einer verfahren?

»Mein Bruder, der Flo.«

»Flo?«, sagte P. Immel. »Welcher Flo denn?«

»Enno«, rief jemand.

»Ach der«, sagte P. Immel.

*

Das mit dem Aufschäumen war gar nicht so einfach, am besten gelang es noch, wenn man den Rüssel erst an der Oberfläche ein bisschen herumsprotzen und danach im Innern der Milch rauschen ließ, darauf einigte sich Frank Lehmann mit sich selber, während Erwin hinter dem Tresen auf ihn einredete, dabei konnte er durch das Sprotzen und Rauschen gar nichts verstehen, Erwin redete trotzdem, Pech gehabt!

Irgendwann fiel aber der ganze Schaum wieder in sich zusammen, das war enttäuschend, was ist da schiefgelaufen, fragte sich Frank, während er den heißen Milchschmodder in eine große Tasse mit riesigem Henkel füllte, auf der »Erwin, urspr. Heerwin, aus Heer und Win (Freund) = Heeresfreund« stand.

»Das musst du aber noch saubermachen«, rief der Heeresfreund und zeigte nach hinten, wo Karl Schmidt die Schweinerei mit dem Betonbrocken veranstaltet hatte.

»Mach ich gleich«, sagte Frank und gab Lisa ihren Milchkaffee.

»Frank, Frank, Frank«, sagte Karl. »Du gehst einen Weg, von dem es keine Wiederkehr gibt, wenn einer erstmal Milchkaffee aufschäumt, dann gibt es kein Halten mehr, dann kommen Frühstück und Eierbecher und Eierlöffel und Spitzendeckchen und Stövchen und Tee und der ganze andere altjüngferliche Firlefanz und dann ...«

»Red keinen Scheiß«, sagte Frank, dem es jetzt reichte! Er kramte unter dem Tresen einen Handfeger und eine Schaufel hervor und drückte beides Karl Schmidt in die Hand. »Das machst du dahinten jetzt schön selber sauber! Ich mach das nicht! Mir reicht's langsam, ich bin doch nicht euer Fußabtreter!«

Zu seiner Überraschung tat Karl Schmidt sofort, was er ihm gesagt hatte. Und Lisa schaute ihn an und sagte: »Stark!«

Er wollte schon wieder rot werden, peinlich, aber da wurde er abgelenkt, denn Chrissie und Kerstin kamen herein. Kerstin ging wortlos nach hinten und die Treppe hinunter. Chrissie sah sich um. »Was ist denn hier los?«

»Und wir sollen da persönlich vorbeigehen? Am Walther-Schreiber-Platz?«, sagte Ferdi zu Erwin.

»Natürlich! Nur Verlierer schicken sowas mit der Post. Was mit der Post kommt, ist gleich im Mülleimer.«

»Da müssen wir ja bis nach Steglitz!«

»Dann los, dann lasst uns schnell hier abhauen«, sagte Karl Schmidt und fegte in der hinteren Ecke herum, dass es staubte. »Und ehrlich mal, Frankie, Milchkaffee, das ist doch scheiße, das bringt's nicht!«

»Ich finde das gut«, sagte Lisa und lächelte ihn an.

»Komm, Ferdi, bloß schnell weg!«, sagte Karl. Ferdi nickte. »Komm, Raimund«, sagte er. Die drei Glitterschnitterleute gingen davon.

Lisa nahm einen Schluck aus der Erwintasse und sagte dann zu Frank: »Wenn die wüssten ...«

»Wer, Glitterschnitter?«

»So heißen die wirklich, oder?«

»Ja. Wenn die *was* wüssten?«

»Wer ist die denn?«, fragte Chrissie und zeigte auf Lisa.

»Ich bin Lisa«, sagte Lisa.

»Ich geh mal aufs Klo«, sagte Chrissie und ging ihrer Mutter hinterher.

*

»Wir machen aus der Intimfrisur das Olde Vienna, Old mit e am Ende, dann wirkt das extra-alt, und dann machen wir da ein Kaffeehaus im Wiener Stil mit Melange …«, fing Jürgen 3 mit dem ganzen Schmäh noch einmal von vorne an, es war, als hätte ihm das Intermezzo vom Mariandl das Hirn gelöscht, bizarr! P. Immel langweilte sich.

»Und mit Torten! Mit Wiener Torten!«, unterbrach ihn Kacki ganz aufgeregt.

Der auch, dachte P. Immel lustlos und versuchte ansonsten, sich das Mariandl aus dem Kopf zu schlagen, scharf hin, scharf her, am Ende war sie auch nur die Schwester von einem, der sich zur Tarnung Enno nannte, aber trotzdem, da war etwas, das ihn bewegt hatte beim Anblick vom Mariandl, er war bezaubert, ob er wollte oder nicht.

»Und mit Torten«, sagte Jürgen 3.

»Und Schnitzel!«, sagte Kacki.

»Und mit Schnitzel«, sagte Jürgen 3.

»Und mit richtigen Kaffeehauskellnern«, konnte sich Kacki nicht entblöden, weiterzumachen, mal sehen, wie lange Jürgen 3 das aushält, dachte P. Immel schadenfroh, soll der ruhig mal sehen, was ich mit Kacki immer durchmache, diese ewigen Wiederholungen des Immergleichen, ist es das, was Adorno und Horkheimer meinten?

»Und mit richtigen Kaffeehauskellnern«, bestätigte Jürgen 3.

»Und mit Kaffeehausstühlen!«, sagte Kacki.

»Und mit Kaffeehausstühlen.«

»Und mit Schrammelmusik!«

Jetzt hat er's an die Wand gefahren, freute sich P. Immel, denn nun stöhnten alle auf, der ganze Saal.

»Was hat er gesagt? Was hat er gesagt?«, ließ sich von hinten das Mariandl hören.

»… und Walzer …«, jetzt wurde noch mehr und noch lauter gestöhnt.

»… und so Stehgeigerzeug …«

Das ist jetzt der richtige Moment, um die Macht zurückzuerobern, dachte P. Immel. Er haute mit dem Hammer auf den Tapetentisch und sagte: »Kacki, bist deppert? Geht's noch?«

»Aber wir brauchen was Neues, Einzigartiges«, sprang Jürgen 3 Kacki bei. »Etwas, was die anderen nicht haben. Bier aus Dosen, das ist doch scheiße!«

»Aber nicht mit der ArschArt!«

Kurze Stille.

»Mir egal!«, sagte Jürgen 3 schließlich. »Wir brauchen die ArschArt nicht.«

»Wer ist wir?«, fragte P. Immel bedrohlich leise. Zur Macht gehörte auch, dass man beizeiten leise sprach und alle sich bemühen mussten, einen zu verstehen!

»Kacki und ich.«

»Kacki und du?« – Verrat, Verrat, Verrat! Jetzt hilft nur noch Rhetorik, dachte P. Immel, grad wie beim Shakespeare, großer Verrat, große Ansage! »Kacki und du?« Er schaute Kacki an. Kacki wurde rot. »Kacki und du?!« Kacki wurde noch röter.

Jetzt kommt's zum zweiten Akt, dachte P. Immel grimmig. Er beugte sich vor, starrte Kacki in die rehbraunen, unschuldigen Verräteraugen und sagte leise: »Stimmt das, Kacki?«

*

Kerstin und Chrissie kamen gerade mal vom Klo wieder, da hatte Lisa ihren Milchkaffee schon ausgetrunken, dabei war der doch so heiß gewesen, faszinierend, fand Frank, aber auch ein bisschen unheimlich.

»Willst du noch einen?«, fragte er.

»Nein«, sagte sie lächelnd.

»Wer ist die denn?«, fragte Chrissie schon wieder.

»Ich bin Lisa«, sagte Lisa, »habe ich eben schon gesagt.« Sie stand auf. »Ich geh dann mal!«

»So, so. Ich habe Milchkaffeeschalen mitgebracht«, sagte Chrissie. »Die sind aber da in dem Auto.« Sie zeigte zur Straße.

»Ich geh dann mal!«, sagte Lisa.

»Ich habe Milch gekauft«, sagte Frank.

»Na dann …«, sagte Lisa und ging.

»Nein, warte mal«, rief Frank, aber da war sie schon draußen.

»Könnt ihr mir mal kurz zuhören«, sagte Erwin.

»Wenn es wegen der Frühschicht ist und wegen Frank hier«, sagte Chrissie, »das tut mir leid, aber die Susi wollte unbedingt zu Ikea!«

»Nicht Susi!«, sagte Kerstin. Sie stand am Fenster und schaute raus. »Was machen die denn da?! Was stellen die das Zeug auf die Straße, sind die blöd?!« Sie ging hinaus.

»Ist die wenigstens schon mal weg«, sagte Erwin.

»Die Idee bei so einer Kneipe ist aber nicht, dass die Leute weggehen«, sagte Frank.

»Werden wir jetzt vorlaut, wir Lehmanns?«, fragte Erwin spitz. Und zu Chrissie sagte er: »Das mit Ikea ist mir egal, Chrissie, Hauptsache, du nimmst dir für die Zeit nicht auch noch Stundenlohn. Aber mir ist wieder eingefallen, warum ich eigentlich hergekommen bin!« Er machte eine Kunstpause.

»Okay«, sagte Frank ermunternd.

»Also, Helga hat doch diese Schwangerschaftsgruppe und die treffen sich immer donnerstags und morgen ist ja Donnerstag und Helga meinte, wenn wir hier tagsüber aufhaben, könnten die sich ja jetzt hier treffen, also morgen dann. Um elf Uhr.«

»Ja und?«, sagte Chrissie. »Ich meine, okay, ich brauche das nicht unbedingt, Helga, du liebe Güte, aber was ist da denn nun ...«

»Nichtraucher!«, wurde sie von Erwin unterbrochen. »Das muss dann hier alles Nichtraucher sein!«

»Hä?«

»Ja nix hä!«, sagte Erwin. »Einfach nur ja sagen, Chrissie! Sonst kannst du gleich zu Hause bleiben.«

»Darf dann keiner rauchen?«

»Nein, Nichtraucher!«

»Nicht mal ich, wenn ich da arbeite?«

»Nicht mal du, Chrissie. Das ist die Idee von Nichtraucher!«

»Nichtraucher«, sagte Chrissie und steckte sich eine Zigarette an. »Und ob ich da zu Hause bleibe! Ich mach dann Kuchen! Und rauch dabei!«

»Und du?«, wandte sich Erwin an Frank.

»Na klar«, sagte Frank, »ich würde dann hier arbeiten und Milchkaffee und so machen. Dafür bräuchte ich aber noch so ein Ding aus Blech, wo man die Milch drin aufschäumt.«

»Besorg ich dir!«, sagte Erwin. »Und du machst Kuchen dafür«, sagte er zu Chrissie. »Nicht währenddessen, sondern vorher schon!«

Sie schaute ihn skeptisch an. »Kuchen? Für Schwangere? Was essen Schwangere denn so für Kuchen?«

»Was ist das denn für eine blöde Frage?!«, sagte Erwin.

»Das wird super«, sagte Frank.

*

Jetzt bloß nicht rot werden, dachte Kacki, aber es war schon zu spät. Er sah die enttäuschten Augen von P. Immel auf sich ruhen, das waren die einzigen, die in diesem Saal zählten, und er fühlte sich wie ein Verräter.

»Natürlich brauchen wir die ArschArt-Galerie«, versuchte er, die Katastrophe einzuhegen! »Was redest du, Jürgen 3, du blöder Piefke? Zieh mich da nicht mit rein! Ich habe doch nur gesagt, dass wir eine Vitrine für die Torten brauchen«, versuchte er das Thema zu wechseln, das schien ihm die einzige Möglichkeit, die Sache zu einem guten Ende zu bringen, er war überzeugt, dass das Tortenthema überhaupt das einzige Thema war, mit dem man die Lage entspannen konnte, wenn er jetzt tortenthematisch weit ausholte, konnte er vielleicht alles wieder gutmachen, so wie die Malakofftorte von seiner Oma immer alles wieder gut gemacht hatte, ein Gedanke, der ihm ein wenig die Tränen in die Augen trieb, aber er musste sich zusammenreißen, »weil dann mach ich die Torten, eine Malakofftorte und eine Linzer Torte und eine Nusstorte und natürlich die Sachertorte«, sagte er tapfer, »aber da brauchen wir eine Vitrine, wo die reinkommen, und überhaupt eine neue Einrichtung, man kann doch kein Kaffeehaus machen«, redete er sich in Fahrt und merkte, wie die Liebe zu der Kaffeehaussache zurückkam, er war überhaupt kein Verräter, nur ein Überzeugungstäter, »wenn da alles voller Friseurstühle ist, und die scheiß Waschbecken, ich bitt euch, was soll das für ein Kaffeehaus sein?! Und eine Espressomaschine brauchen wir auch noch!«

»Nicht Espresso bitte«, unterbrach ihn Michael 2. »Espresso ist was ganz anderes. Und auch nicht Cappuccino. Zwar wollen jetzt hier in dieser Stadt alle den italienischen Scheiß, aber das hatten wir in Wien auch schon mal vor zehn Jahren, da halten wir dagegen.«

»Das wäre schön, wenn wir dagegenhalten könnten«, sagte Kacki. »Jedenfalls müssen wir zu H. R. Ledigt gehen und dann muss der uns Geld geben.«

»Wieso H. R. Ledigt?«, stellte P. Immel sich doof.

»Weil der dir beim ersten Mal auch das Geld gegeben hat!«, sagte Kacki.

»Woher willst du das denn wissen?«, fragte P. Immel allen Ernstes, dieser Peter, hatte der denn immer noch nicht kapiert, dass ihn alle längst durchschaut hatten? Kacki nahm sich vor, das jetzt nicht gegen ihn zu verwenden, weil wenn er P. Immel jetzt vor allen Leuten als deppert hinstellte, dann würde der ihm das nie verzeihen.

»Das weiß doch ein jeder«, sagte Kacki sanft, »ein jeder weiß das. Alle wissen das.«

Der ganze Saal nickte, während P. Immel, der jetzt bei Kacki wieder der Peter war, man muss auf ihn achtgeben, man darf ihn nicht brechen, dachte Kacki, während der Peter also düster vor sich hinstarrte.

Dann gab er sich einen Ruck, also der Peter, er war ganz und gar nicht gebrochen, er straffte den Rücken, stand auf und begann zu reden, und Kacki war gleich ganz unheimlich zumute, wie der Peter da redete, er hatte eine ganz andere Stimme plötzlich, und er sprach lange und alle lauschten, niemand traute sich, ihn zu unterbrechen, Kacki war nicht wohl dabei, er wusste, was jetzt kam, und er wusste, wo das herkam, und er war nicht vorbereitet!

»Weh dem, o Kacki«, sagte der Peter, »weh dem, der einen Freund wie dich sein Eigen nennt!«

»Ja nun ...«

»Weh dem, der einen Freund wie dich sein Eigen nennt, der darf an Ottakring nicht denken mehr ...«

»Nein, nicht!«, rief Kacki, aber P. Immel war nicht mehr zu bremsen, »... denn denkt er nur an Ottakring, schon fließen ihm die Tränen südwärts von den Augen, benetzen sein Gesicht und fallen dort zu Boden, wo er steht, den Baum des Kummers labend, dass der wächst und bittre Früchte trägt. Weh dem, o Kacki, der einen Freund wie dich sein Eigen nennt, denn wer das tut, dem kommt kein Wort mehr von den Lippen, dem tut ein jedes Wort nur weh, weil jedes Wort zugleich die glückliche Erinn'rung in sich birgt an jene schönen Zeiten, da einst ein Freund noch kein Verräter und auch ein Ottakring noch Ottakring und nicht nur schwarzverbrannte Erde der Entfremdung war. Weh mir, o Kacki, der einen Freund wie dich sein Eigen nennt, denn solch ein Freund ist wie ein schmerzend Aug, an dem man reibt und reibt, und es wird schlimm und schlimmer, weh mir, der einen Freund wie dich sein Eigen nennt!«

Da ist man dann hilflos, dachte Kacki und musste schluchzen, hilflos, weil man sich nicht vorbereitet hat, P. Immel hat sich vorbereitet, dachte Kacki, ich aber nicht, Rückzug! »Es tut mir leid!«, sagte er.

»So, so, es tut dir leid!«

»Ja gewiss«, sagte Kacki und wischte sich die Augen.

»Wirklich?«

»Ja, ganz gewiss.«

»Schon gut, Kacki! Passt!«, sagte der Peter wie tröstend und legte ihm eine Hand auf die Schulter. »Dann frag ich ihn mal, den H. R. Ledigt. Aber«, hier richtete P. Immel das Wort laut an das ganze Plenum, »dann will ich kein Gejammere mehr hören! Und das Geld für die Winterfestmachungskassa will ich auch wiederhaben! Das zieh ich dann gleich davon ab!«

»Kriegst du«, sagte Kacki.

»Ich weiß! Eh!«

Im ganzen Plenum war es still, nur Räuspern, Stühlerücken, Naseputzen war zu hören. Als Kacki aufschaute, schauten alle betroffen aus der Wäsche. Eigentlich haben wir gewonnen, aber es ist ein trauriger Sieg, dachte Kacki.

Nur P. Immel sah ziemlich zufrieden aus!

»Das wird super«, sagte er.

*

Als Chrissie aus dem Einfall kam, stand ihre Mutter am LKW und rauchte.

»Hast du meine Zigaretten?«, fragte sie. »Den Scheiß von Wiemer kann doch keiner rauchen!«

»Hier!«, sagte Chrissie und hielt die Schachtel hoch. »Wo sind denn H. R. und Wiemer hin?«

»Die tragen das hoch«, sagte Kerstin. »Ich passe so lange auf, dass keiner was klaut.«

»O Mann«, sagte Chrissie. »So viel Kram. Wo sind denn jetzt diese Suppenschalen? Und was soll ich mit der alten Matratze machen, wenn ich jetzt eine neue habe?«

»Mach dir keine Sorgen«, sagte ihre Mutter und trat ihre Zigarette aus. »Das wird super!«

*

H.R. war froh, dass Wiemer so eine treue Seele war, verstanden hatte er zwar nichts, aber helfen tat er trotzdem, helfen ja, kapieren nein, das ist gut, das kann man sicher nochmal gebrauchen, dachte H.R., während er mit Wiemer zusammen eine sehr schwere, sehr sperrige kartonverpackte Ikeaschweinerei namens Brönf die Treppen hinaufwuchtete, war das der Tisch? Der Kleiderschrank?

»Was ist Brönf«, fragte er Wiemer, der vorne war und deshalb rückwärts die Treppe hinaufgehen musste, »gehört das zur Musterwohnung?«

»Keine Ahnung, vielleicht ist es auch Chrissies Bett«, sagte Wiemer.

»Wieso kriegt die ein Bett, die hat doch eine Matratze?«

»Kerstin wollte das unbedingt. Sag mal«, keuchte Wiemer und stellte das Ding ab, »was willst du eigentlich mit der Musterwohnung? Mal ehrlich!«

»Ich bau die auf. Die ist toll. Ich will die haben.«

»Ich will die haben! Ich will die haben!«, äffte Wiemer ihn nach. »Das ist doch kindisch! Einfach was haben wollen.«

»Wiemer«, sagte H.R. ernst, »du willst Kunstagent oder Galerist oder sowas werden, richtig?«

»Ja und?«

»Dann solltest du eins verstehen: Der einzige Grund, warum jemand viele tausend, manchmal sogar viele Millionen Mark für Kunst ausgibt, ist der, dass er oder sie das unbedingt haben will, verstehst du?«

»Ja und?«

»Das ist genau das Gleiche. Der eine will einen Warhol oder einen Van Gogh unbedingt haben, und ich will diese Ikea-Musterwohnung haben!«

»Hm«, sagte Wiemer skeptisch.

»Du wirst sehen«, sagte H. R., »das wird super!«

II
Nichtraucher

Da war ein Schild, ein Zettelchen eher, das jemand auf der Schreibmaschine getippt und dann mit ungeschickten Händen ausgeschnitten und hinter eine kleine Plexiglasscheibe neben der Tür gefummelt hatte, darauf stand: Sigfrid Scheuer, Kuratorium Wall City Contemporary Arts 1980, also alles klar, der gute alte Sigi. Wiemer ging ohne anzuklopfen rein, Sigi war ein alter Kumpel, Wiemer und er hatten einst als Sozialarbeiter die Fixerstube »Drückeberger« gemanagt, bevor sie beide ins Kunstgeschäft gewechselt hatten, schon seltsam, wie synchron ihre Wege verlaufen waren, erst Einwegspritzen und Putzdienste verteilen und Notärzte herbeitelefonieren, dann Kunst, das Leben geht komische Wege, dachte Wiemer.

Sigi telefonierte gerade und winkte ihn freundlich herein. Wiemer schloss die Tür und setzte sich Sigi gegenüber auf einen gepolsterten Stuhl, der deutlich niedriger war als der von Sigi, Wiemer hatte lange Beine und saß auf dem Ding wie ein Affe auf dem Schleifstein, Affe auf dem Schleifstein, das hatte Britta immer gesagt, ach Britta!

»Okay, okay, okay – so this is ...«, sagte Sigi und lauschte, »Alright, I can see that ... Glad to hear it!«, sicher ist er froh, dachte Wiemer säuerlich, dass endlich mal einer mitkriegt, was für eine große internationale Nummer er geworden ist, »Whatever ...«, sagte Sigi, »Whatever ... Yes ... Sure ... Same to you ... That'll be wonderful ... I tell him ... Yes, take care, see you! Bye!«

Sigi legte auf. »Wiemer!«, rief er und zappelte dynamisch in seinem Bürostuhl herum, einem mit Rollen, höhenverstellbar, in dem kann er sich die Haare schneiden lassen, dachte Wiemer, so hoch wie der eingestellt ist. »Schön dich zu sehen. Tritt ein, bring Glück herein!«

»Aber ich bin doch schon drin!«

In der Fixerstube war Wiemer der Dienstältere gewesen, okay, er hatte nur ein Vierteljahr früher dort angefangen, aber Wiemer hatte alles draufgehabt und Sigi alles von ihm lernen müssen, die Regeln für dies und jenes und wo die Spritzen waren, die Pflaster, das Telefon, das waren die alten Zeiten, rief Wiemer sich zur Ordnung, schlimmer noch, dachte er, es waren die alten Zeiten *gewesen*, Plusquamperfekt, dachte Wiemer, er hatte, bevor er auf die Fachhochschule für Sozialarbeit und Sozialpädagogik gewechselt war, zwei Semester Germanistik an der FU studiert, von wo er auch Erwin Kächele noch kannte und wo er sich vor allem bei den Grammatikübungen nicht schlecht geschlagen hatte, auch das ist vorbei, dachte er, man darf nicht zurückblicken, nicht bei der Germanistik, nicht bei Britta und auch nicht bei Sigi! »Mensch Sigi«, sagte er, »nicht einfach, dich hier zu finden.«

»Ja, in der Fixerstube war's einfacher«, sagte Sigi. Was sollte das nun wieder? Was fing der jetzt mit der Fixerstube an? Das war doch alles Vergangenheit! *Vergangenheit!*

»Ist die Wall City eigentlich immer noch beim Sozialsenator geführt oder jetzt doch endlich beim Kultursenator?«, ging Wiemer zum Gegenangriff über.

»Also *ich* bin beim Kultursenator geführt«, sagte Sigi stolz, »mit Werkvertrag! Die Wall City weder noch. Die ist jetzt beim Wirtschaftssenator, Abteilung Fremdenverkehr und Tourismus. Die Kulturleute hatten kein Geld mehr, den Sozialleuten war das zu elitär, den Festspielen zu wenige große Namen dabei und jetzt habe ich das Geld aus dem Fremdenverkehr bekommen, aber ich bin ja nicht blöd, ich kann mich ja nicht beim Wirtschaftssenator reinsetzen, da kann ich mir ja auch gleich Nutte auf die Stirn tätowieren lassen, ohne mich, Freunde.«

»Verstehe.«

»Eigentlich wollte ich ein Büro in der Nationalgalerie, hinten raus, zum Garten, mit so einer großen Glasscheibe, na ja«, sagte Sigi und seufzte theatralisch. »Stattdessen das hier!« Sigi umfasste mit großer Geste »das«, eine prototypische Amtsstube mit alten Amtsmöbeln, Linoleumfußboden und einem Bild vom vorletzten Regierenden Bürgermeister. »Wenigstens habe ich hier einen Garderobenständer mit Schirmhalter! Das ist wichtig bei so einem Sauwetter.«

»Echt?«, sagte Wiemer.

Sigi verdrehte sichtbar die Augen. »Nein. Nicht echt. Ich meine, ich bin Kurator der Wall City und was geben sie mir? Einen Garderobenständer mit Schirmhalter!«

»Da sehe ich eigentlich nicht so das Problem«, konnte Wiemer sich nicht verkneifen zu widersprechen, ich darf keinen Streit anfangen, dachte er, aber rumschleimen und alles abnicken kann auch nicht die Lösung sein.

»Kennst du irgendeinen Künstler, Kunsthändler, Manager, Galeristen, der mit einem Regenschirm rumläuft?«, sagte Sigi.

»H. R. Ledigt«, schlug Wiemer vor, froh über die Vorlage zum Themenwechsel. »Der hat einen Schirm, mit dem läuft er manchmal bei Regen herum. Der steht auf sowas!«

»So, so!«

»Und wegen dem bin ich auch hier«, kam Wiemer zur Sache. Kein Smalltalk mit Sigi mehr! »Weil nämlich ... – Ich meine, du hast ihn in die Wall City mit reingenommen, vielen Dank dafür, aber ehrlich mal, Sigi: H.R.Ledigt und dann ein Ölbild? Was soll das denn bringen? Ich meine, die Kunst-Riots waren wegen Mein Freund der Baum, das war eine Installation, damit ist er über Nacht berühmt geworden, warum denn jetzt so ein scheiß Ölbild?«

Auweia, dachte Wiemer, als er sah, wie Sigi den Rücken straffte, seinen Stuhl zurechtrückte und sich dann vorbeugte, mit angriffslustigen Augen und ausgestrecktem Zeigefinger.

»Lass mich mal eins klarstellen, Wiemer!«, sagte Sigi.

*

So weit ist es nun, dachte P. Immel, als er an die Tür der Wohnung über dem Einfall klopfte, so weit ist es nun gekommen, dass die Kackis dieser Welt mich in eine Schlacht bei Solferino zwingen, bloß weil sie zu blöd sind, sich ihr Geld auf ehrliche Weise oder jedenfalls mal ohne meine Mithilfe zu verdienen, die gschissenen Instandsetzungskassafledderer. Er klopfte wieder, diesmal lauter, und dann noch einmal, und beim dritten Mal legte er seinen ganzen Zorn ins Klopfen, es waren die Schädel von Kacki und Jürgen 3, an die er klopfte, und er wünschte, seine Fingerknöchel wären hart und schmerzfrei wie Stahl, er war verbittert, weil er keine Wahl hatte, denn auch er brauchte Geld und wenn die Trottel keine Miete zahlten, woher sollte es dann kommen, selbst ungeplündert wäre die Instandsetzungskassa keine dauerhafte Lösung, die war nur ein Notgroschen, es brauchte irgendein stetiges Einkommen für die ganze Bagage, und nun, dachte P. Immel immer weiterklopfend, nun borgt man sich Geld für die Deppen, damit die arbeiten können, damit sie einem die Miete zahlen können, das ist Ökonomie verkehrt, da ist der Kapitalismus verrückt geworden, dachte er und haute so heftig gegen die Tür, dass er fast den Kopf der verrückten Chrissie, der Nichte von Erwin Kächele, getroffen hätte, als die endlich die Tür aufmachte.

»He!«, schrie das kleine Ding und zuckte zurück. Dann warf sie die Tür wieder zu. »Hilfe!«, rief sie hinter der Tür. »Hilfe, der Pimmel-Irre ist wieder da!«

»Nein, nicht«, rief P. Immel beschwichtigend durch die Tür, möglichst gedämpft und beruhigend, andererseits aber doch auch laut genug, um überhaupt noch durchzudringen zu der blöden Gurken, eine prekäre Gratwanderung. »Ich will zu H.R.!«

»Kann ja jeder sagen«, sagte das Mädchen auf der anderen Seite.

»Ehrlich. H.R. und ich sind befreundet …«

»Ich lass dich nicht rein, du wolltest mich schon einmal hauen!«

»Ja, aber da hattest du mir Wasser auf die Beine gekippt! Außerdem ist das schon ein paar Tage her!«

»Das mit dem Wasser war Notwehr!«

»Nein, war es nicht! Bitte«, ließ sich P. Immel herab, es wurde immer noch schlimmer mit den Demütigungen, »lass mich rein, ich muss mit H.R. sprechen!«

»Und wenn der gar nicht da ist?«

»Dann natürlich nicht. Dann geh ich wieder. Ist er denn nicht da?«

Die Tür ging auf. »Doch«, sagte Chrissie, »das war nur ein Test! Was willst du denn von dem?«

»Wüsste nicht, was dich das angeht!«

»Dann kannick dir ooch nich helfen«, sagte das Mädchen nachdenklich. »Wennde dit nonnéma saren kannst.«

»Ist heute Folkloretag?«, sagte P. Immel.

»Nee, wieso'n ditte?«

»Weil wenn die Schwaben berlinern, dann läuft was falsch am Folkloretag, Schwaben sollen schwäbeln, Chrissie!« So, jetzt hatte er ihren Namen laut ausgesprochen, irgendwie falsche Vertraulichkeit, fand er, war ihm selber peinlich, und zudem war das auch noch irgendwie ein Kose- oder Spitzname, wahrscheinlich hieß sie eigentlich Christine, hätte er Christine sagen sollen, um die Distanz zu wahren?

»Jetzt schleim hier mal nicht rum.« Sie trat einen Schritt beiseite, um ihn durchzulassen. »Dahinten rechts ist sein Zimmer!«

»Gott sei Dank, endlich redet sie wieder normal«, sagte P. Immel und trat ein. »Ich hatte schon Angst, das wäre ansteckend.«

»Mit wem redest du denn da über mich?«

»Nur so beiseite, wie bei Shakespeare, so quasi zum Publikum, eigentlich auch vom Kasperletheater her bekannt, müsste dir von da vertraut sein.«

»Ich kann dich auch gleich wieder rausschmeißen, Kerle!«

»Kerle«, sagte P. Immel. »Kerle sagt sie! Jetzt ist die Welt wieder in Ordnung! Welches Zimmer nochmal?«

*

Eigentlich wollte Raimund gar nicht mitgehen zu dieser Leo, die kannte er natürlich, aber es gab Musiker, die kamen besser mit ihr aus, so viel war mal sicher, sie hatte ihn mal gegrüßt und er hatte sie nicht erkannt, »Wer sind Sie denn?«, hatte er gefragt, er hatte irgendwie einen ganz normalen Aussetzer gehabt, und sie war daraufhin sehr, sehr wütend geworden, das war im Sektor gewesen, ihrem eigenen Club, sehr heikel, auch in der Rückschau, und Raimund wäre lieber unten vor der Tür geblieben, Charlie war ja auch nicht da, gestern hatte er keine Lust gehabt und Ferdi auch nicht, also gingen sie heute dahin, aber ohne Charlie, man brauche ja wohl keine drei Leute, um ein einziges Tape abzugeben, hatte Charlie gesagt, er war nur bis zum Zoo mitgefahren und dann wieder umgedreht, krank, zwei Leute auch nicht, hatte Raimund ergänzt, aber Ferdi bei Raimund ohne Gnade, »Wir sind Glitterschnitter«, hatte Ferdi gesagt, »wir müssen wenigstens zwei Leute sein, sonst ist das keine Band, sonst kommt das wie ein Soloscheiß rüber, also keine Diskussion!«, und dann hatte er noch hinzugefügt: »Die Beatles gehen ja auch nicht ohne Ringo irgendwo hin«, und dass Raimund daraufhin gesagt hatte, dass die Beatles ja nun seit zehn Jahren nirgendwo mehr hingingen, hatte auch nichts geholfen, also Charlie aus dem Schneider und Raimund dabei, na ja, vielleicht auch lieber mit Ferdi in Steglitz als mit Charlie auf dem Bahnhof Zoo, dachte Raimund.

Ferdi klopfte. Von drinnen hörte man Musik, aber kein »Herein«. Ferdi machte die Tür auf und rief: »Hallo Leo, können wir mal kurz reinkommen?«, in das dahinterliegende Büro, das klang fröhlich und verbindlich und nicht zu devot, aber auch nicht zu frech, das war es, was Raimund an Ferdi so bewunderte, wie der immer den richtigen Ton traf.

»Kommt rein, das Treppenhaus ist kalt«, rief eine Frauenstimme und schon waren sie im Büro. Leo saß am Schreibtisch, rauchte eine lange, dünne Frauenzigarette und schaute sie mit zusammengekniffenen Augen an. »Wer seid ihr denn?«, fragte sie.

»Come on, Leo, du kennst uns doch«, sagte Ferdi und sah sich nach einer Sitzgelegenheit um. Es gab aber keine.

»Woher?«, fragte Leo.

»Wir haben doch, also Raimund und ich, wir haben doch bei Zwei Himmelhunde auf dem Weg zur Hölle gespielt. Das waren wir. Weißt du doch!«

»Wir waren Vorgruppe bei Glenn Branca letztes Jahr«, kam Raimund ihm zu Hilfe, ja, damals war das gewesen, dass er Leo nicht erkannt hatte, in der Vorgruppen-Backstage von ihrem eigenen Club, peinlich!

»So, so, ja, ich erinnere mich vage. Und ungern«, sagte Leo mit einem strengen Blick auf Raimund. »Und was wollt ihr?«

Ferdi hielt das Tape hoch, es war ein bisschen wie auf dem Sozialamt, fand Raimund, nur ohne Stühle, Ferdi stand weiter vorn als Raimund und Raimund versuchte, sich hinter Ferdi zu verstecken, denn eins war mal klar, Ferdi war ganz klar der Sprecher jetzt, Ferdi ist eloquent, dachte Raimund, Ferdi ist schlau, der macht das schon, er ist ein Intellektueller, dachte Raimund, während er sich an Ferdis Rücken schmiegte, um sich vor Leos Blicken zu schützen, die jetzt allerdings anfing, um Ferdi herumzugucken, wie war die denn drauf?

»Wie seid ihr denn drauf? Steht ihr immer hintereinander?«, sagte sie jetzt, da hatte Raimund natürlich keine

Wahl, als ein wenig zur Seite zu treten, sowas ließ er sich nicht gerne fragen.

»Wir sind jetzt Glitterschnitter«, sagte Ferdi, »also jedenfalls zwei davon, der Dritte ist gerade nicht da, der spielt die Bohrmaschine«, sagte er, »und wir wollen dir das Tape hier geben. Für die Wall City Noise.«

»Super!«, sagte Leo. »Habt ihr auch ein Info dabei?«

»Klar!«, sagte Ferdi und holte den Infozettel aus der Tasche, den Raimund ihm vorhin noch schnell getippt hatte, Raimund hatte mal einen Schreibmaschinenkurs gemacht, da ging ihm sowas flott von der Hand, Schreibmaschineschreiben fand er gut, fast so gut wie Schlagzeugspielen, es klang auch gut!

»Steht der Name auf dem Tape?«

»Ja klar!« Ferdi hielt ihr das Tape und das Info über den Tisch hinweg hin.

»Danke«, sagte Leo und warf die Kassette in einen von zwei Schuhkartons auf ihrem Schreibtisch. In beiden waren Kassetten. Das Papier faltete sie auseinander und überflog es.

»Wir heißen Glitterschnitter.«

»Super«, sagte Leo. »Hättet ihr aber auch mit der Post schicken können!«

»Wollten wir erst, aber dann dachten wir, vielleicht doch lieber persönlich vorbeibringen, weil wir doch schon bei Zwei Himmelhunde auf dem Weg zur Hölle waren und so«, sagte Ferdi, »jedenfalls wir beide, weil Charlie, unser dritter Mann, der bei Glitterschnitter die Bohrmaschine spielt, der war bei Zwei Himmelhunde auf dem Weg zur Hölle noch nicht dabei.«

»Okay«, sagte Leo. »Verstehe. Persönlich vorbeibringen! Weil wir so gute Freunde sind!« Und dabei schaute sie Raimund böse an.

»Hat der Karton eine besondere Bedeutung?«, fragte Raimund.

»Wer sind Sie denn?«, sagte Leo.

»Ich bin Raimund«, sagte Raimund.

»Ich weiß«, sagte Leo. »Von Zwei Himmelhunde auf dem Weg zur Hölle! Ich erinnere mich. Darum die Frage: Wer sind Sie denn?«

»Verstehe ich nicht«, sagte Ferdi. »Und der Karton, hat der eine besondere Bedeutung?«

»Auf jeden Fall«, sagte Leo. »Der hat ganz klar eine Bedeutung. Und ihr braucht nicht wiederzukommen, sosehr ich mich natürlich freue, euch zu sehen, ich melde mich bei euch, falls ihr dabei seid, Telefonnummer steht drauf, oder?«

»Nur im Info«, sagte Ferdi. »Nicht auf der Kassette.«

»Dann ist ja alles gut! Und nicht anrufen. Ich melde mich.«

»Wofür ist der andere Schuhkarton?«, fragte Ferdi.

»Der ist für den Club!«

»Ist da ein Unterschied?«

»Ja. Aber wenig. Ich könnte die eigentlich auch austauschen.«

»Okay«, sagt Ferdi.

»Wir gehen dann mal«, sagte Raimund.

»Wer sind *Sie* denn?«, sagte Leo und lachte dreckig.

»Weißt du, wieso die das immer gefragt hat?«, sagte Ferdi zu Raimund, als sie draußen waren.

»Was?«

»Na, dieses bescheuerte Wer sind *Sie* denn?!«

»Keine Ahnung«, sagte Raimund.

*

»Davon wird die Sachertorte nicht früher fertig, wennst immerzu hineinschaust«, sagte Jürgen 3. »Hättst aber schon gerne ein Fenster im Ofen, was Kacki?«

Kacki machte den Ofen wieder zu. »Das mache ich immer so, wenn ich etwas backe«, sagte er nachsichtig. Jürgen 3 und er waren Verbündete, seit das Plenum beschlossen hatte, die Intimfrisur zum Olde Vienna oder, falls Kacki sich durchsetzte, zum Café an der Wien zu machen, denn Olde Vienna, das hatte keine Zukunft, das war Kacki aber sowas von sonnenklar, das würde auch Jürgen 3 einsehen, wenn er erst einmal ein Gefühl dafür entwickelt hatte, dann würde es ihm wie Schuppen von den Augen fallen, dessen war Kacki sich sicher, und um ein solches Gefühl auch in den anderen, vor allem aber in Jürgen 3 zu entwickeln und auch zur Feier des Beschlusses, die Intimfrisur zum Kaffeehaus zu machen, hatte es Kacki in den Fingern gejuckt, eine Sachertorte zu backen, auch wenn es dafür eigentlich noch zu früh war, es war ja noch kein Geld und also auch noch keine neue Einrichtung da, aber man musste sich vorbereiten, denn zu sagen, »Wir holen Geld von dem verrückten Piefke und machen aus der Intimfrisur ein Kaffeehaus«, war das eine, aber das auch zu fühlen war etwas ganz anderes, hier sollte ein Traum wahr werden, da musste man sich einstimmen, und was wäre dafür besser geeignet als eine Sachertorte?

»Kann die Torte nicht zusammenfallen, wenn der Ofen aufgemacht wird?«, fragte Jürgen 3.

»Geh, nein! Das ist nur bei einem Soufflé so«, beruhigte Kacki den Oberösterreicher, »oder bei Salzburger Nockerln! Meine Oma hat da auch immer hineingeschaut. Und die hat die beste Sachertorte überhaupt gemacht.«

»Ja nun, wenn's hilft ...«

Die Plastikplane, die die Gemeinschaftsküche der ArschArt-Galerie vom Rest des Hauses abtrennte, wurde beiseitegeschoben und Enno, Jürgen 1, Jürgen 2 und Michael 2 kamen herein.

»Ist's boid featig, die Toatn?«, sagte Michael 2, dessen pseudowienerische Sprache Kacki langsam mächtig auf die Nerven ging, Kacki wusste ganz genau, dass Michael 2 eigentlich aus dem Pongau oder irgendsowas Krankem kam, nicht aber aus dem guten alten Wien, von Ottakring ganz zu schweigen!

»Das riecht aber gut!«, sagte Enno.

»Ja, der Kacki, der weiß, was er tut!«, sagte Jürgen 1.

»Ihr braucht euch gar nicht einzuschleimen«, sagte Kacki geschmeichelt. »Ihr kriegt eh nix!«

*

»... und eins weiß ich ganz genau, Wiemer, das kann ich dir flüstern ...« – Wiemer hörte schon nicht mehr zu, Sigi fand kein Ende, er redete und schäumte und schäumte und redete, da war viel Schauspielerei und Platzhirschgehabe dabei und Wiemer kam nicht umhin, von Zeit zu Zeit beruhigend zu nicken und »klar!« oder »ich weiß« zu sagen, denn Sigi hatte ja im Grunde recht, Wiemer wusste natürlich, dass a) Sigi eigentlich keinen Bock auf H. R. Ledigt hatte, dass b) die Plätze auf der Wall City begehrt waren, dass c) H. R. Ledigt kein großer Name war, dass d) Sigi das alles nur ihm, Wiemer, zu Gefallen tat, obwohl, Moment mal, das Letzte stimmte nun aber ganz gewiss nicht, das glaubte Wiemer keine Sekunde, Sigi würde nie etwas ihm zu Gefallen tun, dafür hatte er in der Fixerstube unter Wiemer viel zu sehr gelitten, so hatte er es jedenfalls mal betrunken ausgedrückt, da hatten sie sich zufällig im Café Heinz am Nolli getroffen und waren beide betrunken gewesen und Sigi in Bekenntnislaune, aber Bekenntnis mit Beschwerde, wie so oft in dieser Stadt, und Sigi also voll drauflos, wie Wiemer ihn damals unterdrückt hätte, unbewusst vielleicht, klar, auf keinen Fall mit Absicht, aber dennoch, bla, bla, bla, und deshalb war Wiemer eigentlich nicht gewillt oder gewiemt oder was auch immer, haha, ihm das mit dem Wiemer-zu-Gefallen-Ding durchgehen zu lassen, ich mach mir die Hose doch nicht mit der Kneifzange zu, dachte Wiemer, während er »schon richtig, Sigi« sagte, bin ich denn ein Idiot oder ein Schleimer, dachte er, dass ich hier alles über mich ergehen lasse, nein, bin ich nicht, ich lasse mir das nur gefallen, weil es für H.R. ist, was kann der denn dafür, dachte er, der hatte doch mit der Fixerstube nichts am Hut, nicht mal als Kunde, den kann man doch jetzt nicht unter irgendeiner alten Kollegenscheiße leiden lassen, eigentlich seltsam, dachte Wiemer, dass ein manischer Typ wie H.R. nie was mit Drogen zu tun gehabt hatte, nicht mal richtig saufen tat er, wie sonst alle und jeder, er ist halt naturverstrahlt, dachte Wiemer und wieder einmal fiel ihm auf, dass er H.R. wirklich gut fand, wirklich an H.R. als Künstler glaubte, sonst könnte man das doch auch alles nicht ertragen, dachte er, wenn man an H.R. nicht glaubt, kann man auch nicht für ihn arbeiten und schon gar nicht sich mit einem wie Sigi abgeben, der einem immer nur einen einschenken will wegen irgendeinem alten Fixerstubenscheiß, mein Gott, wie das nervt, dachte Wiemer, und dann riss er sich zusammen und hörte wieder ein bisschen hin, was Sigi da so im Einzelnen von sich gab, er schien auch langsam zum Ende zu kommen: »... so und jetzt weißt du's, meine Idee war's nicht, ich habe euch nicht gerufen, Wiemer! Ich scheiß auf H. R. Ledigt, aber sowas von! Ich hab das nicht nötig, euch eure fünf Minuten Warhol-Fame zu verschaffen ...«

Okay, dachte Wiemer, jetzt reicht's aber auch. »Fünfzehn, Sigi«, korrigierte er seinen Exkollegen mit fester Stimme. »Warhol sagte fünfzehn Minuten. Und eins ist mal klar, Sigi, H. R. willst du dabeihaben, weil du sonst nur langweilige Arschlöcher vom Heinrichplatz hast, die jeder Idiot schon tausendmal gesehen hat und über die keiner mehr berichten will! H. R. ist dabei, weil du was Aufregendes, Neues brauchst und weil H. R. in allen Fernsehsendern und in allen Zeitungen war wegen Mein Freund der Baum! Und zu Recht, wie wir beide wissen! Mein Freund der Baum war genial und ich sag dir ganz ehrlich, Sigi, der Ölbildkram ist Krümelkacke, das ist reine Schikane, ich meine, Wall City und dann Ölbilder, das ist doch genau das, was die Langweiler vom Heinrichplatz machen, wer braucht das denn noch? Außerdem weiß ich, dass du von Hinrichsen und von Schmal auch Installationen reingenommen hast!«

»Das sind ja auch Hinrichsen und von Schmal, Wiemer. Und nicht H. R. Ledigt.«

»Die H. R. Ledigts von heute sind die Hinrichsens und von Schmals von morgen, Sigi.«

»Morgen, Wiemer, die Betonung liegt auf morgen!«

»Ja! Und du kannst morgen sagen, dass du heute schon dabei gewesen bist, Sigi, aber nur, wenn du jetzt keinen Scheiß baust! H. R. ist ein Genie! Du weißt es, ich weiß es!«

»Ja. Aber ein Idiot ist er eben auch.«

»Das ist kein Grund, ihm mit so einem Ölbildscheiß zu kommen.«

»Wenn er so ein Genie ist, wird ihm schon was einfallen!«, sagte Sigi und lehnte sich zufrieden zurück.

Scheiße, dachte Wiemer. Der Geniebegriff ist eben doch ein zweischneidiges Schwert!

*

Das Aufbauen der Musterwohnung war mühsam, aber sie kamen voran, H. R. hatte ja Nachbar Marko, der half gerne und H. R. mochte ihn auch sehr und hatte ihn gerne dabei, vor allem, weil Marko zwar viel redete, aber keine Erklärungen verlangte und alles, was mit Kunst zu tun hatte, als »klaro«, »klärchen« und »aba imma« hinnahm. Er hatte das Herz auf dem rechten Fleck und ansonsten auch immer das richtige Werkzeug zur Hand, jetzt zum Beispiel den Sechskant-Inbusschlüssel, der bei Ikea die Hauptrolle zu spielen schien, Marko kurbelte und kurbelte seit Stunden damit herum und klagte nur von Zeit zu Zeit, dass er eine Blutblase am rechten Daumen habe, die war auch mittlerweile aufgegangen und befleckte, wenn Marko nicht aufpasste, die schönen neuen Möbel, H. R. hatte ihm ein Pflaster organisiert, von Chrissie, es ist wichtig, dass alle einen Beitrag leisten, dachte er zufrieden.

Marko also kurbelte mit dem Sechskant-Inbusschlüssel zusammen, was zusammengehörte, die Musterwohnung nahm Gestalt an und H. R. achtete darauf, dass die Kartons, wenn sie leer waren, immer gleich auf den Flur kamen, damit sie nicht das entstehende Bild verschandelten, die vollen Kartons wurden weniger, die Musterwohnung wuchs und H. R. machte von den verschiedenen

Stadien ihrer Entstehung Polaroidfotos und verglich sie mit den Fotos aus dem Möbelmarkt, es war eine schöne Zeit, fleißig und penibel musste man sein und besondere Rücksicht auf die Anordnung der Dinge musste man nehmen, gerade der Kleinkram drohte sonst alles einfach nur vollzumüllen, besonders auf dem Esstisch, das Auspacken der Servietten, Gläser, Teller, Gabeln, Löffel, Teelöffel, Kerzenständer, Serviettenringe, Blumenvasen und Plastikblumen übernahm H.R. deshalb lieber selbst, das war ziemlich kleinteiliger Scheiß und auf den Polaroids manchmal schwer zu erkennen, da war nicht nur das gute alte H.R.-Gedächtnis gefragt, sondern auch das gute alte H.R.-Improvisationsvermögen.

Marko war natürlich nicht still, aber das machte H.R. nichts mehr aus, er hatte sich daran gewöhnt, ja, er mochte es sogar, dass ein unaufhörlicher Strom von Gelaber aus dem Markomunde floss, der Laberstrom aus deinem Munde, da fließt er, dachte er, das könnte man sich dann auch mal merken, das klingt gut, und es war in der Sache selbst auch ganz rührend, Marko war wie ein kleines Vögelchen, das immer und immer sein Lied sang und sich nicht darum scherte, ob wer zuhörte oder nicht, »also diese kleenen Küchen, ick fand die immer schon superschnafte, ick meine, wer kommt denn auf sowat, sowat kleenet, gloobt einem ja keener, was man da allet drin unterkriegt, ick freu mir jedes Mal, wenn ick dit …«

»Wofür ist das nochmal?«, fragte H.R. und zeigte auf einen mittelgroßen Kartonwürfel, der ihm im Wege war, der jetzt, angesichts der Aufbaufortschritte der Musterwohnung, zum störenden Element wurde, eben war es noch der legitime Teil einer Möbeleinzelteillieferung, jetzt schon ein störendes Hindernis, die Dinge sind im

Fluss, dachte H. R., das ist gut, aber der Kartonwürfel muss demnächst mal weg, dachte H. R., der es kaum noch ertragen konnte, dass der da herumstand, das ging jetzt schnell mit dem Unbehagen, man sollte ihn vielleicht schon mal auspacken, dachte er, aber das war auch heikel, das Timing musste stimmen, wenn zu viele ausgepackte Elemente unmontiert herumlagen, kam man leicht durcheinander, auch die Optik stimmte dann nicht, das gerade entstehende Bild konnte dadurch zuschanden gehen und die Freude wäre dann weg und auch Marko durfte man nicht mit zu großem Druck überfordern.

»Steht denn drauf?«, fragte Marko.

»Hargjork«, las H. R. ab.

»Dit is der Herd. Kommt dann da drüben hin. Oder wat? Du musst auf deine Fotos kieken, wo der hinsoll! Wie willst'n den übahaupt anschließen? Brauchste Drehstrom, haste hier ja jané. Und Wasser? Fürt Bad und Waschbecken und so? Haste oné! Wo war ick? Ach so, ick freu mir jedes Mal …«

»Was ist denn hier los?«

Das war eigentlich ein typischer Kächele-Satz, egal ob Erwin, Chrissie oder Kerstin, aber die Stimme passte nicht dazu. H. R. schaute auf, in der Tür stand P. Immel.

»Was soll das denn werden?«

»Musterwohnung.«

»Hä?!«

»Musterwohnung. Von Ikea.«

»Hä?«

H. R. wollte sich über P. Immel, mit dem er im Grunde ziemlich gut klarkam, nicht ärgern, alle anderen fanden den ja nur scheiße und stritten sich mit ihm, Chrissie, Karl, Wiemer, nur er nicht, warum eigentlich? Keine Ahnung, dachte er, ist eben so. Er hielt P. Immel die Polaroids hin.

»Schau selbst! Aber sonst nichts anfassen, das muss alles genau richtig liegen, sonst haben wir den Effekt nicht.«

P. Immel kam näher, nahm die Polaroids und blätterte darin. Hinter ihm kam Chrissie durch die Tür. »Marko?«, sagte sie.

»Ja, hier bei der Arbeit, sa'ck ma!«

»Was ist mit mir? Ich dachte, du wolltest mir beim Aufbauen von dem Schrank helfen.«

»Das mach ich später irgendwann, wenn wir hier fertig sind.«

»Kann ich dich mal sprechen?«, sagte P. Immel zu H. R.

»Ich geh mal zu meinen Kuchen zurück«, sagte Chrissie.

»Es ist wegen der Kneipe. Also wegen dem Kaffeehaus«, sagte P. Immel.

»Welches Kaffeehaus?«

»Wegen der Intimfrisur!«

»Die Intimfrisur? Was ist damit?«

»Das ist kompliziert«, sagte P. Immel.

*

Es war eine Pattsituation. Sigi lächelte und Wiemer lächelte zurück, aber es war ein aggressives Lächeln auf beiden Seiten, so wird's nicht gehen, dachte Wiemer, man sollte sich vertragen, irgendwie sind wir ja auch alte Kumpels, dachte er, wer einmal zusammen eine Fixerstube betrieben hat, der wird sich ja wohl auch noch wegen einer Kunstausstellung einigen können, wir haben zusammen die Kotze aufgewischt, dachte Wiemer, oder jedenfalls den Junkies gesagt, dass sie sie aufwischen sollen, und den

Notarzt haben wir gerufen, und beides oft, dachte Wiemer, sowas schweißt zusammen, das kann doch nicht alles umsonst gewesen sein. »Gib's zu«, sagte er versöhnlich, »ihr braucht H.R.!«

»Wie man's nimmt«, sagte Sigi. »Der, der H.R. unbedingt wollte, weil das in der Presse mit den Kreuzberger Kunst-Riots so ein großes Ding war, war der Kultursenator oder jedenfalls Zielinsky, sein Strippenzieher, der ist ziemlich publicitygeil. Die sind aber seit drei Tagen raus und dem Wirtschaftssenator ist höchstens noch wichtig, dass wir keine Flecken auf dem Teppich hinterlassen!«

»Teppich? Bei der Wall City?«

»Come on, Wiemer! Metapher! Jedenfalls: Ich hab hier jede Menge Probleme, die Bälle in der Luft zu halten, da werde ich jetzt nicht auch noch Platz für eine H.R. Ledigt-Installation freischaufeln, ich kenn ihn doch, der kommt doch nicht mit irgendwelchen Knetfiguren, der kommt doch gleich wieder mit irgend so einem Riesenscheiß!«

»Der dann aber gut ist!«

»Kann sein. Aber ich bin doch nicht beknackt, mich zwei Wochen vor Eröffnung mit H.R. Ledigt rumzuärgern. Was hat's dir denn eingebracht? Jetzt bist du beurlaubt, ohne Bezüge, bis das Kunsthaus wieder renoviert ist. Und ob du dann da nochmal rein darfst? Eher wohl nicht, Wiemer! Ich weiß, wie sie beim Sozialsenator über dich reden. Also keine Riots bei mir! H.R. soll mal schön den Pinsel schwingen. Das ist für mich auch ein Test, ob der überhaupt vermittelbar ist. Das ist doch wie bei den Junkies damals: Sie erzählen dir viel, wenn der Tag lang ist, aber am Ende heißt es doch immer nur: Clean oder drauf!« Sigi lachte. »Der soll mal lieber schnell was malen, dein genialer H. R., damit die Farbe noch rechtzeitig trocknet! Falls es in Öl ist. Mir eigentlich wurscht. Ich habe euch Platz für ein Bild zugesichert und ob er's nun mit Öl malt oder mit Plakafarben, das ist mir dann auch scheißegal. Jeder blamiert sich, wie er kann. Und höchstens drei mal vier Meter.«

»Kann ich das schriftlich haben?«, sagte Wiemer, der jetzt keine Lust mehr hatte, no more Bullshit, Sigi, dachte er grimmig.

»Wieso das denn?« Sigi zündete sich eine Zigarette an und hielt Wiemer die Packung hin. War das ein Friedensangebot oder war es Herablassung? Immerhin saß Sigi einen Viertelmeter höher, er reichte die Packung hinunter, so sah's aus! Wiemer winkte ab.

»Ich rauche nicht mehr«, sagte er listig.

»Wieso schriftlich?«, sagte Sigi.

»Erst hieß es, wir sind dabei, egal wie, und das waren deine Worte, Sigi, egal wie! Und dann plötzlich Ölbild. Dann drei mal vier Meter. Was ist das überhaupt für ein Kackformat?«

»Weil mir so eins ausgefallen ist. Deshalb habe ich dafür Platz. Gerne kleiner, wenn dir das Format nicht gefällt. Aber nicht größer! ... Komm schon, Wiemer. Man muss wissen, wann man verloren hat.«

»Verloren«, sagte Wiemer, »was ist das hier, ein Tennismatch? Okay, gib mir das schriftlich und scheiß drauf. Mit drei mal vier Meter«, sagte er.

Sigi nickte fröhlich. Auf seinem Schreibtisch war ein leergegessener Teller und daneben lag eine unbenutzte Papierserviette. Er faltete sie auseinander und schrieb mit einem Kugelschreiber was drauf und las dabei laut mit:

»Platz für ein gemaltes Bild, höchstens 3 x 4 m, auf der Wall City Berlin 1980 zugesichert. Sigfrid Scheuer.«

Er schaute zufrieden auf. »So mag ich's. Auf der Serviette. Das hat Stil.«

Er hielt Wiemer den weißen Lappen hin und Wiemer brauchte eine Weile, bis er sich entschied, das Ding anzunehmen.

»Keine Tricks, Sigi!«, sagte er.

»Das sagt der Richtige!«, sagte Sigi.

※

Die Glasur war bei einer Sachertorte wichtiger als alles andere, nur dass das heutzutage keiner mehr zu wissen schien, Kacki schüttelte darüber missbilligend den Kopf, während er die Glasur auf der Sachertorte verstrich, die er mit Zähnen und Klauen, ja sogar mit Hilfe des großen Fleischermessers, das Michael 1 irgendwann einmal mitgebracht hatte, bewacht und verteidigt hatte, während sie langsam, viel zu langsam abgekühlt war, keine Sekunde hatte er sich wegbewegen können, er kannte seine Schlawiner, die würden so eine Sachertorte nicht nur mit bloßen Händen essen, nein, schlimmer noch, sogar ohne Glasur, also hatte er sie bewacht, während sie abkühlte, keinen Zentimeter hatte er sich bewegt, er musste schon lange aufs Klo, aber die Glasur war wichtiger, sie war das Allerwichtigste, dass das keiner kapierte, vor allem die Deutschen nicht, die taten auf alles eine Schokofettglasur, ekelhaft, dabei musste die Glasur natürlich auf Zuckerbasis sein, sonst war es keine Sachertorte, man darf sein Erbe nicht verraten, dachte Kacki, während er mit dem großen Schlachtermesser die Glasur verstrich, die war gut, die hatte genau die richtige Konsistenz, das Auftragen der Glasur ist ohnehin die schönste Arbeit von allen, vom Auftragen der Marillenmarmelade einmal abgesehen, dachte Kacki und schmierte und spachtelte eifrig, auf dass alles schön glatt und überhaupt prächtig wurde.

»Ist sie denn bald einmal fertig?«, kam es von gegenüber, denn sie standen ihm alle gegenüber, Kacki hatte sich extra so hingestellt, dass er sie auch beim Auftragen der Glasur ganz genau im Blick hatte, Enno, Jürgen 1, 2 und 3, Michael 1 und 2, Karsten – sie waren unruhig, zappelten herum, rauchten, gingen mal kurz raus und kamen wieder rein, und alle lauerten sie nur auf Kackis Sachertorte und Kacki konnte es ihnen nicht verdenken, die Sachertorte war das schönste Ding auf Erden und eine bessere Verbindung in ihre österreichische Heimat, eine bessere Bewässerung ihrer österreichischen Wurzeln konnte es gar nicht geben als eine richtige Sachertorte, aber dazu musste es auch eine richtige Sachertorte sein, und da lag der Hase im Pfeffer, die Burschen waren alle so verlottert und gschlampert, dass sie sich eine halbfertige Sachertorte in ihre Goschen stopfen würden. Kacki hatte im Grunde nichts dagegen, ihnen die Torte zum Essen zu geben, dafür war sie schließlich da und wie alles, was man liebte, musste auch die Sachertorte irgendwann sterben, sonst hatte es keinen Sinn, das war wie mit allem anderen, der Oma, Ottakring, Aktionskunst, irgendwann war es tot, so auch die Sachertorte, aber zuvor musste sie andere Zwecke erfüllen, deshalb hatte er, Kacki, auch Kluge Bescheid gesagt, dass der seine Videokamera mitbrachte, wo war der bloß, und bei P. Immel hatte er die Sache auch angemeldet, »wir machen eine Aktion, Peter, wenn's recht ist«, hatte er gesagt, als der Peter aus dem Haus ging, aber der hatte ja gar nicht zugehört, gut dass Kluge die Kamera hatte, da konnte er das filmen und später dem Peter zeigen, damit der auch was davon hatte. Und kaum dachte er an ihn, kam Kluge auch schon herein, »Kamera läuft«, schrie er, »Ich hab alles drauf!«, und Kacki spachtelte noch einmal mit dem großen Messer ein kleines erhabenes Fleckchen auf der Glasur glatt, nur für die Nachwelt, dachte er, dann richtete er sich auf, das Messer stolz in der Hand, und sagte mit Nachdruck: »So! Fertig! Muss nur noch fest werden, die Glasur. Ansonsten Marillenmarmelade und alles! Und bitte, meine Herren: Das ist eine Schokoladenzuckerglasur! Keine von den Fettglasuren, die die Deutschen verwenden! Die ist nämlich gar nicht statthaft!«

»Meine Herren allein wird's nicht umreißen, Herr Kacki!«, tönte eine Frauenstimme. Das war natürlich das Mariandl.

»Das ist mir recht, Fräulein Mariandl«, sagte Kacki schnell, »zumal das Rezept hier entnommen wurde«, er zeigte auf das Buch, das er zu Hilfe genommen hatte, »dem Kochbuch meiner Großmutter, auch sie eine Frau, dies ist ihr Lieblingsbuch, 888 Kochrezepte einer Wiener Hausfrau, das hat meine Großmutter mir nach Berlin mitgegeben, darin ist ganz klar ...«

»Schade, dass wir keine sauberen Teller haben«, unterbrach ihn völlig uninteressiert und stumpf Michael 1 und machte dabei eine Kopfbewegung in die Richtung von dem Riesenhaufen schmutzigen Geschirrs, das sich in der Spüle stapelte. »Jetzt müssen wir die schöne Torte aus der Hand essen!«

»Seids deppert?! Die wird noch nicht gegessen! Die

muss erst weiter abkühlen! Die ist noch nicht zum Essen bereit!«

»Nun aber ernst, Kacki«, sagte Micheal 2, »seit wann ist eine Torte nicht zum Essen bereit?«

»Ja diese nicht! Diese ist zuerst einmal für die Intimfrisur!«

»Ein Schas«, meldete sich Jürgen 1. Was die sich alle trauten, kaum dass der Peter aus dem Haus war! »In der Intimfrisur hat's auch keine Teller, Kacki. Und was willst du die extra da rüberschleppen und wir alle mitlaufen und dann dort essen statt gleich hier?!«

»Gib mir mal das Messer«, sagte Michael 1, »ich schneid's gleich an!«

Kacki hob gleich mal das große Messer: »Kommts her, wenn ihr euch traut, ihr Bettbrunzer!«

*

Helga ging es nicht besonders gut, die Schwangerschaft machte sich bemerkbar, bis vor ein paar Tagen war alles noch ganz leicht gewesen, jetzt fiel ihr alles schwer, der Bauch nervte und spannte, dann Sodbrennen, Rückenschmerzen, Knieschmerzen, wenigstens waren die Stimmungsschwankungen weg, die sie in den letzten Tagen so gebeutelt hatten, das schnelle Oszillieren zwischen grundlosem Optimismus und haltloser Angst war einem gleichbleibenden Gefühl unruhiger Erwartung gewichen, das nervte zwar auch, aber man konnte es mit allerlei Aktivitäten verdrängen, eine davon war dieses Schwangerschaftsselbsthilfegruppentreffen mit den anderen Frauen im Café Einfall, abhängen, Kaffeetrinken und reden, die Angst durch lautes Pfeifen im Walde vertreiben, vielleicht besser als gar nichts, dachte Helga, die sich aber auch fragte, ob es wirklich eine gute Idee gewesen war, dafür das Café Einfall zu nehmen, denn in dem stand sie nun und schaute sich um und, Café hin, Café her, letzten Endes war es eben auch nur eine ziemlich abgewohnte Kneipe, die Stühle wackelig, der Linoleumfußboden löchrig, die Fensterscheiben dreckig, der Name Café ja wohl eher ein Akt der Täuschung, aber Helga wollte nicht undankbar sein, Erwin war ein guter Kerl und er hatte ihr den Laden von sich aus angeboten, »kein Problem, kein Problem, ich sag's Chrissie, dann bekommt das Frühaufmachen endlich einen Sinn«, hatte er gesagt. Ach Chrissie ... Helga ertappte sich immer öfter dabei, wie sie Chrissie und Kerstin bei ihren Streitereien zusah und dabei Dinge dachte wie: Bei meiner Tochter wird das anders sein. Wie dumm gedacht eigentlich, dachte sie jetzt, Kerstin hat ihre Tochter wenigstens groß bekommen, und dann auch noch allein, und eigentlich war Chrissie doch ganz niedlich, wenn man sich die ganze Punkerkratzbürstigkeit mal wegdachte, im Grunde wäre man doch schon froh, wenn das eigene Kind so wie Chrissie würde, dachte sie, aber auch das war natürlich ein dummer Gedanke, die wurden wahrscheinlich alle anders, die Kinder, und keiner wusste, warum. Es ist wie auf hoher See, dachte Helga, die Lotsentochter aus Bremerhaven, nirgendwo was zum Festhalten, na ja, außer diesem Tresen hier, fügte sie in Gedanken hinzu, der hat eine Messingstange, aber die wackelt, warum repariert das keiner? Und warum war Chrissie eigentlich nicht da? Und Erwin auch nicht? Stattdessen stand der kleine Bruder von Freddie Lehmann hinter dem Tresen und schäumte Milchkaffee auf, als hinge sein Leben davon ab, das sah ihr ganz schön manisch aus, wie der da herumfuhrwerkte, aber bei den anderen Frauen kam es gut an, Heidrun, Birgit, Maria und Irene saßen mit ihr am Tresen und hielten sich an der wackeligen Stange fest und warteten auf ihren Milchkaffee und der kleine Lehmann war ganz schön fix bei der Sache, wie haben die anderen Mütter das mit ihren Kindern gemacht, fragte sich Helga, mit dem da zum Beispiel, dachte sie mit Blick auf den kleinen Lehmann, der hat doch auch eine Mutter, der und Freddie, der eine im Pharmatest, der andere an der Kaffeemaschine, wie das wohl ist, bei denen die Mutter zu sein?

*

Erwin kam später als geplant ins Café Einfall, er hatte noch zwei Läden in Schöneberg, das Café Rote Insel in der Gotenstraße und das Sandcafé in der Nähe vom Kleistpark, die liefen beide nicht besonders, da gab es irgendwie ein Problem mit dem Angebot, die Leute fragten, hatten ihm seine Tresenleute gesagt, dauernd nach Milchkaffee, das war irgendwie scheiße, aber auch nicht zu ändern, man muss den Leuten geben, was sie wollen, dachte Erwin, der kleine Lehmann ist vielleicht gar nicht so dumm!

Am Eingang des Café Einfall fiel ihm gleich das Schild auf, »Heute Nichtraucher (bis 15 Uhr)«, weniger ein Schild als ein Zettel, handschriftlich, aber sauber geschrieben, das war schon mal gut, und ordentlich mit Tesafilm auf die Scheibe in der Eingangstür geklebt, eine gute Idee, dachte Erwin, dann sieht das gleich jeder und man muss nicht so viel reden, da würde es keine großen Probleme geben. Besonders gut gefiel ihm das mit dem »bis 15 Uhr«, nicht dass die Leute noch für immer abgeschreckt wurden, die Wiener Straße war keine gute Gegend für eine Nichtraucherkneipe, falls es sowas überhaupt geben konnte, Erwin hatte noch nie eine Nichtraucherkneipe mit eigenen Augen gesehen. Bis heute. Bis 15 Uhr.

Drinnen waren schon einige schwangere Frauen, eine davon Helga, die ihm freundlich zulächelte, dabei aber die Stirn runzelte, das war schwer zu deuten, die Frauen saßen alle am Tresen, hinter dem Frank Lehmann Milchkaffee aufschäumte, dass es nur so schepperte, der war wirklich fleißig, machte aber auch viel Lärm dabei, dazu lief irgendeine Instrumentalmusik, die Frauen saßen breitbeinig auf den Barhockern und beugten sich dabei ein wenig vor, wie wenn sie ihre Bäuche auf der Hockerfläche ablegen wollten, das sah irgendwie lustig aus, aber auch beängstigend, so wird Helga auch bald aussehen, dachte Erwin, und was ist, wenn jetzt eine von den Dickbäuchigen hier ihr Kind kriegt, fuhr es Erwin durch den Schädel, Helga sagte immer, dass sie das Gefühl habe, durch die Schwangerschaft schwachsinnig zu werden, Erwin konnte das nachempfinden, ihm ging es genauso. Jetzt sah er auch Kerstin, seine Schwester, die musste natürlich mitmachen, eh klar, sie stand weiter hinten am Tresen und redete auf Heidrun ein, wenn er das richtig sah, die Frauen kannte er alle vom Schwangerschaftskurs im Heilehaus und eine, Irene, begrüßte ihn auch winkend, »Hallo Erwin«, rief sie, nur um gleich darauf ansatzlos zu Frank Lehmann zu sagen: »Kannst du mir den Milchkaffee an den Tisch bringen? Ich muss mich mal richtig hinsetzen.«

»Eigentlich ...«, begann der kleine Lehmann.

»Diese Hocker sind nichts für mich«, unterbrach ihn die Frau. Sie ging weg und setzte sich an einen Tisch. Tja, Irene halt. Ihm fielen jetzt alle Namen dieser Frauen wieder ein, Heidrun, Brigitte, Martha und Sybille, schon praktisch, wenn man ein gutes Namensgedächtnis hat, dachte er.

»Gibt es keinen Kuchen? Ich dachte, da hat's Kuchen!«, sagte Martha. Oder war das doch Sybille?

»Ist noch nicht gekommen«, sagte der kleine Lehmann, der die Milchkaffeesache erstaunlich geschickt im Griff hatte, das musste Erwin zugeben, er schäumte hier, kleckerte dort, zog am Auslasshebel für den Kaffee, füllte Wasser in die Maschine nach, es war, als wäre er mit der Maschine verschmolzen, es erinnerte Erwin an einen Chaplin-Film, Modern Times, den er neulich mit Helga im Arsenal gesehen hatte, wessen Idee war es nochmal gewesen, dahin zu gehen, egal, jedenfalls machte sich Frank Lehmann viel Arbeit für wenige, aber große Getränke, wie waren die Preise? Aber halt, der Kuchen! Hatte er gerade gesagt, dass der Kuchen noch nicht gekommen sei? »Wo ist denn der Kuchen?«, fragte Erwin. Und wo ist Chrissie?, dachte er. Wenn man nicht dauernd neben ihnen steht, geht alles schief, dachte er, verfluchte Frühschicht, er hätte sich niemals darauf einlassen dürfen. Jetzt war hier Helga mit den Frauen und der Kuchen war nicht da! Es ist neuerdings, als hätte ich wirklich nur das Einfall, dachte er, als gäbe es nichts anderes auf der Welt.

»Keine Ahnung, Chrissie wollte gleich damit nachkommen.«

»Ich frag mal Kerstin«, sagte Erwin und ging zu Kerstins Ende des Tresens.

»Wo ist der Kuchen, Kerstin?«

»Was fragst du mich? Das ist doch Chrissies Sache, nicht meine.«

»Du bist ihre Mutter!«

»Als wenn das noch was zu bedeuten hätte«, sagte Kerstin. »Genauso gut könnte ich sagen, du bist ihr Onkel.«

»Bin ich ja auch.«

»Na und? Was heißt das schon?«

Das verstand Erwin jetzt nicht so genau. Was war das für ein seltsames Gespräch? Die Tür ging auf und ein großer Schwung weiterer schwangerer Frauen kam herein. Des kleinen Lehmanns große Kaffeemaschine begrüßte sie mit einem Zisch- und Gurgelkonzert.

»Das heißt, dass ich ihr Onkel bin. Du aber bist ihre Mutter, Kerstin!«

»Ihre Mutter, ihre Mutter! Na und? Was gehen mich deshalb ihre Kuchen an? Ich bin doch bloß die Mutter! Du bist ihr Onkel und das ist dein Café hier ...«

»Kneipe!«, konnte sich Erwin nicht verbeißen zu korrigieren. »Kneipe!« Dieser Kaffeehausscheiß ging ihm mächtig auf die Nerven.

»Dein *Café!*«, sagte seine Schwester hämisch französelnd. »Steht ja draußen dran, *Café* Einfall. Und deshalb ist das auch dein Problem, Erwin. Onkel ist wichtiger.«

»Lass Erwin in Ruhe!«, sagte Helga.

»Wieso ist Onkel wichtiger?«, wunderte sich Erwin. »Wichtiger als was? Als die Mutter? Das ergibt doch überhaupt keinen Sinn!«

»Wenn's um den Kuchen geht und in deinem Fall schon.«

»Lass Erwin in Ruhe!«, sagte Helga noch einmal. Erwin wollte nicht, dass die beiden aneinandergerieten, aber er konnte natürlich auch nicht vor Helgas Augen bei seiner Schwester klein beigeben!

»Onkel ist wichtiger? Was ist das denn für ein Satz?«, sagt er gereizt. »Onkel ist wichtiger, das ist doch ...«

»Chrissie kommt gleich mit dem Kuchen, hat sie gesagt«, mischte sich der kleine Lehmann ein. »Sie ist gleich da. Mit schwäbischem Apfelkuchen, hat sie gesagt.«

»Den hat sie von mir gelernt«, sagte Kerstin stolz.

»Wer will denn überhaupt alles Kuchen?«, fragte Frank Lehmann.

Mehrere Frauen meldeten sich, es wurden immer mehr, am Ende waren es alle.

»Das sind ...« Frank Lehmann zählte durch. Erwin mochte ihn. Es gibt auch Lichtblicke, dachte er. Und Helga hatte ihn verteidigt, was sagte man dazu? »Lass Erwin in Ruhe!«, hatte sie gesagt! Zu seiner Schwester! Die Zukunft sah gut aus, auch mit Kindern. Nur seine Stimmungsschwankungen machten ihm ein bisschen Sorgen.

»Kommt, wir setzen uns dahinten an den Tisch und fangen schon mal an«, sagte Helga zu den anderen Frauen. Die nickten und gingen zu dem Tisch, an dem Irene schon saß. »Bringst du uns dann die Milchkaffees an den Tisch?«

»Hier ist eigentlich Selbstbe...«

»Macht er! Bringt er!«, sagte Erwin schnell und gab Lehmann mit den Augenbrauen ein Zeichen.

»Kommst du auch mit?«, sagte Helga zu Kerstin.

»Nein, ja, ich weiß nicht«, sagte Kerstin, »vielleicht besser, wenn ich hier erstmal auf Chrissie warte, scheint ja wohl dem jungen Vater zufolge meine Mutterpflicht zu sein!«

Der kleine Lehmann war in Hochform, er hatte eine ganze Reihe Schalen zu einem Drittel mit Kaffee gefüllt und auf der Theke aufgereiht, jetzt nahm er die Blechkanne, in der er die Milch aufgeschäumt hatte, und ließ den schaumigen Quatsch da einfließen, das sah dann schon ganz schön beeindruckend aus, fand Erwin, auch wenn es scheiße war! »Und?«, fragte er. »Wie läuft's denn mit dem Nichtrauchen?«

»Also ...«, begann der kleine Bruder.

Die Tür ging auf und der KOB kam rein.

※

»Tachchen! Wie läuftet denn so?«, waren die Worte, mit denen der KOB durch die Tür trat. Den hätte Frank, wie er fand, jetzt nicht unbedingt gebraucht. Das mit den schwangeren Frauen ging ja noch, zumal Milchkaffee bei ihnen der große Hit war, da gab es ordentlich was zu schäumen und das machte Spaß, er wurde auch immer besser darin, obwohl ihn das, was Karl neulich gesagt hatte, das mit dem sexuellen Aspekt, etwas beunruhigte, zumal seine nächtlichen Sexträume immer wilder wurden und Chrissie und ihre Mutter nicht aufhörten, darin herumzuspuken, zeitweise ergänzt oder abgelöst durch Frauen, die er noch weniger bei sowas dabeihaben wollte, die Supermarktkassiererin etwa, das war verstörend, und nun der KOB, da gab es zwar keinen direkten Zusammenhang, aber eine Hilfe war es auch nicht!

»Allet klärchen«, sagte er, um dem uniformierten Fremden gleich mal was entgegenzusetzen. Erwin sah ihn stirnrunzelnd an.

»Echt, wa? Allet klärchen?«, sagte der KOB. »Dann is ja juti! Kann ick dann ma'n Kaffee haben?«

»Klaro, aber immer«, sagte Frank. Ich rede wie ein Idiot, dachte er, aber er konnte es nicht ändern, der neue KOB machte ihn nervös, er berlinerte auch noch mehr als der alte KOB, dabei aber weniger aggressiv, war es bei dem alten KOB ein lautes Hoppla-hier-komm-icke-Berlinern gewesen, so beim neuen KOB ein Ick-willet-ma-jesagt-haben-aber-ick-vaschteh-schon-wenn-dit-keenen-interessiert-Berlinern, ein vorwurfsvoller Klagegesang, defensiv und zermürbend.

»Nee, schwarz wie die Nacht, ha'ck imma so jetrunken, is nich jut, soll man eintlé né so trinken, aber wat willste machen.«

Der KOB setzte sich neben Erwin und Kerstin an den Tresen. Frank nahm eine der neuen Milchkaffeeschalen und schenkte ihm einen Kaffee ein.

»Watt'n, in so'ner Schale? Ist ja gar keen Henkel dran, findick schwierig, sa'ck ma.«

»Ich habe im Augenblick nur diese.«

»Wieso, wo sind denn die Stapeltassen?«, mischte sich Erwin ein.

»Die habe ich weggeräumt, ich brauchte den Platz für die Milchkaffeetassen.«

»Na ja, passt schon mal ordentlich wat rin«, sagte der KOB und hob die Schale auf den Fingerspitzen beider Hände an den Mund. »Dit is ja wie Suppe schlürfen, wa, hähä?!« Er schlürfte, stellte die Schale wieder ab und fummelte ein Päckchen Zigaretten aus seiner Polizistenuniform.

»Nein! Nichtraucher!«, rief Frank.

»Wat?«

»Nichtraucher! Steht auch draußen dran. Bis 15 Uhr!« Frank hatte einen Zeigefinger ausgestreckt und zielte damit auf den KOB. Irgendwas passiert hier mit einem, dachte er.

»Seit wann'n ditte?«

»Seit jetzt. Also heute. Bis 15 Uhr.«

Der KOB sah sich ratlos um. Dann wedelte er selbst mit einem Zeigefinger und lächelte dazu: »Verstehe! Ihr wollt mich verarschen, Leute!«

»Nein«, sagte Frank. »Es ist so, wie ich sage! Da sind die ganzen schwangeren Frauen hier und jetzt ist Nichtraucher.«

»Vaschteh ick nich!«

»Bis 15 Uhr.«

»Vaschteh ick nich, ehrlich nicht!«

»Da gibt's auch nichts zu verstehen«, mischte sich Erwin ein. »Und das müssen wir auch nicht begründen. Wir haben hier Hausrecht. Geraucht wird nicht.«

Dem KOB wich langsam das Lächeln aus dem Gesicht, er schaute nach links, er schaute nach rechts, zeigte mit dem Finger auf Erwin, dann auf Frank, dann sagte er: »Wollt ihr Krieg, Leute? Könnt ihr haben! Nichtraucher, verarschen kann ich mich auch alleine!«

»Wer rauchen will, muss raus. Bis 15 Uhr«, sagte Frank.

»Ich finde interessant«, sagte Erwin, »wie du das aussprichst: Wer rouchen will muss rous.«

»Das ist, weil ich Bremer bin«, sagte Frank genervt. »Und wenn jetzt hier keine Selbstbedienung mehr ist, brauchen wir größere Tabletts.«

*

P. Immel saß schweigend in H.R.s Zimmer, ja klar, dachte H.R., der will natürlich auch dabei sein und zusehen, wie die Musterwohnung entsteht, weil das beruhigt, dachte H.R., der Musterwohnung beim Wachsen zuzuschauen, dauert lange, aber es beruhigt ungemein, das ist ja das Schöne daran, dachte H.R., dass so eine Musterwohnung nur ganz langsam und nur unter Schmerzen und auf Umwegen fertig wird, letztendlich, dachte H.R., ist der Prozess immer der wichtigste Teil eines Konzepts und je länger er dauert, desto besser.

»Was wüstn mit dem Ikea-Schas?!«, sagte P. Immel.

Was war denn mit dem los, kapierte der das auch nicht, kapierte überhaupt niemand, wie wundervoll diese Musterwohnung war? Niemand außer Nachbar Marko und dem Ikea-Mann, der beim Aufschreiben geholfen hatte? Nicht schlimm, dachte H.R., aber dass sie dann immer noch mitreden wollen ... – rätselhaft!

»Sag mal!«, ließ P. Immel nicht locker, »was willste denn damit?« Interessant, wie sich bei ihm der Österreicher und der Preuße in der Sprache immer mal abwechselten, H.R. fragte sich, welche Systematik dahintersteckte, war das Österreichische gewollt und das Preußische der unterbewusste Normalzustand? War das P. Immelsche Über-Ich ein Österreicher und sein Es ein Preuße? Oder war es genau umgekehrt?

»Keine Ahnung«, beantwortete er unterdessen die Frage. »Man muss ja nicht immer was wollen. Am liebsten würde ich die Wohnung bei der Wall City aufbauen.«

»Na geh, wüst mi pflanzen?«

»Sag einmal, warum macht ihr ArschArt-Leute eigentlich neuerdings alle so einen auf Folklore? Neulich habe ich den Kacki auf der Straße getroffen, da hat er ›Servus der Herr Geheimrat‹ gesagt.«

»Das ist nur die Erleichterung, weil sie uns nicht ausgewiesen haben. Wir hatten uns doch getarnt, einmal aus Angst vor Ausweisung, aber natürlich auch als Aktion, da weiß man ja nie, wobei, Kacki ist nochmal ein eigenes Problem, Kacki macht mir gerade ein bisschen Angst!«

»Warum hätten sie euch ausweisen sollen? Das ist doch Westberlin hier, da sind doch die Alliierten am Drücker!«

»Ja, aber wir gehören nicht zu den Siegermächten, H.R. Oder gibt's hier irgendwo einen österreichischen Sektor?«

»Das wär schön«, sagte H.R. »Aber nun sag, du hast von der Intimfrisur gesprochen und was von kompliziert gesagt, worum geht es denn, Peterchen?«

P. Immel runzelte die Stirn und sagte mit einem Seitenblick auf Marko, der schweigend beschichtete Spanplatten zusammenfügte und ineinander verschraubte oder wie immer das da ging, das war ein ziemlich geniales System, mit dem der Kram zusammengefügt wurde, fand H.R., jedenfalls sagte P. Immel mit einem Seitenblick auf Marko: »Sag sowas nicht vor anderen Leuten, H.R.!«

»Bei Marko macht das nichts«, sagte H.R.

»Wat macht nüscht?«, fragte Marko, dabei kurz innehaltend mit seiner Inbusschlüsselkurbelei.

»Nüscht«, sagte H.R. »Irjndwie!«

»Ooch wahr!«, sagte Marko und schraubte weiter.

»Wir brauchen noch mehr Geld für die Intimfrisur, die läuft nicht«, sagte P. Immel.

»Warum nicht?«

»Keine Ahnung. Die Jungs denken, falsches Konzept. Kacki und Jürgen 3 wollen das jetzt als Wiener Kaffeehaus aufziehen. Als Friseursalon-Kneipe ist das ein Flop, die Einzigen, die da immer abhängen, sind wir selber. Wir brauchen aber Geld von außerhalb. Wir können uns nicht gegenseitig Bier verkaufen und das dann austrinken, das haut ökonomisch nicht hin, H.R.!«

»Ich fand das eigentlich gut mit den Friseurstühlen.

Ich wollte da auch mal was machen, ich habe da noch gar nichts gemacht. Oder doch? Ich glaube nicht.«

»Nein, aber ja klar, das hatten wir doch besprochen, also unseretwegen kannst du jederzeit da was machen.«

»Kauft ihr dann auch so Kuchenvitrinen?«

»Ja klar.«

»Das ist gut. Könnte ich gut gebrauchen. Für die Neue Neue Neue Nationalgalerie. Damit sind wir im Einfall rausgeflogen, weil Chrissie jetzt da den Kuchen reintut. Gehört der Laden eigentlich mir?«

»Nein, er gehört Jürgen 3«, sagte P. Immel, »der hat den Mietvertrag, du hast nur den Abstand gezahlt, den schuldet er dir jetzt.«

»Ach so«, sagte H.R. »Ich hab das irgendwie nie kapiert. Aber Kaffeehaus ... – ich weiß nicht!« H.R. hatte keine Lust mehr auf das Thema, er blätterte seine Polaroids durch. »Sag mal, Marko«, sagte er und hielt ein Foto hoch, »weißt du, wie man die Servietten falten muss, damit sie so aussehen?«

*

»Schande! Und gerade du fällst mir in den Rücken! Dabei ist es doch deine Kneipe«, sagte Kacki zu Jürgen 3. Er war empört, außer sich! Enno, Jürgen 1 und 2, die beiden Michaels und Karsten – dass die Schweine waren und rücksichtslos, dass sie keine Visionen hatten und keine Träume, damit hatte sich Kacki schon abgefunden, bei denen wunderte ihn gar nichts mehr, aber Jürgen 3? Sein einziger Verbündeter in dieser Sache? Außer natürlich P. Immel, der auch ein Verbündeter war, ein Lebensverbündeter, der selbst, wenn er ganz gegenteilig handelte, so doch immer ein Verbündeter sein musste, selbst wenn sich zwischenzeitlich einer wie Jürgen 3 dazwischenschob, nur um ihn, Kacki, jetzt zu hintergehen, indem er mit den anderen Powidlhirnis die Sachertorte, deren Couvertüre kaum ausgehärtet war, schamlos wegfraß, denn da standen sie nun, ihm gegenüber, das große Messer hatten sie ihm abgenommen, überrumpelt hatten sie ihn und dann die Torte mit diesem Messer unter sich aufgeteilt und dann hatten sie, wie um ihn zu verhöhnen, ein kleines Stück für ihn übrig gelassen, »für dich, Kacki«, hatte Michael 2 gesagt, erst bestahlen sie einen, dann gaben sie einem was zurück und machten einen auf großzügig, das war furchtbar und gemein und das musste irgendeine tiefere Bedeutung und auch Folgen haben, aber Kacki konnte sich jetzt nicht damit beschäftigen, er war zu wütend und zu empört und traurig und zornig und überhaupt!

»Ja schon«, sagte Jürgen 3 mit vollem Mund, »aber was hätten wir denn mit der Torte machen sollen, Kacki? Da hast du jetzt den Ereignissen einfach ein bisschen zu weit vorgegriffen, in der Intimfrisur können wir die Sachertorte erst gebrauchen, wenn sie nicht mehr Intimfrisur heißt, sondern Olde Vienna oder Café Wien oder so.«

»Café an der Wien, hatte ich gesagt.«

»Ja schon, Kacki, gern, aber so heißt der Laden eben noch nicht und wenn, dann wäre es auch Quatsch, solange da herinnen alles aussieht, wie die Intimfrisur eben nun einmal aussieht mit ihren Friseurstühlen und Waschbecken!«

»Ein Schmarrn!«, sagte Kacki. »Ich kann nicht mehr! Ich halte das nicht mehr aus! Gibt es denn nichts Schönes mehr in der Welt?!«

»Ich dachte, wir hätten den Begriff des Schönen in der

Kunst mittlerweile durch den Begriff des Wahren ersetzt«, sagte der Enno, den Kacki bis eben nur zu gerne wieder Florian genannt hätte, jetzt aber nicht mehr, »Weißt du, Enno«, sagte er giftig und wurde von Enno wie erwartet mit »Florian bitte!« unterbrochen, worauf er sagte: »Weißt du, Enno, nach dieser Meldung kannst du dich auch gleich Otto von Bismarck nennen!«

»Wo er recht hat, hat er recht, Flo!«, sagte Michael 2. »Wir sind Österreicher! Wir glauben an das Schöne!«

»Schau nur diese Sachertorte an, wenn die net schee is, dann woaß i net, wos is«, sagte Michael 1 und lachte dazu schmierig, der gschissene Halbbayer. Kacki merkte, wie in ihm vor Abscheu alles ganz dunkel wurde.

»Ich weiß nicht, was daran lustig ist, bittschön!«, sagte Michael 2. »Natürlich ist die schön, das sieht doch ein jeder!«

»Deshalb wird man aber doch noch lachen dürfen!«

»Eben nicht. Humor ist Lustgewinn durch ersparten Gefühlsaufwand, sagt der Freud!«

»Das kann er gerne sagen, aber gerade darum wird man doch wohl noch lachen dürfen!«

»Eben genau nicht, oder wenn, dann ist doch die Frage«, sagte Michael 2 und spuckte dabei Sachertortenkrümel in die Gegend, »was es da genau zum Lachen gibt? Welche Gefühle will sich da eigentlich einer wie du ersparen?«

»Wieso einer wie ich?«

Das ist jetzt eigentlich ein ganz schönes und auch lehrreiches Gespräch, dachte Kacki, ein fairer Disput, warum kann es nicht immer so sein? Und vor allem: warum müssen die Arschlöcher immer erst etwas kaputt machen, eine Sachertorte zum Beispiel, bevor sie etwas leisten können, und wenn es nur so ein Gespräch ist, vielleicht ein Naturgesetz, dachte er, vielleicht sollte man sich dem nicht entgegenstellen, sondern das ausnützen, indem man selber etwas kaputt macht, was einem lieb ist, so lieb wie eine Sachertorte, und das ist dann der Auslöser für etwas Schönes, vielleicht ist das gar der Kern der Aktionskunst, dachte Kacki, und es war ihm, als sei hier gerade eine große Erkenntnis gereift, die man in Ruhe hegen und pflegen musste, da konnte er jetzt weder Streit wegen der Sachertorte gebrauchen noch eine Gifterei wegen dem Humor und dem Freud, das musste jetzt mal kurz warten, und deshalb sagte er, um die Lage zu beruhigen: »Der Freud! Das war auch ein Wiener. Grad so wie wir!«

»Ich bin kein Wiener«, sagte Jürgen 3 und das war nun auch wieder typisch für ihn, wenn es ums Zerstören ging, wenn es darum ging, alles gleich zunichtezumachen, was an Schönem am Entstehen war, dann war Jürgen 3 allerdings genau der Richtige!

»Ich weiß«, sagte Kacki verbittert. »Du bist nur ein gschissener Halboberösterreicher. Und deshalb bist du auch so, wie du bist.«

»Was soll das nun wieder heißen?«

»Das soll heißen«, sagte Kacki und straffte den Rücken, »das soll heißen«, wiederholte er, »dass ich jetzt mein Stück von der Torte nehme ...« – Kacki hob das Tortenstück auf, legte es sich auf der flachen Hand zurecht, hob es vor die Augen und begutachtete es von allen Seiten, »dass ich jetzt mein Stück von der Torte nehme«, wiederholte er, »das letzte Stück von meiner schönen Torte und damit durch die gschissene Kälte in die Wiener Straße gehe und offiziell den Beginn der Ära vom Café an der Wien zelebriere, das soll's heißen!«

Er schaute sich herausfordernd um. Der Peter war wer

weiß wo, und kaum ist die Katze aus dem Haus, feiern die Mäuse ein Fest, sagte die Oma immer, so auch hier! Das würde er jetzt einfach einmal ausnutzen.

»Aber das bringt doch nichts!«

»Das soll auch nichts bringen«, sagte Kacki. »Bedenke: Wir sind Aktionisten.« Er hob den Zeigefinger der linken Hand. »Und das wird jetzt eine Aktion. Seids dabei oder gehts scheißen!«

*

Wenn Helga ehrlich war, gingen ihr die schwangeren Frauen ganz schön auf die Nerven. Sie konnte sich selbst schon nicht besonders gut leiden, seit sie schwanger war, aber die anderen Schwangeren mochte sie noch viel weniger, vor allem wohl, weil die dieses Problem nicht hatten, selten hatte Helga so eine geballte Eigenliebe und Selbstzufriedenheit erlebt wie bei den Frauen in der Schwangerschaftsgruppe, dabei waren das keine zickigen oder dummen Frauen, es schien nur so, als hätten sie für die Dauer ihrer Schwangerschaft Urlaub genommen von allem, was das Leben schwierig oder kompliziert machte, von Selbstzweifeln, Ehrgeiz, Höflichkeit, Rücksichtnahme, Selbständigkeit und gutem Benehmen, sie saßen einfach nur da und ließen es laufen, die eine redete davon, wie schlimm alles, die andere davon, wie blöd ihr Mann, die dritte davon, wie schlecht eingerichtet das Café Einfall war, es war eine Orgie in Nörgelei und Hochmut, so schien es Helga, aber vielleicht, dachte sie für einen Moment, bin auch ich es nur, die gerade hochmütig ist, wahrscheinlich aber, dachte sie dann, sind es tatsächlich einfach nur dumme Schlampen, die kein bisschen dankbar dafür sind, dass Erwin ihnen das

Café Einfall zum Nichtrauchercafé umgeflaggt hat, dachte die Bremerhavener Lotsentochter, die, seit sie schwanger war, immer mehr in nautischen Begriffen dachte und, wenn sie es genau betrachtete, die ganze schwangere Bande jetzt am liebsten kielholen würde!

»Was ist denn nun mit dem Kuchen«, sagte Gisela und schaute dabei ganz ungeniert Helga an, als ob die dafür zuständig wäre.

»Gibt es das auch in gut?«, sagte Irene und schaute in ihren Milchkaffee.

»Ja, Kuchen«, sagte Heidrun, »da warte ich auch schon so lange drauf, du hattest doch gesagt, dass es hier Kuchen gibt, ist der Erwin da eigentlich dein Mann?«

»Ja«, sagte Helga.

»Was?«

»Was was?«

»Worum geht's?«

Es ist einfach zu wenig Blut im Hirn, wenn sie schwanger sind, dachte Helga, und mir geht es genauso! Sie stand auf, um nicht ausfallend zu werden, überhaupt hatte sie keine Lust auf irgendeinen Streit mit egal wem, eigentlich war ihr nur noch zum Heulen zumute; Kerstin, die dumme Nuss, hatte gesagt, dass es ab dem vierten Monat alles nur noch super sein würde mit der Schwangerschaft, aber da war sie ja schon lange drüber, was also redete die blöde Pute für einen Scheiß daher, konnte ihr das mal einer erklären?

Helga näherte sich dem Tresen und sah im Gesicht von Erwin die Panik aufkommen, jetzt ist es schon so weit, dass er Angst vor mir hat, es ist die Macht, dachte Helga, die die schwangeren Frauen korrumpiert, eine Macht, die ihnen die Schwangerschaft gibt, warum auch immer, ein seltsamer Gedanke, dachte sie, welche Macht denn nochmal, sie wusste es nicht mehr, es war einfach nicht genug Blut im Hirn, egal, jedenfalls glaubte sie eine Panik in Erwins Gesicht zu sehen, die zunahm, je mehr sie sich näherte. Sie nahm sich vor, ihn nicht mit dem Kuchenscheiß zu behelligen, das hat er nicht verdient, dachte sie, schon gar nicht, wenn seine blöde Schwester neben ihm sitzt, die würde sowas nur ausnützen.

Am Tresen saß außerdem noch ein Polizist in Uniform, der neue KOB wahrscheinlich, von dem Erwin erzählt hatte, der zappelte da auf seinem Hocker herum, schaute in eine Suppenschale mit schwarzem Kaffee und schüttelte den Kopf und was nicht alles, waren denn jetzt alle irre geworden, was war das heute bloß für ein Scheißtag und was war das für eine Scheißidee gewesen, hierherzugehen?!

»Ich dachte, ihr habt hier Kuchen«, sagte sie barsch zu dem kleinen Lehmann hinter dem Tresen. Der war eigentlich ganz niedlich, fand sie, der sah auch nicht schlecht aus, aber der war jetzt einfach mal fällig, schon damit Erwin es nicht abbekam.

»Chrissie wollte damit gleich nachkommen. Das war vor einer halben Stunde.«

Helga sah, dass Erwin was sagen wollte, und legte ihm schnell eine Hand auf den Arm. »Pass auf«, sagte sie zum kleinen Lehmann, »die wollen alle noch mehr Milchkaffee. Also nochmal fünf oder sechs. Was weiß ich. Und eine hat gefragt, ob man auch einen Kakao mit so aufgeschäumter Milch kriegen kann. Und Kuchen!«

»Kakao weiß ich nicht«, sagte der kleine Lehmann, »keine Ahnung.« Er schaute Erwin an.

»Da muss irgendwo Kakao sein!«, sagte Erwin. »Wir hatten mal Kakao!«

»Nichtraucher, ick gloob, ick spinne!«, sagte der KOB.

»Und Kuchen nicht vergessen!«, sagte Helga, und es kam zickiger und fordernder rüber, als sie wollte, sie kam sich wie ferngesteuert vor.

»Ich gehe mal nach Chrissie und dem Kuchen gucken«, sagte Erwin. Als er an Helga vorbeikam, klopfte sie ihm aufmunternd auf die Schulter, das hatte er verdient, fand sie.

»Kannste ooch gleich zusperren, so'n Laden, ick meene, Nichtraucher?!«, sagte der KOB.

»Klappe halten!«, sagte Helga.

Kerstin schaute Helga böse an. »Ich komm mit!«, sagte sie und ging Erwin hinterher.

Was hatte die denn jetzt für ein Problem?

*

»So und so und so und so …«, sagte der Nachbar und dabei zeigte er, wie die Servietten gefaltet werden mussten; H.R. nickte eifrig und faltete ihm nach, hatte der jetzt auch die Birne weich? P. Immel merkte, wie ein Zorn in ihm aufstieg, unendlich groß und dunkel, dunkelrot wie Blut, dachte er, so ein Zorn ist das, ein Zorn vor allem auf Kacki, denn von Jürgen 3 hatte er nichts anderes erwartet, als dass der seine Gutmütigkeit ausnützen würde, aber Kacki? Schickte der ihn hier zum Geld erbetteln in die Höhle des gschissenen serviettenfaltenden Konzeptkunstlöwen! Aber Zorn, schon gar ein dunkelroter, ist keine Lösung, schärfte er sich ein, die Rache wird kommen, dachte er, aber nicht jetzt, die Rache wird kommen und sie wird bald sein und sie wird kalt sein, dachte er, da kann der Shakespeare noch was lernen, dachte P. Immel, wenn er meine Rache sieht, aber jetzt ist nicht der Moment dafür. Er seufzte, um sich als harmloser Idiot zu tarnen, aber auch, weil es etwas Beruhigendes hatte, ein Seufzer kann einen Zorn unterdrücken, davon war P. Immel überzeugt, der Seufzer ist das Maschinengewehr des demütigen Schlawiners, dachte er, wenn man seufzt, unterschätzen sie einen, zugleich aber wird durch das Seufzen eine Haltung eingenommen, die ein weiteres Aufkommen des dunkelroten Zorns mindestens verzögern, unter Umständen sogar unterdrücken kann, dachte er, und er war sich nicht sicher, ob das nun Teil des Zornunterdrückungsbemühens war, dass er so dachte, oder ob es nur ein Pfeifen im dunkelroten Zorneswalde war, wie auch immer, es wirkte, er beruhigte sich ein wenig, während er weiter dabei zuschaute, wie die beiden Deppen Servietten falteten, man kämpft um sein Leben, seine Reputation, seine Macht, seine Stellung, dachte er, und andere haben keine Probleme, als wie sie die gschissenen Servietten falten müssen, man darf sich nicht verbittern lassen, dachte er, wer war das noch gewesen, irgend so ein Sangespiefke, genau, der Biermann, der hatte es gesungen, du lass dich nicht verbittern in dieser bittren Zeit, so ein Schmäh, dachte P. Immel, wer der Verbitterung abschwört, hat von ihrer Kraft und ihrer Herrlichkeit nichts begriffen, der Shakespeare kann jetzt schon einpacken, dachte P. Immel, aber nichts anmerken lassen, ermahnte er sich, denn wenngleich er der weinerlichen Art, mit der Kacki diese Stadt, das ganze gschissene Westberlin, als »Höllenschlund und Menschenzerstörungsmaschine«, diese Worte hatte er neulich benutzt, wie blöd konnte man sein, oder wie genial auch, Kacki erstaunte einen immer wieder, wenngleich er also einer solch weinerlichen Art nicht viel abgewinnen konnte, so wusste er doch eines ganz genau: Es war nicht klug, sich hier gefühlsmäßig eine Blöße zu geben. Nirgendwo je hatte P. Immel sich so frei gefühlt wie in Westberlin, weil hier alles, aber auch wirklich alles total scheißegal war, aber der Preis dafür waren Kälte und Gnadenlosigkeit, das hatte er von Anfang an gespürt, seit er und Kacki damals mit Kackis altem Opel Kapitän, der kurz darauf den Geist aufgegeben hatte, in die Naunynstraße eingebogen waren, geschenkt gab es hier nur den Tod und Mitleid war ein seltenes Gut, die Menschen in dieser Stadt geizten damit, als hätten sie zugenähte Gemütstaschen.

»Und so und so und so ... – fertig!«

Der Nachbar strahlte. Der sah das sicher anders, der hatte gewiss nicht so düstere Gedanken, aber der hat ja auch gut lachen, dachte P. Immel, der hat nicht fünfzehn hungrige Mäuler zu stopfen, die zu blöd sind, mit einem Intimfriseursalon kneipentechnisch ein paar Knedl zu verdienen.

»Also, H. R.«, versuchte er wieder auf sich aufmerksam zu machen, »das Problem ist halt, dass der Scheiß Geld kostet.«

»Welcher Scheiß?«

»Na, der Kaffeehausscheiß halt, die Sesseln und Tische und ...«

»Leute, könnt ihr mal an die Tür gehen, wenn's klopft? Ich muss die Kuchen fertig kriegen!« Chrissie stand in der Tür und mit ihr Wiemer, der Pfeifenzeisig vom Kunsthaus Artschlag.

»Ist die jetzt auch auf dem Tortentrip?«, sagte P. Immel. »Erst Kacki, dann die, was haben die denn alle mit ihren Torten?«

»Ich habe nicht Torte gesagt, ich habe Kuchen gesagt, Idiot!«, sagte die Kächele-Nichte und verschwand.

»Hallo Wiemer«, sagte H. R.

»Hallo H. R., ich muss mit dir reden wegen der Wall City.«

»So, so, Wall City«, sagte H. R. und faltete weiter Servietten. Der ist sowas von verwöhnt, dachte P. Immel, vom ganzen Leben und überhaupt ist der verwöhnt, dem haben sie immer alles hinten reingesteckt, in den Arsch haben sie's ihm geschoben, dachte P. Immel und da war er wieder, der dunkelrote Zorn, obacht jetzt, dachte er, jetzt obacht!

»Ich war nochmal bei Sigi«, sagte Wiemer, »und Sigi sagt, Installation geht nicht. Er hat für dich nur Platz für ein Bild. Drei mal vier Meter. Du sollst ein Bild malen oder gar nichts, sagt Sigi.«

»Ich dachte, die wollten mich unbedingt dabeihaben!«, sagte H. R., und er sah immer noch nicht auf dabei, er blätterte wieder in seinen Polaroids herum, während der Nachbar mit seinem enthirnten Origami weitermachte.

»Schon, ja, ja, die wollen dich«, sagte Wiemer kopfkratzend, »aber Sigi persönlich jetzt so unbedingt auch wieder nicht, wie's scheint, Sigi sagt, er scheißt drauf, das sei eigentlich bloß der Kultursenator gewesen und jetzt ist bei der Wall City der Wirtschaftssenator am Drücker. Ich sag nicht, dass das stimmt«, sagte Wiemer und P. Immel, der sich schon oft von ihm hatte beleidigen und schurigeln lassen müssen, fand, dass Wiemer ungewöhnlich defensiv auftrat, irgendwie demütig, warum auch immer, egal, geschah ihm recht, dem Vollkoffer!

»Ich wollte da aber die Musterwohnung aufbauen«, sagte H. R.

»Ich fürchte, daraus wird nichts«, sagte Wiemer. »Von sowas war eh nie die Rede gewesen. Drei mal vier Meter und Bild, mehr ist nicht ...«

»Dann bin ich raus«, unterbrach ihn H.R. »Lassen wir's doch einfach!«

»Jetzt hör mal auf, H.R., das ist nicht lustig! Die Wall City ist ein Riesending und wenn da einer dabei ist, dann ...« – Wiemer machte eine Pause und breitete bedeutungsvoll die Arme aus.

»Dann was?«, sagte H.R. unbeeindruckt. P. Immel dagegen war schon beeindruckt. Er hatte sich, verwöhnt hin, verwöhnt her, immer zu H.R. hingezogen gefühlt, mit dem Geld, dass H.R. im Rücken hatte, hatte das nichts zu tun, das hatte er erst später erfahren, dass ihm das Geld zu den Ohren rauskam, aber schon vorher hatte er immer gedacht, dass H.R. zwar ein Depp war, wie ja überhaupt jeder Mensch, wenn man mal genauer darüber nachdachte, ein Depp war, aber H.R. war einer, der irgendwie ... – P. Immel wusste nicht, was es war, aber es zog ihn an, H.R. war sowas wie eine Wärmequelle, wo H.R. Ledigt war, da war irgendwie ... – P. Immel wusste nicht, was, aber da war irgendwie irgendwas an H.R., das ihm gefiel, und jetzt, bei dieser Unterhaltung zwischen H.R. und Wiemer glaubte er wieder eine Ahnung davon zu bekommen, was das war.

»Dann wird er eine große Nummer. Also der Künstler«, sagte Wiemer »Das ist nun mal so.«

»Aber das ergibt doch keinen Sinn«, sagte H.R. »Wieso sollte ich eine große Nummer werden wollen mit etwas, was ich gar nicht machen will?«

»Mein Gott, H.R.! Jetzt sei doch nicht so ein Idiot! Mal doch einfach ein Bild.«

»Ich habe eine Idee, H. R.«, sagte P. Immel in einer plötzlichen Eingebung. »Wie wäre es, wenn ich dir ein Bild male?«

*

Die Frauen tranken Milchkaffee in einem Ausmaß und einer Geschwindigkeit, dass Frank kaum hinterherkam, die hintere Hälfte des Lokals war mit Schwangeren gefüllt, sie redeten und tranken Milchkaffee und schauten manchmal zu ihm her und gaben Handzeichen, dass neuer Milchkaffee gebraucht wurde, und Frank lief hin und räumte die Schalen ab und füllte sie, nachdem er sie ausgewaschen hatte, denn eine Geschirrspülmaschine gab es nicht, gleich wieder mit Milchkaffee und trug sie auf einem kleinen Tablett, mit dem er höchstens vier der Suppenschalen auf einmal transportieren konnte, zurück an den Tisch, Selbstbedienung, Sofortbezahlen, alles, was sonst Gesetz war im Café Einfall, war abgeschafft, Frank führte mühsam Buch, wer wie viel von was hatte, das meiste natürlich Milchkaffee, eine Frau hatte ein Malzbier gehabt, eine eine Fanta, ihre Namen kannte er nicht, er wagte nicht zu fragen, er gab ihnen Namen, wie sie sich gerade ergaben, Latzhose, Blond, Brille, Locke, Sandale, es war ein seltsamer Tag!

Dann kam Lisa herein, die Frau, auf die er eigentlich, das musste er sich eingestehen, die ganze Zeit gewartet hatte, wegen der er den ganzen Milchkaffeekram überhaupt angefangen hatte, ohne die Liebe zu Lisa, denn Liebe war es ja wohl, wenn man die ganze Zeit beim Milchkaffeeaufschäumen immer nur an die eine oder das eine dachte, das war wohl nicht mehr zu trennen, seine

Träume letzte Nacht hatten da eine deutliche, eigentlich zu deutliche Sprache gesprochen, jedenfalls ohne die Liebe zu Lisa hätte er nicht mit dem Milchkaffeeding angefangen oder spätestens heute wieder damit aufgehört, denn auf Dauer nervte die Aufschäumerei natürlich schon, aber die Hoffnung auf eine Wiederbegegnung mit Lisa hielt ihn bei der Stange, eine verräterische Formulierung das, selbst in Gedanken, dachte er, aber egal, jedenfalls Lisa schien ihm nicht der Typ zu sein, der wegen Bier und Zigaretten in eine Kneipe ging, eher der Milchkaffeetyp, da hatte Frank keine Wahl, von dem Schwangerending mal abgesehen, da war das eh gesetzt, da wurde geschäumt, dass es nur so schepperte, wie Erwin, der alte Berufsschwabe, es einmal genannt hatte, »dann schäumst du halt die Milch auf, bis es scheppert«, hatte er gesagt und Frank wusste nicht, ob das Aufmunterung oder Drohung gewesen war.

Nun kam also Lisa herein und sagte: »Hallo!«

»Hallo«, sagte Frank. »Willst du einen Milchkaffee?«

Sie nickte und setzte sich an den Tresen und schaute Frank bei der Aufschäumerei zu.

»Wie geht's?«, rief sie.

»Danke, gut«, rief Frank zurück und ärgerte sich über sich selbst – stieseliger ging's ja wohl nicht!

»Wie heißt du nochmal?«

»Frank.«

»Ah, Frank.« Sie schaute sich um. »Hier sind ja nur Frauen. Sind die alle schwanger?«

»Ja. Die treffen sich hier jetzt.«

»Ist das jetzt 'ne Frauenkneipe?«

»Nein«, schrie Frank und zeigte auf den Polizisten. »Er ist ja auch noch da!«

»Das hab ich gehört!«, rief der KOB.

Frank hörte auf zu schäumen. Man musste tatsächlich aufhören, bevor die Milch kochte, da hatte ArschArt-Jürgen damals recht gehabt, das war das ganze Geheimnis. Wenn sie erst einmal kochte, fiel der Schaum wieder in sich zusammen. »Das ist nur heute«, sagte er.

Die Tür ging auf und ein Mann kam herein. »Kann ich mal'n Kaffee haben?«, sagte er. Er setzte sich an den Tresen und zündete sich eine Zigarette an.

»Keine Zigarette bitte.«

»Hä?«

»Nicht rauchen. Heute ist bis 15 Uhr Nichtraucher!«

»Hä?«

»Nichtraucher! Bis 15 Uhr!«

»Versteh ich nicht!«

»Icke ooch nicht. Vaschteht keener!«, sagte der KOB.

Frank ging zur Eingangstür. »Da steht's«, sagte er und zeigte durch die Scheibe auf den Zettel, der an der Außenseite angebracht war. »Ist ganz einfach: Heute Nichtraucher bis 15 Uhr! Steht drauf!«

»Warum das denn?«

»Ist halt so.«

»Na dann ...«, sagte der Typ. Er stand auf und ging raus. Dafür kam ein anderer rein. »Machst du mir 'n Bier?«

»Gern!« Frank holte eine Flasche Bier aus der Kühlung, machte sie auf und stellte sie auf den Tresen.

»Danke!«

»Drei Mark«, sagte Frank.

»Ja klar.« Der Typ legte drei Mark auf den Tresen und holte eine Zigarettenpackung aus seiner Jackentasche.

Frank nahm das Geld und tat es in die Kasse. »Aber heute ist Nichtraucher«, sagte er.

»Hä?«

»Nichtraucher. Bis 15 Uhr.«

»Warum das denn?«

»Ist halt so.«

»Sagstn dit nicht gleich?!«

»Steht da an der Tür.«

»Dann gib mir mein Geld wieder.«

Frank legte die drei Mark zurück auf den Tresen.

»Okay«, sagte der Typ. Er steckte sich eine Zigarette in den Mund und nahm die Bierflasche in die Hand. »Dann geh ich mal raus!«

»Okay, aber lass die Bierflasche da!«, sagte Frank.

»Wieso das denn?«

»Weil du sie nicht bezahlt hast«, sagte Frank. »Du hast doch gerade dein Geld zurückgekriegt!«

Der Typ dachte kurz nach. Er hatte ganz kurze Haare, über die er sich beim Nachdenken mit der Hand streichelte, das sah lustig aus, aber auch ein bisschen bescheuert. »Ist es okay«, sagte er, »wenn ich dir zwei Mark gebe und das Bier dann draußen trinke? Beim Rauchen?«

»Nein, wieso sollte das okay sein? Das Bier kostet doch drei Mark.«

»Ich mein ja nur, weil das doch, wenn ich das draußen trinke, irgendwie billiger sein müsste. Das ist dann wie zum Mitnehmen, das ist doch auch immer billiger. Ich habe früher immer für meinen Vater aus der Kneipe …«

»Nicht bei uns«, kürzte Frank das ab.

»Okay. Dann zahl ich mal, oder?« Der Typ legte das Geld zurück auf den Tresen.

»Ja, super.«

»Scheißkalt draußen.«

»Ja, tut mir leid.«

Der Typ ging raus und schloss langsam und sorgfältig, ja sogar übergründlich und leise die Tür hinter sich.

»Ich beobachte das alles ganz genau, Freundchen«, sagte der KOB.

»Sie fliegen gleich raus«, sagte Frank.

Das erheiterte den Uniformierten. »Wie soll'n dit jehn? Wie willste mir denn rausschmeißen?«

Das war eine gute Frage. Frank dachte kurz nach. »Ich rufe Ihren Vorgesetzten an.«

»Na viel Spaß«, sagte der KOB und holte eine Zigarette raus. »Mach ich auch oft. Der jeht nie ran.« Er schaute nachdenklich auf seine Zigarette. »Ick gloob, ick jeh ooch mal eene roochen.«

»Viel Spaß. Aber erst den Kaffee bezahlen«, sagte Frank.

»Watt'n?«

»Ja, wie? Wollen Sie den geschenkt? Sind Sie so'n korrupter Bulle wie in den Mafiafilmen? Was wollen Sie noch, einen Teil der Einnahmen?«

Der KOB seufzte. »Watt kostn der?«

»Zwei Mark fünfzig«, sagte Frank.

»Ick dachte zwee.«

»Okay, dann zwee fünfzig«, sagte Frank. Lisa lachte.

»Neien!«, sagte der KOB. »Ick meene, zwee! Ohne fuffzich.«

»Nein. Zwei fünfzig. Weil der jetzt in der großen Schale kommt. Da ist dann ja mehr drin!«

»Da steht aber zwee«, sagte der KOB und zeigte auf die Tafel an der Wand, auf die irgendwer irgendwann mal »Kaffee 2,00« geschrieben hatte.

»Das ist noch von den Stapeltassen«, sagte Frank.

»Kann ja jeder saren!«

»Na gut«, lenkte Frank ein. Er ging zu der Tafel, nahm

ein Stück Kreide, das mit einem Bindfaden daran befestigt war, zur Hand, strich das »2,00« durch und setzte »2,50« daneben.

»Ick würde dit ja einfach abwischen, wenn dit Kreide ist«, sagte der KOB.

»Und ich würde jetzt gerne mal Geld sehen«, sagte Frank. »Für Sie diesmal noch zwei Mark. Weil das noch nicht dranstand!«

»Hier sind zwee fuffzig«, sagte der KOB und tat Geld auf den Tresen. »Werdet glücklich damit, Leute! Macht Urlaub damit oder so! Fahrt wohin, wo et warm is, sa'ck ma!«

Er nahm seinen Kaffee und ging etwas unsicher damit hinaus.

Kurze Zeit später kam Karl Schmidt herein und schüttelte den Kopf. »Was ist denn hier los?«

»Das frage ich mich auch die ganze Zeit«, sagte Frank.

»Da steht der KOB vor der Tür!«

»Ich weiß«, sagte Frank. »Ich hab ihn rausgeschickt, er wollte rauchen.«

»Wie kommt das denn rüber? Steht da ein rauchender KOB vor der Tür!«

»In Bremen gibt's eine Disco, die heißt Maschinenhaus«, sagte Frank, dem bei der Erinnerung an die harmlosen Probleme der mauerlosen Hansestadt ganz warm ums Herz wurde, »da haben die irgendwann einen uniformierten Polizisten davorgestellt, damit keine Drogen verkauft werden.«

»Und? Hat's was genützt?«

»Keine Ahnung. Der hat dann jeden gegrüßt, der reinging.«

»Na sauber. So einen haben wir jetzt auch. Der hat eben

Hallöchen zu mir gesagt, kein Scheiß!« Karl musste ein bisschen lachen.

Frank lachte mit.

»Und das macht ihr alles wegen den Frauen da?«, sagte Lisa.

»Ja«, sagte er. »Die sind schwanger. Da geht das nicht anders!«

»Stark!«

»Frankie, kannst du mal die Musik ausmachen?«, rief Helga vom Frauentisch aus herüber. »Oder was anderes? Also andere Musik? Das ist ja furchtbar, das Trommelgepiepse!«

»Nicht Frankie, bitte! Bloß Frank!«, sagte Frank, dem die Musik gar nicht aufgefallen war. Die lief schon die ganze Zeit, die hatte er schon gar nicht mehr wahrgenommen, es war die Glitterschnittermusik und sie gefiel ihm ganz gut, weil sie so monoton war und zugleich wieder doch nicht. »Ich finde die eigentlich ganz gut!«, sagte er. Er hatte keine Lust, den Frauen jetzt alles durchgehen zu lassen.

»Aber das ist doch bloß Krach!«

»Ist das deine Freundin?«, fragte Lisa. »Ist die von dir schwanger?«

»Nein.«

»Hast du denn eine Freundin?«

»Ich? Äh …«

»Moment mal!«, rief Karl. »Das ist Glitterschnitter! Das ist das Tape mit der Version ohne Bohrmaschine!«

»Finde ich ganz gut«, sagte Frank.

»Die findest du gut? Das ist die Version ohne Bohrmaschine! Und ich weiß auch gar nicht«, sagte Karl und wedelte dazu drohend mit dem Finger, »ob es richtig ist, dass man das einfach so in der Öffentlichkeit spielt. Das ist doch noch unveröffentlicht! Und außerdem ohne Bohrmaschine!«

»Dann macht den Scheiß doch aus!«, rief Helga von hinten.

*

»Ich weiß nicht«, sagte H.R., »die Idee ist natürlich irgendwie gut, wenn du das malst, aber wo ist denn da der Spaß? Ich mache ja nicht Kunst, damit die dann ein anderer macht!«

»Wäre aber nicht schlecht. Ich mal dir ein Bild und das heißt dann: H.R. Ledigt: Das hat mir P. Immel gemalt!«

»Ich weiß nicht, das ist doch Kunstmarktscheiße!«

Wiemer war nervös. Die beiden Dödel, mit denen er es hier zu tun hatte, meinten hoffentlich nicht ernst, was sie da redeten! Aber wenn nicht, wen wollten sie damit verarschen, ihn? Und wenn ja, wie sollte er darauf reagieren? P. Immel – was machte der eigentlich hier? – seufzte und rauchte eine Zigarette, H.R. blätterte wieder seine Polaroids durch. Von Zeit zu Zeit hielt er Wiemer eins vor die Nase und lächelte dabei. Wiemer konnte nicht viel darauf erkennen, es war ziemlich dunkel in dem Zimmer, das Wetter trüb, das Zimmer groß, das Fenster weit weg und die Glühbirne, die an einem Kabel von der Decke hing, hatte höchstens 25 Watt, für einen Künstler erstaunlich wenig Licht, dachte Wiemer, wenn ich Anleitungen lesen und Polaroids studieren müsste, käme ich mit so wenig Licht nicht klar. Jetzt war plötzlich wieder Ruhe und Frieden, warum diskutierten die beiden Pappnasen nicht weiter, war das Thema »P. Immel malt« schon wieder erledigt, hatte das Wort Kunstmarktscheiße das Thema abgewürgt? Der Nachbar puschelte am Tisch herum, rückte Gläser, Tassen, Teller, Vasen, Servietten, Sets und was nicht alles zurecht, zupfte an der Tischdecke, rückte die Stühle gerade, was denkt der wohl gerade, dachte Wiemer, worüber denkt so einer nach?

»Dit Geschirr isn bisschen kindlich, findick«, sagte der Nachbar, wie um Wiemers Frage zu beantworten. »Dit sieht so nach Puppenstube aus, mit den bunten Farben und so, findick irjndwie ...«

»Ich verstehe dich nicht, H. R.«, versuchte Wiemer noch einmal, zu seinem neuen Schützling durchzudringen, zu seinem besten und leider auch einzigen Pferd im Künstlerstall, »du kannst doch wohl noch eben ein Bild malen!«

»Hör mal, mein Wiemerlein«, sagte H. R., »drei mal vier Meter? Ich bin doch nicht blöd und reihe mich da unter die Neuen-Wilden-Trottel mit ihren Riesenbildern ein, dann kann ich mir ja auch gleich Heinrichplatzidiot auf die Stirn schreiben!«

»Deppert wäre kürzer«, mischte sich P. Immel ein.

»Bitte keine Folkore«, sagte H. R., »mach mir hier nicht den Kacki.«

»Das sind auch nur die Höchstmaße«, sagte Wiemer, »das geht auch kleiner.«

Der Nachbar ließ sich ächzend auf die Knie nieder und schraubte Spanplatten zusammen, dabei pfiff er ein Lied, sehr leise, aber doch deutlich zu hören, Wiemer kam es bekannt vor, aber er kam nicht drauf, es war nicht seine Musik, so viel war mal sicher, aber warum kannte er es dann und wusste trotzdem nicht, was es war, jetzt hatte er es schon als Ohrwurm, da gehörte ein Text dazu, den hatte er mal gewusst, wie ging der nochmal, ich muss mich konzentrieren, ermahnte sich Wiemer.

»Hör bloß mit Kacki auf«, sagte P. Immel, »vor dem kriege ich langsam Angst. Vor den anderen auch, aber vor Kacki am meisten.«

»Diese Typen«, sagte H.R., »die hängen da riesige Bilder auf, so Monsterschinken mit Expressionisten-für-Arme-Geschmier drauf, da mache ich nicht mit! Die sind ja blöder, als die Polizei erlaubt!«, aber Wiemer hatte auch bei ihm vergessen, worum es eigentlich ging, was war das für ein scheiß Lied und warum war ihm das plötzlich so wichtig? Der ganze Tag im Eimer und dann im entscheidenden Moment auch noch Konzentrationsschwierigkeiten, weil einer pfeift, es war die Hölle!

»Die sind so scheißeblöd, das sind so abgeschmackte Nutten«, sagte H.R., »die haben so dermaßen einen an der Waffel, die sind so wahnsinnig unendlich besengt, die haben so dermaßen nicht mehr alle Marmeln ...«

Santa Maria. Es war ein Schlager, den der Nachbar da pfiff, irgendwas mit Santa Maria von irgendeinem Schlagerfuzzi, wieso kannte er sowas, fragte sich Wiemer, und dann kam er drauf: Britta, seine Exfreundin, die hatte das einmal beim Fensterputzen gesungen, damals irgendwie schlimm, heute aber eine schöne Erinnerung, sie mit dem Zeitungspapier und dem Lappen und dem Eimer, im Gegenlicht, es war Sommer gewesen und sie hatte irgendwas mit Santa Maria gesungen, ach Britta, na ja, war das jedenfalls geklärt!

»... in der Dose, die haben aber sowas von einer weichen Birne, diese blöden Heinrichplatzfritzen ...«

»Come on, H.R.!«, sagte Wiemer streng. »Kann ja sein, dass die blöd sind. Aber weißt du, was die für so ein Bild kriegen?«

»Wieso was die kriegen? Was geht mich das an?«

»Weil die großen Nummern sind, H.R. Du kannst mir erzählen, was du willst, aber ich durchschaue dich. Kann sein, dass dir Geld egal ist ...«

»Wegen Geld!«, sagte P. Immel und hob einen Finger.

»... kann ja sein, dass dir Geld egal ist«, beharrte Wiemer, »aber ich durchschaue dich, H.R.: Du willst den Ruhm, und du willst den ganzen Ruhm, egal ob du einen auf cool machst oder nicht, du willst eine große Nummer werden, und dafür brauchst du einen wie mich und am Ende auch sowas wie die Wall City und wenn du da nicht auftauchst, dann kann es sein, dass es das schon gewesen ist. Dann kannst du für den Rest deines Lebens Ikea-Scheiß zusammenschrauben und darüber jammern, dass dich keiner versteht, aber das nützt dir dann auch nichts mehr.«

H.R. hielt inne, schaute Wiemer an, dachte eine Weile nach und lächelte dann. »Ich kann nicht glauben, Wiemer«, sagte er, »dass du volles Rohr mein Manager sein willst und dann aber noch nicht einmal verstehst, dass ich kein scheiß Bild malen will!«

»Natürlich verstehe ich das, H.R. Aber du musst auch mal was verstehen: Wenn die keine Installation wollen, dann wollen die keine!«

»Aber ich hatte doch schon angeboten ...«, begann P. Immel.

»Sei du mal eben still!«, sagte Wiemer streng.

»Ich hab extra diese Musterwohnung hier gekauft!«, sagte H.R.

»Ja, Pech gehabt. Ich hab dir ja schon in Spandau gesagt, dass das Quatsch ist!«

»Nein, das ist super!«

»Die machen mich alle fertig«, sagte P. Immel. »Ich erkenne eine Meuterei, wenn sie im Anmarsch ist. Die ganze scheiß ArschArt hängt da irgendwie drin, ich meine, jetzt wollen die alle Kaffeehauskellner werden und Kacki Zuckerbäcker oder wos was i, i pack's net!«

Der Nachbar stand auf und streckte sich. »Ich habe Hunger«, sagte er.

In der Ferne klopfte es.

»Mir ist schon ganz schlecht vor Hunger.«

Das Klopfen wurde lauter, es war eher ein Hämmern jetzt.

»Ich glaub, es klopft«, sagte der Nachbar.

»Wer macht auf?«, sagte H.R.

*

Erwin klopfte, und als nichts passierte, hämmerte er. Kerstin verstand nicht, was mit dem los war. Er war doch der Hauptmieter! Wenn sie die Hauptmieterin wäre von einer Wohnung mit solchen Dödeln drin, dann hätte sie aber garantiert noch einen Schlüssel!

»Du hättest denen niemals diese Wohnung geben dürfen«, sagte sie, obwohl sie wusste, dass sie genauso gut die Wand anreden konnte, Erwin war ja wie Chrissie, zum einen Ohr rein, zum anderen raus, das kommt von der Kächele-Seite, dachte sie, der Papa war genauso!

»Was willst du damit sagen, denen? Du redest über deine eigene Tochter, Susi.«

»Sie ist ja wohl nicht allein in dem Saustall. Und sag nicht Susi!«

»Dann hör auf, mir gute Ratschläge zu geben.«

»Die arme Helga«, sagte Kerstin. Manchmal musste man fies werden, es ging nicht anders, es war wie als sie klein waren, manchmal musste man damals die Haut an Erwins Unterarm so weit mit beiden Händen gegeneinander verdrehen, dass es die Tausend Ameisen gab, dann weinte er, aber was sollte man machen, anders war ihm ja oft nicht zu helfen gewesen, so auch hier, arme Helga, das war natürlich irgendwie unfair, aber es hatte gesessen! Sie sah Erwin im Gesicht rot werden, er atmete tief ein, um eine Entgegnung herauszuschleudern, »Also ...«, begann er, da ging die Tür auf, darin stand der Vollidiot, der Nachbar, der immer in Chrissies Wohnung herumhing; Kerstin hatte Chrissie schon tausendmal gesagt, sie solle den nicht reinlassen, man konnte bloß hoffen, dass das kein Lustmolch oder sonstwie Irrer war!

»Machtn ihr hier?«

»Frag nicht«, sagte Erwin. »Ich frage ja auch nicht, was du hier machst, ich will nur ...«

»Ich baue mit Heinz-Rüdiger die Musterwohnung auf.«

»Ich frage nicht, was das bedeutet. Ich will bloß ...«

»Ick gloobe, er will die für diese Wall City da ...«

»Okay, okay«, sagte Kerstin. Sie schob den Nachbarn beiseite und ging in die Wohnung. »Wo ist Chrissie?«

»In der Küche. Riecht man doch. Allet riecht nach Kuchen, sa'ck ma. Und ick hab so Hunger!«

Kerstin ging voran, Erwin folgte ihr. So war es schon immer gewesen, dachte Kerstin, und wie es aussah, würde es auch immer so bleiben.

*

Als Erwin Chrissie so sah, wie sie da so hockte und mit den Händen in Backhandschuhen einen Kuchen aus dem Ofen zog, erinnerte ihn das an eine Zeit vor vielen Jahren, da war Chrissie noch ganz klein gewesen und er auch noch so jung, wie lange war das her, dreizehn, vierzehn Jahre vielleicht, da war er noch nicht mal so alt gewesen wie Chrissie jetzt und sie ein ganz kleines Mädchen und sie hatte von der Susi, die damals noch nicht Kerstin hatte heißen wollen, eine Puppenküche und eine kleine Schürze geschenkt bekommen und genau wie jetzt hatte sie vor dem kleinen Ofen ihrer Puppenküche gehockt und einen Kuchen aus Holz herausgezogen, auch mit Backhandschuhen, ganz klein waren die gewesen, und Erwin fing fast an zu weinen, als er sich jetzt daran erinnerte, das passierte ihm in letzter Zeit öfter, dass er diese sentimentalen Anwandlungen hatte, aber dann schaute Chrissie zu ihnen auf, machte ein genervtes Gesicht und sagte: »Was macht ihr denn hier?«, und der magische Moment war vorbei, zum Glück, dachte Erwin.

»Chrissie!«, sagte er und räusperte sich. »Was machen die Kuchen?«

Eigentlich eine blöde Frage, es standen ja schon drei auf dem Küchentisch und warteten darauf, das Korsett ihrer Springformen verlassen zu dürfen.

»Siehste doch«, sagte Chrissie auch gleich. »Die müssen nur noch abkühlen, obwohl, die da könnt ihr gleich runterbringen, wenn ihr wollt, die sind schon genug abgekühlt.«

Kerstin ging zum Tisch und drückte mit dem Finger auf die Decke eines Apfelkuchens. »Na ja«, sagte sie.

»Wohl sind die genug abgekühlt!«, sagte Chrissie.

»Das habe ich nicht gemeint!«

»Dann Finger weg!«, sagte Chrissie. »Nicht antatschen!« Sie war zornig, aber Erwin konnte noch das kleine, niedliche Mädchen erkennen, vielleicht war es die

Schürze, keine Ahnung, dachte er, vielleicht kommt es auf sowas gar nicht an, nur auf den Blickwinkel, dachte er, vielleicht sind die Leute ja alle wie diese russischen Puppen und die ganzen früheren Gestalten sind alle noch in ihnen drin, auweia, dachte er, was ist los mit mir? Bin ich labil?! Er riss sich zusammen und sagte streng: »Also sind die fertig?«

»Ja, habe ich ja gesagt! Was geht's dich überhaupt an?«

»Das ist meine Kneipe, Chrissie. Aus der ihr jetzt eine Kuchen-und-Kaffee-Sause gemacht habt. Und da werde ich doch wohl noch fragen dürfen, wo die Kuchen bleiben. Ich meine, die Frauen und Helga …«

»Die arme Helga!«, sagte seine Schwester. Die hat sich auch nicht geändert, dachte Erwin, erbost über diese Unterbrechung, die nur dazu gedacht war, ihn aus dem Konzept zu bringen, in der steckt immer noch die böse Hexe von damals, dachte er, die einem immer die Tausend Ameisen gemacht hat, von wegen die arme Helga! Solche hinter vorgetäuschtem Mitleid versteckten Angriffe und Beleidigungen, das waren die Tausend Ameisen der Erwachsenen!

»Arme Helga? Am Arsch!«, sagte Chrissie und Erwin war ihr dankbar dafür, obwohl sie es wahrscheinlich ganz anders meinte als er.

*

Vor dem Café Einfall stand ein Polizist in Uniform, das gefiel Raimund gar nicht, er wollte gleich umdrehen, er hatte ein kleines Piece Hasch in der Tasche, da würde er doch nicht in einen Laden gehen, wo ein Bulle vor der Tür stand, also rief er »Ferdi, lass mal eben!« und Ferdi – er war einfach am Bullen vorbei auf die Tür zugestiefelt, dieser Ferdi! – drehte sich an der Tür um und sagte »Was denn?« und Raimund wusste nicht, wie er es ihm sagen sollte, er konnte ja nun nicht einfach hinausposaunen, dass er nicht an dem Bullen vorbeiwollte, weil ihm der nicht geheuer war und er außerdem ein Piece in der Tasche hatte, dann machte er sich ja extraverdächtig oder, besser, da konnte er sich auch gleich selber verhaften, der Bulle war klein und drahtig, zwar nicht mehr der Jüngste, aber drahtig, und wenn er, also Raimund, jetzt weglief oder zu Ferdi »Nicht! Der Bulle!« sagte, würde der Bulle ja gleich Lunte riechen, also schloss Raimund schnell zu Ferdi auf und kam bei der Gelegenheit dummerweise direkt neben dem Bullen zu stehen, weil Ferdi erstmal nicht weiterging, hoffentlich riecht der das Hasch nicht, dachte Raimund, jedenfalls gut, dass er keinen Hund dabeihat, dachte er, und dann sagte der Bulle, der bis dahin nur genüsslich mit hohlen Wangen an seiner Zigarette gesaugt hatte, unter Ausstoßung eines ordentlichen Rauchschwalls: »Würde ich nicht reingehen!«

»Warum nicht?«, sagte Ferdi. Der plauderte mit dem Bullen, als ob das ganz normal wäre, wie von Kollege zu Kollege, dieser Ferdi! Raimund staunte immer wieder!

»Nichtraucher!«, sagte der Bulle. Er nahm einen tiefen Zug und hielt dann kurz die Luft an, wie bei einem Joint. »Ick sare nur: Nichtraucher!«

»Echt? Warum das denn?«, entfuhr es Raimund.

»Keene Ahnung. Musste die mal fraren dadrinne.«

Der Bulle zeigte auf einen Zettel an der Tür, auf dem stand: »Heute Nichtraucher (bis 15 Uhr)«.

»Verstehe ich nicht«, sagte Raimund, »wieso …«

Ferdi zog ihn am Ärmel. »Jetzt rede doch nicht mit dem Deppen, Raimund!«, sagte er.

»Wieso ich? Du hast doch ...«

»Ja, ja!«, sagte Ferdi und zog ihn in das Einfall hinein.

»Dit ha'ck jehört!«, rief der Bulle ihnen durch die sich schließende Tür hinterher.

*

»Arme Helga? Am Arsch!«

Eigentlich hatte Chrissie bloß mal Abstand gesucht! Nur deshalb war sie nach Berlin gefahren und dann hatte sie sich spontan entschlossen, in Berlin zu bleiben, der Wunsch nach Abstand, nicht der nach Kuchenbacken und sicher auch nicht der nach einem Leben in einer Stadt mit einer Mauer drum herum hatte sie hierhergeführt, und Chrissie war sich sicher, dass sie das hier auch nicht ewig weitermachen würde, weder das mit den Kuchen, noch überhaupt das ganze Berlin-Ding, das hatte irgendwie keine Zukunft, fand sie, sie hatte bloß mal rausgewollt, weg von ihrer Mutter, und jetzt? Jetzt hatte sie ihre Mutter und ihren Onkel an der Backe, zwei alte Blödis, die ihr beim Kuchenbacken in den Nacken atmeten, sie kontrollierten und schurigelten, und das machte sie wütend.

»Sag doch gleich, dass du Schiss vor Helga hast«, fuhr sie Erwin an, der war jetzt einfach mal fällig. »Sag doch gleich, dass die dich geschickt hat. Erst schmeißt sie mich aus der Wohnung, dann will sie mir auch noch den Kuchen wegnehmen.«

Erwin seufzte nur. »Niemand nimmt dir den Kuchen weg«, sagte er sanft. »Die Frauen wollen ihn zwar haben und essen, sowohl Helga wie auch ihre Kolleginnen, doch das solltest du als etwas Gutes ansehen, denn Helga wird dafür zahlen und ihre Kolleginnen auch. Es ist kein Wegnehmen, wenn man in einem Café dafür bezahlt«, sagte Erwin behutsam, »auch nicht im Café Einfall! Der kleine Lehmann macht denen schon einen Milchkaffee nach dem anderen, aber die wollen auch Kuchen!«

»Ha, Kolleginnen!«, schnaubte Chrissies Mutter. »Bei Schwangeren sagt man doch nicht Kolleginnen!«

»Was denn sonst, Susi?!«

»Sag nicht Susi!«

»Kann ich ein Stück Kuchen haben? Und für die anderen beiden auch? Dann können wir den auf dem Musterwohnungsgeschirr essen«, sagte Marko, der Nachbar, der hinter den beiden stand und den Chrissie bis jetzt gar nicht bemerkt hatte. Der kam ihr gerade recht!

»Nicht mal tot!«, blaffte sie.

»Wieso tot?«, fragte Marko.

»Am Arsch gebe ich dir ein Stück Kuchen!«

»Komm halt gleich runter in die Kneipe, dann kriegst du ein Stück für zwei Mark«, sagte Erwin freundlich. Oder sollte man schleimig sagen? »Und du«, sagte er zu Chrissie, »bringst jetzt endlich deine Kuchen da runter. Sonst war's das mit dem Job!«

»Hör mal, das ist meine Tochter, mit der du da redest«, sagte ihre Mutter empört. »Da stößt du mal lieber keine Drohungen aus.«

»Ich weiß«, sagte Erwin. »Das ist die, von der du vorhin vor der Tür gesagt hast, dass du ihr keine Wohnung vermieten würdest.«

»Was soll das denn heißen?«, fragte Chrissie.

»Das stimmt überhaupt nicht«, sagte Kerstin. »Das habe ich gar nicht gesagt, ich hatte das in Bezug auf alle, also ...«

Chrissie hörte nicht mehr hin. So sieht das dann aus, dachte sie. Am Ende ist es dann jeder gegen jeden!

*

Frank Lehmann machte die Musik aus und holte die Kassette aus dem Tape-Deck.

»Ich fand die ziemlich gut«, sagte Lisa. »Die ist doch neulich schon gelaufen.«

»Ja, aber da gehört die Bohrmaschine dazu«, sagte Karl. »Ohne Bohrmaschine ist das nicht Glitterschnitter!«

»Ich höre die auch so ganz gern«, sagte Frank. »Ich höre die immer schon morgens, beim Putzen.«

»Beim Putzen?!«

»Ja sicher!«

»Aber die ist ohne Bohrmaschine, das ist doch scheiße!«

»So scheiße nun auch wieder nicht. Aber«, lenkte Frank ein, »die Bohrmaschine fehlt natürlich schon!«

»Und ob die fehlt!«

»Das ist aber nicht das Einzige, was fehlt«, sagte Lisa.

»Ja sicher«, sagte Karl. »Die Bohrmaschine fehlt.«

»Das meine ich nicht«, sagte Lisa. »Die ist nicht das Einzige, was ...«

»Ohne Bohrmaschine ist das doch halber Kram«, würgte Karl sie ab. »Die ist auf der anderen Kassette aber drauf, die haben wir bei der Wall City Noise schon abgegeben, bei Leo, also die Kassette jetzt, wir hätten davon eine Kopie machen sollen, dann könnte man das hier mit Bohrmaschine hören«, redete Karl sich warm. »Jetzt wo ich drüber nachdenke: Wenn die Kassette ohne Bohrmaschine hier ist und die Kassette mit Bohrmaschine bei Leo, dann haben wir ja gar keine Kassette mit Bohrmaschine mehr! Wieso haben wir denn keine Kopie gemacht? Wir hätten eine Kopie machen sollen. Jetzt ist die Aufnahme mit der Bohrmaschine für immer verloren. Oder hat Ferdi eine Kopie gemacht?«

Frank hörte schon nicht mehr hin, stattdessen goss er Karl einen Kaffee ein, damit alles irgendwie einen Sinn bekam, das ist das Schöne an diesem Job, dachte er, dass man immer etwas tun kann. »Die Frage ist dann aber«, redete Karl derweil weiter, »ob so eine Kopie, wenn man sie macht, dann nicht viel zu sehr rauscht. Und wenn man davon noch eine Kopie macht, dann rauscht es ja noch mehr. Sollte man dann das Original einer wie Leo geben, weil das am wenigsten rauscht, oder die erste Kopie, die vielleicht mehr rauscht, aber nicht so viel, wie eine zweite Kopie von der ersten Kopie rauschen würde. O Mann«, sagte er und kratzte sich am Kopf, »da muss ich die gleich mal fragen, ob die eine Kopie gemacht haben. Die kommen gleich, wir haben gleich Probe!«

»Probe? Und wo ist deine Bohrmaschine?«, sagte Frank.

»Die ist schon im Übungsraum!«

»Habe ich gleich gedacht: Da fehlt was, habe ich gedacht«, sagte Lisa.

»Ja, die Bohrmaschine.«

»Nein, ich meine auf dem Tape.«

»Ja klar fehlt da was: die Bohrmaschine!«

»Ich dachte eher: das Saxophon!«, sagte Lisa.

*

Als Raimund mit Ferdi in die Kneipe kam, stand Charlie schon am Tresen und plauderte mit der Frau von neulich, wie hieß die nochmal?

»Saxophon?«, sagte Charlie.

»Leute«, sagte Ferdi, »was macht denn der Bulle da draußen?«

Der kleine Bruder von Freddie Lehmann stand hinter dem Tresen. »Was soll der schon machen«, sagte er. »Der raucht!«

»Das tun wir alle«, sagte Ferdi. »Aber warum vor der Tür? Ist das hier jetzt ein Bullentreff oder sowas?«

»Der war hier drin und hat einen Kaffee getrunken.«

»So, so!« Ferdi stellte sich mit dem Rücken zum Tresen und betrachtete den Innenraum der Kneipe. »Ich glaube, lieber Raimund, hier werden ganz neue Wege beschritten. Guck mal die ganzen Frauen, die sind ja alle schwanger!«

»Heute ist Nichtraucher bis 15 Uhr«, sagte der kleine Lehmann. »Steht doch draußen an der Tür. Liest das denn keiner?«

»Das hat der Bulle auch gesagt«, sagte Raimund. Wusste Freddie Lehmann eigentlich, was sein kleiner Bruder für ein Freak war? Mal ehrlich, Nichtraucher? In einer Kneipe? Ging's noch?

»Warte mal …«, sagte der kleine Lehmann. Frank. Genau, Frank. Das war sein Name. Wenn es überhaupt der kleine Lehmann war. Raimund war sich nicht sicher. Sah er Freddie ähnlich? Keine Ahnung. Raimund konnte sich an Freddies Gesicht überhaupt nicht mehr erinnern.

»Bist du Frank?«, sagte er.

»Hä?«, sagte Ferdi.

»Ja«, sagte Charlie. »Ist er.«

»Der kleine Bruder von Freddie?«

»Ja«, sagte der kleine Bruder von Freddie. Er ging zur Tür, machte sie auf und fummelte das Blatt Papier von der

Scheibe, mitsamt dem Tesafilm und direkt vor der Nase des Bullen, der ihm rauchend und schweigend dabei zusah.

»Hier steht's«, sagte er, als er wieder drinnen war. Er hielt das Papier allen zur Besichtigung hin. »Kann jeder lesen, oder?«

Er heftete es wieder an die Scheibe, aber diesmal von innen. »Wenn das draußen keiner liest, dann mach ich's mal lieber innen dran«, sagte er. Wirklich ein Freak, dachte Raimund. Freddie, wenn du wüsstest!

»Ich hätt's draußen fast nicht bemerkt, weil ich von eurem neuen Türsteher abgelenkt war«, sagte Ferdi.

»Hat der Bulle aber dann gesagt«, sagte Raimund, »hat gesagt, Nichtraucher. Und drauf gezeigt. Ich dachte, der macht Witze.«

»Ist mir egal, jetzt ist das innen dran, jetzt kann ich selber drauf zeigen, wenn einer fragt.«

»Ich verstehe das nicht. Wieso Nichtraucher?«, sagte Raimund.

Keine Antwort. Raimund hatte keinen Bock mehr auf den kleinen Lehmann, er wollte den großen Lehmann zurückhaben, der war lustiger gewesen. Wo war der überhaupt? Raimund sah eine Maxell-C30-Kassette auf dem Tresen liegen. »Ist das unser Tape?«, fragte er. Er kaufte immer nur die von Maxell, wenn er Tapes kaufte, die waren am seltensten, die meisten kauften TDK und BASF, bei Maxell wusste man deshalb immer, dass es die eigenen waren, die Leute klauten ja Tapes wie die Raben, es war wie mit den Einwegfeuerzeugen, kaum hatte man eins gekauft, schon war es geklaut! Was ihn wieder ans Rauchen erinnerte, Nichtraucher, was war bloß los mit der Welt?

»Hier ist irgendeine Frauensache im Gange«, sagte Ferdi.

»Das sieht aus wie unser Tape«, sagte Raimund. »Da steht auch GS drauf!«

»Das ist das Tape ohne Bohrmaschine!«, sagte Charlie.

»So wie das für mich aussieht, ist das irgend so ein Schwangerending«, sagte Ferdi fröhlich. »Ist das da nicht Helga? Hallo Helga!«

Helga drehte sich um. »Hallo Idiot«, sagte sie.

*

»Kann ich mal einen Kaffee haben?«

Kaum waren Leute da, mit denen Frank gerne ein bisschen geplaudert hätte, also Lisa vor allem, nahm die Arbeit überhand.

»Klar«, sagte er. »Ist aber Nichtraucher!«

»Hä?«

»Nichtraucher. Bis 15 Uhr.«

»Wieso das denn?«

»Weil's da steht«, sagte Frank, der sich vorgenommen hatte, das ab jetzt immer zu sagen, er wollte die schwangeren Frauen keinen Anfeindungen ausgesetzt sehen, die haben es schon schwer genug, dachte er mit einem Seitenblick auf die Frauen, die mit abgewinkelten Beinen auf ihren Stühlen hockten und sich über ihre Schwangerschaftsbäuche hinweg am Milchkaffee labten. Frank zeigte auf das Schild an der Tür. »Bis 15 Uhr!«, fügte er hinzu.

»Ach du Scheiße. Könnt ihr das nicht draußen dranschreiben?«

»Hatten wir. Hat aber keiner gelesen.« Frank füllte

eine Milchkaffeeschale mit Kaffee. »Auch aufgeschäumte Milch?«

»Hä?«

»Milchkaffee!«

»Nein, danke. Wie soll ich denn einen Kaffee trinken, wenn ich dazu nicht rauchen darf? Das ergibt doch überhaupt keinen Sinn!«

»Kannst dir ja den Kaffee mit rausnehmen. Die anderen machen das auch! Aber erst bezahlen. Zwei fünfzig!«

»Echt mal? Zwei fünfzig?«

»Ja.«

Sein Kunde legte das Geld hin und ging mit dem Kaffee raus.

»Vorsicht mal!« Erwin kam durch die Tür, in jeder Hand eine Kuchenplatte.

Als sie ihn sahen, standen Helga und zwei andere Frauen aus der Gruppe auf und kamen zum Tresen.

»Gleich kommen Chrissie und Kerstin mit dem Rest«, sagte Erwin.

Karl, der einige Zeit geschwiegen und Frank bei der Arbeit zugesehen hatte, wandte sich an Ferdi und Raimund: »Wie war's bei Leo? Habt ihr das Tape abgegeben?«

»Ja, aber das lief irgendwie nicht so gut«, sagte Ferdi. »Diese Leo, ich wusste ja schon, dass die schwierig ist, die war schon schwierig, als wir da in ihrem Club gespielt hatten, oder, Raimund?«

»Ja sicher«, sagte Raimund.

»Aber jetzt war die echt komisch drauf«, sagte Ferdi.

»Ich glaube, das wird nichts!«, sagte Raimund.

»Das wird schwierig«, sagte Ferdi. »Ich hätte gerne ein Bier bitte!«

Frank gab ihm ein Bier.

»Wieso schwierig?«, sagte Karl. »Das Tape ist doch super! Das lief hier vorhin in der Kneipe, das klang richtig gut. Sogar ohne Bohrmaschine. Oder, Frank?«

»Das, äh, ja«, sagte Frank, »aber das war die Version ohne Bohrmaschine«, fügte er vorsichtshalber hinzu, er wurde aus Karl gerade nicht ganz schlau.

»Ja, die Kommerzversion«, sagte Karl. »Die mit Bohrmaschine ist natürlich besser, aber auch weniger eingängig!«

»Ich fand das Tape super«, sagte Lisa.

»Ja, super«, sagte Karl.

»Das lief den ganzen Morgen«, sagte Frank, »das habe ich schon beim Putzen angemacht.«

»Ich fand's scheiße«, sagte Helga, die sich von Frank einen Milchkaffee und von Erwin, der jetzt hektisch den Kuchen aufschnitt und auf Teller verteilte, ein Stück Kuchen reichen ließ.

»Echt?«

»Ja«, sagte Helga. »Eure Musik ist scheiße, ich sag's nicht gern, ist aber so!«

»Ich finde die Musik gut«, sagte Lisa. »Ich würde da gerne mitmachen.«

»Leo hat uns vielleicht auch nur verarscht«, sagte Ferdi. »Schmeißt das Tape in so'n Schuhkarton und sagt, sie meldet sich!«

»Ich glaube, die mag mich nicht«, sagte Raimund.

»Die mag dich nicht, Raimund?«, sagte Ferdi streng.

»Ja, nee«, sagte Raimund und wurde rot. »Irgendwie nicht.«

»Ja, der Gedanke ist mir auch schon gekommen, was war da los? Mein Gott, Raimund, hast du irgendwie Scheiße gebaut, als wir da gespielt haben? Die hat dich immer so komisch angeschaut! Hattest du Sex mit der?«

»Ich doch nicht!«

»Mein Gott, Raimund, wie naiv kann man sein?! Du hattest garantiert Sex mit der!«

»Gar nicht! Überhaupt nicht. Nicht ein bisschen!«

»Ich würde da gerne mitmachen«, sagte Lisa. »Also bei der Musik jetzt!« Und als keiner dazu was sagte, fügte sie wie zur Sicherheit hinzu: »Bei Glitterschnitter!«

*

Man ist nicht mehr Herr seiner selbst, dachte P. Immel, als er hinter H.R. und dessen idiotischem Nachbarn und dem noch idiotischeren Wiemer die Treppen hinunterlief, kaum hat man sich ökonomisch abhängig gemacht, hat man die Kontrolle über sein Leben verloren, dachte er und war drauf und dran, einige Auffassungen aus seiner Zeit bei der MLPÖ wiederzubeleben, aber dann merkte er, dass nicht nur der idiotische Nachbar, sondern auch er selbst Hunger hatte. Die anderen wollten unbedingt Kuchen, da mussten sie jetzt ganz schnell ins Café Einfall, nun ja, Kuchen wäre jetzt zwar nicht P. Immels erste Wahl gewesen, ein schönes Schnitzel mit Pommes oder Schinkenfleckerl, wie sie seine Oma immer gemacht hatte, das wär's jetzt schon eher gewesen, aber H.R. und sein idiotischer Nachbar wollten unbedingt den gschissenen deutschen Kuchen von H.R.s blöder Mitbewohnerin essen, das eröffnete natürlich Möglichkeiten, vor allem die, dass H.R. den ganzen Schmäh bezahlte, dann hätte die Sache eine Art Happy End, »Wer die Hoffnung hegt, die Seele pflegt«, hatte die Oma gerne gesagt, die mit den Schinkenfleckerln, heute ist ein sentimentaler Tag, dachte P. Immel.

Unten angekommen steckten er und H.R. und auch Wiemer sich erst einmal eine an, sie waren oben vor lauter Diskussionen gar nicht zum Rauchen gekommen. Nach ein, zwei Zügen waren sie bereit für das Café Einfall, vor dem verdächtig viele Menschen herumlungerten, sogar ein Polizist war dabei, das war allerdings spooky, vielleicht haben sie ihnen den Laden dichtgemacht, schöpfte P. Immel kurz Hoffnung, weil das war ja mal klar, dass das die geschäftlichen Aussichten für Kackis gschissenes Kaffeehaus deutlich verbessern würde.

Aber drinnen waren auch viele Leute, vor allem Frauen, vor allem schwangere Frauen, rätselhaft! P. Immel fand, dass es an der Zeit war, ein bisschen Initiative zu zeigen, das Hinterhertrotteln auf den Treppen hatte ihm nicht getaugt, auch seine Tschick hatte er sich als Letzter angesteckt, wohl weil er sich erst von H.R. eine hatte schnorren müssen, so wird man zum notorischen Nachzügler und Bummelanten, ermahnte er sich, man muss auch ab und zu mal vorangehen, sonst ist man irgendwann nur noch ein Mitläufer wie Jürgen 1 oder 2, dachte er, ohne zu wissen, wieso er gerade auf die kam.

»I möcht so ane Melange, bitte!«, sagte er überlaut am Tresen, möglichst heimatlich eingefärbt, um gleich mal das Terrain abzustecken.

Bei ihm standen Ferdi und Raimund, die Musikrabauken von Zwei Himmelhunde auf dem Weg zur Hölle, mit denen hatten sie mal zusammen gespielt, Dr. Votz und Zwei Himmelhunde auf dem Weg zur Hölle, bei irgendeinem Solidaritätsscheiß für Hausbesetzer, außerdem Karl Schmidt, der Depp mit den nummerierten Kisten von der Haut-der-Stadt-Ausstellung, der war Mitbewohner von H.R. und dem kuchenbackenden Rotz-Dirndl, grad wie der Typ hinterm Tresen, was war das hier eigentlich, ein WG-Plenum mit Schwangerenbegleitung und alle am Ende mit allen verwandt, wie im Burgenland?

»Sag mal, Genosse Immel«, sagte Ferdi, der wohl früher mal in der KPD/ML gewesen war, der Bruderpartei von P. Immels MLPÖ, obwohl das vom Namen eher die MLPD hätte sein müssen, da waren sie sich in der MLPÖ damals auch nicht ganz einig gewesen, egal, jedenfalls sagte der Exgenosse Ferdi: »Seit wann macht ihr eigentlich in der ArschArt alle so einen auf Folklore?«

Eine Frau sagte: »Ich dachte, hier ist Nichtraucher!«

Und schon rief H. R.s Mitbewohnerdepp von hinterm Tresen: »Genau! Alle, die rauchen wollen, müssen raus, bitte!«

Und dann war da ein hübsches kleines Ding, das stand da so herum, ein richtiges Früchtchen in den Augen von P. Immel, der diese kleinen punkigen Früchtchen nicht besonders mochte, die waren meistens so frech wie doof, dann lieber so eine wie's Mariandl, die ist wenigstens eine richtige Frau, dachte er, jedenfalls rief das Früchtchen überlaut und zornig: »Ich würde gerne bei Glitterschnitter mitmachen!«

»Wer rauchen will, muss raus!«, rief der Typ hinterm Tresen noch lauter.

Darauf sagte H. R. – wie sollte man bei dem Durcheinandergeschwätz jemals wieder auf das Thema Geld für die Intimfrisur kommen? Oder wenigstens eine Melange und ein Stück Kuchen abstauben? –, jedenfalls sagte H. R.: »Das ist mir schon immer aufgefallen, Frankie: Dass du rauchen wie rouchen aussprichst und raus wie rous. Oder alle anderen Wörter mit a-u.«

»Das ist, weil ich Bremer bin.«

»Bremer? Sagst du auch manchmal das Wort opstanatsch? Ich hab das mal gehört von einem, ich glaube, der war auch Bremer. Freddie, glaube ich. Du weißt schon, dein Bruder.«

Genau, dachte P. Immel. Alle miteinander verwandt, der Laden praktisch das Burgenland der Wiener Straße!

»Opstanatsch? Sowas sagt eher meine Mutter.«

»Gruselig! Aber irgendwie auch toll! Was heißt das eigentlich?«

»Sowas wie widerspenstig«, sagte der Freddiebruder! »Und alle, die rauchen müssen, raus! Und zwar jetzt gleich!«

»Was? Wegen der Tschick? I pack's net!«, sagte P. Immel, der sich nicht anders zu helfen wusste, als noch mehr ins heimatliche Idiom zu verfallen, wenn's brenzlig wird, kommt die Heimat ins Spiel, dachte er, wenn's nicht so blöd wär, wär's interessant, genau wie das Wort opstanatsch!

»Ich geh gerne raus, aber erst so ein Stück Kuchen, bitte«, sagte der depperte Nachbar von H. R.

»Gehen wir raus«, sagte Ferdi.

»Lieber nicht!«

»Aber Raimund, wir müssen doch rauchen, hörst du denn nicht zu?«

»Ich komm mit«, sagte H. R. und ging mit Ferdi raus.

»Aber da draußen ist der Bulle?!«, sagte Raimund und ging hinterher.

»Wartet mal! Und was ist jetzt mit der Noise?«, rief Karl Schmidt und schloss sich ihnen an.

»Opstanatsch«, sagte P. Immel bedächtig und nur für sich. Das Wort war gruselig und wenn man es laut aussprach, noch gruseliger. »Opstanatsch.«

Das kleine Früchtchen verließ mit den Worten: »Wartet, ihr blöden Arschlöcher«, die Kneipe.

Opstanatsch, dachte P. Immel. Nicht schlecht!

Der Nachbar-Blödian kriegte ein Stück Kuchen, biss davon ab, rief: »Ich komme!«, und folgte dem kleinen Luder.

»Opstanatsch?«, sagte P. Immel fragend zu dem kleinen Lehmann. »Sowas sagt ihr?«

»Ja«, sagte der kleine Lehmann, »aber hinten ein längeres a. Opstanaatsch praktisch.«

»Leiwand!«

Nun ging auch P. Immel nach draußen. Wenn man keinen Kuchen umsonst bekam, musste man halt rauchen gegen den Hunger.

*

»Wie soll es sein?«, fragte Kacki laut und bereute es gleich wieder, weil jetzt würde er die Frage erklären müssen, die beiden Michaels, Karsten, Enno und Jürgen 3 standen in der Intimfrisur im Halbkreis um ihn herum und sahen ihn fragend an. »Ich habe es nur rhetorisch gefragt«, sagte Kacki schnell. Das war hier seine Aktion, die erste überhaupt, die er ohne P. Immel durchführte, aber der war ja wer weiß wo, wahrscheinlich beim H.R. wegen dem Geld, auch gut! Kacki hielt vor sich auf der flachen Hand einen kleinen Teller, auf dem lag das letzte Stück von der Sachertorte, das war ziemlich ramponiert, abgeschnitten, bevor die Schokoladenzuckerglasur vollständig ausgekühlt war, grausam sowas! »Wie soll es sein«, wiederholte er bekräftigend, ruhig alles dreimal sagen, das hatte er von P. Immel gelernt, »wie soll es sein, dass dieses Stück von einer Sachertoarten«, er wurde breiter im Wienerischen, der Aktionismus als solcher war von Wien nicht zu trennen, jedenfalls nicht Kackis Meinung nach, das war mal eine durch und durch österreichische Kunst, so wie die Musik von Haydn und die Bilder von Klimt und Kokoschka, da konnten die Deutschen einpacken, egal, nicht ablenken lassen vom Deutschenhass, dachte Kacki, »dass dieses zugegebenermaßen unperfekte Restl einer Sachertorte in dieser Umgebung existieren soll?« Er blickte auffordernd in die Runde. »Wie geht das zusammen? Wofür die Torte backen, wenn das Kaffeehaus nicht stimmt?« Er war etwas niedergeschlagen. Aktion hin, Aktion her, es war ja leider auch nur die allzu traurige Wahrheit, was er da sagte. Aber es war wichtig, dass diese Aktion stattfand, damit ein Funke geschlagen wurde, der etwas Großes in Brand setzte, damit eine Bewegung gefestigt wurde ... – egal, nein, vergiss es, er war zu müde. Er ließ sich in einen der Friseurstühle fallen. »In einem Friseurstuhl kann man so etwas nicht essen«, sagte er matt.

»War doch eh klar, ich verstehe jetzt gar nicht, was du willst, das ist doch kein großes Problem«, sagte Jürgen 3. »Wir brauchen Stühle, Tische, eine Kaffeemaschine und Geschirr. Das kann ja die Welt nicht kosten. Da wird uns der Pimmel das Geld schon klarmachen.«

Müde hin, müde her, das ging zu weit! »Nicht Pimmel sagen, Jürgen 3! Das mag er nicht. Und ich auch nicht! Dann wird er bös und dann macht er am Ende gar nichts dafür, wenn er sowas hört! Aber wir brauchen ihn doch!« Und wie sie ihn brauchten. Oder jedenfalls er, also Kacki. Schon an dieser ganz und gar gescheiterten Aktion sah man doch, wie dringend der Peter gebraucht wurde!

Jürgen 1 und Jürgen 2 kamen herein. Wo kamen die

jetzt her? Jürgen 1 sagte zu Jürgen 2: »Schau, ich hab's gesagt: schon offen!«

»Gar nichts ist offen!«, blaffte Kacki.

»Nicht offen? Aber wir sind doch alle da, dann kann doch offen sein«, sagte Jürgen 1. »Das können wir doch selber entscheiden. Wo ist denn das Bier?«

»Wart ihr nicht auf dem Plenum?«, fragte Kacki streng. »Das Bier ist alle. Und ihr habt's nicht bezahlt.«

»Wieso wir? Die anderen doch auch nicht!«

Jetzt kamen zwei Leute herein, die Kacki überhaupt nicht kannte oder vielleicht vom Sehen, das waren gewiss Deutsche, die sahen für ihn alle gleich aus.

»Ist schon offen?«, fragte der eine.

»Ihr Oarschlöcher!«, brach es aus Kacki heraus. »Was wollts ihr denn, bittschön?«

»Na, ein Bier trinken«, sagte der andere völlig unbeeindruckt.

»So, so«, sagte Kacki möglichst höhnisch. »Und wollt ihr zu diesem Zweck auch eins kaufen?«

»Ja sicher.«

»Und was ist das da?«, fragte Kacki im schärfsten J'accuse-Ton und zeigte auf die Ausbeulungen in den Jacken der beiden Piefkes. »Sind das etwa keine Bierdosen vom Imbiss nebenan?«

Der Erste der beiden holte eine Dose aus seiner Jackentasche und schaute drauf. »Nein, die ist von Schultheiss. Die haben wir von euch.«

»Von wegen. Von Schultheiss sind auch die vom Imbiss!«

»Bei euch beim letzten Mal gekauft, ehrlich«, sagte der deutsche Schlawiner. Was der sich traute! »Wir haben das dann nicht mehr geschafft, die auszutrinken, da haben wir gedacht, wir bringen die ...« – der Blödel musste selber lachen bei dem Scheiß, den er verzapfte.

Und der ganze Raum lachte mit. Nur Kacki nicht, der wurde sauer! »Ihr seids alle Oarschlöcher. Alle raus! Ich sperr zu.«

Sie schauten ihn ungläubig an.

»Raus! Allesamt!«

Da gingen sie schulterzuckend hinaus, alle außer Jürgen 3. Der richtete einen Zeigefinger auf Kacki, der noch immer in dem Friseurstuhl saß und, weil eh schon alles egal war, ein Stück von seiner Sachertorte abbiss. »Du weißt aber schon, Kacki, dass das eigentlich meine Kneipe ist.«

»Sicher«, sagte Kacki kauend. »Aber können wir beide uns denn nicht wenigstens einmal einig sein? Kannst du nicht einmal einfach nur mitmachen? Oder hätte ich die etwa nicht rausschmeißen sollen?«

»Schon, aber auch mal ein bisschen Rücksicht und Respekt für mich, Kacki. Ich hänge hier voll drin. Ich habe unterschrieben. Ich habe jetzt die Schulden. Das läuft alles auf meinen Namen!«

»Na gut«, sagte Kacki, »aber bei wem hast du unterschrieben? Bei wem hast du die Schulden?«

»Bei H.R.«

»Das sind dann keine Schulden«, sagte Kacki. »Den haben wir in der Hand. Oder umgekehrt. Jedenfalls irgendwie gegenseitige Abhängigkeit!«

»Kacki«, sagte Jürgen 3 und nahm den ausgestreckten Finger zurück, »du erstaunst mich immer wieder!«

*

Raimund wollte so weit wie möglich entfernt sein von dem Bullen, aber Ferdi war total angstfrei, was den betraf, der stand so nah neben dem Bullen, als wollte er dessen Zigarettenrauch einatmen. Deshalb ließ Raimund Charlie und sogar diese Lisa oder wie sie hieß zwischen ihnen stehen, normalerweise ein Unding, dass sich Leute zwischen ihn und Ferdi drängten, aber der Bulle war Raimund nicht geheuer, und so standen sie in einer Linie wie die Vögel auf der Telegrafenleitung, am einen Ende der Bulle, am anderen Ende Raimund, wie die eine Hälfte eines Empfangsspaliers für das Café Einfall, und ihnen gegenüber stand die andere Hälfte, H. R., Wiemer, P. Immel und ein Typ, der, statt zu rauchen, ein Stück Kuchen mampfte, und P. Immel machte den Mund auf und rief: »Seit wann stehen denn hier die Kiberer schon umeinander, kann denn keiner mal den Kiberer in den Oarsch treten?«, und beim Wort Kiberer schaute er böse zum Bullen hin, wahrscheinlich irgendein Folklorewort für Bulle, ziemlich albern, fand Raimund, wenn das Wort so gut wäre, würden es ja alle benutzen, dachte er, und der Bulle reagierte auch nicht darauf, er zündete sich eine neue Zigarette mit dem glimmenden Stummel der alten an, kein Wunder, dass der so grau und verhärmt aussah, wie konnte einer Diebe und Mörder verfolgen, wenn er so viel rauchte?

Nun machte der Bulle den Mund auf, stieß eine Qualmwolke aus und sagte: »Seit wann macht ihr bei der Arsch-Art eigentlich alle so einen auf Folklore?«

»Woher kennt der uns?« P. Immel schaute sich aufgeregt, ja geradezu entsetzt um und auch Raimund lief es kalt den Rücken runter. »Woher kennt der uns? Ist das, weil wir Hausbesetzer sind? Werden wir alle überwacht?«

»Da weiß ich aber nichts davon, dass ihr Hausbesetzer seid«, sagte der Bulle seelenruhig. »Da hat sich noch kein Hausbesitzer gemeldet, der sich beschwert hätte wegen euch. Und wenn sich kein Hausbesitzer meldet und Anzeige erstattet und Räumungsklage anstrengt, dann gibt es auch keine Hausbesetzung.«

»Hört ihr den? Der überwacht uns!«

»Als ob«, sagte der Bulle.

Jetzt mischte sich Ferdi ein: »Wollen Sie denn jetzt die ganze Zeit da so stehenbleiben, Herr Schutzmann? So am Eingang vom Café Einfall?«

»Aber sicher«, sagte der Bulle. »Das ist mein gutes Recht. Und das nicht, weil ich der Kontaktbereichsbeamte bin, sondern schon allein deshalb, weil ich hier auf öffentlichem Grund stehe. Und gerne mal eine rauche!«

Es kamen Leute dazu, die sofort auf P. Immel zusteuerten und sich um ihn scharten, dadurch löste sich auch die Spalierordnung ein wenig auf, Raimund fand das schade, es hatte etwas komisch Zwanghaftes gehabt, wie sie da wie eine Schweizergarde herumgestanden hatten, jetzt war alles Kraut und Rüben.

»Was wollt ihr denn hier?«, blaffte P. Immel die Neuankömmlinge an. »Ich habe euch doch gesagt, dass ich mit ihm alleine reden will.«

»Das ist nur wegen Kacki. Wegen seiner Aktion.«

»Kacki? Aktion? Ist der ... – Achtung, der Kiberer da!«, unterbrach sich P. Immel selber. »Der hört alles mit! Der überwacht uns!«

»Da müsste ich mich aber schön langweilen, damit ich euch überwache«, sagte der KOB und schwenkte dazu seine Zigarette wie ein Dirigent seinen Stab, das sah lustig aus, fand Raimund. Der KOB gefiel ihm irgendwie, strange!

»Ich sag gar nichts mehr«, sagte P. Immel.

Eine Weile schwiegen alle und rauchten. Zwei Leute öffneten knackend Bierdosen und nahmen tiefe Schlucke.

Dann sagte Charlie: »Was machen wir denn jetzt wegen Leo?«

»Ich weiß nicht«, sagte Ferdi, »das war so frustrierend!«, womit er Raimund aus der Seele sprach. Man hat so viel Energie, dachte Raimund, und man stellt so viel auf die Beine, aber dann verpufft auch so viel davon wieder, weil einen immer irgendwo einer ausbremst. Nur wenn die Trommeln sprechen, schweigt der Kummer, weil wenn man trommelt, geht keine Energie verloren, dachte Raimund und lächelte beim Gedanken an sein Schlagzeug. Wollten sie nicht sowieso eigentlich proben? Warum hingen sie dann hier noch herum?

»Welche Leo?«, fragte P. Immel in die Runde. »Die Leo vom Sektor in Steglitz?«

»Ich dachte, Sie wollten schweigen, Herr von Immel!«, sagte der KOB streng.

»Ich sollte reingehen, mir ist kalt, und da herinnen ist's sicherer«, sagte P. Immel, aber er blieb, wo er war und zündete sich eine neue Zigarette an.

*

»Was ist denn hier los?«

Als Kacki mit Jürgen 3 am Café Einfall anlangte, standen dort gerade das junge Mädchen, das da tagsüber immer hinter dem Tresen stand, und ihre verrückte Mutter, beide mit minderwertigen deutschen Torten in den Händen, wenn das überhaupt Torten waren, sie sagten ja wohl eher Kuchen dazu und auch das war noch übertrieben, wenn man Kackis Meinung wissen wollte, jedenfalls standen die beiden gerade mit vollbeladenen Kuchentellern in der Hand in einem kleinen Menschenauflauf mit einem Polizisten darin und das Kuchenmädchen hatte die Frage gestellt und Kacki hörte, wie der Polizist sagte: »Frag nicht, Mädelchen, da drinnen ist Nichtraucher!«

»Und ob da Nichtraucher ist«, sagte die Mutter zornig und es sah für Kacki einen Moment lang so aus, als wollte sie ihre hässliche deutsche Torte dem Kiberer ins Gesicht drücken, sicher die beste Verwendung dafür, dachte Kacki, »und ob da Nichtraucher ist, *Jüngelchen!*«, sagte die deutsche Mutter, »und ihr Penner geht mal schön woandershin!«, rief sie in die allgemeine Runde.

»Ich muss noch mein Bier trinken«, sagte eins von den beiden Arschgesichtern, die vorhin noch einen auf Intimfrisurbesucher gemacht hatten, die standen auch da herum, außerdem der Peter und die Leute von der ArschArt, die er gerade aus der Intimfrisur rausgeschmissen hatte, es war überhaupt ein rechter Trubel vor dem Eingang vom Café Einfall, viele Menschen und alle rauchten, bis auf die Kuchenfrauen natürlich, die hatten ja keine Hand dafür frei, und bis auf einen, der sich selbst ein Stück deutschen Kuchen aus der Hand fraß, bizarr!

»Ich bin der Kontaktbereichsbeamte und ich stehe hier, solange ich will!«, sagte der Kiberer.

»Peter, was machst du denn hier? Ich dachte, du wolltest mit H.R. sprechen«, rief Kacki.

»Tu ich auch, da ist er doch!« P. Immel zeigte auf H.R. Ledigt.

»Und?«, fragte Kacki. »Wie steht's?«

»Wir sind noch in Beratung, Kacki.«

»Nein, nicht immer nur beraten«, sagte Kacki, dem es langsam reichte. »Es wird zu viel beraten und zu wenig gehandelt!«

»Hör auf, Kacki, das ist ja gruselig, wenn du wie so ein Piefke daherredest. Und was willst du mit dem Stück von der Sachertorte? Das ist ja sogar schon angefressen!«

»Das habe ich vor den anderen gerettet. Und ich wollte die Torte mal ausprobieren, um in der Intimfrisur ein Kaffeehausgefühl zu entwickeln.«

»Geh, bitte!«, sagte P. Immel. »So ein Schmarrn!«

»Wie sieht die denn aus, die Torte?!«, mokierte sich die Kuchentochter, was wollte die denn jetzt, was mischte die sich denn hier ein? Und dann so verächtlich im Ton! Da war sie bei Kacki aber an der falschen Adresse!

»Ja, die hat ein bisschen gelitten, die Torte«, sagte er deutlich und laut, damit es jeder hören konnte, »aber sie ist immer noch tausendmal schöner als euer deutscher Kuchendreck, und wenn wir erst einmal das Kaffeehaus haben, dann könnt ihr einpacken, ihr Piefkebäcker!«

»Red nicht mit den Blödmännern, lass uns reingehen«, sagte die Mutter zur Tochter.

»Das habe ich gehört«, sagte der Polizist.

Die deutschen Kuchenfrauen gingen in die Kneipe. Kacki aß schnell den Rest von der Sachertorte, bevor noch die anderen danach trachten konnten!

*

Seltsam, wie schnell man sich daran gewöhnen kann, neben so einem Bullen zu stehen, dachte Raimund, wenn der wüsste, dachte er, dass ich ein Zwanzigmarkpiece in der Tasche habe!

»Du bist doch auch bei Glitterschnitter, oder?«, sprach ihn das Mädchen Lisa an, das schon die ganze Zeit an ihnen dranhing, warum auch immer, Raimund fragte sich, ob er sie von früher kannte und wenn ja, woher, sowas war ja heikel, wenn man nur zum Beispiel an das Fiasko mit der Leo damals …

»Ja«, antwortete Charlie für ihn.

»Und ihr wollt doch auf die Noise, oder?«

»Ja sicher«, sagte Charlie. Raimund nickte nur, das konnte nicht falsch sein.

»Kannst du dann mal mit den beiden Idioten reden, dass die mir mal zuhören sollen?«, sagte das Mädchen nun eindeutig zu Charlie, aber wen meinte sie mit Idioten?

»Ja klar«, sagte Charlie. »Ferdi, Raimund, wir müssen mal eben hier zuhören!«

»Okay«, sagte Ferdi, »aber lasst uns reingehen. Hier draußen ist es kalt. Und ein bisschen blöd.«

»Wer ist uns?«, fragte Raimund verwirrt.

»Glitterschnitter«, sagte Ferdi. »Glitterschnitter geht jetzt rein! Alle Mann!«

»Okay«, sagte Raimund.

Endlich mal eine klare Ansage! Die Frau kam mit. War die jetzt auch dabei?

*

»Nun sag schon«, sagte Erwin. Er hatte die ganze Zeit geredet und sah Frank nun erwartungsvoll an, Frank aber hatte nicht zugehört, er hatte beobachtet, was da draußen vor der Tür passierte, bei Lisa und den Glitterschnitterleuten. Und die kamen jetzt alle wieder rein.

»Was? Sag nochmal, Erwin!«

»Okay, aber jetzt mal zuhören! Ich habe gesagt, dass der Laden zwar mir gehört, ich aber das Gefühl habe, die Kontrolle verloren zu haben, und deshalb frage ich dich, Frank Lehmann: Wie viel nimmst du für einen Milchkaffee und wieso hast du den Preis für den Kaffee von zwei Mark auf zwei Mark fünfzig raufgesetzt?«

»Also, das ist so ...«, begann Frank, aber in dem Moment setzten sich Glitterschnitter und Lisa an den Tresen und Ferdi sagte: »Was gibt's denn nun zu bereden, Charlie?«

»Lisa hier meint, sie könnte uns auf die Wall City Noise bringen.«

»Vergiss die Wall City Noise, das wird nichts, glaube ich.«

»Ich würde aber gerne auf der Noise spielen«, sagte Karl. »Die ist wie für Glitterschnitter gemacht! Und die blöden Dr. Votz spielen da auch, kann ja wohl nicht sein, dass P. Immel da spielt und wir nicht!«

»Ja, finde ich auch«, sagte Raimund. »Wir müssen da unbedingt spielen!«

»Unbedingt! Unbedingt!«, sagte Ferdi unwirsch. »Nun macht euch mal nicht billig, Leute, Glitterschnitter ist ja nicht irgendein Anfängerscheiß! Wir machen das ja nicht erst seit gestern! Wir haben einen Namen und einen Ruf zu verteidigen!«

»Wir machen das seit drei Wochen, Ferdi! Jedenfalls unter dem Namen Glitterschnitter! Seit drei Wochen!«, erinnerte ihn Raimund.

»Ja und? Kann ja sein, vielleicht machen wir das erst seit drei Wochen, aber wie schon Toulouse-Lautrec sagte: Wir haben unser ganzes Leben gebraucht, damit wir das erst seit drei Wochen machen können.«

»Das hat er gesagt?«

»So ähnlich.«

»Nun lasst Lisa doch mal was sagen«, sagte Karl.

»Mein Gott, seid ihr blöd!«, sagte Lisa.

»Was wollt ihr trinken?«, fragte Erwin.

»Lass mal eben, Erwin«, sagte Ferdi.

»Nein, nichts lass mal eben! Das ist hier keine Hotellobby, ihr Knalltüten! Das ist eine Kneipe und da bestellt man sich was, wenn man da abhängen will!«

»Ha! Kneipe! In der man nicht rauchen darf! Wie soll ich einen Kaffee trinken, wenn ich dazu nicht rauchen darf, das ergibt doch überhaupt keinen Sinn!«, sagte Ferdi.

»Ich nehme mal ein Bier. Ich trinke das dann draußen!«, sagte Raimund. »Obwohl, da ist dann der KOB, gruselig!«

»Kann ich jetzt endlich mal was sagen, ihr blöden Schwanztypen?«, rief Lisa.

»Schwanztypen«, rief Chrissie. »Das sage ich auch immer!«

Frank machte eine Flasche Bier auf und reichte sie Raimund über den Tresen. »Drei Mark und bitte sofort bezahlen«, sagte er.

Draußen klopfte jemand gegen die Scheibe der Tür und gestikulierte, es war ein Typ mit Zigarette, er sah für Frank aus wie einer von den ArschArt-Leuten.

»Was will der denn?«, sagte Erwin.

»So wie er die eine Hand hält und mit der anderen rummacht«, sagte Frank, »will er wahrscheinlich einen Milchkaffee.«

»Das muss«, mischte sich Raimund ein. »nicht notwendigerweise Milchkaffee bedeuten, das könnte auch ohne Milch sein, was der da zeigt!«

»Ist hier jetzt mit Bedienung?«, schnaubte Erwin empört. »Was kommt als Nächstes? Garderobenservice?«

Frank fand das dumm, man musste dahin gehen, wo es was zu verdienen gab, fand er. Außerdem langweilte er sich. Und die schwangeren Frauen wurden ja auch bedient. Und draußen sah es irgendwie lustig aus, nach Leben und Stimmung und sonst was, hier drinnen waren bloß die Frauen an den hinteren Tischen, wo sie redeten und Kuchen aßen und Milchkaffee tranken und nickten und redeten und Kuchen aßen und redeten und nickten, das konnte doch nicht alles sein, was man vom Leben bekam.
»Na ja, ich hab nichts zu tun, außer dem da …« – sagte er deshalb und zeigte dabei auf Raimund – »… ein Bier zu geben. Und das hat er jetzt. Und gleich hat er es auch bezahlt, sonst nehme ich es ihm wieder weg. Und die Frauen brauchen im Moment ja wohl nichts. Und sonst ist niemand hier.«

»Wieso niemand?«, fragte Raimund. »Ferdi ist doch auch noch da!«

Ferdi sagte: »Genau, ich will auch ein Bier.«

Frank gab ihm eins. »Und der Umsatz ist auch nicht gerade prall«, sagte er dabei, »und wenn die draußen was wollen, kann ich das doch eben klarmachen!«

»Was kümmert dich der Umsatz?«, fragte Karl.

»Ich mach mir Sorgen um meinen Arbeitsplatz«, sagte Frank.

»Moment mal!«, sagte Chrissie. »Das ist mein Arbeitsplatz!«

»Okay, ich mach mir Sorgen um Chrissies Arbeitsplatz.«

»Macht doch, was ihr wollt«, sagte Erwin, und er klang müde. Er schaute auch gar nicht mehr zu Frank oder sonstwem am Tresen, er hatte den Blick auf den Tisch mit den schwangeren Frauen gerichtet. »Ich setz mich mal irgendwohin.« Er wankte zu einem Tisch an der Fensterseite.

Frank nahm einen kleinen Block und einen Stift und ging zu ihm hin.

»Ich fange auch bei dir an«, sagte er. Erwin tat ihm ein bisschen leid, er sah ganz grau im Gesicht aus. »Was willst du? Ich bring's dir auch!«

»Einen Pfefferminztee in Dreiteufelsnamen«, sagte Erwin und durchwühlte seine langen dünnen Haare. »Mit Milch. Aber keine aufgeschäumte Milch! Kondensmilch!«

»Ich weiß, mach ich dir«, sagte Frank und schrieb »PT mit KM« auf seinen kleinen Block. Der Stift hatte Aussetzer, aber das würde sich geben, hoffte Frank. Er ging an den Glitterschnitterleuten vorbei nach draußen, um noch mehr Bestellungen aufzunehmen.

»Dass mir das aber nicht einreißt in dem Puff hier!«, rief Karl ihm hinterher.

*

Freddies kleiner Bruder lief raus, bevor Raimund ein zweites Bier bestellen konnte, wie war der denn drauf? »Charlie, gibst du mir ein Bier?«

»Ich arbeite gerade nicht, Raimund!«

»Kann ich mir dann selber eins holen?«

»Untersteh dich! Warte, bis er zurückkommt!«

»Kannst du mir ein Bier geben?«, fragte Raimund das Mädchen, das hinter dem Tresen gerade einen Kuchen zerteilte, das sah übel aus, wie sie das anstellte, außerdem knauserig, wie klein wollte sie die Stücke denn noch machen?!

»Am Arsch, ich hab zu tun!«

»Okay, kann ich jetzt mal was sagen, ihr blöden

Schwanztypen?«, sagte die andere Frau, die Lisa hieß, wenn sich Raimund richtig erinnerte. Oder war es Gisela gewesen? Für eine Gisela war sie irgendwie zu jung!

»Was? Wir?«, fragte er verwirrt.

»Ja, Raimund«, sagte Ferdi geduldig, »wir. Das geht schon die ganze Zeit so. Das ist Lisa. Sie will uns die ganze Zeit schon etwas sagen!«

»Aber wieso Schwanztypen?«, ließ sich Raimund nicht abhängen. »Wieso denn Schwanz? Da seh ich jetzt keinen Zusammenhang!«

»Ich aber schon!«, sagte das böse Mädchen hinter dem Tresen, das jetzt den Kuchen in Ruhe ließ und stattdessen mit dem Dampfhebel der Kaffeemaschine spielte. »Ich sehe da einen ganz klaren Zusammenhang!«

»Nun sag schon!«, sagte Charlie.

»Okay, aber vielleicht auch mal zuhören!«, sagte Lisa. »Ihr wollt auf die Noise, ich kann euch da hinbringen!«

»Na, das ist aber jetzt mal interessant!«, sagte Ferdi.

»Wieso das denn?«, fragte Raimund. »Wir sind doch sowieso im Rennen!«

»Am Arsch«, sagte Lisa. »Wenn euer Tape im Karton ist, dann seid ihr raus.«

»Woher willst du das denn wissen?«

»Weil Leo meine Tante ist. Ich kenn die gut. Ich weiß das ganz genau, Tape im Karton, aus!«

»Gilt das für beide Kartons?«

»Ja klar!«

»Und sowas weiß man als Nichte?«

»Die ist mit meinem Onkel zusammen.«

»Das will ich aber mal hoffen. Sonst würde ja irgendwas nicht stimmen«, sagte Ferdi.

»Warum würde was nicht stimmen, wenn sie nicht mit

Lisas Onkel zusammen wäre?«, mischte sich die Tresenfrau ein. »Als Tante kann sie doch geschieden sein. Oder lesbisch. Oder einfach solo. Ihr denkt doch alle nur mit eurem Schwanz!«

»Nur als leibliche Tante, also wenn sie eine verwandte Tante ist«, sagte Ferdi.

»Jetzt hört mal mit dem Scheiß auf, Leute«, sagte Charlie. »Als ob das wichtig wäre!«

»Ich könnte sie jedenfalls anrufen, gleich jetzt, und dann seid ihr wahrscheinlich dabei.«

»Und warum solltest du das tun? Da ist doch sicher irgendein Haken dabei!«, sagte Ferdi. »Du siehst mir nicht aus, als ob da kein Haken dabei wäre.«

»Was hat das denn mit dem Aussehen zu tun?!«, rief die Tresenfrau empört.

»Ich mach das nur, wenn ihr mich mitspielen lasst«, sagte Lisa.

»Mitspielen? Was spielst du denn?«, fragte Ferdi.

»Moment mal, Ferdi«, sagte Raimund, »wir müssen das doch erstmal unter uns …«

»Lass mal, Raimund«, unterbrach ihn Charlie, »auch mal klug sein, kann nicht schaden.«

»Sag doch mal!«, sagte Ferdi zu Lisa. »Was spielst du denn?«

»Saxophon natürlich.«

»Wieso natürlich?«, fragte Ferdi.

»Weil die meisten Leute Saxophon spielen, Ferdi!«, sagte Charlie.

»Was für ein Saxophon denn?«, fragte Raimund.

»Alt.«

»Und du rufst dann auch wirklich Leo an und machst das klar?!«, fragte Ferdi streng.

»Ich kann euch nicht versprechen, dass wir den Gig dann schon haben. Ich meine, so lieb hat sie mich auch wieder nicht«, sagte Lisa. Sie holte eine Zigarette aus ihrer Packung und steckte sie sich unangezündet in den Mund. »Aber ich kann uns wenigstens aus dem Karton wieder rausholen!«

Auweia, dachte Raimund, jetzt sagt sie schon *uns*. Das ging aber schnell!

*

»Also ich hätte gerne einen deutschen Kaffee, schwarz, aber bitte nicht in so einer depperten Schüssel«, sagte Kacki von der ArschArt-Galerie. Er hatte schokoladeverschmierte Hände, warum auch immer, und zeigte damit auf den KOB. Der KOB hielt die erwähnte Schale in einer Hand mit dem Daumen nach innen und kippte sich schlürfend Kaffee unter seinen Schnurrbart, während er in der anderen Hand eine brennende Zigarette hielt, das sah richtig professionell aus, wie der das handhabte.

Frank schrieb »DKS« auf seinen Block. Der Stift nervte, weil er mal schrieb und mal nicht, und wenn er nicht schrieb, kratzte er so über das Papier, dass es Frank kalt den Rücken runterlief.

»Die Schale ist gar nicht so schlecht«, sagte der KOB. »Man muss nur aufpassen, dass man sich nicht den Daumen verbrüht. Und es ist lästig, wenn man gleichzeitig raucht und Kaffee trinkt und dann sein Getränk nicht abstellen kann, aber das gilt ja wohl für jedes Gefäß.«

»Ich möchte meinen Kaffee auch lieber in so einer anderen Tasse haben«, sagte ein anderer von der ArschArt-Galerie. »Aber eine Melange, bitte!«

»Kompromiss!«, sagte Frank. »Ich hole die anderen Tassen wieder raus, aber nur für Kaffee ohne Milch. Der kostet dann auch wieder nur zwei Mark, weil's weniger ist, und Milchkaffee gibt's nur in den Schalen, das lohnt sich sonst nicht mit dem Aufschäumen, das sind ja sonst Miniportionen. Außerdem geht mir das dann zuviel durcheinander, wie soll ich das denn alles notieren?!«

»Schmarrn. Ich hätt gerne so a richtige Melange! Und die gehört in eine kleine Tasse. Schreib Melange auf, dann ist es in der kleinen Tasse, und Milchkaffee, wenn es in die große Tasse kommt.«

»Da sagst du was«, sagte P. Immel. Der stand inmitten seiner ArschArt-Entourage neben dem Polizisten und stolperte hin und her dabei, es wurde überhaupt viel gerempelt, gezerrt und gedrängelt, weiter hinten kamen immer mehr Menschen dazu, die aber keine Anstalten machten, reinzugehen, sie standen alle nur draußen herum, versperrten den Weg, rauchten und konferierten, es wurde gemurmelt und geraunt und gelacht, es braut sich etwas zusammen, dachte Frank, er wurde nervös, irgendwas stimmte hier nicht.

»Das heißt Cappuccino, ihr Folklorefreaks«, sagte H. R. Er stand neben Frank, und während er seine Zigarette zwischen Mittel- und Ringfinger hielt und daran sog, als sei es rettender Sauerstoff für einen Ertrinkenden, wurde er von irgendwem geschubst, kam aus dem Gleichgewicht und hielt sich mit der freien Hand an Franks Schulter fest.

»Holla«, rief er hinter seiner Zigarette hervor. »Was mache ich hier eigentlich? Und wo ist Marko?«

»Der depperte Nachbar?«, fragte P. Immel. »Ja da schau her, wo kann der sein?« Er schaute sich beflissen um. »Wo ist denn der depperte Nachbar hin?«, rief er. »Eben stand er noch da und fraß seinen Kuchen. Depperter Nachbar! Depperter Nachbar!«

»Hier«, rief es aus der Menge heraus. »Ich bin abgetrieben worden. Und mir wird langsam kalt. Ich habe keine richtige Jacke angezogen.«

»Wie sind wir eigentlich hier gelandet, mein Peterchen?«, fragte H.R. »Was ist passiert? Was wolltest du nochmal? Ich hab's vergessen!«

»Nicht Peterchen sagen«, sagte P. Immel. »Es ist passiert, dass wir Hunger hatten. Vor allem der depperte Nachbar. Und du wolltest einen Kuchen spendieren.«

»Ich?«, wunderte sich H.R.

»Ich hatte es so verstanden!«

»Ich habe meinen umsonst bekommen«, sagte Marko. »Von der Frau da.« Er zeigte auf die Fensterscheibe vom Café Einfall, dahinter stand Kerstin und schaute mit verschränkten Armen hinaus. »Aber ich hätte gerne noch ein Stück. Ich zahl auch. Kann man hier draußen auch Kuchen bestellen?«

»Geh doch rein, du rauchst doch gar nicht«, sagte P. Immel.

»Nein, aber ich bin gerne dabei, wenn die Leute rauchen.«

»Hast du noch was von der Sachertorte, Kacki?«, sagte einer von den ArschArt-Leuten. »Der Michael 1 hatte vorhin zwei Stück gehabt, ich nur eins.«

»Nein.«

Frank wollte »Melange« aufschreiben, aber der Stift funktionierte jetzt gar nicht mehr.

»Ich bin gleich wieder da!«, rief er in die Runde. »Ich hole nur schnell einen neuen Stift.«

Er verschwand nach drinnen. An der Tür kam ihm Lisa entgegen, sie hatte eine unangezündete Zigarette im Mund und schaffte es trotzdem, ihn anzulächeln. Er wurde beim Hineingehen gegen sie gedrückt, war das nur wegen der Drängelei oder ein Wink des Schicksals?

*

Raimund stand im Café Einfall und sah zu, wie der kleine Lehmann oder, wie er ihn mittlerweile in Gedanken nannte, der kleine Freddie, wie der jedenfalls wieder reinkam und im gleichen Moment Lisa rausging, um zu telefonieren, denn im Einfall funktionierte das Telefon nicht, das hatte jedenfalls die verrückte Kuchenchrissie gesagt, es war alles wie verhext, jedenfalls ging Lisa genau in dem Moment raus, in dem der kleine Freddie, der ja wohl Frank hieß, wenn Raimund sich richtig erinnerte, hereinkam, er kriegte kaum noch die Tür auf, so voll war es da draußen geworden, und die beiden mussten ihre Körper aneinanderreiben, um vorbeizukommen, strange! Raimund wusste nicht, was er von Lisa halten sollte, war sie wirklich eine Nichte von Leo oder nur eine saxophonspielende Hochstaplerin? Saxophonspielern war alles zuzutrauen, Saxophonspieler, fand Raimund, waren schamlose Menschen, vor allem aber waren sie überall, an jeder Ecke standen zehn und alle wollten immer irgendwo spielen und niemand wollte sie hören, so sah Raimund das, auch viele Frauen dabei, das waren verzweifelte Gestalten, diese Saxophonspieler, für einen Stage Act taten die alles, da machte sich Raimund keine Illusionen, und die hier war zwar irgendwie überzeugend mit ihrer Leos-Nichte-Geschichte, so überzeugend, dass Ferdi ihr sofort zwei Groschen für ein Telefonat von der Telefonzelle um die Ecke gegeben hatte, sie hatte nur einmal fragen müssen und Ferdi hatte Charlie und Raimund auch nur einmal gefragt, ob sie nicht vielleicht Kleingeld hätten, hatten sie nicht gehabt, also Ferdi gleich Spendierhosen und zwei Groschen rausgegeben, das sah ihm nicht ähnlich, Ferdi hatte von Haus aus Igel in den Taschen, das wusste jeder, und plötzlich Spendierhosen, so überzeugend war diese Lisa, aber Raimund hatte trotzdem ein komisches Gefühl, nun ja, zwanzig Pfennig waren jetzt auch nicht die Welt, als Verlust sogar für Ferdi zu verkraften, sollte Lisa damit durchbrennen, Raimund wär's sogar recht, das ging ihm alles viel zu schnell und überhaupt Saxophon, aber unwahrscheinlich, dachte er, zwanzig Pfennig wären dann schon eine sehr kleine Kleinkriminalität, die ist sicher auf Größeres aus, dachte Raimund, die führt irgend so ein Saxophonding im Schilde! Und kaum dachte er das, war sie auch schon wieder da, jedenfalls vor der Tür, er sah durch die Türscheibe, wie sie sich durch das Gedränge, das da draußen herrschte, durchkämpfte und dann an der Tür zog, der sie natürlich selber im Wege war.

Der kleine Lehmann lief sofort zur Tür und drückte mit aller Macht dagegen, bis sie durch einen Spalt hereinschlüpfen konnte.

»Puh«, sagte sie.

»Das hat aber gedauert«, sagte Ferdi.

»Totale Drängelei da draußen. Und die Telefonzelle war besetzt. Und dann ist Leo erst nicht ans Telefon gegangen.«

»Müsstest du nicht eigentlich Tante Leo sagen?«, fragte Raimund.

Lisa ignorierte das. »Dann habe ich im Club angerufen und da war gerade die Frau, die da saubermacht, und die kennt mich und die wollte erst hochgehen und Leo Bescheid sagen, dass sie mal das Telefon lauter stellen soll, weil ich gleich anrufe, aber ich hatte ja kein Geld mehr für einen zweiten Anruf, deshalb habe ich gesagt, ob Leo nicht ...«

»Okay, okay«, sagte Charlie und hob die Hände. »Alles klar, Lisa. Hast du denn mit ihr geredet?«

»Ja sicher.«

»Und was hat sie gesagt?«

»Sie hat gesagt, sie würde mir schon helfen, aber sie kennt euch nicht, und ein Tape allein bringt's nicht, das kann ja jeder gemacht haben, sie muss das mal live sehen.«

»Ja gut«, sagte Raimund erleichtert, »kein Problem. Dann spielen wir auf der Wall City Noise und dann kann sie uns da live sehen, easy!«

»Ich hab dich lieb, Raimund, weißt du das?«, sagte Ferdi.

»Nein«, sagte Lisa, »so geht's natürlich nicht! Was sie meint, ist, dass sie keine Lust hat, irgendwas auf die Noise zu nehmen, was sie noch nicht live gesehen hat.«

»Moment mal!«, sagte Raimund. »Wir haben doch schon mal live gespielt bei ihr. Als Vorgruppe. Daran hat sie sich doch erinnert. Jedenfalls an mich. Deswegen war sie doch so sauer.«

»Jetzt mal ehrlich, was war da zwischen euch?«, fragte Ferdi streng.

»Da habt ihr aber nicht als Glitterschnitter gespielt«, sagte Charlie. »Das war noch als Zwei Himmelhunde auf dem Weg zur Hölle.«

»Das war ein Scheißname«, sagte Ferdi. »Den können wir nicht mehr nehmen. Glitterschnitter ist tausendmal besser.«

»Mit einem Bandnamen, der von einem Film kommt, kommt man nirgendwohin«, gab Raimund zu, dessen Idee das damals gewesen war, weil Zwei Himmmelhunde auf dem Weg zur Hölle sein Lieblingsfilm war. »Aber ...«

»Hör auf«, unterbrach ihn Ferdi. »Jetzt ist es zu spät! Außerdem sind wir bei ihr unten durch, weil du dich wahrscheinlich sexuell mal wieder nicht zurückhalten konntest, Raimund. Jetzt ...«

»Ich habe gar nicht ...«

»Was denn?«, fragte Lisa. »Worum geht's denn? Was hat Raimund sexuell?« Raimund, dachte Raimund, jetzt nennt sie mich schon Raimund, als ob wir uns seit ewig kennen würden. Diese Saxophonspieler!

»Ist doch egal!«, sagte Ferdi. »Das Problem ist doch, dass wir jetzt auf den letzten Drücker noch einen Gig brauchen, wie stellt Leo sich das denn vor?«

Kurzes Schweigen. Die schwangere Frau, die Ferdi Depp genannt hatte, stand vom Schwangerentisch auf und setzte sich neben den Typen, dem die Kneipe gehörte, Erich oder was, und legte einen Arm um ihn.

»Erwin!«, rief Ferdi. »Können wir nächste Woche hier ein Konzert machen? Mit Glitterschnitter?«

»Nein!«, sagte der Kneipentyp, ohne sich auch nur umzudrehen. Die Frau streichelte seinen Rücken.

Raimund war frustriert. Er musste irgendwas dagegen tun, dass die ihn hier alle so abtörnten! »Kann ich auch mal so einen Milchkaffee bekommen?«, sagte er zum Freddiebruder, »der ist lecker, obwohl ich das Wort nicht mag, lecker, das ist ein Scheißwort, irgendwie ekelig!«

Der Freddiebruder schrieb etwas auf einen Zettel. »Okay, ich bring ihn dir dann raus.«

»Aber ich bin doch hier drinnen!«

»Ja, aber ich muss nochmal raus für Bestellungen und wenn ich die aufgenommen und bearbeitet habe, bist du wahrscheinlich eh wieder draußen.«

»Der Laden wird immer komischer, Erwin«, rief Ferdi.

Jetzt drehte Erwin sich um. »Kann ja sein«, sagte er mit brüchiger Stimme. »Aber nicht so komisch, dass ich euch hier spielen lasse. Ich meine, mal ehrlich, Ferdinand Bühler, wie stellst du dir das vor? Du hast mich gerade erst in meinem eigenen Laden verarscht, von wegen hier herumbohren gegen meinen Willen, und dann lasse ich euch zum Dank noch hier spielen? Und überhaupt, guck dir mal die kleine Bühne an!« Er zeigte mit dem Finger auf die kleine Viertelkreisbühne in der hinteren rechten Ecke. »Wie wollt ihr auf die denn zu dritt draufpassen?«

»Zu viert!«, sagte Lisa.

»Ich sage immer Käseecke dazu, wegen der Form, das macht es freundlicher«, sagte Ferdi.

»Ich kann mein Schlagzeug ein bisschen reduzieren. Die Bassdrum weglassen«, sagte Raimund. Man kann Ferdi vieles zugute halten, dachte er, aber er ist kein Diplomat. Ohne mich wäre er aufgeschmissen.

»Hör auf, Raimund«, sagte Ferdi, »Bassdrum weglassen, geht's noch?!«

»Ist das dann mit Bohrmaschine?«, fragte Erwin.

Alle schauten Charlie an. »Natürlich!«, sagte der. »Sonst ergibt das doch überhaupt keinen Sinn!«

»Dann solltet ihr vielleicht lieber bei einer Baumarkteröffnung spielen!«, sagte der Kneipenmann und drehte ihnen wieder den Rücken zu.

»Ich geh mal wieder raus«, sagte Freddies kleiner Bruder, wie um sich dafür Mut zu machen.

※

Kacki hätte sich gewünscht, dass der Mann aus dem Café Einfall endlich wieder herauskam und ihm seinen deutschen Kaffee brachte, in was für einer Tasse auch immer, Kacki wollte mal nicht so sein, natürlich würde es im Café an der Wien nicht solche depperten Suppenschalen geben, aber hier, beim Deutschen in seiner angestammten Umgebung, tat es zur Not auch so eine depperte Schale, denn, da musste Kacki ehrlich sein, ein bisschen trocken war sie schon gewesen, die Sachertorte, beim nächsten Mal etwas früher aus dem Ofen nehmen, schärfte er sich ein, bloß dass er sich jetzt nicht um eine Piefkekaffee-Bestellung kümmern konnte und auch das Thema Tortenbäckerei zurückstehen musste, es galt, sich zu konzentrieren, denn nun sprach H.R. zum Thema Kaffeehausfinanzierung und er sagte den schlimmen Satz: »Ich geb euch mal lieber kein Geld mehr«, das war gar nicht gut, »ihr seid ja wie die Junkies!«, sagte er, »immer noch ein Schuss und noch ein Schuss und irgendwann seht ihr nur noch eure lila Sonne!«

Die Menge vor dem Café Einfall war mittlerweile um einiges angeschwollen, da waren viele unbekannte Gesichter um Kacki herum, und die hörten alle mit, und einer von ihnen sagte: »Das mit der lila Sonne kommt aus einem Fernsehkrimi. Hat mal einer was zu rauchen für mich? Oder ne Mark?«

Kacki wollte dem Junkie schon die Meinung geigen, dass der sich hier nicht einmischen solle, da sagte P. Immel: »Dann eben nicht!«

Was? Wie jetzt? Gab der einfach auf?! Und, schlimmer noch, Jürgen 3 sagte gleich darauf: »Ich bin mir wegen der Kaffeehausidee eh nicht so sicher. Das müsste man nochmal diskutieren.«

Kacki war am Verzweifeln, aber er wollte sich der Verzweiflung nicht ergeben, es geht um ein großes Werk, schärfte er sich ein, Verzweiflung ist jetzt keine Option, und er rief: »Hört auf! Das ist die erste schöne Idee, die seit langem überhaupt mal jemand hatte!«

H.R. aber sagte, nachdem er an seiner Zigarette auf diese H.R.-Art gezogen hatte, so zwischen Mittel- und Ringfinger hindurch: »Ich dachte, mittlerweile sei das Konzept des Schönen in der Kunst durch das des Wahren ersetzt worden.«

»Aber nur bei euch Piefkes mit eurer gschissenen Frankfurter Schule«, konterte Kacki wie aus der Pistole geschossen, die Wut verlieh ihm Flügel, auch geistig!

»Nichts gegen Frankfurt, Kacki«, sagte P. Immel. »Da kommt meine Mutter her.«

»Ja!«, sagte Kacki. »Und das merkt man auch, Peter! Frankfurt verhält sich zu Wien wie das Frankfurter Würstchen zum Wiener Würstchen.«

»Das ist als Argument ein zweischneidiges Schwert!«, sagte H.R.

»So ein Wiener Würstchen ist größer als ein Frankfurter, sa'ck ma«, sagte der Lila-Sonne-Junkie. »Und Wiener Würstchen sind krumm und Frankfurter Würstchen sind gerade, oder nicht? Hat mal einer ne Mark für was zu essen?«

»Die Frage ist doch«, mischte sich nun auch der KOB ein, »ob Sie in der sogenannten Intimfrisur überhaupt eine Gaststättenkonzession haben! Haben Sie darüber einmal ...«

»He Leute, was wollt ihr haben?«, unterbrach ihn der Typ vom Einfall, der jetzt wieder herauskam aus seiner gschissenen Milchkaffeehölle und ganz ohne Getränk, was sollte das denn? Kacki hatte doch schon bestellt! Er kam also raus und bewegte sich auf sie zu, aber sie wurden zugleich auch immer weiter weggetrieben und von der Menge aufgesogen, es war eine merkwürdige Situation, man war nicht mehr Herr der Lage, von allen Seiten waren sie eingeschlossen, ein Wunder, dass der Typ vom Einfall überhaupt noch da rausgekommen war, so wie alle Leute hier in alle Richtungen drückten und zerrten, Kacki und die anderen wurden immer mehr Teil einer Menge, die mit ihnen machte, was sie wollte, es war, als schwämmen H. R. und P. Immel und Jürgen 3 und er in immergleicher Distanz durch ein Meer von Fremden, das immer bedrohlicher um sie herum sich schloss, ich habe in Gedanken das »sich« hintangestellt, dachte Kacki, das kommt davon, wenn man an die gschissene Frankfurter Schule denkt.

»Ich hätte gerne noch so ein Käffchen«, hörte er den KOB sagen, »aber in einer richtigen Tasse. Gleichzeitig roochen und Tasse ohne Henkel, dit is nüscht.«

»Ich hätte gerne ein Bier«, sagte Wiemer. Und zu H. R. sagte er: »Was machen wir denn jetzt mit dem Bild für die Wall City?«

Die wollten das Thema wechseln! Aber ohne Kacki! Er holte tief Luft.

*

Im Café Einfall richtete Ferdi einen Finger auf Raimund, der das gar nicht mochte, das war eine der wenigen Sachen, die er an Ferdi echt blöd fand. »Sag du doch mal was, Raimund!«

»Worum geht's denn?« Raimund hatte nicht zugehört. Das hätte auch nichts genützt. Da, wo er stand, war ein übler Lärm unterwegs, der kam von der Kaffeemaschine, an deren Milchaufschäumapparatur die Kuchenchrissie fluchend herumspielte. Es zischte, gurgelte und heulte kreuz und quer.

»Come on, Raimund!«, rief Ferdi. »Wegen dem Konzert hier im Einfall!«

»Ach das«, rief Raimund. »Habe ich doch schon gesagt: Ich kann die Bassdrum weglassen und mit nur einer Standtom und Snare und HiHat spielen und dann passen wir da alle auf die Bühne.«

»Ja, aber er will uns trotzdem nicht spielen lassen.«

»Echt? Warum nicht?«, wunderte sich Raimund und sah den Kneipentypen an, der ihnen aber schon wieder den Rücken zugedreht hatte. Die schwangere Frau saß neben ihm und tätschelte seine Schulter, was war das hier, ein Therapiezentrum?

»Das hast du doch gehört!«

»Ach so«, sagte Raimund, der gar nichts gehört hatte, »aber dann ist doch alles klar: Kneipen-Erich hat gesagt, dass wir hier nicht spielen dürfen, dann geht's halt nicht, Ferdi!«

»Erwin«, sagte Charlie. »Er heißt Erwin.«

»Okay«, gab Raimund zu, »aber das ändert nichts.«

»Du arbeitest doch hier«, sagte Ferdi zu Charlie. »Kannst du ihn nicht umstimmen?«

Charlie warf schweigend einen langen Blick auf Erwin. Der rührte in seinem Pfefferminztee mit Milch herum, das Zeug hatte ihm der kleine Lehmann gemacht, bevor er wieder rausgegangen war, Raimund fand, es sah aus wie Walsperma. Die schwangere Frau stand mühsam auf und ging zurück zum Tisch ihrer Kolleginnen.

»Wird schwer«, sagte Charlie.

Raimund hatte keine Lust mehr auf dieses Gespräch. Hier drinnen war es langweilig. Draußen dagegen ging ordentlich der Punk ab! »Ich müsste mal eine rauchen«, sagte er. »Lasst uns rausgehen!«

»Ich glaube, das wird nichts mit dem Gig«, sagte Charlie. »Jedenfalls nicht im Einfall. Und in der Zone geht's auch nicht, das ist zu kurzfristig. Wir müssen in die Intimfrisur.«

»Das klingt zwar, wie wenn wir Sackwanzen wären«, sagte Ferdi, »aber meinetwegen!«

»Verstehe ich nicht«, sagte Raimund.

»Was?«

»Das mit den Sackwanzen.«

»Macht nichts, Raimund«, sagte Ferdi und klopfte ihm auf die Schulter. »Ich habe dich trotzdem lieb!«

»Ich dich auch. Aber ich müsste mal eine rauchen!«

»Das passt«, sagte Ferdi. »Lasst uns mal rausgehen und mit P. Immel reden!«

»Okay«, sagte Lisa, »ich bin dabei!«, und sie sagte es so, als ob sie schon ewig dazugehörte.

*

H.R. fand es schwierig, unter diesen Gewühl- und Gedrängelbedingungen zu rauchen, so machte das Rauchen irgendwie keinen Spaß, außerdem wurde Wiemer immer enger gegen ihn gedrückt und mit seinem Ölbildscheiß hörte er auch nicht auf. »Einfach ein Bild malen, ist doch egal«, sagte er schon wieder, das war jetzt schon das dritte oder vierte Mal!

»Wiemer, du bist raus! Ich feuere dich!«, sagte H.R.

»Was?«

»Du bist gefeuert. Wegen unerträglicher Blödheit und schlimmstem Opportunismus, so nenne ich das jetzt mal.«

»Warum das denn jetzt?«

»Weil du sagst, dass es egal ist, was man malt und da hinhängt. Wie bescheuert ist das denn? Wenn das egal ist, dann kann es doch jeder, du Blödmann, du bescheuerter.«

»Jetzt aber mal halblang, H.R.«

»Wiemer! Wenn es ein Wort gibt, dass ich nie und nie wieder von dir hören will, dann ist es das Wort egal, okay?«

»Ja, okay!«

Wiemer atmete schwer aus und H.R. bekam eine schwere Wolke Knoblauchatem ab.

»Mein Gott, Wiemer, was hast du denn gegessen?!«, sagte er. »Ich meine, ich mag ja Knoblauch, aber ...«

»Pizza Lupara. Ich hatte eine Pizza Lupara!«

»Im Los Amigos?«

»Ja sicher, vorhin noch.«

»Und wieso hast du dann gesagt, du hättest Hunger und wolltest Kuchen?«

»Ich wollte mal kurz mit dir alleine reden, ohne deinen bescheuerten Nachbarn und ohne den bescheuerten Pimmeltypen.«

»Jetzt sag doch nicht immer bescheuert, wenn du wen blöd findest«, sagte H.R., der irgendwie nicht anders konnte, als Wiemer zu piesacken, es ist ungerecht, dachte er, aber trotzdem richtig, schlimm eigentlich.

»Also was jetzt, H.R., bin ich gefeuert? Weil wenn ich

gefeuert bin«, sagte Wiemer, »dann brauchen wir auch nicht über Pizza und Knoblauch zu reden!«

»Los Amigos!«, konnte sich H.R. nicht helfen. »Ich meine, eine Pizzeria, die Los Amigos heißt, kommen dir dabei keine Bedenken? Das ist doch spanisch!«

»Ja, aber die das machen sind Araber«, sagte Wiemer, als sei das ein gutes Argument. »Aber lass uns mal bei dem Bild bleiben.«

»Pass auf, Wiemer ...«

»Nicht immer pass auf sagen, bitte!«, sagte Wiemer. »Ich sag nicht egal, und du sagst nicht pass auf!«

»Wäre aber besser, du tätest es«, sagte H.R., den das jetzt alles schon wieder langweilte, ich sollte ihn wirklich feuern, dachte er, »gib mir mal eine Zigarette, bitte. Und Feuer! Man kann«, sagte H.R. und nahm einen tiefen Zug, »kein Bild malen, ohne eine Idee zu haben. Die meisten Leute glauben, es sei ein Handwerk oder sowas, aber da scheiß ich drauf.«

»Ich weiß«, sagte Wiemer.

»Nicht unterbrechen«, sagte H.R. »Worauf es ankommt, ist, dass man eine Idee hat. Nichts ist blöder, als ein Bild ohne Idee zu malen. Das ist das, was einen dann zu so einem Heinrichplatzidioten macht, einfach drauflosmalen, nur weil man es kann.«

»Du kannst es doch auch!«, sagte Wiemer.

»Ja, aber genau darum geht es doch gerade nicht«, sagte H.R. verzweifelt. »Abgesehen mal davon, dass sowieso noch nicht gesagt ist, dass dein Sigikumpel einen dann auch nimmt. Was ist, wenn ihm das Bild nicht gefällt? Wenn ich mir da erst einen Wolf male und dann sagt der, das ist scheiße, und wir können uns gehackt legen?«

»Nix, der will dich unbedingt haben«, sagte Wiemer, »das habe ich im Urin. Und zur Sicherheit«, sagte er und fummelte in seinen Hosentaschen, »habe ich mir von ihm auch dies geben lassen!« Er zog eine Papierserviette hervor und faltete sie auf. Dann reichte er sie H.R., der dabei ins Stolpern kam, weil man hier dauernd angerempelt wurde. Hinter ihm schaute ihm jemand über die Schulter, er spürte einen Atem am Ohr, während er las: »Platz für ein gemaltes Bild, höchstens 3 × 4 m, auf der Wall City Berlin 1980 zugesichert. Sigfrid Scheuer.«

Er drehte sich um, es war Marko, der ihn da von hinten beatmete. »Was steht da denn drauf?«, fragte er, dann wurde er in der wogenden Menge fortgetrieben.

»Das ist genial, Wiemer«, sagte er.

»Ja klar, sag ich doch, ich hab's im Griff«, sagte Wiemer stolz.

»So meine ich es nicht«, sagte H.R. und steckte die Serviette ein.

Er hatte endlich eine Idee.

*

»Schau mal, Raimund«, sagte Ferdi, als sie rauskamen ins Gewühl, »hast du sowas schon mal gesehen? Das ist ja wie bei der Alliierten Truppenparade! Hast du mal Canetti gelesen?«

»Nein«, sagte Raimund.

»Masse und Macht. Die offene Masse. Solange sie wächst, wächst sie, sobald sie stagniert, zerfällt sie wieder. Kann ohne jeden Grund entstehen und ernährt sich aus sich selbst, so ungefähr.«

»Was du alles weißt, Ferdi!«

»Es ist doch so!«, sagte neben Raimund der ArschArt-

Typ mit dem braunen Anzug. »Wer heutzutage in dieser traurigen Stadt ein schönes Erlebnis haben will, der kommt in der Wiener Straße nicht weit, der kommt in der Wiener Straße zu gar nichts, der muss extra über das Bahngelände zum Artmann an der Görlitzer Straße gehen, das wird von der Edith betrieben, die ist nett und ihr Schnitzel ist gut, aber das ist doch kein Zustand, weil ...«

»Bist deppert, Kacki?«, rief P. Immel. »Stehst hier in der Wiener Straße, nicht einmal einen feuchten Schas entfernt vom eigenen Laden, und machst Werbung für die Edith, die no dazu ausm Burgenland und insofern fast eine Tschuschin ist, so wie ich das sehe!«

Von hinten, vom Rand der Menge, erklangen Stimmen der Neugierde und Ratlosigkeit: »Was ist los?« – »Ist was passiert?« – »Ist das hier eine Demo oder sowas?« – »Schau mal, ein Bulle!!« – »Bullen raus!«

Und mit den Stimmen kam die Unruhe, das ist, dachte Raimund, wie mit den Clowns, mit denen die Tränen kommen, von wem war das nochmal, dachte er, und die Unruhe verbreitete sich im Gedränge, es war ein Hin- und Hergewoge, Leute wurden geschubst, kamen aus dem Gleichgewicht, schubsten andere, verärgerte Rufe wie »Pass mal auf!« erklangen.

Der KOB sagte – wohl zu sich selbst, aber auch für Raimund deutlich hörbar: »Ach du grüne Scheiße!«

»Was macht der Bulle?« – »Welcher Bulle?« – »Macht der Bulle Ärger?« – »Die Bullen? Wo?«

Ferdi ließ das kalt, so kannte ihn Raimund, so war er immer schon gewesen, ein Auge im Sturm, ein Fels in der Brandung war Ferdi, er hakte sich bei Raimund unter und empfahl P. Immel, bei ihm das Gleiche zu tun, »so haben wir das bei der KPD/ML bei den Demos immer gemacht, dann fällt man im Gewühl nicht hin, nicht hinfallen, darauf kommt's an, auch für dich, P. Immel, hak dich unter, wenn du jetzt hinfällst, bist du so gut wie tot! Und wir müssen mal reden, mein Pimmelboy!«

»Ferdi, du Arsch! Was willst du denn jetzt?«

»Zunächst einmal dich mit meinem Unterhaken vor dem sicheren Tod retten. So ist's richtig«, sagte Ferdi, als P. Immel sich bei ihm unterhakte. »Und außerdem müssen wir bei dir ein Konzert spielen. Irgendwann in den nächsten Tagen.«

»In der ArschArt? Das geht nicht, da ist es zu kalt, da kann ich nichts veranstalten, außerdem habe ich Angst vor den Punks aus dem Hinterhaus, dass die dann auch kommen, und dann machen die ...«

»Nein«, unterbrach ihn Ferdi, »in der Intimfrisur, wir wollen in der Intimfrisur spielen.«

»Da musst du die beiden Kaffeehauskellner hier fragen«, sagte P. Immel und zeigte mit dem nicht untergehakten Arm auf Kacki, den Redenschwinger, den Raimund eigentlich immer schon ziemlich sympathisch gefunden hatte, und auf einen anderen Typen, der neben ihm stand, »das sind die neuen Sterne am Intimfrisurhimmel!«

»Komm«, sagte Raimund und hielt Kacki seinen freien Arm entgegen. »Hak dich bei mir unter.« Das Gedränge war mörderisch und der KOB, der neben Raimund stand, war ganz bleich. Dabei richtete niemand, der in seiner Nähe war, das Wort an ihn, keiner schien ihn zu beachten, während von weiter hinten immer wieder das Wort »Bulle« in den Ausrufen zu identifizieren war. Je größer der Abstand, desto größer der Hass, dachte Raimund. Kacki nahm seinen Arm dankbar an und hakte sich auf der anderen Seite bei dem anderen Typen ein, der sagte: »Wann denn?«

»Ganz schnell«, sagte Ferdi. »Das muss ganz schnell gehen. Anfang nächster Woche? Müssen wir erst noch genau klären, wegen Leo vom Sektor, wann die Zeit hat. Geht das?«

»Aber nur, wenn wir bis dahin das Geld kriegen.«

»Welches Geld?«, fragte Charlie. »Wie bist du denn drauf?!«

»Genau. Und wer bist du überhaupt?«, ergänzte Raimund, der den Typen schon irgendwie kannte, aber nicht mehr wusste, woher!

»Ich bin Jürgen 3, ich bin der, dem der Laden gehört.«

»Welcher Laden?«

»Die Intimfrisur, Raimund!«, sagte Charlie und hakte sich bei P. Immel ein. H. R. Ledigt kam auch noch dazu. »Das ist lustig«, sagte er. »Lasst mich ein in euren Kreis der Liebe!«

»Welche Intimfrisur denn jetzt?«

»Hör auf, Raimund, das strengt dich bloß an!«, sagte Ferdi. »Einfach mal mitmachen!«

»Nächste Woche ist super«, rief Lisa. Sie stand hinter Ferdi im Gedränge und hüpfte hoch, um sich bemerkbar zu machen. »Vorher kann Leo sowieso nicht. Und wir müssen ja auch erstmal üben.«

»Lisa«, sagte Raimund, den Namen einfach mal ausprobierend, »wir haben doch noch gar nicht entschieden, ob du überhaupt mitspielen kannst, das muss doch erstmal besprochen werden!«

»Papperlapapp, Raimund«, rief Ferdi, »natürlich haben wir das besprochen. Wenn sie uns auf die Noise bringt, dann kann sie auch mitspielen!«

»Ich spiele gut.«

»Ich habe neulich in Schöneberg einen Gig von Ambrosia Automat gesehen«, sagte Charlie, »im Café Central, die hatten auch eine Frau dabei. Die hat sich erst ausgezogen und sich dann nackt an so ein Kreuz gehängt.«

»Kannst du vergessen, du Lustmolch!«

Im Hintergrund wurden die Rufe immer lauter, ein mächtiger Aggro durchwallte die Luft, Raimund spürte das ganz genau, sowas spürt man, dachte er, eben noch lustig, jetzt schon der Aggro, das wird noch übel!

»Bullen raus, Bullen raus!«

»Ach du Scheiße. Wie komme ich denn jetzt hier weg?«, rief der KOB.

»Hört mal, Leute, wie wäre das? Ihr kriegt für den vorderen Teil ein paar Kaffeehausstühle und -tische und ich kann dann mit Glitterschnitter …«, sagte H.R. Ledigt, und wurde gleich vom ArschArt-Kacki unterbrochen: »… und eine Kaffeemaschine, eine richtige! Eine Wiener Kaffeemaschine! Da gibt es dann so Mokka und einen kleinen Schwarzen und einen kleinen Braunen …«

»Bullen raus! Bullen raus!«

Der KOB drehte sich zur Tür vom Café Einfall um und zog daran, aber er kriegte sie nicht auf, weil sie nach außen aufging und er selber und die vielen Leute hinter ihm im Wege waren, er zerrte und zerrte und konnte sich schließlich doch mühsam hindurchquetschen, dabei blieb er einen kurzen Moment lang stecken und Raimund hatte schon Angst, dass der schmächtige alte Mann zerquetscht werden würde, und er versuchte, den Kreis der Liebe, wenn er denn einer war, in die andere Richtung zu schieben, um ein bisschen den Druck zu vermindern, und schließlich schaffte es der KOB, und kaum war er drinnen, klappte die Tür hinter ihm zu und die kriegte jetzt so schnell auch keiner mehr auf!

*

Chrissie schaute dem KOB dabei zu, wie er sich durch die Tür hereinquetschte, und überlegte kurz, ob sie ihm helfen sollte, das sah ganz schön panisch aus, was der da machte, schmerzhaft auch, aber sie konnte nichts tun, nur gucken, irgendwie war das jetzt nicht ihre Sache, fand sie, schließlich ist er der Polizist, dachte sie, und ich nicht. »Auweia!«, rief der KOB, als er es endlich durch die Tür geschafft hatte, er klang ganz schön kleinlaut, aber leid tat er ihr nicht, er hatte sie Mädelchen genannt, geschah ihm recht!

»Was haben Sie denn da draußen angestellt?«, sagte Erwin.

»Ich kann nüscht dafür. Ick wollte bloß eene roochen.«

»Das Gedränge ist doch wegen Ihnen!«

»Nüscht ha'ck jemacht, ehrlé mal, fuck it!«, rief der KOB. Fuck it? Was war das denn für einer?

»Von wegen!«, rief Erwin triumphierend. »Sie haben sich extra da rausgestellt, weil Sie mir das Geschäft versauen wollten! Das haben wir jetzt davon: Sie haben Schiss und mir haben Sie das Geschäft versaut! Da kommt doch jetzt keiner mehr rein!«

Erwin zeigte anklagend auf die Tür, hinter der alles voller Leute war. Sie knarrte unter dem Druck. Erwin ging hin und klopfte gegen die Scheibe, auf deren anderer Seite ein Gitter war, ein Glück, dachte Chrissie. »Haut ab da! Weg von der Tür!«, schrie er.

Einer der Leute hinter der Tür drehte sich um, es war Raimund von Glitterschnitter, er winkte ihnen zu und machte eine pantomimische Geste, die Chrissie nicht genau deuten konnte.

Die schwangeren Frauen waren aufgestanden und zur

gegenüberliegenden Wand zurückgewichen. Nur Helga kam zu ihnen und stellte sich neben Erwin.

»Ich muss irgendwas tun«, sagte Erwin. »Die machen mir sonst die Tür kaputt und dann gibt es Verletzte!«

»Kann man die nicht einfach reinlassen?«, fragte Chrissie.

»Nein, die Tür geht nach außen auf«, sagte Helga. »Die drücken die dann immer wieder zu.«

»Ich glaube«, sagte der KOB, »ich sollte mich mal schnell dünnemachen!«

»Das glaube ich aber auch!«, sagte Erwin.

Frank, der die ganze Zeit Milch aufgeschäumt hatte, das nervte langsam, fand Chrissie, hörte für einen Moment damit auf und sagte zum KOB: »Haben Sie kein Funkgerät? Dann könnten Sie Verstärkung holen!«

»Bist du irre, Lehmann?«, rief Erwin. »Damit mir die Bullen gemeinsam mit den Deppen da draußen den Laden zusammenhauen? Und die Frauen? Was wird aus denen? Die sind doch schwanger!«

»Das hätte ich nicht gedacht, dass das hier gefährlich werden kann«, sagte Helga.

»Vielleicht sollte der KOB hinten raus«, sagte Frank.

»Da sind alle Fenster vergittert«, sagte Erwin. »Das war doch ganz früher mal eine Apotheke!«

»Ich habe eine Idee«, sagte Frank zum KOB. »Kommen Sie mal mit!« Er ging die Treppe zum Klo hinunter. »Nun kommen Sie schon!«

Der KOB lief hinterher.

»Was ist denn jetzt mit diesen ganzen Bestellungen?«, sagte Chrissie. »Die waren von den Leuten da draußen, die hat Frank aufgenommen, wo will der überhaupt hin?«

»Ich hätte gerne noch einen Milchkaffee«, sagte Helga,

und sie sagte es in diesem Helga-Ton, den Chrissie überhaupt nicht leiden konnte, als wäre sie, Chrissie, irgendwie das Dienstmädchen. Sie füllte was von dem Milchschaumquatsch in eine von Frank bereits mit Kaffee befüllte Schale, reichte das zu Helga hinüber und sagte so patzig wie möglich: »Das macht zwei fünfzig.«

»Wieso, das hat der kleine Lehmann doch vorhin aufgeschrieben.«

»Der heißt Frank!«, sagte Chrissie. »Außerdem, soll ich jetzt hier schon anschreiben lassen?«, wandte sie sich an Erwin. »Ich dachte, du hast gesagt, das alleroberste Gesetz ist, dass alle immer sofort zahlen!«

»Ich habe schon viel gesagt, Chrissie, und du hast noch nie darauf gehört! Warum also jetzt damit anfangen?!« Erwin wartete einen Moment. Sollte sie auf den Käse antworten? Nicht mit ihr! »Mein Gott, Chrissie«, sagte er schließlich resigniert, »das ist Helga! Deine Tante! Mit ihren Leuten! Da kannst du schon davon ausgehen, dass das okay ist, wenn du das anschreibst, Heilandsack nochmal!«

»Ihre Leute? Die Schwangeren da? Die nennst du ihre Leute?«

»Ja, Chrissie! Schwangere sind auch Leute!«

»Vielen Dank, Erwin«, rief eine von den Schwangeren beleidigt. »Das ist lieb von dir, dass du das sagst!«

»Ich dachte nur«, sagte Chrissie, »wenn ich Helga und ihre Leute anschreiben lasse, dann wollen das alle anderen Leute vielleicht auch. Das ist dann sowas wie ein schlechtes Beispiel, finde ich!«

»Chrissie, schau mal da raus, dann siehst du, was ein schlechtes Beispiel ist.«

Erwin zeigte auf die Tür, hinter der es zu ersten Rangeleien kam, man sah die Rücken von den Glitterschnitterleuten, wie sie versuchten, irgendwelche ArschArt-Guschtl, die gegen sie gedrückt wurden, wegzuschieben. Das waren vielleicht alles Idioten!

Erwin klopfte gegen die Scheibe und schrie: »Haut mal ab da, ich will raus!«

»Erwin, geh da nicht raus! Was willst du denn da!«, sagte Helga. »Das ist nicht ungefährlich.«

»Wenn ich jetzt nichts unternehme, wird es immer schlimmer!«

»Quatsch! Als ob du da irgendetwas machen könntest!«

»Ich geh da jetzt raus!«, rief Erwin und begann, »Haut ab!« und »Weg da!« schreiend, die Tür aufzudrücken.

»O mein Gott!«, rief Helga.

*

Frank schloss die Stahltür vom Getränkelager auf, das war ein Kellerraum ohne Fenster, es gab nur weiter hinten eine Ladeklappe für die Getränkelieferungen.

»Da soll ich rein?«

»Ja schnell, da verstecken Sie sich, und wenn die Luft rein ist, können Sie abhauen.«

»Ich lass mich da doch nicht einsperren«, sagte der KOB, »da müsste ich ja irre sein!«

»Von innen kann man die Tür aufmachen. Da ist nur außen keine Klinke!«

Der KOB betrachtete ihn gründlich aus seinen müden Augen. »Ich weiß nicht …«, sagte er dann. »Wenn Sie das von außen abschließen, dann bin ich da drinnen gefangen.« Das ganze jovial-kumpelhafte Berlinerding war von ihm abgefallen.

»Ja, aber dann würde ich in den Knast kommen, denke ich mal«, sagte er.

»Auch wieder wahr!«, sagte der KOB.

»Außerdem sind da noch die Ladeluken. Das wäre noch eine Art Notausgang.«

»Aber da stehen doch die ganzen Leute.«

»Wegen denen wir hier sind«, gab Frank zu bedenken.

»Wehe, Sie verarschen mich.«

»Haben Sie denn kein Funkgerät.«

»Funkgerät? Icke? Im Keller?«

*

P. Immel hatte keine Lust mehr, aber das nützte ihm gar nichts, er war bei den anderen Blödels untergehakt und mit ihnen zusammen in der Menge eingekeilt, wenigstens waren sie ein bisschen von der Kneipentür abgedrängt worden, da war es noch schlimmer und sah auch irgendwie gefährlich aus. Es strömten immer noch Leute heran, schlimmer noch, es strömten die falschen Leute heran, vor allem Punkmartin, der Anführer der Punks aus dem Hinterhaus der ArschArt-Galerie, der hatte ihm gerade noch gefehlt, das Hinterhaus gehörte auch P. Immel, aber die Punks hatten es besetzt und P. Immel konnte nichts dagegen machen, erstens konnte man eh nichts machen gegen Hausbesetzer und zweitens wäre dann ja die ganze Hausbesetzertarnung aufgeflogen, von Hausbesetzer zu Hausbesitzer, das wäre nicht gut ausgegangen für die ArschArt, man musste mit dem Zeitgeist gehen als Aktionskünstler, jedenfalls stand nun Punkmartin neben ihm – was wollte der überhaupt in der Wiener Straße? – und Punkmartin hatte eine Faust oben und schrie: »Bullen raus! Bullen raus!«, immer wieder, dabei war überhaupt kein Bulle mehr zu sehen. P. Immel hätte ihm das gerne gesagt, aber so richtig Lust auf eine Konfrontation mit den Arschlöchern vom Hinterhaus hatte er nicht, vor ein paar Tagen hatten sie versucht, einen Eimer voll Scheiße in das Vorderhaus zu kippen, aber der Eimer war dem Deppen, der ihn getragen hatte, wohl im Hinterhof umgefallen und jetzt stank da alles nach Scheiße, dem Vorderhaus und dem Hinterhaus gleichermaßen zur Qual, zu doof zum Scheißetragen, diese Piefke-Punks!

»Bullen raus! Bullen raus!«

Jetzt quetschte sich Erwin Kächele durch die Tür des Café Einfall nach draußen und ließ sich von Karl Schmidt auf die Schultern heben.

»Ruhe mal!«, schrie er. »Ruhe mal!«

»Bullen raus! Bullen raus!«

»Ruhe! Heilandsack nochmal!!!«

Die blöden Punks hörten auf zu rufen. Einen kurzen Moment lang war es ganz still, dann rief einer: »Wo ist der Bulle?«

»Hier ist doch überhaupt kein Bulle!«, rief der schwäbische Kneipier.

»Wohl! Da war doch der KOB!«

»Dit sind die allerschlimmsten!«

Karl Schmidt rief: »Halt du doch die Klappe, was wollt ihr blöden Junkies denn? Euch schmeiß ich sowieso raus!«

»Ich bin kein Junkie!«

»Klar bist du ein Junkie. Und voll drauf bist du auch.«

»Ich bin nicht drauf, ich bin bloß müde.«

»Bullen raus! Bullen raus!«, fing der blöde Punkmartin wieder an. P. Immel wollte nur noch weg.

»Haltet doch mal die Schnauze!!«, schrie Erwin, während Karl Schmidt ihn auf seinen Schultern zurechtrückte wie einen Sack Kartoffeln, das sah lustig aus, das gefiel P. Immel, es erinnerte ihn an die Huckepack-Reiterturniere, die sie als Kinder in Ottakring immer ausgefochten hatten, er und Kacki waren ein unschlagbares Team gewesen, keiner hatte je Kacki von seiner, P. Immels, Schulter runtergekriegt, sie hatten immer gewonnen, außer einmal, da war P. Immel über einen Stein gestolpert und Kacki gleich Loch im Kopf, P. Immel seufzte in der Erinnerung; – das waren die wunderbaren Jahre gewesen!

Jetzt sagte ausgerechnet der beknackte Punkmartin: »Ruhe mal, da redet einer.«

»Hast das auch schon gemerkt, du Oarschloch«, konnte P. Immel sich nicht zurückhalten.

»Guckt mal, der vom Vorderhaus!«, rief Punkmartin hasserfüllt. »Die sind da alle vom Vorderhaus!«

Pech für Punkmartin, dass er nur mit zwei von seinen Punk-Idioten da war, denn die ArschArt war mit vielen Leuten vertreten, wie P. Immel zufrieden feststellte, als sich Kacki, Jürgen 3, Enno und die beiden Michaels um ihn scharten. Geh scheißen, Hinterhaus!, dachte er gerührt!

*

Helga war genervt, vor allem von sich selbst, aber auch vom Sodbrennen, das bei ihr eingesetzt hatte, wie eigentlich immer um diese Tageszeit, außerdem von den Frauen von der blöden Schwangerschaftsgruppe, auf die sie, wenn sie ehrlich war, nie Bock gehabt hatte, so wie sie auch Erwin nie in Schwierigkeiten hatte bringen wollen, in die er aber offensichtlich wegen ihr und der blöden Schwangerschaftsgruppe und der Nichtraucherei geraten war. Sie stand an der Tür und schaute durch die Scheibe, von der sie hoffte, dass sie aus irgendeinem Sicherheitsglas war, und sie sah, wie Erwin von Karl Schmidt auf die Schulter genommen wurde, das erinnerte sie an ihre Jugend in Bremerhaven, wo die Jungs auf diese Art immer Reiterturniere ausgefochten, sich immer gegenseitig vom Pferd zu werfen versucht hatten, und die Mädchen immer dabei und am Anfeuern, wie lange das her war, und würde ihr Kind auch solche Spiele spielen? Und auch so blöde nach Geschlechtern getrennt, dass die Jungs einen auf Ritter und die Mädchen einen auf Zuschauer machten? Sie hätte damals lieber bei den Reitern mitgemacht, aber keiner wollte sie auf die Schulter nehmen. Man weiß nichts über Kinder, dachte sie, das ist alles völlig unabsehbar – sie wusste ja noch nicht einmal, ob es ein Junge oder ein Mädchen war, was ihr da gerade so ein heftiges Sodbrennen verursachte, die blöde Kerstin hatte gesagt, sie solle das mal schön der Natur überlassen und sich überraschen lassen, so ein esoterischer Scheiß, allein schon wegen des zu findenden Namens war das doch schon Quatsch, warum hatte sie so viel auf Kerstin gehört?

»Was macht er denn da bloß?!«, rief Kerstin jetzt von hinten. Sie stand bei Chrissie an den Tresen gelehnt und schlürfte einen Milchkaffee.

»Ist das alles wegen dem Nichtraucherding?«, fragte Chrissie.

Im Hintergrund tuschelten die Frauen von der Schwangerschaftsgruppe. Eine von ihnen, Heidrun, räusperte sich und sagte laut und fordernd: »Wir haben gerade beschlossen, dass wir jetzt gehen wollen, Helga!«

»Ja, okay«, sagte Helga. »Nur zu.«

»Gibt es einen Hinterausgang?«

»Ich glaube nicht!«

»Das ist hier kein Laden für uns. Wir hätten hier nie hergehen dürfen!«

»Ja, stimmt!«, sagte Helga.

»Wie, stimmt?«

»Ja, stimmt!«

»Du hast uns hier reingebracht!«

»Ja.«

Der kleine Lehmann kam die Treppe hoch. »So, der Bulle ist weg«, sagte er. »Der ist hinten raus!«

»Dann können wir da ja auch hinten raus«, sagte Heidrun. »Warum hast du gesagt, dass es keinen Hinterausgang gibt?«, giftete sie Helga an.

»Ja, nee«, sagte Lehmann. »Gibt es eigentlich auch nicht!«

»Wie jetzt? Was denn?«

»Das habe ich nur zur Tarnung gesagt, eigentlich …«

»Ich finde nicht, dass du hier arbeiten solltest«, sagte Kerstin laut zu Chrissie. »Der Laden ist voll scheiße. Hier sind nur Arschlöcher!«

»Das sagt die Richtige!«, sagte Frank Lehmann.

»Seid mal still!«, rief Helga. »Man kann ja gar nicht hören, was Erwin sagt!«

*

»Ihr könnt es drehen und wenden, wie ihr wollt«, rief Erwin, der jetzt rhetorisch Oberwasser hatte, auch fühlte er sich auf Karls Schultern wohl, seit er auf Karls Schultern saß, war alle Angst von ihm abgefallen, so sollte es immer sein, dachte er, das erinnerte ihn an die Reiterspiele seiner Kindheit, das waren unschuldige Tage gewesen, aber manchmal auch schmerzhaft, er war immer oben, immer Reiter gewesen, weil er so klein war, und einmal hatte er sich den Arm gebrochen, einmal das Handgelenk verstaucht, das hatte wehgetan, aber für solche Gedanken war jetzt keine Zeit, er musste weiterreden, die Menge vor ihm war wie ein wildes Tier und er dessen Bändiger, reden, reden, reden, reden, man muss sie einschläfern, dachte er, die Langeweile kann eine mächtige Waffe sein!

»Ihr könnt es drehen und wenden, wie ihr wollt!«, wiederholte er. »Es geht nicht um Bullen oder nicht Bullen! Was gehen mich die Bullen an? Der Bulle ist weg! Es geht darum, dass ihr jetzt nicht hereinkommen könnt, weil heute Nichtraucher ist!«

Die Menge wurde unruhig. Nichtraucher, das Wort provozierte. Gab es dafür kein anderes? Niemand mochte Nichtraucher, nicht einmal die Nichtraucher mochten die Nichtraucher! Erwin sah und hörte, wie das Wort Nichtraucher durch die Reihen der empörten Menge flog, wie es getuschelt und gerufen, durchgekaut und voller Verachtung wieder ausgespuckt wurde.

»Geht das noch lange, Erwin?«, rief Karl Schmidt von unten. Und als nicht sofort eine Antwort kam, sagte er zu P. Immel, der neben ihm stand: »Also: Können wir nächste Woche bei euch spielen?«

»Ich sage dazu nichts. Redet's mit dem Kacki, bitte danke!«

»Das ist eigentlich mein Laden«, rief einer der Jürgens von der ArschArt-Galerie. Wieso gab es eigentlich in Österreich so viele Jürgens? Wegen Udo Jürgens? Erwin musste kurz lachen bei diesem Gedanken. Einige in der Menge, deren Augen immer noch im Wesentlichen auf ihn gerichtet waren, lachten mit. Wohl in dem Glauben, dass er mit der Nichtrauchersache einen Scherz gemacht hatte. »Wieso schnallt das eigentlich keiner?!«, rief ArschArt-Jürgen empört!

»Jetzt haltet mal die Schnauze da unten!«, sagte Erwin. Und in die Menge rief er: »Also die Sache ist so: Der KOB ist weg.«

»Erzähl doch nichts!«, rief einer, der wie ein Punk aussah. »Der ist doch bei dir in der Kneipe. Das hat einer genau gesehen. Der ist bei dir in der Kneipe!«

»Der KOB ist hinten aus meinem Laden wieder raus. Kann man nichts machen!«, sagte Erwin. Er musste nicht mehr schreien, alle hörten ihm jetzt zu. So musste sich Lenin gefühlt haben bei der Ankunft in St. Petersburg, dachte Erwin, ihm gefiel das. »Elvis hat das Gebäude verlassen, Leute!«, fügte er übermütig hinzu.

»Elvis ist tot«, rief einer.

»Du Arschloch!«, rief ein anderer. »Elvis lebt!«

Das drängte den Anti-Bullenfuror in den Hintergrund. Überall in der Menge begannen lebhafte Diskussionen über Elvis.

»Egal, was mit Elvis ist«, versuchte Erwin das Thema abzuschließen, »der ist hinten raus! Also nicht Elvis, sondern der KOB. Ansonsten ist im Café Einfall heute Nichtraucher bis 15 Uhr.«

»Wieso das denn?«

»Schwangerer Frauentreff«, sagte Erwin und fand das etwas blöde formuliert. »Also Treffen einer Frauengruppe, die sind schwanger, also die Frauen«, korrigierte er. »Da könnt ihr jetzt nicht rein!«

»Warum nicht? Ich will mich doch nur hinsetzen!«

»Von wegen«, rief Karl Schmidt, »du hast sowieso Hausverbot! Weil du'n Junkie bist.«

»Ich bin überhaupt kein Junkie!«

»Und ob! Und voll drauf!«

»Ich bin nicht drauf, ich bin nur müde, ha'ck doch eben schon ...«

Die Menge zerfiel in Diskussionsgruppen, Einzelinteressen zerstörten das große Ganze. Erwin hatte damit gerechnet, es war alles wie früher, wie damals beim Schulstreik, da hatte es einen Schulleiter gegeben, der hatte in kürzester Zeit – egal, es war nicht die Zeit zum Nachdenken, es war die Zeit, den Sack zuzumachen, den Fisch vom Teller zu ziehen, Klappe zu, Affe tot!

»Ihr könnt alle nach nebenan in die Intimfrisur gehen!«, rief er. »Die haben jetzt auf. Und da könnt ihr auch rauchen!«

»Wart amal!«, rief Kacki von der ArschArt.

»Und was ist mit unseren Bestellungen?«, rief Raimund von Glitterschnitter.

»Die werden euch rübergebracht.«

»Aber wir haben doch noch gar nicht offen«, rief Kacki. »Wir wollten doch erst noch ...«

»Dann macht halt auf«, fuhr Erwin ihm über den Mund. »Los, alle rüber! Ende der Durchsage. Hier ist nur für Nichtraucher und Schwangere oder beides! Lass mich mal runter, Karl!«

Karl ließ ihn runter.

»Was soll das denn, Erwin?«, sagte ArschArt-Jürgen. »Wir haben doch noch gar nicht auf!«

Aber Erwin war nicht mehr zu stoppen, er war Herr der Lage, ein gutes Gefühl! »Das ist mir doch scheißegal«, sagte er genüsslich. Und dann brüllte er in den graugelben Himmel, aus dem jetzt, wie um ein weiteres Argument zu liefern, einzelne, sich an der kalten, gelben Luft unterwegs schon beschmutzende Schneeflocken herabtaumelten: »Alle nach nebenan!«

Die Menge setzte sich in Bewegung.

»Schnell!«, sagte Erwin zu Jürgen 3 und Kacki, die immer noch unschlüssig herumstanden. »Schnell! Lauft voran und sperrt auf! Worauf wartet ihr denn? Hopp, hopp, hopp!«

»Wir haben ja nicht einmal mehr Getränke. Die Bierdosen sind alle.«

»Ich gebe euch Karl Schmidt hier!« Er klopfte Karl auf die Schulter. »Der holt Bierdosen vom Imbiss nebenan und dann kannst du die da ausschenken. Der verkauft das für euch und rechnet hinterher ab. Der ist ein Naturtalent bei sowas!«

»Wir haben kein Geld für Bierdosen.«

»Ich auch nicht«, sagte Karl Schmidt.

»Ich gebe euch Geld, nein, ich geb's dir, Karl. Sonst kann ich's ja auch gleich zerreißen! Und wir beide machen dann halbe-halbe vom Gewinn.«

»Moment mal, und wir?«, sagte ArschArt-Jürgen.

»Okay, vierzig, vierzig, zwanzig!«

»Wir brauchen Kaffeehausstühle und dann brauchen wir auch eine Kaffeemaschine und so Tische natürlich auch ...«

»Falsches Thema, Kacki«, sagte P. Immel. »Das kommt später.« Und zu H.R. sagte er: »Du musst mitkommen, wir müssen das zu Ende diskutieren.«

»Ich weiß«, sagte H.R., »und ich hätte da auch ein paar Bedingungen.«

»Ich auch. Ich habe auch ein paar Bedingungen«, sagte P. Immel und ging mit H.R. davon.

*

»Schau mal, die gehen alle«, rief Chrissie.

»Wie hat er das gemacht?«, fragte Kerstin verwundert.

»Was er denen wohl gesagt hat!«

»Er hat sie nach nebenan geschickt«, sagte Helga.

Die Frauen weiter hinten zogen ihre Jacken an. »Das wurde auch Zeit«, sagte eine von ihnen. »Das war knapp«, sagte eine andere.

Helga war so erleichtert, dass sie fast zu weinen anfing. Der gute alte Erwin. So klein und verrückt er war, irgendwie war er doch auch ein Held.

»Das hätte er auch mal früher machen können«, sagte eine von den Frauen.

»Haut ab«, sagte Helga. »Haut ab und kommt nie wieder.«

»Also hör mal ...«

»Nein, Klappe halten«, sagte Helga. Dabei blieb sie ganz ruhig, seltsam eigentlich, dachte sie, wenn man nicht mehr herumlaviert, wird alles leichter. »Haut ab und kommt nie wieder. Ihr seid scheiße und undankbar.«

Die Frauen liefen zeternd an ihr vorbei, aber Helga hörte nicht hin.

Erwin kam herein. »Wo ist der KOB?«, fragte er.

»Ich habe ihn unten versteckt«, sagte Frank.

»Wo denn? Im Klo?«

»Nein, im Getränkelager.«

»Wir müssen ihn hier irgendwie rausschmuggeln«, sagte Erwin.

»Ja«, sagte der kleine Lehmann. »Ich hole ihm mal was anderes anzuziehen. Von oben.« Helga mochte ihn plötzlich. Das war mal ein guter Junge! Seine Mutter konnte stolz auf ihn sein!

✶

Es dauerte ein bisschen, bis Charlie mit dem Bier da war, aber das machte nichts, in der Intimfrisur waren alle froh, dass sie aus der Kälte raus waren und trotzdem rauchen durften. Raimund hatte noch ein bisschen was in der Bierflasche, die der kleine Lehmann ihm gegeben hatte, das hätte er gerne selber ausgetrunken, aber er machte das Beste draus, er reichte sie dem Typen, dem der Laden gehörte, und sagte: »Aber nur, wenn wir hier spielen dürfen.«

»Das ist ein bisschen wenig als Bestechung«, sagte der und trank gleich alles aus. Gott sei Dank kam Charlie gerade herein.

»Hier«, sagte er und stellte mehrere Paletten Bierdosen auf den Knien von einem ArschArt-Typen ab, der auf einem Friseurstuhl saß. »Halt mal!« Er riss die Folie auf und verteilte die Dosen.

»Jeder zwei Mark«, sagte er.

Raimund kaufte gleich zwei Dosen. »Nimm«, sagte er und reichte eine Dose dem Besitzertypen, wie immer der auch hieß. »Das muss jetzt aber reichen! Nächste Woche! Konzert von Glitterschnitter hier in der Intimfrisur!«

»Café an der Wien!«, sagte Kacki.

Auf sowas ging Raimund nicht ein. »Und du«, sagte er stattdessen zu Lisa, »musst mit deiner Tante klären, wann sie kommen kann, dann richten wir das so ein.« Lisa nickte.

»Moment mal«, mischte sich Kacki ein. »Wir müssen aber die neue Einrichtung haben. Da brauchen wir Geld.«

»Wenn Glitterschnitter spielen dürfen«, sagte H. R. und öffnete seine Bierdose, »dann kriegt ihr das Geld. Und ich mach da auch mit.«

»Muss das sein?«, sagte Raimund.

»Ja. Aber ich mach keine Musik«, sagte H.R. Er hielt etwas in der Hand, das wie eine Serviette aussah. Er faltete es vorsichtig zusammen. »Ich mache das Bühnenbild.«

»Meinetwegen«, sagte Ferdi. »Hauptsache, du willst nicht mitspielen! Guckt mal, da draußen läuft der Bulle! Aber in Zivil. Der trägt eins von deinen bunten Hemden, Charlie!«

»Und wann üben wir?«, fragte Lisa.

Ferdi lachte. »Wer übt, ist feige!«

III
Shakespeare

Es klopfte und das Erste, was Frank Lehmann durch den Kopf ging, war das, was er jeden Morgen dachte, wenn es klopfte, und es klopfte jeden und jeden und jeden Morgen, wenn er das Café Einfall putzte, es war, das dachte Frank Lehmann auch in diesem Moment wieder, nicht zu glauben, mit welcher Sicherheit die zwischen neun und zehn Uhr morgens menschenleere Wiener Straße immer genau einen Dödel, wie Frank jedes Mal dachte, er dachte immer genau das Wort Dödel, es war also nicht zu glauben, mit welcher Sicherheit die zwischen neun und zehn Uhr eigentlich menschenleere Wiener Straße jeden Tag wieder um genau diese Zeit genau einen Dödel hervorbrachte, der einen Grund fand, an die Tür einer offensichtlich geschlossenen Kneipe zu klopfen, um die Aufmerksamkeit eines einfachen Soldaten jener großen Armee putzender Menschen, als den sich Frank Lehmann gerne sah, während er die Klos schrubbte und den Boden feudelte, um jedenfalls dessen Aufmerksamkeit zu erregen, wie, dachte Frank, während er aufblickte, um völlig uninteressiert, aber ohne Alternative nach dem klopfenden Menschen zu schauen, ist es möglich, dass sich immer wieder und jeden Tag aufs Neue jemand etwas davon verspricht, einen Menschen, der in einer Kneipe putzt, von der Arbeit abzuhalten?

Seufzend stellte Frank den Besen, mit dem er gerade einen großen Haufen alter Bierdosen, Papierservietten, Blätter und allgemeinen Straßendrecks zusammengekehrt hatte, zur Seite und ging zur Tür, um sie zu öffnen. Manchmal unterhielt er sich mit den Leuten nur durch die Tür, aber das war dann immer ein elendes Geschrei mit Missverständnissen und Armgefuchtel, außerdem kam er sich dabei eingesperrt vor, wie der vergessene Insasse eines verlassenen Irrenhauses oder ein Passagier in der Kajüte eines sinkenden Schiffs, der in seiner Unterwasserblase einen Blick durch das Bullauge in eine Unterwasserwelt wirft, durch die er bald bleich und tot als Fischfutter treiben würde, nur um eben schnell noch einem Rettungstaucher, der auch nicht helfen konnte, letzte Lebenszeichen zu geben, und wer so denkt, dachte Frank, sollte lieber die Tür aufschließen, und das tat er nun.

»Sag mal, ist schon auf?«, sagte der Dödel, der ein bisschen älter und ein bisschen größer war als Frank.

»Nein, ich mache sauber«, sagte Frank. »Es geht erst um zehn Uhr los.«

»Da habe ich schon einen Termin«, sagte der andere, der sich nun, da Frank sich mit ihm unterhielt, schon von Dödel zu Typ hinaufgearbeitet hatte, man kann Verachtung nicht lange durchhalten, wenn man erst einmal mit den Leuten geredet hat, dachte Frank, aber er wusste nicht, was er mit dieser Erkenntnis anfangen sollte, ob das nun zum Beispiel gut oder schlecht war. Wahrscheinlich aber schlecht, dachte er, denn es entwaffnet einen.

»Beim Sozi!«, fügte der Typ hinzu und lächelte dazu kumpelhaft. »Um zehn muss ich beim Sozi sein, kann ich vorher noch schnell einen Milchkaffee haben? Ich muss dann auch gleich zum Sozi, da habe ich gleich einen Termin!«

Frank dachte nach. Die große alte Kaffeemaschine stand schon unter Dampf, insofern wäre das eine gute Gelegenheit, für Chrissies Schicht schon mal ein bisschen Umsatz zu machen, Chrissie teilte seine Sorgen, die Frühschicht betreffend, sie klagte immer wieder darüber, dass der Umsatz zu gering sei, diese Klage hatte sogar schon Eingang in die wüsten Chrissie-Träume, die er noch immer fast jede Nacht hatte, gefunden, auf eine sehr pikante Weise, über die er lieber nicht nachdenken wollte, jedenfalls war die Umsatzlage der Frühschicht prekär und Chrissie für jede Hilfe sicher dankbar.

»Okay«, sagte er, »kostet aber zwei fünfzig, gleich bezahlen und auch schnell trinken.«

»Eh«, sagte der Typ. Frank ließ ihn rein, schloss wieder ab und ging hinter den Tresen.

»Dann aber nicht so heiß machen, die Milch!«

»Easy«, sagte Frank, der sich jeden Morgen, nachdem er geputzt hatte, immer einen Milchkaffee bastelte und dabei herausgefunden hatte, dass es Wege gab, viel Schaum zu schaffen, ohne dass die Milch dabei besonders heiß wurde, eine ausgefeilte Technik, auf die er stolz war und die jetzt zum Einsatz kommen würde!

Der Typ legte zwei fünfzig auf den Tresen und Frank begann gerade mit der Milchaufschäumerei, als es schon wieder klopfte. Diesmal war es Karl Schmidt, sein Mitbewohner.

»Machst du mal auf«, sagte Frank zu seinem Kunden.

»Ich dachte, es ist noch zu«, sagte der.

»Genau, und deshalb bist du auch schon drin, oder wie?«

Der Kunde drehte den Schlüssel herum und Karl kam herein.

»Was machst du denn da, Frank? Kumpel von dir?«

»Nein, ich mache ihm nur einen Kaffee.«

»Hä?«

»Gegen Geld!«

»Aber es ist doch noch gar nicht geöffnet. Es ist doch noch gar nicht zehn Uhr!«

»Mal ehrlich«, sagte Frank, der sich ertappt fühlte, »da ging es ja bei der Bundeswehr unbürokratischer zu!«

»Du kannst doch nicht einfach Kaffee ausschenken, bevor der Laden aufhat, was meinst du, wenn Erwin das mitkriegt, das ist doch Chrissies Schicht und die hat noch nicht angefangen, was meinst du, was Erwin ...«

Es klopfte an der Tür. Es war Erwin.

»Auweia, Frankie«, sagte Karl. »Es ist Erwin!«

»Nun mach schon auf, Charlie«, sagte Frank, der langsam sauer wurde.

»Fang du bloß nicht auch noch mit dem Charliescheiß an!«, sagte Karl. »Ich hatte eigentlich gehofft, das auf Glitterschnitter eindämmen zu können.«

»Dann sag nicht Frankie«, sagte Frank. Er schüttete die Milch auf den in seiner Schale bereits wartenden Kaffee und stellte ihn auf den Tresen.

Karl ging zur Tür und machte auf.

»Hallo Erwin, was machst du denn hier?«, fragte Frank.

»Das ist nicht die Frage«, sagte Erwin Kächele und trampelte ein paarmal mit den Schuhen auf, bevor er eintrat, da ist mal einer, der weiß, was sich gehört, dachte Frank. »Die Frage ist, was die beiden da machen! Vor allem der da!«, sagte Erwin und zeigte auf den Sozi-Kunden. »Den kenne ich gar nicht!«

»Dem habe ich einen Kaffee gemacht.«

»Spinnst du, Kerle? Bin ich das Sozi?!«

»Wieso Sozi?«, sagte der Kunde. »Ist das, weil ...«

»Na bitte«, sagte Karl, »hab ich's nicht gesagt?«

»Aber er hat doch dafür bezahlt«, sagte Frank und zeigte auf die Münzen, die noch auf dem Tresen lagen, »zwei Mark fünfzig!«

»Ach so, na dann ... – okay!«, sagte Erwin. »Ich hätte gerne einen Pfefferminztee.«

*

»Hast du das, Kacki?«

Es war Plenum in der ArschArt-Galerie und Kacki war schon wieder Schriftführer und jetzt reichte es ihm langsam mal, genug ist genug, dachte er, und er sagte: »Nein!«

»Was soll das heißen, nein?«

»Nein heißt nein!«, sagte Kacki entschieden. »Genug ist genug!«

Allgemeine Unruhe kam auf.

»Geh, bitte Kacki, nicht die gschissenen Piefke-Schlager zitieren«, sagte P. Immel höhnisch, aber dem, dachte Kacki, wird das Höhnische noch ausgetrieben werden, da hat sich's jetzt mal ausgeschmäht!

Und Kacki sagte: »Eben doch! Es reicht! Egal, was der Piefke singt, der meint eh was anderes, der singt auch nicht genug ist genug, der singt genug ist nicht genug!«

»Das singt der Piefke? Genug ist nicht genug?!«

»Lenk nicht ab, Peter!«, sagte Kacki streng, »Ich fasse mal zusammen: ...!« Kacki schaute auf seinen Zettel. »Also, wie du berichtest, will uns H.R. Ledigt zwar Geld geben für einen Umbau der Intimfrisur zu einem Kaffeehaus, aber erst nach der Veranstaltung heute Abend mit dem gschissenen Glitterschnitter und auch nur unter der Bedingung, das wir die Vitrine für die Friseurartikel drin stehen lassen, aber nicht etwa für Torten, sondern für das, was er als Neue Neue Nationalgalerie ...«

»Neue Neue Neue«, sagte P. Immel.

»Egal«, ließ Kacki sich nicht aus dem Konzept bringen.

»Nicht egal«, ließ P. Immel nicht locker, er ist schon ein zacher Hund, dachte Kacki, er ist eben aus Ottakring, gerade so wie ich, wir Ottakringer sind zach, es ist ein Gigantenkampf, ging es Kacki durch den Sinn, während P. Immel erklärte: »Neue Neue Neue, weil eben die Neue im Tiergarten steht und die Neue Neue im Café Einfall war und bei uns ist es dann die Neue Neue Neue Nationalgalerie, wobei ich es besser fände, wenn er es ...«

»Papperlapapp«, unterbrach ihn Kacki und das verstärkte die allgemeine Unruhe im Saal, das war, so viel war mal sicher, eine unerhörte Begebenheit, dass einer – und dann auch noch Kacki! – zu P. Immel Papperlapapp sagte, das kam einer Revolution gleich, aber nach nichts weniger als einer solchen Revolution stand Kacki nun auch der Sinn, Revolution bitte danke, dachte Kacki, könnt ihr haben!

»Papperlapapp«, wiederholte er, »jedenfalls will er die Vitrine für seinen Kunst-Schas und nicht für die Torten ...«

»Was willst du denn deine Torten in so eine gschissene Hoarschneider-Vitrine tun«, rief Michael 2 von hinten, warte nur ab, Michael 2, dachte Kacki, du kriegst auch noch die Goschen poliert, aber Eile mit Weile, vom Hudeln kommen die Kinder, erinnerte er sich einer alten Weisheit seiner Oma, die war aus der Steiermark gebürtig gewesen, da verstanden sie etwas davon. »Für die Torten brauchst du eine Vitrine mit Kühlung!«, ergänzte Michael 2. Na ja, wenigstens mitgedacht, gab Kacki innerlich zu.

Nun schlug P. Immel mit seinem schweren Hammer ein Loch in den Tapetentisch.

»Halt die Goschen dahinten«, brüllte er, »lass ihn ausreden, den opstanatschen Kacki!«

»Opstanatsch? Was soll das denn heißen?«, rief einer von hinten. Die trauen sich was, dachte Kacki, jetzt pöbeln sie schon gegen uns beide an, gegen den Peter und gegen mich, was hat das zu bedeuten? Und warum will der Peter, dass ich ausrede?

»Ja, da staunt ihr, was? Ihr depperten Bettbrunzer. Da versteht ihr nur noch Ostbahnhof!«

Das schaffte viel Verwirrung, alle redeten durcheinander, wer gegen wen, Kacki blickte nicht mehr durch, das war gewiss gerade so vom Peter gewollt, aber Kacki ließ sich auch durch Verwirrung nicht beirren, er wusste, dass er ab jetzt seinen eigenen Weg gehen musste, Zeitenwende, Epochenbruch, sowas, dachte Kacki, und man darf sich dabei nicht durch den blöden Michael 2 in eine Aktionseinheit mit dem Peter zwingen lassen, dachte er, so attraktiv einem das auch vorkommen mag, es braucht jetzt mal etwas Besonderes, dachte Kacki, was hier fehlt, ist ein Kampf auf höherer Ebene, so wie beim letzten Mal, aber nicht wieder überrumpeln lassen – kurz: Kacki hatte sich vorbereitet und das sollte sich jetzt auszahlen!

»Ich höre, was du sprichst, aber der Sinn bleibt dunkel, Herr von Immel!«, rief er, nachdem sich alle ein bisschen beruhigt hatten.

»Aha!«, kam es von P. Immel wie aus der Pistole geschossen zurück, »der hohe Ton! Der Herr Kacki macht einen auf Shakespeare!«

»Gar nicht!«, sagte Kacki, obwohl natürlich schon, aber es war gegen die Regeln, beim Shakespeare-Kampf vom Shakespeare zu sprechen, wenn man es aussprach, machte man sich nur lächerlich, wusste Kacki, und der Peter wusste es auch, eigentlich Punktabzug, dachte Kacki, nach den Regeln wäre der Peter jetzt schon um einen Punkt hinten!

»Wohl!«, beharrte der Peter.

»Gar nicht! Wieso denn jetzt der?«, versuchte Kacki die Sache zu vertuschen, hatte der Peter die Regeln vergessen? Oder war das eine Finte?

»Weil«, sagte P. Immel und sein Gesicht hatte sich dafür aufgehellt, »wenn du, mein treuer alter Freund, in jener Lebenssonne letztem feurig' Glühn, in jenem traurigschönen Augenblick, in dem sie heller strahlt als je zuvor, bereits jedoch dem Horizont ganz zart den Nacken küsst und, wohl ihm hingeneigt, die Tränen baldigen Verschwindens zögernd nur zurückzukämpfen mag …«

O je, dachte Kacki, gleich hat er mich, und ich bin selber schuld, weil ich angefangen habe! Denn das shakespearegleiche Reden, in dem sie sich früher in Ottakring nach der Schule immer im Wirtshaus Zum goldenen Joseph so gern geübt hatten, mit dem sie sich gegenseitig stundenlang hatten amüsieren können, das war jetzt sein Untergang, schon damals war der Peter meistens der Sieger gewesen, und wenn der Peter jetzt darauf einstieg, zumal nach der Finte mit der Shakespeare-Nennung, wenngleich die ihn um jetzt schon zwei Punkte nach hinten gebracht hatte, was nicht so bleiben würde, dann würde Kacki seine Revolution nicht lange durchhalten können, weil der Shakespeare-Kampf zu sehr an eine tiefe gemeinsame Leidenschaft aus den goldenen Ottakringer Tagen erinnerte, an Freundschaft, Liebe, Kunst, oje …! – Kacki riss sich zusammen, er hatte nicht die Absicht, sich jetzt so einfach unterkriegen zu lassen, die Sache stand schlecht für ihn, er war leichtsinnig ins Gefecht gegangen, er sah schon, wie die anderen Deppen im Saal Feuer fingen, eine schöne kleine Performance, darauf hofften sie jetzt, die Powidlhirnis, sofort Schluss mit der Poesie, es ist eine Falle, dachte Kacki in höchster Not, Rückzug!

»Ist das schon wieder so ein Aktionistenschas, mit dem du dich hier herausreden und vom eigentlichen Problem ablenken willst, Peter?!«, rief er extra streng und extra unmusikalisch in den Raum und sein Blick fiel dabei auf Kluge, der alles eifrig mit seiner gschissenen Videokamera mitfilmte, das war sicher ein zwischen den beiden abgesprochenes, abgekartetes Spiel, die Shakespeare-Riposte vom Peter wahrscheinlich vorher schon eingeübt, in Erwartung einer Kacki-Parade vielleicht gar auswendig gelernt gegen alle Ottakringer Regeln, mit der Kamera wollten sie ihn locken, da jetzt weiterzumachen, ihm den Rückzug ins Prosaische versperren, aber da hatten sie sich geschnitten, Kacki sah sich nicht gerne im Fernsehen, auch nicht im Videofernsehen von dem Kluge da, seine Haare waren zu dünn, er fand sich nicht fotogen, diesmal nicht, Freunde, diesmal werdet ihr mich nicht einwickeln, dachte er und sagte, um Sperrigkeit im Satzbau ringend: »So ein Aktionistenschas, wo der das da mitfilmt? Willst du so deine Taten unter den Tisch kehren?«

»Geh, Kacki, ich war grad so schön drin, was unterbrichst du mich?!«

»Am Arsch, das war doch einstudiert, gegen alle Regeln, der Schas!«

»Sag nicht Schas!«

»Und ob ich Schas sage und überhaupt«, holte Kacki tief Luft, er spürte den Sog, er kannte die Gefahr und konnte doch nicht widerstehen, so muss es mit der Drogensucht sein, dachte er, »und überhaupt«, wiederholte er, noch einmal tief einatmend, »wenn überhaupt, dann war das jetzt mein Monolog, ich war ja gerade mittendrin, nein«, sagte Kacki, nun aufs Äußerste verwirrt, das war ein Abwärtsstrudel jetzt, ihn schwindelte, »nein, gerade erst angefangen hatte ich, einen Monolog unterbricht man nicht, das ist gegen die Ottakringer Regeln, wenn du hier schon einen auf Shakespeare machen willst«, brachen bei ihm alle Dämme.

Allgemeine Unruhe. Die ArschArt-Arschlöcher wussten natürlich nicht, wovon die Rede war, weil sie nicht aus Ottakring kamen, jetzt sollten sie einmal lernen, warum sie immer und überall in der ArschArt-Galerie nur zweite Wahl waren, warum er, Kacki, da vorne in der ersten Reihe und ihnen gegenübersaß, nur er und der Peter, und nun …

»Na, nun leg mal los«, sagte der Peter.

»Ja«, sagte Kacki etwas aus dem Tritt gekommen, »wo war ich denn stehengeblieben?«

»Das musst du selber wissen, Kacki. Sonst hast du gleich verloren!«

»Ich weiß es auch, treuloser Freund! Es sei ein Wort nur, heißt es, doch wie schwer wiegt dieses eine Wort dem Freunde wie dem Feind: Verrat!«, begann Kacki und spürte eine Kraft in seine Glieder strömen, die er lange vermisst hatte, du willst den Kampf, du sollst ihn haben, dachte er.

*

»Chrissie, ich hasse es, das zu sagen ...«, begann H.R.

»Dann sag's nicht!« Gleich im Keim ersticken, dachte Chrissie. Schließlich war sie nicht aus Spaß in der Küche, sie konnte nicht einfach gehen und sich H.R.s Geschwätz entziehen, es war schwer genug, mit lauter Typen zusammenzuwohnen, mit einem wie H.R. zum Beispiel, der einem in Unterhose am Küchentisch sitzend beim Kuchenbacken zuguckte, sowas brauchte kein Mensch, und Sätze, die mit »Ich hasse es, das zu sagen« begannen, noch weniger, aber es half ja nichts, was immer es war, er würde es trotzdem sagen.

»Also!«, sagte H.R. »Das mit dem Kuchen, dass hier dauernd Kuchen gebacken wird, das schlägt mir langsam aufs Gemüt. Da kriege ich dann immer Hunger. Das wollte ich nur sagen.«

»Pech für dich.«

»Ich hätte den Ofen nicht reparieren sollen.«

»Genau.«

»Kann man das nicht irgendwo anders machen?«

»Nein.«

»Echt nicht?«

»Nein. So wenig, wie du offensichtlich woanders in Unterhosen herumsitzen kannst.«

»Ist das ein Problem?«

»Das sieht scheiße aus und nervt!«

»Hallo Leute«, sagte Lisa. Sie war vollständig angezogen, mit Jacke und allem, und sie hatte ihren Saxophonkoffer dabei. »Ich nehme mir mal einen Kaffee, okay?« Sie setzte sich zu H.R. an den Tisch und goss sich Kaffee in eine gebrauchte Tasse.

Das stopfte H.R. für einen Moment das Maul. Gell, da schaust!, dachte Chrissie.

»Wo kommst du denn her?«, sagte er schließlich.

»Aus meinem Zimmer!«, sagte Chrissie zufrieden. »Lisa wohnt jetzt erstmal eine Zeit lang bei mir.«

»Warum das denn?«

»Weil sie da, wo sie gewohnt hat, nicht mehr wohnen kann. Deshalb ist sie gestern Abend bei mir eingezogen. Das haben wir doch besprochen!«

»Echt? Das haben wir besprochen?«

»Ja, gestern Abend im Einfall!«, sagte Chrissie auf gut Glück.

»Ich war gestern Abend nicht im Einfall«, sagte H.R.

»Echt nicht?«

»Nein.«

»Na gut, aber die anderen.«

»Und die waren damit einverstanden?«

»Ja sicher.«

»Karl auch?«

»Ja klar, warum denn nicht?«

»Weil der gestern Abend auch nicht im Einfall war. Der hatte doch Probe.«

»Na und?«

»Ich hatte eigentlich auch Probe, aber ich konnte gestern Abend nicht«, sagte Lisa. »Ich musste mein Zeug hier rüberbringen.«

»Aber warum?«, sagte H.R.

Chrissie wurde sauer. »Was redest du? Sie wohnt in meinem Zimmer, was geht's dich an?!«

»Na ja, ich frage doch nur aus Interesse«, sagte H.R. »Immerhin spielt sie jetzt bei Glitterschnitter, da treten wir heute Abend zusammen auf, da wird man doch wohl nochmal fragen dürfen.«

»Du?«, lachte Chrissie höhnisch. »Auftreten? Mit den

Idis von Glitterschnitter? Was spielst du denn, Kreissäge? Lötkolben?«

»Idis?«, sagte Lisa. »Also Idis würde ich jetzt mal nicht sagen!«

»Lötkolben, der war gut«, sagte H.R. gutmütig. »Kreissäge ging so.«

»Was machst du denn da?«

»Na ja«, sagte H.R., an dem Chrissie immer schon komisch fand, dass er, anders als die ganzen anderen Kunstfreaks, nie von seinen Plänen und Absichten redete, »ich mache das Bühnenbild.«

»Bühnenbild? Wozu brauchen die Guschtl von Glitterschnitter denn ein Bühnenbild?«

»Die nicht, aber ich.«

»Verstehe ich nicht.«

»Ich auch nicht«, sagte Lisa. »Ich wusste das gar nicht. Und wieso Guschtl?«

»Lisa konnte da nicht wohnen bleiben«, wechselte Chrissie aus Desinteresse das Thema. »In dem besetzten Haus, da waren so Typen, die haben sie immer angemacht, so voll übel!«

»Na ja«, sagte Lisa, »eigentlich war es nur einer, aber der war richtig schlimm, vor dem habe ich Angst, das war ziemlich unheimlich da, die machen da alle, was sie wollen.«

»Ja nun«, sagte H.R., »das ist bei den Hausbesetzern ja auch irgendwie der Werbespruch, oder? Selbstbestimmtes Leben und so weiter.«

»Ja, aber der Typ hat total genervt, der hat mich überhaupt nicht mehr in Ruhe gelassen, da habe ich Angst gekriegt. Da waren sowieso fast nur Typen, das war ziemlich übel irgendwie.«

»Kenn ich!«, sagte Chrissie.

»Der war gefährlich«, sagte Lisa.

»Ich weiß«, sagte Chrissie. »Ich kenne das. Hier sind auch nur Typen!«

»Chrissie, du kannst ja alles Mögliche behaupten, aber wohl nicht, dass wir irgendwie gefährlich wären«, sagte H. R.

»Na ja«, sagte Chrissie und zeigte auf H. R.s Unterhose. »Da schaut jedenfalls ein Ei raus!«

H. R. guckte nach unten. »Stimmt ja gar nicht.«

»Reingefallen!«

»Ich geh dann mal zur Probe«, sagte Lisa und goss sich noch einen Kaffee ein.

*

»Ach so, na dann, okay, ich hätte gerne einen Pfefferminztee?«, sagte Karl entrüstet. »Ist das alles, was du dazu zu sagen hast, Erwin?«

»Wozu jetzt?«, fragte Erwin, während Frank heißes Wasser in ein Teeglas mit Pfefferminzbeutel fließen ließ.

»Dazu, dass er«, Karl zeigte auf Frank, was der gar nicht leiden konnte, »hier vor der offiziellen Öffnungszeit schon Kaffee verkauft.«

»Ja, soll er ihn verschenken?«

»Nein, aber das ist doch nicht okay, dass er den da reinlässt«, hier zeigte Karl auf den Gast, der am anderen Ende des Tresens seinen Kaffee schlürfte, »bevor Chrissie mit ihrer Schicht angefangen hat, und ihm einfach einen Milchkaffee macht!«

»Na ja, ich finde das eigentlich nicht so schlimm, solange das Geld dafür auch wirklich in die Kasse gelegt wird!«

»Kein Problem«, sagte Frank und tat das Geld vom Tresen in die Kasse.

»Ich hätte auch gerne einen Kaffee«, sagte Karl, »aber einen ganz normalen, ohne Milch.«

»So, so«, sagte Frank und stellte Erwin den Pfefferminztee hin.

»Also, wenn ich mal was sagen darf«, meldete sich der Milchkaffeekunde vom anderen Ende des Tresens, »also im Grunde bin ich schon dankbar ...«

»Hör mal, Stefan«, sagte Karl, »du hältst jetzt mal kurz die Klappe, das ist hier ein Grundsatzgespräch!«

»Wieso Stefan?«, sagte der Kunde. »Ich heiße überhaupt nicht ...«

»Du hast hier keine Grundsatzgespräche zu führen, Karl Schmidt«, sagte Erwin, »Grundsatzgespräche führt hier nur einer und das bin ich! Obwohl«, wandte er sich an Frank, »er natürlich recht hat. Du bist zum Putzen hier. Und die Öffnungszeiten stehen ja auch nicht zum Spaß dran. Das ist Chrissies Job.«

»Okay, ich mach's nicht wieder. Ich dachte nur, ein bisschen Umsatz könnte nicht schaden«, sagte Frank und ärgerte sich über sich selbst, weil die beiden recht hatten und auch, weil er sich vor den beiden rechtfertigte, ein Okay hätte gereicht, dachte er, man müsste wortkarger sein!

»Falsch«, meldete sich Karl Schmidt. »Wenn du hier Kaffee ausschenkst, dann musst du auch dafür bezahlt werden, sonst machst du Umsatz für lau, das geht doch nicht.«

»Auf keinen Fall zahl ich den, ich zahl den doch nicht doppelt. Ich zahl nur fürs Putzen«, sagte Erwin.

»Na siehst du«, sagte Karl, »so sieht's nämlich aus,

Frank, Erwin zahlt nicht doppelt. Wenn du also hier diesen Milchkaffeeschlabber machst, während du eigentlich putzen solltest, fällst du den Kollegen in den Rücken, weil du umsonst zusätzliche Arbeit machst. Und auch noch Umsatz! Das Geld macht es nicht besser, es macht es schlimmer! Gar nicht gut!«

»Bist du denn mit den Klos überhaupt schon fertig?«, fragte Erwin.

»Ja klar, gefegt ist auch«, sagte Frank und ärgerte sich, »ich muss eigentlich nur noch durchwischen«, fügte er hinzu und ärgerte sich noch mehr, ein unbändiger Zorn kam in ihm hoch, er erkannte sich selbst kaum wieder in diesem Zorn, er hätte den beiden jetzt gerne eine reingehauen, entschied sich dann aber dagegen, Gewaltlosigkeit ist eine Gewohnheit, ermahnte er sich, die man nicht leichtfertig aufgeben sollte!

»Erst Klos saubermachen und dann mit denselben Händen Milchkaffee aufschäumen«, sagte Karl Schmidt, der jetzt für Frank wieder genauso hieß, Karl Schmidt, Nachnamen schaffen Distanz, dachte Frank, einer, der so redet, ist kein Freund, eigentlich sollte man ihn siezen, dachte Frank voller Hass, man sollte ihn siezen wie einen Kontaktbereichsbeamten oder einen beschissenen Unteroffizier in der beschissenen Bundeswehr, denn so kam ihm das hier vor, wie die gehässigen Zurechtweisungen, die man beim Stuben- und Revierreinigen gekriegt hatte, wie das Sind-Sie-wahnsinnig der Feldwebel beim Antreten, wie das Das-üben-wir-sonst-am-Wochenende der Zugführer und Kompaniechefs, das war alles erst ein paar Wochen her und zugleich von einem anderen Stern, den Frank sich vorgenommen hatte, nie, nie, nie wieder zu besuchen.

»Das ist doch bedenklich, auch hygienisch gesehen und so weiter«, sagte Karl Schmidt.

»Echt? Moment mal«, sagte der Kaffeetrinker und schaute nachdenklich in seine Milchkaffeeschale, »mit denselben Händen?«

Frank kämpfte den Impuls nieder, die Gummihandschuhe und sein gründliches Händewaschen nach dem Kloreinigen ins Feld zu führen, denn jetzt war mal Schluss mit Erklärungen und Rechtfertigungen, Schluss mit der Defensive, Zeit für einen Gegenangriff, dachte er, nun in militärischen Kategorien denkend, wie ihm auffiel, aber egal, dachte er, und er sagte: »Alles klar. Tut mir leid, tut mir sehr leid, ehrlich, aber ich mach's wieder gut!«

Er ging zu dem illegalen Kaffeetrinker, nahm ihm die Milchkaffeeschale aus der Hand und schüttete den Inhalt in den Ausguss. Dann nahm er das Geld aus der Kasse und legte es vor ihm auf den Tresen.

»Tut mir leid, aber du musst jetzt gehen«, sagte er. »Hier ist dein Geld zurück.«

»Echt?«

»Ja, Alter, du musst raus, hast du doch gehört«, sagte Karl Schmidt.

»Du auch!«, sagte Frank. »Raus!«

»Hä?«

»Raus! Ich muss putzen!«

»Aber ich wollte doch nur einen ganz normalen Kaffee, ich kann den doch auch selber machen.«

»Nein.« Frank schaltete die Kaffeemaschine ab. »Du hast ganz recht. Das muss alles sauber getrennt werden. Ihr müsst jetzt alle raus, ich muss noch den Boden wischen.«

»Moment mal …«, sagte Karl. »Wir wollten uns gleich

mit Glitterschnitter hier treffen, da haben wir gleich Probe und ...«

»Mir egal. Raus!«

»Ich aber nicht!«, sagte Erwin. »Das ist mein Laden.«

»Okay, dann bist du die Ausnahme«, sagte Frank.

»Das merk ich mir«, sagte Karl Schmidt und zeigte schon wieder mit dem Zeigefinger auf Frank.

»Hoffentlich«, sagte Frank.

»Ist doch scheiße!«

»Soll ich jetzt echt gehen?«, fragte der Kaffeetrinker.

Frank ging zur Tür und schloss sie auf. Ihm war einsam zumute, und auch irgendwie zum Heulen, aber es ging nicht anders.

»Beide raus!«, sagte er.

»Das merk ich mir, Lehmann!«

»Das solltest du, Schmidt!«

Die beiden gingen. Frank schloss die Tür hinter ihnen zu.

»Ich dachte, ihr seid Freunde, du und Karl«, sagte Erwin verwundert.

»Ja, ich auch«, sagte Frank. »Was willst du denn eigentlich hier, Erwin?«

»Moment mal, das ist meine Kneipe.«

»Ich weiß, aber du bist doch nicht gekommen, um mir das zu sagen.« Frank nahm Wischeimer und Feudel, wischte eine Stelle am Tresen und stellte auf diese Stelle einen Hocker. »Setz dich, da ist schon gewischt, dann kann ich weiterarbeiten.«

»Ich dachte, ihr seid Freunde!«, sagte Erwin und kletterte mit seinem Pfefferminztee in der Hand auf den Hocker.

»Ja, ich auch«, sagte Frank und begann, den ganzen

Dreck, den er zusammengefegt hatte, mit Handfeger und Schaufel in den Mülleimer zu kehren. Eben war er noch da, jetzt ist er weg, dachte er.

»Na ja, egal!«, sagte Erwin. »Kannst du heute Abend hier arbeiten?«

*

Verrat, dachte Kacki, ein tolles Wort. Und es hatte den gewünschten Effekt: Das ArschArt-Plenum war in Aufruhr, es wurde gestöhnt, gehustet und geseufzt und fünfzehn Ärsche rückten ihre Position auf fünfzehn Stühlen zurecht. Kacki holte tief Luft: »Verrat, s'ist ein so kleines Wort mit doch so ungeheurer Wirkung«, zog er aus in die Shakespeare-Schlacht, heute gilt's, dachte er und die Erinnerung an die vielen Male, in denen er und der Peter damals beim Josephwirt den Stegreif-Shakespeare rausgeholt hatten, wärmte ihm das Herz und gab ihm Kraft.

»Hört, hört«, rief P. Immel, »wenn das mal, Freund, nicht meine Worte wären!«

Das kannte Kacki schon, das war ein typischer P. Immel, mit einem Hört-hört einleitend die Worte umzudrehen oder, besser, die Worte stehlend Zeit zu schinden und den Gegner aus dem Konzept zu bringen, aber nicht hier, nicht heute, nicht mit mir, dachte Kacki entschlossen.

»Ich fasse mal zusammen: …«, begann er, aber P. Immel unterbrach ihn schon wieder: »Ja, wie oft denn noch?!«, rief er gespielt verwundert aus und ließ dazu die Hände fliegen.

»Ich hab noch gar nicht angefangen!«
»Geht's, alter Freund, nicht auch poetischer?«

»Das wird sich zeigen mit dem Freund, das wird sich zeigen, Herr von Immel!«

Es wurde still im Saal.

»Denn so will ich dich nennen jetzt und allezeit«, nahm Kacki Fahrt auf, wenn's einmal läuft, dann läuft's, dachte er und versank in seinen nun aus ihm heraussprudelnden Worten wie in einem warmen Bad, »wenn's wahr ist, Herr von Immel, was aus deinem Mund ich hab vernehmen müssen: Dreitausend Mark für ein Kaffeehaus, heißt es, habest du errungen vom H.R., der, scheint's, als Spießgesell und Freund von dir zu Ehr' gekommen, im Artschlag uns benutzt, beschmutzt und ausgespien hat zu gewinnen die Gunst des Pöbels und des schmierigen Gewerbes mit gepfuschter Kunst und der sich, schreitend über unsere verhafteten, geschundnen, bleichen Körper, gleich einem Pfau auf einer Hühnerleiter albern eitle Federn spreizend höh'ren Weihen schleimend sich entgegenreckt, und wenn ...«

»Dreitausend Mark«, setzte P. Immel zu einer scharfen Unterbrechung an, das war zu erwarten gewesen, das störte Kacki nicht weiter, er hatte eh ein bisschen den Faden verloren, soll er doch erst einmal etwas von seinem Pulver verschießen, dachte Kacki siegesgewiss, lass ich ihn halt reden, den dummen König Lear, der wird noch lernen müssen, welche seiner Töchter ihm sein müdes Haupt am Ende stützen wird, machte er in Gedanken mit dem Shakespeare-Kampf weiter, während Herr von Immel das öffentliche Redenschwingen übernahm: »Dreitausend Mark, mein kackbewehrter Freund, dreitausend Mark sind viel und wenn du die Kaffeehausträume, von denen du geplagt wirst und mit denen du uns plagst, weil keiner sich dem unaufhörlichen Gewäsch, mit dem wohl eines Kackis Träume in die Wirklichkeit gezwungen werden müssen ...«

»Was ist denn hier los, ihr Paradeisafratzn?«

Das war allerdings unerhört, dass jemand so dazwischenfunkte, das erwischte P. Immel auf dem falschen Fuß, er stockte und schloss nach einem kurzen, verdutzten Blick auf das gerade eingetretene Mariandl den Mund. Es kam wieder allgemeine Unruhe auf, Kacki wollte schon in die Bresche springen und weitermachen, nicht mal ignorieren, dachte er, das hatte er neulich von einem alten Einheimischen gesagt bekommen, als im kältesten Wetter ein nackter Mann, nur mit Pudelmütze und Wollsocken bekleidet, an ihnen auf der Naunynstraße vorübergegangen war, das hatte er sich gemerkt, nicht mal ignorieren, das hatte Kacki gefallen, aber das war beim Mariandl leichter gesagt als getan, alle Blicke ruhten auf ihr, sie war der neue Star der ArschArt-Galerie, wie es schien, vor allem beim Herrn von Immel, der ihr alleweil, das war Kacki nicht verborgen geblieben, äußerst gamsig hinterherstarrte, so auch jetzt, die Zunge hing ihm nachgerade aus dem Maul und sie hing tief, Sexualität eben doch der stärkste aller Triebe, dachte Kacki, da hat der Professor Freud schon recht gehabt, und gerade wollte er den vom Herrn von Immel fallen gelassenen Faden wiederaufnehmen und den Shakespeare-Zug zurück aufs Gleis setzen, da grätschte ihm auch noch Jürgen 1 dazwischen, der rief, die Frage des Mariandls beantwortend: »Plenum! Mit Shakespeare!«

»Ja was nun?«, rief das Mariandl unwirsch, »Plenum oder Shakespeare?«

»Beides!«

»Unsinn!«, rief das Mariandl.

»Finde ich zwar nicht«, rief Jürgen 3 und stand zu diesem Zwecke sogar auf, schau an, dachte Kacki, jetzt kommen die falschen Freunde aus der Deckung, jetzt wo sie sich hinter dem Mariandl verschanzen können, und selbst dem fallen sie dabei noch in den Rücken, »finde ich zwar nicht«, wiederholte Jürgen 3, wie um Kackis Gedanken zu unterstreichen, »aber ich kann nicht mehr folgen, seit hier in Versen gesprochen wird, und auf jeden Fall aber geht es doch wohl hier um meine Kneipe, da sollte man schon Rücksicht darauf nehmen, dass ich verstehe, was hier gesagt wird, deshalb, ich bitt euch: wenn man ab jetzt wieder normal reden würde, bitte danke!« Jürgen 3 setzte sich.

»Ich fand's leiwand mit dem Shakespeare-Schmäh«, rief Michael 1. »Ich hätt gern mehr davon!«

Und jetzt ging es munter durcheinander, jeder hatte wohl eine Meinung zu Shakespeare, aber Ahnung und Talent, das hatte keiner von ihnen, da war sich Kacki ganz sicher, Ahnung und Talent hatten hier nur der Peter und er, denn sie beide hatten damals die 1. Ottakringer Shakespeare-Kampfsportgesellschaft gegründet, da waren sie gerade mal fünfzehn Jahre alt gewesen, da konnte man mal sehen, was der Peter für ein Genie gewesen war, denn das war seine Idee gewesen, aber hier waren das ja wohl Perlen vor die Säue, also gab Kacki die Shakespeare-Schlacht erst einmal dran und setzte sich wieder hin, dieweil der Peter weiters nur das Mariandl anstarrte, das ist keine Niederlage, fand Kacki, einigen wir uns auf Unentschieden, dachte er, der Gegner hat das Schlachtfeld verlassen, es ist Nacht und die Preußen sind da, aber da kommt noch was hinterher, versicherte er sich selbst, das wird nicht das letzte Shakespeare-Kampfsportwort gewesen sein!

Nun setzte sich auch der Peter. Gemeinsam schwiegen

sie das Plenum an und das Plenum schwieg zurück, auch das Mariandl, das sich kurz ratlos umsah und dann ebenfalls setzte.

»Mir soll's recht sein«, sagte Kacki schließlich, denn irgendwie musste es ja weitergehen, »dann sagen wir's prosaisch: Du hast uns verraten, P. Immel. Dreitausend Mark! So billig sind wir geworden! Und dafür spielen Dr. Votz heute Abend als Vorgruppe von den Glitterschnitterarschlöchern!«

»Vorgruppe? Wer sagt denn was von Vorgruppe?«, empörte sich P. Immel.

Der hat Nerven, dachte Kacki.

*

»Vorgruppe? Wer sagt denn was von Vorgruppe?« P. Immel wusste natürlich, dass diese Frage nur Zeitschinderei war, man konnte von Kacki denken, was man wollte, blöd war er nicht, er wird sich vorbereitet haben, dachte P. Immel, überhaupt, was war heute bloß mit Kacki los, irgendetwas war mit Kacki geschehen, er hatte etwas Leuchtendes, sein brauner, heute mehr als sonst ins Grünmetallische changierender Kacki-Anzug hüllte ihn ein wie eine Rüstung, Prinz Kacki, der edle Ritter, dachte P. Immel in Erinnerung an das Lied vom Prinz Eugen, das sie beide in der Schule hatten singen müssen oder dürfen, sie hatten ja immer nebeneinandergesessen im Musikunterricht, waren immer unzertrennlich gewesen, Kacki und Peter, und wie glockenhell war damals Kackis Stimme gewesen, nun aber war sie dunkel und drohend und P. Immel musste zugeben, er war beeindruckt. Und außerdem besorgt. Er spürte, dass sich sein Verhältnis zu Kacki veränderte. Wenn er ihn weiter so schlecht wie bisher behandelte, würde er ihn verlieren und er wusste plötzlich, dass es genau das war, was er am allerwenigsten wollte, eigentlich war Kacki ihm der wichtigste Mensch, wenn er von seiner Oma einmal absah, er, P. Immel, war genau wie Kacki ja größtenteils bei der Oma aufgewachsen, Kacki sowieso und de jure, er, Peter, aber de facto, immer und immer wieder zur Oma, die war schon lieb gewesen, aber das allein konnte es nicht sein, was ihn mit Kacki verband, es war viel mehr, die ganze große Gschicht, Ottakring, der Josephwirt, die Anfänge mit der 1. Ottakringer Shakespeare-Kampfsportgesellschaft, auch das eine Idee von Kacki, glaubte sich P. Immel zu erinnern, ich habe ihn immer unterschätzt, dachte er, vor allem aber, dachte er, bin ich ihm nicht immer ein guter Freund gewesen, gerade in den letzten Monaten nicht, es sind der Hausbesitz und die damit verbundene Macht, die einen korrumpieren und die besten Freunde sekkieren lassen, es ist die Prominenz und die Bühne, die Beobachtung durch die anderen, die einen von den liebsten Freunden entfremdet, kaum passt man einmal kurz nicht auf, wird man hinweggetragen, dachte P. Immel, und dann macht man Witze auf Kackis Kosten und ja, dachte er, es ist Verrat, aber das alles, dachte er auch, ist noch lange kein Grund, Kacki jeden Scheiß zu erlauben, drehte sich in P. Immels Gedanken nun der Stimmungswind, was erlaubt der sich eigentlich, der kackbraune Ritter, Liebe ist nicht, wenn man dem geliebten Menschen alles durchgehen lässt, ermahnte er sich, im Gegenteil, die Liebe braucht auch die strenge Hand, dessen war er sich sicher, zumal er die kajalumränderten Augen des Mariandl auf sich ruhen sah, dem er seit Tagen versuchte näherzukommen, aber das Mariandl war ja immer so, so ... – vielleicht war es das, was der dumme kleine Lehmann mit opstanatsch gemeint hatte?

»Vorgruppe, so ein Unsinn!«, bekräftigte er seine Rede.

»Jawohl, Vorgruppe«, rief Kacki, »als Vorgruppe von diesen scheiß Glitterschnitterleuten werden wir geführt, dabei sind wir viel populärer als die! Wir sollen denen mit Dr. Votz ja bloß die Leute herbeiziehen und überhaupt, Dr. Votz gibt es schon viel länger und es ist eine bekannte Gruppe und die fangen doch erst an ...«

Er hat nichts in der Hand, dachte P. Immel zufrieden und zugleich aber auch mit einem leichten Anflug von Mitleid, man darf ihn jetzt nicht zu sehr demütigen, nicht vor all den Leuten, dachte P. Immel, am Ende war ja doch das Ottakringer Blut dicker als das ArschArt-Wasser, aber natürlich hatte er auch nicht die Absicht, sich vor den ganzen Powidlhirnis von Kacki zum Deppen machen zu lassen.

»Wieso Vorgruppe?«, rief er scheinempört. »Wer sagt denn was von Vorgruppe, Kacki? Wer hat's gesagt? Nun? Sag schon? Wo hast du's her? Raus damit, wo steht's?«, ließ er seiner Angriffslust freien Lauf, und noch während er sprach, sah er, dass er, wie schon geahnt, in eine Falle gelaufen war, denn noch während die Worte »Raus damit, wo steht's« über seine Lippen turnten, sah er Kacki ein Plakat entfalten und auweia, jetzt kommt's dicke, dachte P. Immel.

»Tu doch nicht so blöd, Herr von Immel«, sagte Kacki mit Betonung auf dem von, »tu doch nicht so, als könntest du nicht lesen, das hängt doch überall, überall haben sie das hingehängt, sogar neben den Eingang von der Intimfrisur haben sie das hingehängt, wie um uns zu verspotten, wir spielen in unserem eigenen Laden als Vorgruppe von dem gschissenen Glitterschnitter und das alles für dreitausend Mark only, Herrgott, Herr von Immel, wenn das der Judaslohn ist, dann ist ein Silberling gerade mal siebenhundert Schillinge wert!«

Natürlich kannte P. Immel das Plakat, das kannte doch jeder, das war ja wirklich überall, wie hatte er so blöd sein und in Kackis Falle tappen können, Kacki, Kacki, Kacki, ja, es ist Verrat, dachte P. Immel, aber wer verrät hier wen? Wo sind wir? Julius Cäsar? Richard II? Oder doch King Lear? Hoffentlich nicht King Lear, dachte er, obwohl, Richard II wäre auch arg!

»Ja und?«, sagte er, aus der Not geboren dreist und scheinbar amüsiert. »Das ist nur Papier, Kacki!«

»Glitterschnitter«, las Kacki vom Plakat ab, »mit Lisa Kremmen und H.R. Ledigt«, las er weiter. »Und dann kommt Intimfrisur und dann Wiener Straße 21, dann kommt 8.12.1980 und dann kommt 23 Uhr und dann, ganz unten, ganz klein, winzig, mikroskopisch ...« – P. Immel wusste, dass Kacki nicht so blöd war, wie er ihn immer hingestellt hatte, aber jetzt wurde er ihm langsam unheimlich, und das alles nur, weil er ein gschissener Kaffeehaus-Ober werden will, ging es ihm durch den Kopf, »schon mit bloßem Auge nicht mehr zu erkennen, da steht es«, rief Kacki aus und stand auf, das Plakat zum Plenum hin hochhaltend und mit dem Finger ganz unten darauf zeigend, »da steht es: Vorgruppe Dr. Votz! In Klammern!!!«

Allgemeine Unruhe. Es ist Julius Cäsar, dachte P. Immel, er wird mich stürzen, sie werden mich töten, aber wir wissen ja, wie es für Brutus ausgegangen ist, dein Philippi kommt schon noch, Kacki, dachte er, aber wer würde ihm, dem Peter-Julius, den Marcus Antonius machen, der verblödete Jürgen 3 etwa oder der noch deppertere Enno? War das Mariandl seine Kleopatra? Die bei Shakespeare aber doch erst ins Spiel kam, als der Cäsar schon tot war? Sollte etwa der Enno das Mariandl kriegen? Am Arsch, das war doch seine Schwester. Da stimmt doch alles hinten und vorne nicht, dachte P. Immel verwirrt und fieberhaft nach einem Ausweg suchend, während Kacki weiter seine prosaische Attacke ritt. »Sind wir so billig? Ich frage euch: Sind wir so billig?«

Allgemeine Unruhe.

»In Klammern! Sind wir so billig?«

»Okay, okay, okay«, rief P. Immel und stand nun auch wieder auf, wenn der eine steht, kann der andere nicht sitzen, dachte er, und am Ende bin ich einen Dreiviertelkopf größer als der Kackizwerg, dafür kann er zwar nichts, aber das geschieht ihm recht, dachte er befriedigt, »okay, okay, okay«, wiederholte er, um sich die Menge geschmeidig und aufmerksam zu machen, man muss sie kneten wie den Lehm in dem Töpferkurs damals, dachte er, wo sie den Kacki und mich immer verspottet haben, da waren wir noch auf derselben Seite, dachte er grimmig, »also erstens: Ja! Ja! Ja! Ja! Wir sind so billig! Wir haben kein Geld! Und die dreitausend sind nicht geliehen, die gibt uns H.R. Ledigt einfach so. Quasi als Miete für die Intimfrisur für eben genau diesen Abend, von dem Kacki da spricht und der zufällig heute Abend ist, und Kacki ist ein ehrenwerter Mann!« So, dachte P. Immel, schon mal auf dem falschen Fuß erwischt, den Prinz Kacki, denn er sah, wie sich in Kackis auf ihm ruhenden Augen der Zweifel einschlich, zugleich ein Shakespeare-Erkennen natürlich auch, und das konnte Kacki, wenn er wollte, auch als geheimes Signal für einen möglichen Friedensschluss ansehen, als Angebot zur Erneuerung einer alten Ottakringer Freundschaft, wenn man so wollte, mal sehen, ob er anbeißt, dachte P. Immel zuversichtlich und sah zugleich, wie sich das Mariandl kerzengerade hingesetzt hatte und ihn über die anderen, eher sich in den Stühlen fläzenden und ihre Ärsche darauf wundreibenden ArschArtler hinweg durchaus bewundernd ansah, jetzt gilt's, dachte P. Immel, jetzt kommt's, Kacki, zum rhetorischen Coup de Grâce!

»Zweitens«, rief er aus, »dass da Vorgruppe steht, war natürlich nicht abgesprochen. Sollen wir uns deshalb zerfleischen, willst du uns deshalb gerade jetzt auseinanderbringen, Kacki, jetzt wo die Glitterschnitter-Preußen uns auf diese Weise angreifen und demütigen? Ja, wir sind käuflich, aber doch nicht als Vorgruppe! Und wir sind auch nicht die Vorgruppe, das steht eh fest, egal, was die auf ihren Plakaten schreiben. Kacki kommt hier an und zeigt uns deren Propaganda, will sie uns als Argument für was auch immer – gegen mich vielleicht? – ins Felde führen, dabei gilt doch das, was diese da sagen …« – er zeigte auf das Plakat und machte eine kurze rhetorische Pause – »… natürlich nicht, es gilt nicht und gilt nicht und gilt nicht, denn es weiß doch ein jeder, dass wir der Haupt-Act sind, sowieso und überall, nur dass wir eben heute Abend rein technisch gesehen vor diesen Glitterschnitterleuten spielen und nicht hinterher, also zeitlich, aber das muss doch nicht schlecht sein, daran ist nichts Unehrenhaftes, das geht doch erst so spät los, 23 Uhr, du hast es selber vorgelesen, Kacki, 23 Uhr, da ist es doch besser, die Leute sind noch frisch, wenn wir spielen. Und wir auch. Ab 24 Uhr sind doch eh alle sturzbesoffen in dem Puff da herinnen.«

»Moment mal, du sprichst immerhin von der Intimfrisur!«, verfehlte der völlig enthirnte Jürgen 3 das Thema.

»Café an der Wien«, warf Kacki ein, das war auch blöd, aber irgendwie auch wieder rührend, dachte P. Immel, am Ende wird er immer der liebe alte Kacki sein, dachte er, am Ende ist er immer der gute alte Sachertorten-Fex, zu dem ihn seine Oma gemacht hat, und das sind ja nicht die schlimmsten Leute, dachte P. Immel.

»Ja, aber noch nicht, Kacki«, sagte er nachsichtig, »schön wär's, aber noch nicht! Noch ist es die Intimfrisur und nicht das Café an der Wien! Und ohne das Geld vom H. R. wird es auch nie das Café an der Wien werden!«

»Machen wir mit Dr. Votz da eigentlich wieder Playback, oder üben wir vorher noch?«, rief Jürgen 1 das Thema wechselnd dazwischen. Das kam P. Immel natürlich recht, jetzt waren sie auf vertrautem Terrain.

»Ja klar machen wir das mit dem Playback. Zum Üben ist es eh zu spät, das ist ja schon heut Abend. Niemals sollte man am Tag des Auftritts üben. Wir machen Playback. Deshalb ist das ja auch gar nicht vergleichbar. Da müssen wir uns nicht Vorgruppe nennen lassen, das ist eh ein Schmäh, aber das merkt dann auch gleich ein jeder, weil, was wir machen, das ist ja Aktion! Wir machen alles wie im Kunsthaus, mit lebenden Bildern und alledem!«

»Schon wieder Playback und die lebenden Bilder? Das ist doch fad!«, rief der depperte Enno, den sich P. Immel vorgenommen hatte nie wieder Flo zu nennen, sollte er den Ostfriesennamen der Schande doch ruhig bis in alle Ewigkeit behalten. P. Immel haute den Hammer auf den Tapetentisch, den hatte er die ganze Zeit in der Hand gehalten und doch vergessen gehabt, seltsam, aber wahr.

»Das ist gar nicht fad!«, rief er donnernd in die Enno-

Richtung. »Das haben wir doch noch gar nicht richtig aufgeführt, das war doch im Artschlag gleich nach der Erschießung vom Kaiser Maximilian vorbei, da sind doch noch viel mehr lebende Bilder, aber die Erschießung des Kaisers Maximilian machen wir natürlich trotzdem auch, gell Kacki? Da kannst du dann nochmal richtig aufdrehen, das war ja im Artschlag ein Problem, dass wir das da gar nicht richtig durchziehen konnten.«

»Und warum nicht?«, rief Kacki bitter und zornig, was war mit dem bloß los?! Konnte der sich nicht endlich mal wieder abregen? »Weil H. R. Ledigt und du, weil ihr mich reingelegt habt! Mich und alle anderen! Ich bin doch nicht deppert, Herr von Immel! Ich weiß doch, wenn ich verarscht werde, das hattet ihr doch alles darauf angelegt. Ich mach mich da als sterbender Kaiser zum Schwammerl und der H. R. ist jetzt dafür bei der Wall City mit seinem gschissenen Baum!«

»Ja, eben nicht mit dem Baum, er muss dafür ein Bild malen, deshalb ja, aber stimmt eh, Kacki«, lenkte P. Immel ein, »er ist bei der Wall City. Aber wir eben auch. Oder jedenfalls bei der Wall City Noise mit Dr. Votz. Deshalb ist es doch gut, wenn wir die ganze Sache mit der mexikanischen Musik und den lebenden Bildern vorher noch wenigstens einmal richtig aufführen, sonst war das doch alles für die Katz. Bei der Wall City Noise spielen wir dann wieder richtig als Band, mit dir, Kacki, am Bass, das ist dann eh schon wurscht, da denken wir uns was Neues aus und du spielst Bass und alles wird gut!«

»Ha«, sagte Kacki mit schmollenden Lippen, aber P. Immel merkte, dass sein Widerstand zu wanken begann. »Ihr wollt mich bloß wieder rumkriegen, damit ich euch den Kaiser Maximilian gebe und den Kacki am Dampfen und all das, und dann ...«

Jetzt habe ich ihn, dachte P. Immel und begann zu applaudieren. »Genau, genau«, rief er. »Genau das wollen wir!«

»Den sterbenden Kaiser, genau!«, rief Michael 2, auf den bei Akklamationen immer Verlass war.

»Ja, bittschön, den sterbenden Kaiser!«, rief Michael 1, der sich nach P. Immels Meinung nicht nur den Vornamen mit Michael 2 teilte, sondern auch das Gehirn.

»Geh, Kacki!«, rief P. Immel. »Extra einen schönen Sombrero hab ich für dich gekauft! Damit du mich wieder lieb hast! Beim Deko-Franz in Schöneberg!« So, jetzt war das Wort Liebe auch im Spiel, mal schauen, wie er da wieder rauskommt, es ist eine Honigfalle, dachte P. Immel befriedigt, und Kacki genau die Art von Fliege, die da hineintaumelt.

»Kacki, Kacki!«, riefen jetzt alle und klatschten rhythmisch.

Kacki wurde rot. »Na geh, so ein Schmäh!«, sagte er geschmeichelt. »Was soll denn der Kaiser Maximilian mit einem Sombrero, der trägt doch auf dem Bild vom Manet keinen richtigen Sombrero, das ist nur ein kleiner sombreroähnlicher Hut ist das, das weiß doch ein jeder!«

»Kann schon sein«, beeilte sich P. Immel jetzt, den Sack zuzumachen, »aber andererseits siehst du mit dem schönen neuen großen Sombrero sicher fesch aus, Kacki, da kann sich so ein Habsburger Kanonenfutter posthum noch eine Scheibe davon abschneiden, so fesch wirst du damit aussehen. Und dann spielst du bei der Wall City Noise den Bass. Und ich sorge dafür, dass diese Glitterschnitterärsche, falls sie es tatsächlich noch auf die Wall

City Noise schaffen, denn darum geht's ja wohl irgendwie, dass die dann jedenfalls vor uns spielen müssen, dann sind die die Vorgruppe! Versprochen! Und dreitausend Mark, dafür kriegt man eine Menge Kaffeehausstühle Kacki!«

»Und warum will der H. R. unbedingt«, leistete Kacki noch einen letzten Widerstand, »dass die Glitterschnitterärsche, wie du sie nennst, da bei uns spielen? Und dadurch auf die Wall City Noise kommen? Was hat der denn davon? Warum gibt er uns dafür so viel Geld und warum gibt er uns das nicht vorher, wie damals beim Artschlag, wo du das Geld vorher bekommen hast und wir nur alle nichts davon gewusst hatten?«

»Weil beim ersten Mal war's ein Kredit und dieses Mal ist es geschenkt, da ist er eben auch mal ein bisschen vorsichtig, außerdem, wer weiß, vielleicht hat der gemerkt, dass du gegen ihn bist, du warst in letzter Zeit immer so negativ und anti, vor allem antideutsch, Kacki, das spüren die Leute.«

»Antideutsch? Natürlich antideutsch, was denn sonst?«, trumpfte Kacki auf.

»Kacki! Kacki!«, riefen alle begeistert und auch das Händeklatschen nahmen sie wieder auf.

Kacki fühlte sich sichtlich wohl dabei, er hob die Hände wie ein amerikanischer Präsidentschaftskandidat.

Da rief das Mariandl über den allgemeinen Lärm hinweg: »Mir wird fad. Können wir das mit dem Shakespeare noch einmal haben!«

Und alle: »Shakespeare, Shakespeare!«

Das konnten sie haben, die Bettbrunzer, da wollte P. Immel jetzt auch kein Frosch sein. Er stand auf, sah dem Mariandl tief in die Augen und sagte: »Nun aber Kacki, hör mich an, und nicht vergessen, Freund aus süßer, ferner Heimat: Im Kernland allen Übels mittendrin sind wir, in Preußens Herz – und haben keine Freude dran! Als Herz der Finsternis sind wir gewohnt von ihm zu denken, weil's Licht der Sonne Österreichs uns hier nicht scheinen will, weil hier kein Praterbaum uns blüht und uns kein Heuriger die Lippen netzt, wir weinen nachts und schweigen tags und machen alleweil aus unsern Herzen Mördergruben.«

Und schon sprang er auf, der Kacki, heißa, da hat's ihn gepackt, dachte P. Immel, Shakespeare, das ist seine weiche Stelle!

Und Kacki rief: »Wohlan, ihr treuen Österreicher, dann lasst uns ...«

»Scheiße, die Kassette ist alle«, sagte Kluge und schaltete seine Kamera aus. »Das war meine letzte!«

»Wieso?«, sagte Kacki entgeistert. »Ist doch egal!«

Aber alle standen auf und die Ersten gingen bereits. P. Immel klopfte Kacki auf die Schulter.

»Geh, Kacki, schade, das nehmen wir dann ein andernmal auf!«

*

»Hatte mich schon gefragt, wann ihr probt«, sagte H. R. zu Lisa. Er hatte jetzt eine Hose an, das Ding mit dem rausschauenden Ei wollte er nicht noch einmal haben, am Ende noch in echt, nicht schlecht, Chrissie, dachte er, und überhaupt, Ei, das erinnerte ihn an ein Gedicht aus seiner Kindheit, eine große Ballade, die bei ihnen in der Grundschule kursiert hatte und die er als Einziger fehlerfrei hatte aufsagen können, es war darin um eine königliche Eierschlitzmaschine gegangen, schade, dass man sich daran nicht mehr erinnerte, er hatte nur noch die letzte Zeile im Gedächtnis, Ein Krach, ein Schrei und über die Bühne rollt ein halbes Ei, oder war das die vorletzte Zeile gewesen? Kam da noch irgendwas hinterher? Ihm war so, aber er wusste es nicht mehr genau, und das mit der Probe hatte er jetzt auch nur gesagt, um von der Tatsache abzulenken, dass er sich eine Hose angezogen hatte, denn natürlich interessierte es ihn nullkommajosef, ob und wann die probten, was aber Lisa nicht wissen konnte, die nun sagte: »Eigentlich wollte ich schon gestern Abend bei denen mitproben, aber dann musste ich ja erstmal hierher umziehen, das war wichtiger.« Sie zeigte auf das Plakat, das in der Küche hing, das hatten die Glitterschnitterleute hergestellt, die waren schnell gewesen, das hatte H. R. beeindruckt, »wer so schnell ein Plakat raushaut, bei dem muss reichlich Druck auf dem Kessel sein«, hatte er gestern noch zu P. Immel gesagt, der über das Plakat nicht besonders glücklich gewesen war, »Vorgruppe, bist deppert?!«, hatte er gejammert. »Wenn das der Kacki sieht!«

»Hast du das Plakat hier aufgehängt?«, fragte er Lisa.

»Nein, das war ich«, sagte Chrissie.

»Und du heißt mit Nachnamen Kremmen«, sagte H. R. zu Lisa. »Wie die Leo vom Sektor? Die heute Abend unbedingt kommen soll und so weiter und so fort? Die deine Tante ist?«

»Ja, sie hat gesagt, dass sie kommt.«

»Aber hattest du nicht gesagt, sie wäre mit deinem Bruder zusammen? Also wenn du Kremmen heißt und sie auch Kremmen und sie ist mit deinem Bruder zusammen und die beiden sind, wie du sagst, nicht verheiratet, ist das dann nicht irgendwie …«

»Nein, das ist nicht irgendwie! Das ist nur Zufall. Wir heißen beide Kremmen. Aber mein Bruder nicht. Der ist ein Halbbruder. Der ist auch viel älter.«

»Ja, okay, aber wenn ihr beide Kremmen heißt und dein Bruder hat mit ihr was am Laufen, dann …«

»Nicht alle, die Kremmen heißen, sind verwandt!«

»So, so.«

»Wenn sie verwandt wären, dann müsste sie sich das ja nicht extra mit dem Bruder ausdenken!«, sagte Chrissie.

»Nicht ausdenken, erzählen«, sagte Lisa. »Dann wäre das ja schon durch den Namen klar.«

»Okay«, sagte H. R. verwirrt.

»Ich geh dann mal zur Probe«, sagte Lisa.

»Viel Spaß«, sagte Chrissie.

»Ja, und grüß schön«, sagte H. R. »Sag ihnen, wir treffen uns beim Soundcheck.«

*

»Also noch einmal: Kannst du heute Abend hier arbeiten?«, sagte Erwin. Er saß auf seinem Hocker und rührte sich nicht, denn um ihn herum wurde gewischt, dass es nur so schepperte, der kleine Lehmann ging bei der Putzerei ziemlich fanatisch zu Werke, fand Erwin, der nicht genau wusste, ob er das gut fand oder nicht, der nasse Kneipenboden spiegelte sich, beschallt von den Patsch-, Klatsch- und Schmatzgeräuschen des Feudels, malerisch im trüben Morgenlicht, das durch die Fenster drang, die man, wie Erwin dachte, auch mal wieder putzen könnte, oder sollte man bis zum Frühjahr warten, damit sich das auch lohnte, fragte er sich, während er auf Klein-Lehmanns Antwort wartete, der augenscheinlich durch sein

Extremfeudeln, mit dem er Was-wusste-denn-Erwin-wen beeindrucken wollte, wahrscheinlich sich selber, das ist ein Freak, dachte Erwin, der jedenfalls augenscheinlich durch sein Extremfeudeln ein bisschen länger für die Beantwortung einer nun wirklich einfachen Frage brauchte, nämlich ob er heute Abend arbeiten wolle oder nicht, das war ja keine Quantenphysik, sowas konnte man doch wohl wissen, fand Erwin.

»Heute Abend! Arbeiten!«, rief er aufmunternd.

»Kann ich nicht machen«, sagte Jung-Lehmann schließlich. Er hob den Schrubber und drehte ihn über dem Eimer so, dass der Feudel sich löste und hineinfiel, das sah allerdings beeindruckend elegant aus, wie einstudiert, wie die alberne Pizzateigschleuderei, die Erwin mal in einem italienischen Restaurant beobachtet hatte, das war in Italien gewesen, ach Italien!, dachte Erwin.

»Wieso nicht?«, sagte er. »Ich dachte, du wolltest immer einen Tresenjob, jetzt fällt unverhofft einer ab ... – okay, nur für einen Tag«, fiel sich Erwin selbst ins Wort, bloß keine Versprechungen machen, dachte er, »aber immerhin! Ich dachte, du freust dich!«

»Ja gut, aber jetzt habe ich mich mit Karl Schmidt gestritten und das ist nicht gut und wenn ich jetzt auch noch hier in der Spätschicht arbeite, dann denkt der am Ende noch, ich will ihm seinen Job wegnehmen«, sagte Frank und wrang dabei mit gummihandschuhbewehrten Händen den Feudel aus. Die Gummihandschuhe waren ganz neu, hatte er die selbst gekauft? Am Ende noch von seinem eigenen Geld? Ein erstaunlicher Junge, dachte Erwin, ein Freak neuen Typs!

»Weißt du«, sagte Erwin, und er kam sich wie ein Vater vor bei dem, was er jetzt sagte, wie einer, der nach eines langen Lebens Erfahrung weise zurückblickte, »ich kenne Karl Schmidt schon etwas länger, so denkt der nicht. Man kann ihm einiges nachsagen, aber Paranoia ist nicht sein Ding.« Er sah aus dem Fenster. »Da steht er ja noch«, sagte er. »Steht der da draußen rum, warum bloß? Was soll das?«

»Was weiß ich?«, sagte Lehmann trotzig, aber Erwin hatte das Gefühl, dass sich da ein bisschen Trauergesang in die Trotztöne mischte. »Nicht mein Problem.«

»Ich dachte, ihr seid befreundet. Ruf ihn doch einfach rein und gib ihm einen Kaffee«, versuchte sich Erwin als Versöhner. »Er muss meinetwegen auch nicht bezahlen«, ging er bis zum Äußersten. »Macht hier doch sowieso kein Schwein, also von euch jetzt!«

»Ja, nee…«, sagte der kleine Lehmann und hielt den Feudel wie zur Begutachtung hoch. Der sah ganz schön übel aus.

»Ich kauf dir auch einen neuen Feudel!«, sagte Erwin und musste lächeln.

»Nein, lieber nicht«, sagte Frank.

»Warum nicht?«

»Einfach so«, sagte Freddies kleiner Bruder. Da merkte man aber wirklich mal, dass die beiden verwandt waren, sowas von stur!

»Okay, egal«, lenkte Erwin ein, »das musst du wissen. Aber heute Abend ist der Konzertscheiß da nebenan, da wird das hier voll werden, da brauche ich einen zweiten Mann hinterm Tresen und Heidi kann heute nicht.«

»Ich habe diese Heidi noch nie gesehen. Gibt's die eigentlich wirklich?« Der kleine Lehmann wischte immer weiter, eigentlich hatte er doch alles schon einmal gewischt, was wollte er denn noch erreichen? Erwin war durchaus für Sauberkeit, aber wir waren hier doch nicht in Stuttgart!

»Ja natürlich gibt's die. Aber die kann nicht. Und ich brauche auch einen, der auf Klaus aufpasst«, sagte Erwin. »Weil, der hasst H. R. und wenn der mitbekommt, dass H. R. da nebenan bei der Quatschsause mitmischt, dann baut der nur Scheiße.«

»Wieso wenn der mitbekommt? Das steht doch auf den Plakaten, die überall hängen. Das weiß doch jeder.«

»Umso schlimmer. Ich kenne Klaus. Der ist nachtragend.«

»Wäre ich auch, wenn ich zweimal was von einem an den Kopf geworfen und davon zwei Platzwunden bekommen hätte.«

»Eigentlich war es nur eine Platzwunde, die zweimal genäht werden musste«, korrigierte ihn Erwin. »Ich weiß doch genau, dass du den Job machen willst. Du willst doch nicht den Rest deines Lebens nur hier putzen! So ein Tresenjob, das ist doch mal ein echter Karriereschritt!«, wechselte Erwin ins Spaßhafte.

»Ja, aber was soll denn Karl denken, wenn ich ihn erst hier rausschmeiße, und dann kriege ich auch noch einen Tresenjob am Abend!«

»Der denkt gar nichts. Der spielt heute Abend mit Glitterschnitter und ich kenne den, der denkt nicht an zwei Sachen gleichzeitig. Sobald der seine bescheuerte Bohrmaschine angemacht hat, hat der das andere vergessen.«

»Hm ...«

»Da draußen ist er noch«, sagte Erwin und zeigte zum Fenster, durch das man sehen konnte, wie Karl Schmidt mit dem Rücken zur Kneipe an der Bushaltestelle saß. »Geh raus und bring ihm einen Kaffee, dann seid ihr doch gleich wieder ein Herz und eine Seele, ich kenn euch doch!«

»Am Arsch.«

»Na gut! Aber wenn du dich eh nicht mit ihm vertragen willst, kann es dir auch egal sein, was er denkt, wenn du heute Abend hier arbeitest, Kerle.«

»Na ja«, sagte Lehmann und wollte den Feudel wieder mit seinem Schrubbertrick ins Wasser fallen lassen, aber der Lappen war so zerfetzt, dass er sich im Schrubberkopf verhedderte und nicht mehr abging. Der Freddiebruder schüttelte den Schrubber, dass es nur so spritzte, er steigerte sich richtig rein, das sah schon sehr manisch aus! Erwin wandte den Blick ab und schaute durchs Fenster. Da kam dieses Mädchen, Lisa, vorbei, entdeckte Karl und setzte sich mit seinem Saxophonkoffer zu ihm ins Haltestellenhäuschen.

»Guck mal, da ist diese Lisa«, sagte Erwin listig. Er war ja nicht blöd, er hatte neulich beobachtet, wie der kleine Lehmann diese Lisa heimlich angestarrt hatte, so heimlich, dass es jeder sehen konnte, Erwin hatte sich ein bisschen darüber gefreut, weil er schon Angst gehabt hatte, der Freddiebruder würde was mit Chrissie anfangen, ich als Freddies Quasischwager, hatte er gedacht, das muss doch nicht sein! »Lisa, Lisa, Lisa«, sagte er nun. »Schau dir die an, das ist doch die Lisa.«

»Ja und?«, sagte der Putzfreak und starrte gespielt uninteressiert durchs Fenster. Dazu schüttelte er immer weiter seinen Schrubber. Erwin hätte ihm den gerne aus der Hand genommen.

»Was macht die denn da mit Karl Schmidt?«, pustete Erwin weiter ins Feuer. »Ach so, die haben wohl Probe, die spielt da jetzt mit!«

»Ich wollte mir das heute Abend eigentlich auch angucken.«

»Wegen Karl, wegen der Frau oder wegen der Musik?«

»Frau? Wieso wegen der Frau?« Der kleine Lehmann wurde rot.

»Na ja, mit Karl hast du dich gestritten, die Musik, na ja, ich weiß nicht, dann bleibt nur noch die Frau. Vielleicht bist du ja in die verknallt!«

»Ich? Was? Verknallt? Ich doch nicht. Nie im Leben. In die? Kein bisschen!«

»Na dann ist doch gut, dann kannst du ja auch hier arbeiten. Den Glitterschnitterscheiß kriegst du sicher noch oft genug zu sehen, wenn du dich mit Karl Schmidt erstmal wieder vertragen hast.«

Der kleine Bruder pflückte den Feudelfetzen mit der Hand vom Schrubberkopf. »Okay, ich mach's«, sagte er. »Und das mit dem neuen Feudel nehme ich gerne an!«

»Um 18 Uhr geht's los«, sagte Erwin. »Ich verlass mich drauf!«

*

Ferdi und Raimund wohnten zusammen in der Admiralstraße, das war praktisch, auf diese Weise konnten sie überall zusammen auftauchen und Raimund musste nie alleine mit fremden Leuten reden, bloß weil Ferdi noch nicht da war, Ferdi hatte einen Hang zu Verspätungen, da musste man dicht an ihm dranbleiben, die Leute wollten ja immer reden und irgendwelche Sachen, die Ferdi tat oder wollte, hinterfragen, vor allem, wenn sie mit Raimund alleine waren, auf sowas hatte er keinen Bock. Ferdi und Raimund, das gab es, wenn es nach Raimund ging, nur im Doppelpack! Also kamen sie zusammen am Café Einfall an und trafen Charlie und die neue Frau, deren Namen Raimund schon wieder vergessen hatte, Gott sei Dank hing neben dem Einfall eins dieser Plakate, die Ferdi schnell und billig hatte drucken lassen und die sie zusammen mit Charlie im Umkreis von fünfhundert Metern von der Intimfrisur überall hingeklebt hatten, »weiter weg bringt das nichts, das ist zu kurzfristig dafür«, hatte Ferdi gesagt, jedenfalls hingen die Dinger hier in der Gegend überall und Gott sei Dank hatte Raimund schnell noch einmal draufschauen und den Namen Lisa Kremmen nachlesen können, man will ja nicht unhöflich sein, dachte er und wartete noch ein bisschen ab, ob das auch wirklich diese Lisa war, sie hatte einen Saxophonkoffer dabei, also war sie es wohl, er würde sie in Gedanken Saxophonlisa nennen, diese Art der Benennung hatte er sich neuerdings angewöhnt, so konnte er die Namen einfacher im Kopf behalten, Saxophonlisa und Charlie saßen in der Bushaltestelle, das war schon komisch, warum waren die nicht im Einfall, wo sie vor der Probe noch einen Kaffee hatten nehmen oder sich jedenfalls sammeln oder was auch immer hatten machen wollen, »Frankie lässt uns sicher rein«, hatte Charlie noch gesagt, wer war Frankie nochmal?, egal, das war wohl nichts geworden, denn die beiden hingen in der beknackten Bushaltestelle ab, oder hatte er irgendwas nicht mitbekommen und sie mussten jetzt noch mit dem Bus irgendwohin?

»Na, ihr Vögel, was macht ihr denn hier draußen?«, rief Ferdi.

»Ist noch nicht offen!«, sagte Charlie und er klang irgendwie angepisst.

»Schlecht«, sagte Raimund, »ohne Kaffee wird's schwer,

wir sind auf den letzten Drücker aufgestanden, Ferdi und ich.«

»Keine Geheimnisse ausplaudern«, sagte Ferdi gutgelaunt. Dann schaute er zum Einfall hinüber und kniff die Augen zusammen. »Wieso sitzen da Leute drin?«

»Frag nicht«, sagte Charlie. »Frankie hat mich rausgeschmissen!«

»Der kleine Lehmann«, sagte Ferdi fröhlich, »kommt ganz auf seinen Bruder raus!«

»Ich guck mal«, sagte Lisa. Sie ging zur Tür vom Einfall und Raimund ging gleich mit, er brauchte dringend einen Kaffee. Lisa klopfte an die Tür und der Freddiebruder schloss sofort von innen auf.

»Können wir einen Kaffee bekommen?«

»Nein«, sagte Freddiebruder und schaute auf die Uhr über dem Tresen. »Noch drei Minuten! Bedankt euch bei dem da!« Er zeigte anklagend zur Bushaltestelle.

»Bei wem?«, sagte Raimund.

»Karl Schmidt!«

»Ehrlich? Ach bitte!«, sagte Saxophonlisa und Raimund, der neben ihr stand und sie von der Seite ansah, sah ihre Augenlider klimpern, anders konnte man es nicht nennen, auf, zu, auf, zu, in ganz schneller Abfolge, ganz schön raffiniert, dachte er beeindruckt, er hatte eigentlich gedacht, solche Tricks wären im Zuge der Frauenemanzipation ausgestorben. »Nur einen Milchkaffee für jeden!«, bettelte sie.

Jetzt kamen auch Charlie und Ferdi dazu. »Milchkaffee?«, sagte Charlie. »So einen Scheiß trink ich nicht.«

»Kriegst du auch nicht«, sagte Freddiebruder.

»Was ist denn hier los?« Das war die Kuchenchrissie. Die stand plötzlich neben Raimund, wo war die denn jetzt hergekommen, jedenfalls erkannte Raimund sie gleich an den Kuchenplatten, die sie in jeder Hand hielt, langsam bekam er den Überblick.

»Lasst mich mal durch, ihr Typis! Was macht ihr denn alle hier draußen?«

»Der da will uns nicht reinlassen!«, sagte Saxophonlisa und zeigte auf den Freddiebruder.

»Der heißt nicht Derda, der heißt Frank! Und der putzt hier nur, da muss er euch nicht reinlassen.«

In diesem Moment drängelte sich Einfall-Erwin hinter Freddiebruder aus dem Café Einfall heraus. »Ich bin schon weg«, sagte er.

»Tschüs Onkel«, sagte Kuchenchrissie.

»Tschüs, kleine Nichte«, sagte Einfall-Erwin – oder sollte man ihn Kuchenchrissie-Onkel nennen? – und war schon weg.

»Ist die Kaffeemaschine an?«, wandte sich Kuchenchrissie an Freddiebruder.

»Nein, hat er abgestellt«, sagte Charlie säuerlich.

»Bedankt euch bei dem da«, sagte Freddiebruder und ging weg.

»Na, dann kommt mal rein«, sagte Kuchenchrissie.

»So«, sagte Raimund erleichtert, »jetzt schnell 'n Käffchen und dann Schlagzeug spielen!«

»Du meinst proben!«, sagte Ferdi.

»Ja natürlich«, sagte Raimund. »Das auch.«

*

Eigentlich wollte H. R. den Rahmen für das Bühnenbild in Freddie Lehmanns alter Werkstatt im Keller der ArschArt-Galerie zusammenbasteln und dort auch die Folie aufziehen, das war eine schöne große Werkstatt, aber als er den Heuler-und-Müller-LKW durch die schmale Toreinfahrt lenkte und dabei an einem der Rammsteine kratzte, die das Ding begrenzten, fiel ihm auf, dass dem ein Denkfehler zugrunde lag: Konnte ja sein, dass Freddies Werkstatt schön groß war, aber die Tür war klein und wie sollte er einen drei mal vier Meter großen Rahmen dann wieder in den Hof kriegen? Dann mach ich das Ding eben auf dem Hof fertig, dachte er, als er in diesen Hof einfuhr, der allerdings über und über vermüllt war mit dem Metallschrott, den die ArschArt-Leute aus Freddies Werkstatt herausgeholt und auf den Hof geworfen hatten, da war nicht wirklich noch Platz für eine anständige Rahmenbau- und -bespannerei, außerdem war es dreckig, das Wetter scheißkalt und die Luft stank nach etwas, von dem H.R. hoffte, dass es nicht wirklich das war, nach dem es stank. Außerdem sah ihm, als er mit dem LKW vorsichtig neben dem großen Schrotthaufen hin- und herrangierte, ein Punk dabei zu, einer von den Typen, die bei der ArschArt im Hinterhaus wohnten und mit der ArschArt-Galerie Krieg führten, das waren alles schlechte Voraussetzungen, fand H.R., der sich aber die gute Laune nicht vermiesen lassen wollte, man kann sich nicht immer nur ärgern, dachte er und sprang aus dem LKW, jedenfalls nicht an einem Tag wie diesem.

»Ey!«, rief der Punk. Der hatte einen Irokesen mit ganz langen Haaren und die waren lilarot, irgendwie stark, fand H.R., weil es so offen und ehrlich bescheuert war, genau wie wenn einer »ey!« rief, das waren wirklich die banalsten Klischees, die man der punkbeobachtenden Welt zuliebe bedienen konnte, »Was soll'n das werden?«

»Ich will was ausladen, wenn's recht ist. Oder vielleicht auch nicht.«

»Verstehe ich nicht. Ja oder nein?«

»Vielleicht. Ich habe mich noch nicht entschieden.«

»Gehörst du zu den Vorderhausleuten?«

»Schwer zu sagen. Ja und nein. Warum?«

»Kannst du dich mal entscheiden?«

»Erst sagen, warum du fragst.«

»Weil das Arschlöcher sind, die wollen wir hier im Hof nicht haben.«

»Dann nein. Ist das denn euer Hof? Ich dachte, die Vorderhausleute waren zuerst da, also so besetzermäßig.«

»Nein, wir waren zuerst da!«

»Schleich dich, du blödes asoziales Arschloch!«, rief P. Immel, der in diesem Moment auf den Hof trat.

»Schleich dich selber!«, rief der Punk. Hinter ihm tauchten seine Freunde auf, die waren alle wild gestylt, aber keiner hatte einen so schönen Irokesen wie der, mit dem H.R. gesprochen hatte.

»Haut bloß ab, ihr blöden Yuppies!«

»Ihr scheiß Popper!«

Wenn mal einer einen richtig schlechten Fernsehfilm über Punks drehen möchte, dachte H.R., dann kann er sich hier bedienen. Obwohl, dachte er, vielleicht ist es ja umgekehrt und die Jungs haben ihre Sprache von den schlechten Fernsehfilmen, die Kunst kann sehr mächtig sein!

Der Gestank wurde immer schlimmer. H.R. wandte sich an P. Immel: »Irre ich mich, oder riecht das hier nach Scheiße? Und zwar nach menschlicher Scheiße?!«

»Ja, das waren die da!« P. Immel zeigte anklagend auf die Punks, die sich aufgestellt hatten wie die Zinnsoldaten von H.R.s Großvater, der hatte sowas gesammelt. »Die sind zu blöd, einen Eimer Scheiße geradezuhalten. Die wollten uns den ins Vorderhaus kippen, und dann haben sie den fallengelassen und dann war das zwischendurch gefroren und jetzt ist es wieder aufgetaut. Da! Die braune Pfütze! Von der kommt der Gestank. Ich rieche das schon gar nicht mehr.«

»Ja, okay«, sagte H. R., »aber so lange kann ich nicht warten. Wo kann ich denn meinen Rahmen basteln und bespannen?«

»Da habe ich schon drüber nachgedacht«, sagte P. Immel. »Mach das doch gleich bei uns in der Intimfrisur. Dann hast du den an Ort und Stelle. Sonst kriegst du den doch eh nicht durch die Tür.«

»Okay, aber wenn ich den dann bemalt habe, wie kriege ich ihn dann wieder raus?«

»Das klären wir dann!«, sagte P. Immel. »Dir wird schon was einfallen, du bist doch so ein Baumarkt- und Bastelfex.«

»Auch wieder wahr.«

»Was redet ihr da für einen Scheiß mit eurer Kunstkacke!«, schrie der Punk-Anführer. »Geht aus unserem Hof raus. Und nehmt das Auto mit.«

»Warte, wir kommen mit, ich hole eben die anderen«, sagte P. Immel zu H. R. Den Punk beachtete er gar nicht. »Dann fahren wir alle mit!«

»Okay.«

»Dann brauchen wir nicht zu laufen.«

»Okay.«

»Dann hol ich die mal. Kann ich dich hier mit denen alleine lassen?« P. Immel zeigte auf die Punks, die davon unruhig wurden.

»Kein Problem, hol mal deine Leute.«

»Ja, am besten wir fahren alle zusammen dahin. Ich

meine, es ist nicht weit bis zur Intimfrisur, aber ich will die Leute immer zusammen und bei mir haben, die sind heute wie Hendln beim Gewitter.«

»Ja, hol die mal ruhig«, sagte H.R.

»Und die da?«

»Kein Problem, die sind okay.«

*

»Sag nicht Frankie«, sagte Frank zu seinem Bruder.

»Warum soll ich nicht Frankie sagen?«, sagte Freddie und nahm einen Schluck aus der Wasserflasche, die er mit ins Foyer des Kudamm-Hotels genommen hatte, in dem er während seiner Zeit als Versuchskaninchen für ein neues Psychomedikament wohnte. Frank wäre lieber in den Garten gegangen, aber draußen nieselte es und die Luft roch nach Schwefel.

»Na ja, wenn du unbedingt willst, dann sag halt Frankie«, sagte Frank, der mit Freddie nicht auch noch Streit haben wollte.

»Habe ich doch früher auch immer gemacht«, sagte sein Bruder. »Ist doch geil: Ich komme raus und dann sind wir Frankie und Freddie, das ist doch irgendwie gut!«

Frank widersprach nicht. Vor ein paar Tagen hatten sie damit angefangen, das Medikament, mit dem sie seinen Bruder behandelt hatten, wieder abzusetzen, und Freddie war bei Franks letztem Besuch vor zwei Tagen ziemlich schlecht drauf gewesen, da war er jetzt froh, dass sich sein Bruder überhaupt über irgendetwas freute oder irgendetwas gut fand. Er sah zwar noch müde aus, aber doch wacher und mit mehr Spannung im Gesicht als neulich, immerhin!

»Ja klar«, sagte er. »Frankie und Freddie, warum nicht.«

»Frankie ist doch eigentlich ein super Name«, sagte sein Bruder.

»Bisschen niedlich vielleicht«, konnte Frank sich nicht verkneifen. »Die nehmen mich alle irgendwie nicht ernst.«

»Wer will schon ernstgenommen werden«, sagte Freddie, »was soll das bringen?« Er schaute auf seine Hände und spielte mit den Fingern der linken Hand an denen der rechten, drückte und knetete sie einen nach dem anderen durch. »Wie lange bist du schon hier?«

»Drei Wochen«, sagte Frank.

»Drei Wochen ist lang«, sagte sein Bruder. »Nach drei Wochen haben die schon vergessen, dass es mal eine Zeit gab, wo du noch nicht hier warst.«

Frank wusste nicht genau, warum er hergekommen war, vielleicht weil Freddie, jetzt wo er sich mit Karl Schmidt gestritten hatte, der Einzige war, mit dem er reden konnte. Aber er traute sich nicht, von der Sache mit Karl zu erzählen, man kann nicht immer seinen großen Bruder mit allem behelligen, dachte er. Als er klein gewesen war, hatte er anderen Kindern, die ihm Ärger gemacht hatten, oft mit seinem großen Bruder gedroht, aber diese Zeiten waren jetzt wohl vorbei.

»Das ist nicht wie in Bremen«, fuhr Freddie fort, »in Bremen bist du entweder immer schon da und dann geht's oder du brauchst ewig, damit die Leute dich akzeptieren. Hier ist das anders, hier kann jeder gleich mitmachen, kein Schwein denkt über dich nach und keiner nimmt dich ernst oder nicht ernst, ernstgenommen zu werden spielt hier überhaupt keine Rolle. Hier sind alle irgendwie gleich unwichtig oder gleich unernst oder wie auch immer.«

»Kommt mir komisch vor«, sagte Frank.

»Ist aber so.«

»Ja, schon, vielleicht«, sagte Frank, »aber ist das gut?«

»Wie man's nimmt. Einerseits bist du nie ausgeschlossen von irgendwas. Du stellst dich einfach dazu und bist dabei. Ich meine, du bist jetzt ein paar Wochen in der Stadt und hast eine Wohnung, drei Mitbewohner oder Freunde oder was, einen Job, kennst alle möglichen Leute ... – ist doch klasse!«

Sie schwiegen eine Weile. Sein Bruder nahm einen langen Schluck Wasser aus der Flasche. »Trinken und pissen!«, sagte er.

»Ja, okay«, sagte Frank. Es tat gut, hier herumzusitzen. Sie waren ganz allein in dem Foyer, es waren auch kaum Möbel darin, nur einige tiefliegende Stahlrohrsessel, die mit schwarzem Leder bezogen waren, in denen saßen sie und schauten durch die großen Glas-Schwingtüren hinaus auf den Kudamm, auf dem Autos, Busse und Fußgänger durch das trübe, nieselige Wetter trieben.

»Trinken und pissen, trinken und pissen.«

»Gibt Schlimmeres«, sagte Frank.

»Ja«, sagte Freddie. »Aber wenn du morgen weg bist für immer, dann merkt das auch keiner.« Frank brauchte einen Moment, bis er begriff, dass das jetzt nichts mehr mit Trinken und Pissen zu tun hatte. »Ich bin jetzt seit Wochen in dem Laden hier. Hast du das Gefühl, dass ich irgendwem fehle? Dass mich einer vermisst?«

»Ja klar«, sagte Frank, »die vermissen dich alle.«

»Nicht lügen.«

»Okay. Dann nicht.«

»Ist ja auch nicht schlimm. Das ist vielleicht menschlich kalt, aber man ist auch sehr frei dabei, man kann machen, was man will, da guckt keiner hin. Zieh dich nackt aus und keiner beschwert sich. Verrecke auf der Straße und die steigen über dich drüber. Na ja, jedenfalls die ersten vier oder fünf Leute oder so, dann wird sich schon irgendwer erbarmen!«

»Das klingt aber nicht so gut«, sagte Frank.

»Nein, aber mal ehrlich, Frankie: Du bist doch nicht aus Bremen weggegangen und dann irgendwie aus Versehen hiergeblieben, du hast das doch auch geschnallt, du findest das doch auch gut.«

»Ja. Aber ich bin nicht hierhergekommen, um hier auf der Straße zu verrecken.«

»Das will natürlich keiner. Aber das andere ist gut. Dass alles egal ist. Die Kälte, die einen irgendwie frei macht.«

»Und wieso gehst du dann nach New York, wenn das so toll ist?«

»Da ist es noch viel kälter«, sagte sein Bruder und zeigte hinaus auf den Kudamm. Ein Mann ging vorbei, er trug einen Parka, darunter schauten Pyjamahosen hervor und an den Füßen trug er Pantoffeln. An einer Leine hielt er einen kleinen Hund. »Schau dir den an«, sagte sein Bruder. »Sowas kriegst du in New York wahrscheinlich nicht. Oder doch? Und wenn nicht – wird's mir dann fehlen?«

Sie schwiegen eine Weile. Frank war nicht überzeugt. Freddie merkte das wohl, denn dann sagte er: »Ich kenne hier schon zu viele Leute, und die ziehen mich alle runter!« Er sagte das trotzig und ohne alle sonstige Leichtigkeit. Es war ein schnelles, hartes Urteil, und es rutschte in einem Stück aus ihm heraus.

Da sitzen wir nun, dachte Frank: Frankie und Freddie.

*

Raimund mochte eigentlich keine Heißgetränke, aber wenn Ferdi mal einen ausgab, warum dann nicht einen Milchkaffee annehmen, und sei es nur, um Ferdi nicht zu verletzen, Ferdi war nicht gerade der Typ, der die Spendierhosen anhatte, aber wenn doch mal, dann wollte er Freude und Begeisterung, das sagte er jetzt jedenfalls, »Jetzt mal schön Freude und Begeisterung!«, sagte er, als sie alle einen Milchkaffee vor sich stehen hatten, Ferdi, Raimund, Saxophonlisa und Charlie, schön aufgereiht am Tresen vom Café Einfall, dahinter die Kuchenchrissie, die ganz stolz aussah, wohl weil sie die Milchkaffeeschalen fleißig und eigenhändig mit dem weißbraunen Scheiß befüllt hatte, die Hände hatte sie in die Hüften gestemmt und sah sie erwartungsvoll an, also schlürfte Raimund vorsichtig an seinem Milchkaffee herum, die Schalen voll doof, da war kein Henkel dran, da verbrannte man sich gleich mal die Fingerspitzen, aua, aua, ungeil, zufrieden nur Ferdi, der mit viel Ah und Oh das Zeug schmerzfrei herunterstürzte – wie machte der das? – und dann noch »Jetzt mal schön Freude und Begeisterung!« sagte, da wollte Raimund natürlich kein Frosch sein, Charlie aber schon, der war irgendwie auf Krawall gebürstet, »Ich kann mich an den Schlabber nicht gewöhnen«, sagte er. »Wie kann man sowas trinken?«

»Mund auf, Schlabber rein, Mund zu, das ist keine Quantenphysik«, sagte Ferdi.

»Ich finde das super, Milchkaffee. Aber der andere, der Frank, der macht das mit mehr Schaum«, sagte Lisa.

»So, so«, sagte die Kuchenchrissie. Dann wandte sie sich an Charlie und sagte: »Lisa wohnt jetzt eine Weile bei uns.«

»Ich weiß. In deinem Zimmer!«, sagte Charlie.

»Ja klar, was hast du denn gedacht? In deinem?«

»Nein, das habe ich ganz gewiss nicht gedacht.«

»Kann keiner gebrauchen, so blöde Sprüche.«

»Welche blöden Sprüche denn jetzt?«

»Das weißt du ganz genau!«

»Bitte nicht wegen mir streiten«, sagte Lisa. »Ich bleibe auch nicht lange. Ich musste nur aus dem besetzten Haus raus.«

»Welches besetzte Haus denn?«, fragte Charlie.

»In der Gotenstraße. In Schöneberg.«

»Gotenstraße, ach du Schreck. Da kannte ich mal einen, der hat da gewohnt. Das war wie in Neukölln, nur schlimmer. Da gibt es besetzte Häuser?«

»Darum geht's doch jetzt gar nicht!«, sagte die Kuchenchrissie.

»Können wir jetzt mal proben?«, sagte Raimund.

»Nehmt doch noch ein Stück Kuchen, sonst habt ihr gleich Hunger«, sagte die Kuchenchrissie.

»Ich wusste gar nicht, dass die da ein Haus besetzt haben«, sagte Charlie, »Gotenstraße, wer kommt denn auf sowas?!«

»Es geht doch gar nicht um die …«, sagte die Kuchenchrissie und verstummte. Die Tür ging auf und zwei Leute kamen herein, die Raimund bekannt vorkamen.

»Was wollt ihr denn hier?«, sagte die Kuchenchrissie zu ihnen. Harte Frage irgendwie, dachte Raimund.

*

»Was wollt ihr denn hier?« Das war natürlich an die eigene Mutter gerichtet eine harte Frage, das war Chrissie klar, aber sie hatte ihrer Mutter entkommen wollen, deshalb war sie extra nach Berlin gegangen, und jetzt war alles noch schlimmer als in Stuttgart, ihre Mutter präsenter denn je, sie tauchte überall auf und mischte sich in alles ein, schlimmer noch, sie hatte Wiemer als Verstärkung dabei – wie lange kriegt eine, die einen Kindergarten leitet, Urlaub, fragte sich Chrissie, als sie ihre Mutter mit ihrem neuen Stecher durch die Tür kommen sah, jawohl, ihrem neuen Stecher, Chrissie konnte es in Gedanken nicht anders ausdrücken, gruselig! »Und mach die Tür zu, das wird kalt«, schob sie gleich in Wiemers Richtung hinterher, denn der war, wohl von ihrem Anwurf überrascht, in der halboffenen Tür stehengeblieben. »Das wird kalt. Es ist kalt draußen. Erwin hat gesagt, er will hier nicht die Welt heizen!«

»Na hör mal!«, sagte ihre Mutter.

»Ist H.R. hier?«, fragte Wiemer.

»Nein«, sagte Chrissie.

»Ist der oben?«

»Man wird doch wohl noch ...«

»Weiß ich nicht.«

»Ich geh mal gucken.« Wiemer ging wieder raus.

»Tür zu!«, rief Chrissie ihm durch die geschlossene Tür hinterher.

»Ach Mäuschen ...«, sagte ihre Mutter.

»Ich bin nicht dein Mäuschen!«

Jetzt mischte sich Karl ein: »Pass gut auf, was du sagst, Kerstin! Die schmeißen einen hier neuerdings gleich wieder raus, wenn man was Falsches sagt.«

»Was willst du denn, du Vogel?«

»Mich haben sie heute schon einmal rausgeschmissen.«

»Wer, wieso, ich doch nicht!«, sagte Chrissie und spürte, wie ihr Zorn die Richtung wechselte. »Ich habe dich nicht rausgeschmissen, Blödmann, ich habe dich reingelassen!«

»Nein, das war Frankie!«

»Du bist ja auch ein Depp«, sagte Chrissies Mutter und setzte sich auf einen Hocker am Tresen. »Dich würde ich auch jederzeit rausschmeißen.«

»Wenn ich dich so erlebe, Kerstin«, sagte Karl, »dann frage ich mich schon manchmal, von wem Chrissie eigentlich ihr sonniges Gemüt geerbt hat. Vom Vater?«

»Sei du doch mal ruhig«, fuhr Chrissie ihn an, »was hängst du überhaupt hier herum mit deinen Glitterschnittern?! Geh lieber mit deiner Bohrmaschine proben! Wenn Frank euch rausgeschmissen hat, wird er schon seine Gründe gehabt haben. Die hätte er mir sagen sollen, dann hätte ich euch gar nicht erst reingelassen!«

»Ja, echt mal«, sagte der Glitterschnitter-Raimund, »können wir jetzt mal proben? Sonst gehe ich schon mal vor!« Er wandte sich an Ferdi. »Dann brauche ich aber den Schlüssel für den Übungsraum.«

»Dir gebe ich nie wieder einen Schlüssel, da kann ich den ja genauso gut gleich wegwerfen!«

»Alle raus!«, sagte Chrissie.

»Endlich«, sagte Raimund.

*

H. R. sah, wie die Punks langsam näher kamen. Das taten sie aber nicht in einer geschlossenen Bewegung, sondern durch ständiges Umgruppieren, sie waren unruhig und liefen durcheinander, stellten sich mal hier- und mal dorthin, aber jeder für sich und oberflächlich gesehen planlos, nur die Tendenz wies in seine, H. R.s, Richtung, sie bewegten sich so unmerklich, aber auch so unaufhaltsam auf ihn zu wie eine Wanderdüne, und das, dachte

H.R., ist ja einerseits faszinierend, andererseits aber auch, er war ja nicht naiv, bedrohlich, und irgendwie wurde diese schleichende Annäherung von ihrem Anführer gesteuert, dem Typen mit dem Irokesen, der gab die Richtung vor, der ganze Haufen als amorphe Masse immer einen Schritt zur Seite, dann einen vor, dann einen zur anderen Seite, dann einen halben zurück, dann wieder von vorn, in Zeitlupe, über Minuten gedehnt, aber eindeutig ein Muster darin, es ging immer um den Irokesentypen herum, der war das Zentrum, um das sie kreisten wie ein Schwarm Fische, und er unmerklich langsam in H.R.s Richtung unterwegs, es ist wie in der Tanzschule, dachte H.R., der tatsächlich in Ostwestfalen eine Tanzschule besucht hatte, seinen Eltern war das wichtig gewesen und ihn hatte es auch interessiert, weil es so ein bizarrer, anachronistischer Unsinn gewesen war, da hatten sie damals so Gruppen- und Synchrontänze am Laufen gehabt, nur schneller, und jetzt tanzten hier die Punks in Zeitlupe durch den Hof auf ihn zu und irgendetwas musste passieren. H.R. zeigte auf Freddies Schrottreste und rief: »He Leute! Ist das eigentlich alles euer Kram hier?«

»Nein«, rief der Irokesenpunk. »Das haben die anderen da hingeschmissen. Um uns zu schikanieren.«

»Echt? Das ist doch gutes Zeug! Das kann man doch alles noch gebrauchen!« H.R. hatte noch keine gute Idee, außer sich mal ein bisschen doof zu stellen, aber das war ja nie falsch.

»Wieso das denn jetzt?«

»Kann einer von euch schweißen?«

»Was?«

»Schweißen?!«

»Schon klar. Aber was soll das jetzt?«, fragte der Punkerhäuptling mürrisch.

»Wolli! Wolli konnte schweißen!«, sagte einer von seinen Leuten. »Der hat das gelernt. Oder?«

»Ja, aber der ist nicht mehr da«, sagte ein anderer. »Der ist wieder nach Bremen zurückgegangen.«

»Schade«, sagte H. R. »Ich kann das auch nicht. Sonst würde ich euch das zeigen. Da könnte man so ein Riesending draus schweißen, irgendwas Großes!«

»Du Blödmann, du willst uns bloß einwickeln. Außerdem haben wir keinen Strom mehr. Die haben uns den Strom abgedreht.«

»Ja okay, aber dafür braucht man nicht unbedingt Strom. Die haben hier auch irgendwo so ein Acetylen-Schweißgerät.«

»Die haben uns den Strom abgedreht«, wiederholte der Irokesenpunk, »wegen ein paar hundert Mark. Die haben da so eine Plombe reingedreht. Im Vorderhaus.«

»Wegen ein paar hundert Mark?«

»Ja. Und so viel haben wir nicht. Und deshalb haben wir keinen Strom!«

»Da kann man doch was tun! Wie heißt du überhaupt?«

»Martin«, sagte der Irokese. »Wie meinst du das, da kann man was tun?«

H. R. lächelte. Da war sie schon, die Idee!

»Habt ihr heute Abend schon was vor?«, fragte er.

*

Raimund musste einsehen, dass die anderen nicht mehr mitspielten, er hatte hingeguckt und da war das nicht mehr zu leugnen gewesen, meistens sah er ja beim Trommeln nirgendwohin, seine Augen waren dann zwar offen, aber sie sahen nichts, wenn die Trommeln sprachen, konnten die Augen ruhig mal eine Pause machen, aber dann war eine Weile nichts mehr von Charlies Bohrmaschine gekommen, das hatte ihn hingucken lassen, vielleicht war ja die Bohrmaschine kaputt oder sonst irgendwas Interessantes zu sehen, aber das war eben das Problem, wenn man mit der Hinguckerei erst einmal anfing, fiel einem dann gleich aller mögliche Scheiß auf, zum Beispiel, dass Ferdi nicht mehr an seinem Synthie herumschraubte, sondern sich mit beiden Händen durch die Haare fuhr, während ihn die Frau, also Saxophonlisa, mit offenem Mund anguckte, also nicht Ferdi jetzt, sondern ihn, Raimund, und dann, dachte Raimund, dann hört man wegen sowas mit dem Trommeln auf und wofür soll das denn wohl bitte gut sein?!

»Was ist denn mit euch los«, fragte er und ließ die Trommelstöcke ruhen, »warum spielt ihr nicht?«

»Und schon einige Zeit nicht mehr«, sagte Ferdi.

»Okay«, sagte Raimund. »Aber warum nicht?«

»Sie spielt immer gar nicht«, sagte Ferdi und zeigte auf Lisa.

»Warum nicht?«, fragte Raimund.

»Weil ich da irgendwie nicht reinkomme«, sagte Lisa. »Ich bin so leise. Und ihr lasst einem keinen Platz.«

»Ja, schade«, sagte Ferdi.

»Ich komme gegen das Schlagzeug nicht an«, sagte Lisa. »Ich bin nicht laut genug!«

»Ich kriege dich nicht lauter, ohne dass es eine Rückkopplung gibt«, sagte Ferdi. »Entweder Rückkopplung oder du bist zu leise, das ist natürlich scheiße!«

»Wieso zu leise?«, sagte Raimund. »Hauptsache Musik, dachte ich.«

»Kannst du einfach mal ein bisschen leiser spielen?«, fragte Ferdi. »Hier, ich mach bei mir auch leiser.«

»Hör mal«, sagte Raimund, »ich spiele Schlagzeug!«

»Ja, aber spiel doch mal ein bisschen leiser. Für Lisa hier!« Lisa nickte.

»Schlagzeug immer voll auf die Zwölf!«, sagte Raimund.

»Ja, aber das ist jetzt mal eine Ausnahmesituation«, sagte Ferdi.

»Ausnahmesituation?«, sagte Lisa verwundert. »Wieso Ausnahmesituation?«

»Come on, Raimund«, sagte Ferdi. »Nur ein bisschen leiser!«

Raimund hatte es ja gewusst: Kaum schwiegen die Trommeln, fingen die Probleme an.

*

»… weil ich ja dachte, dass ich in der Kontrollgruppe bin«, sagte Franks Bruder, »also in der Placebogruppe, aber dann waren irgendwie drei Wochen vorbei und ich hatte immer nur Fernsehen geguckt und mich kein bisschen gelangweilt, da ist mir dann schon aufgefallen, dass da was nicht stimmen kann.«

Freddie machte eine Pause und sah Frank an, der, immer noch im Foyer in den Stahlrohrsesseln sitzend, mit ihm das Aquariumstreiben auf dem Kudamm beobachtete und dabei vor sich hinnickte; Freddie war jetzt schon einige Zeit mit Erzählungen von seiner Odyssee durch die Welt der Psychopharmaka beschäftigt, die im Wesentlichen aus Dämmerzuständen, Fernsehgucken, Sichwundern über dies und das und einem im Rückblick schnellen Vergehen der Zeit bestanden hatten, das waren keine superspannenden Geschichten, aber genau deshalb beruhigend, irgendwie ist es eine heile Welt, die Welt der Freddie-nimmt-Pillen-Geschichten, dachte Frankie, der sich in diesem Moment in Gedanken selber so nannte, Frankie von Frankie und Freddie, der Freddiebruder, der kleinere von den Lehmännern, »Schau, da kommen die Lehmänner!«, wäre das, fragte sich Frank, erstrebenswert, dass die Leute auf der Wiener Straße das sagten, wenn sie ihn und Freddie zusammen die Straße hinunterlaufen sahen, »Da kommen Frankie und Freddie, die Lehmänner«? Lehmänner erinnerte ihn an Müllmänner, aber nicht unangenehm, vor denen hatte letztendlich ja auch jeder Respekt, es war schön, hier so ruhig zu sitzen, zu nicken und Freddies Worte durch das verhallte, menschenleere Hotelfoyer kullern zu hören, die Worte kullerten, anders konnte man es nicht nennen, jedes Wort schien einzeln für sich holpernd und taumelnd über den nackten, dunkel marmorierten Steinfußboden zu rollen und in irgendwelchen Ecken zu verschwinden, so beschrieb sich Frank das in diesem Moment selbst, aber Freddie hatte schon einige Zeit mit dem Reden aufgehört und sein letztes Wort war schon lange den anderen hinterher zur großen Glasfront gekullert, dort einmal abgeprallt und hatte sich dann nach hinten verfieselt, jetzt war es wohl an ihm, etwas zu sagen, also sagte er: »Ja klar, verstehe!«

»Ich meine«, nahm Freddie den Faden wieder auf, »Mosaik, die Sendung für die ältere Generation – ich fand die echt gut!«

»Erstaunlich!«, sagte Frank.

»Ja, oder? Was so Pillen bewirken können … Alles andere war mir zu schnell und zu kompliziert, aber Mosaik, die Sendung für die ältere Generation war genau das Richtige.«

»Stark!«, sagte Frank.

»Und dann das Schulfernsehen, das hatte auch ein gutes Tempo, da wurde alles ganz in Ruhe erklärt, da kam ich immer einigermaßen mit. Wusstest du, dass man, wenn man zwei Zahlen multiplizieren will, genauso gut auch die Zehnerlogarithmen dieser Zahlen addieren kann?«

»Ja, aber ich hatt's vergessen.«

»Genau. Ich auch. Und sowas fand ich plötzlich gut. Da wurde mir klar, dass irgendwas nicht stimmt. Und dann immer der Durst!«, sagte Freddie. Er nahm einen Schluck aus der Wasserflasche. »Die Wasserflaschen gibt es hier umsonst, davon steht hier in jeder Ecke eine Kiste herum, na ja, und irgendwann wurde mir dann klar, dass ich nicht in der Kontrollgruppe gelandet sein konnte, ich bin ja nicht blöd, am Ende habe ich nur noch mit zwei Flaschen neben mir irgendwo herumgesessen, trinken und pissen, trinken und pissen.«

»Wie mit zwei Flaschen? Eine zum Trinken und eine zum Pissen?«

»Nein, das wäre ja eklig. Zum Trinken. Mit zwei Wasserflaschen.«

»Okay.«

»Und jetzt sagen sie, sie schleichen das aus. Bin schon auf einem Viertel der Dosis. Glaube ich«, sagte Freddie. Er kratzte sich ausgiebig am Kopf. Draußen fuhr ein Doppelstockbus vorbei. In der Ferne hörte man Füße über einen Flur schlurfen. Wer hier wohl saubermacht, fragte sich Frankie, und wie oft?

»Ich darf mittlerweile auch wieder raus. Einfach so. Ohne Abmeldung«, sagte Freddie.

»Echt?«

»Ja. Bis abends um halb sechs, dann ist Abendbrot.«

»Und warum sitzen wir dann hier drin?«

»Ist sicherer.« Freddie sah sich um. »Außerdem ist gleich Mittagessen.«

»Um elf?«

»Halb zwölf.«

»Wird hier eigentlich täglich gewischt?«

»Keine Ahnung«, sagte Freddie. »Wer will denn sowas wissen?«

*

Wiemer klopfte und klopfte und wollte sich gerade schon nach der Zange unter der Fußmatte bücken, mit der man hier in die Wohnung kam, obwohl: warum eigentlich? Konnte er wirklich die Hoffnung haben, dass H. R. noch schlief und nicht einfach schon ausgeflogen war? Wie auch immer, kaum hörte er mit der Klopferei auf und bückte sich, ging in der Nachbarwohnung die Tür auf und Nachbar Marko schaute heraus, er war in Pyjama, Bademantel und Pantoffeln und sagte: »Tachchen ooch. Wen suchstn?«

»Na, H. R. natürlich. Weißt du, wo der ist?«

»Heinz-Rüdiger? Ist der nicht da? Warte mal!«

Nachbar Marko kramte in seinen Bademanteltaschen, zog einen Schlüssel hervor, nickte und zog die Tür seiner Wohnung zu. Dann bückte er sich und holte die Zange unter der Fußmatte hervor.

»Ick sare zu denen, baut doch mal ein richtijet Schloss ein. Oder lasst mich dit machen!« Er öffnete die Tür mit der Zange. »Aber nüscht is. Dabei kostet das nicht viel.

Und dit hier is doch viel zu unsicher, sa'ck ma!« Er trat in die Wohnung, aber zögernd, mit den Füßen tastend, und dabei drehte er sich zu Wiemer um und legte einen Finger an die Lippen. »Vielleicht schläft er noch«, sagte er leise. »Egal, ick wollte eh noch ein bisschen was tun, da ist noch einijet, muss auch nochmal zu Ikea.« Und dann rief er, leise wie ein Jäger auf der Pirsch, in die Wohnung hinein: »Heinz-Rüdiger? Heinz Rüdiger?«

Dann ging er weiter. Wiemer hinterher. »Kiek dir dit an!«, sagte Marko und knipste eine Stehlampe an. Sie standen in der Ikea-Musterwohnung. Es war, wie durch ein Portal zu treten und sich bei Ikea wiederzufinden.

»Kiek dir dit an!«, sagte Marko und er klang sehr stolz. »Kiek dir dit bloß mal an! Sowat schönet, sa'ck ma!« Er strahlte über beide Backen.

Wiemer ging herum und staunte. In der Kochecke standen die Töpfe auf dem Herd und die Klo-Dusche-Waschbecken-Nische war mit einer kleinen Wand abgetrennt, genau wie in Spandau, in der Mitte stand der Esstisch, darüber die bunte Lampe, der Tisch voller Konsumplunder und alles penibel an seinem Platz. Marko ging in die Kinderzimmernische und rief von dort: »Heinz-Rüdiger ist nicht da, wenn der schläft, dann schläft der immer oben im Etagenbett, nicht im Elternbett, weil dit ist leichter ordentlich zu halten, also das Etagenbett jetze. Ist auch noch einijet zu machen, is noch lange nicht fertig, ein paar Lampen fehlen noch, hattet ihr irjndwie vajessen uffzuschreim, sind aber auf den Bildern drauf. Und dit jrüne Blatt, weeßte?!«

»Dit jrüne Blatt?« Wiemer war beeindruckt. Die Musterwohnung war genial! Schade, dass Sigi so ein Stoffel war und H.R. den Scheiß mit dem Ölbild aufgedrückt hatte. Das hier auf der Wall City, das wäre der Hammer gewesen! Wiemer hatte nur Angst, dass sich das rumsprach und dann irgendein anderer die Idee klauen würde.

»Hier!« Marko ging zum Brotkasten in der Kochnische und holte einen Stapel Polaroids heraus. »Dit is dit jrüne Blatt. Dit ist so groß ...« – er zeigte mit beiden Armen, wie groß – »und dit bringt man dann über dem Kinderbett an, also über dem oberen. Dann haben die Kinder nicht so viel Angst, denk ich mal. Und Heinz-Rüdiger dann auch nicht. Dit fehlt. Und ein, zwei Lampen, eine Stehlampe ooch, weeß ick oné! Ha'ck mir irjndwo uffjeschriem. Und dann hier!« Marko hielt Wiemer ein Foto hin, darauf war ein Bild zu sehen, nahe dem kleinen Schuhregal neben der Tür, es war das Bild von einer schwedischen oder was auch immer Landschaft, Felder, Wiesen, Wälder, sowas, die Hand von Marko zitterte, als er ihm das Polaroid hinhielt. »Dit Bild da«, sagte er, »dit hamwer ooch nicht. Dit heißt Lunebakken.«

»Ich weiß«, sagte Wiemer, der keinen Grund sah, das Licht seiner Ikea-Kompetenz unter einen Scheffel zu stellen, es konnte ja wohl nicht angehen, dass ein Schwachkopf wie Marko jetzt so tat, als hätte er alles ganz alleine aufgebaut, »ich erinnere mich, das war nicht da. Das war ausverkauft. Sehr beliebt, hatten die gesagt.«

»Gloob ick. Dit hol ich noch ab. Da fahr ich nochmal raus. Und dann auch gleich das grüne Blatt. Und die zwee Lampen.«

»Okay«, sagte Wiemer.

Nachbar Marko hielt weiter das Bild in seine Richtung und schaute ihn vorwurfsvoll an. »Wat habtn ihr da bloß jemacht die janze Zeit?«, sagte er.

»Wie jetzt? Wir haben das alles aufgeschrieben!«

»Ja, aber eben nicht alles!« – Marko betrachtete jetzt selber das Bild. »Ich manage das jetzt für ihn. Da ist noch so viel zu tun. Auch die ganzen Einzelheiten, hier!« Marko fasste an eine Schublade in einem Regal, das in seiner Reichweite war, wie ja eigentlich überhaupt alles in dieser Puppenstube in Reichweite war, Wiemer bekam plötzlich ein Engegefühl, er kriegte kaum noch Luft. »Hier!«, wiederholte Marko. »Der Knopf von der Schublade: falsches Design. Das ist Hudi, dabei müsste es Olebil sein.«

»Wer zum Teufel ist Olebil?«

»Ha'ck allet recherchiert. Ick manage dit jetzt. Hat Heinz-Rüdiger gesagt: Du managst dit.«

»Das hat er gesagt? Du managst dit?«, sagte Wiemer und war beunruhigt. Managen? Das war natürlich Quatsch, Marko hatte von H.R. ja wohl wenn überhaupt höchstens einen Assistentenjob bekommen, das war doch kein Management! Aber irgendwie bedenklich war es schon, mit welcher Sorglosigkeit H.R. sich eine Entourage zusammensammelte, die ArschArt-Leute, Glitterschnitter, Marko, wen immer man traf, alle waren dabei.

»Na ja«, sagte Marko beschwichtigend und klopfte ihm auf die Schulter. »Was man halt so sagt!«

*

P. Immel hatte die anderen ArschArt-Leute, die doch eigentlich alle hatten mitkommen wollen, erst mühsam aus ihren Löchern scheuchen müssen, so war ihm das vorgekommen, sie hatten sich in ihren halbfertigen Wohnungen und Zimmern verkrochen, hinter den mit Planen und Tüchern verhängten Türöffnungen, denn die Türen hatten sie irgendwann ausgehängt, um sie zentral zu renovieren, und seitdem standen die auf jeder Etage in einer Treppenhausecke herum und warteten auf bessere Zeiten, jedenfalls hatten die ArschArt-Leute sich alle regelrecht versteckt, da war überhaupt kein *spirit*, keine Aufbruchstimmung bei denen, »Kommts endlich raus, ihr depperten Penner!«, hatte er schließlich hinter jede gschissene Plastikfolie und die ganzen mottenzerfressenen Lumpen schreien müssen, das schöne wienerische Owezahrer hatte er sich verkniffen, weil er das Gefühl hatte, dass sich unter den ArschArt-Leuten viel weniger richtige Österreicher befanden, als man glauben wollte, das waren, so sein Verdacht, mehr getarnte Piefkes als irgendwas, er spielte manchmal mit dem Gedanken, die Pässe zu kontrollieren, aber da hatte er ein bisschen Angst vor dem Ergebnis, denn was tun, wenn sich sein Verdacht bestätigte?

Wie auch immer, irgendwann hatte er die Schlawiner aus ihren Löchern gescheucht und kam nun mit der ganzen Bagage im übelriechenden Hinterhof an, auf dem sich H. R. und die bescheuerten Punks gegenüberstanden, wenigstens war da in der Zwischenzeit nichts Schlimmes passiert!

»Okay, dann so«, hörte er den Oberpunk, den Deppen mit dem Irokesenschnitt, sagen.

»Ja super«, sagte H. R. – was war da los? Wieso prügelten die sich nicht? Gab es da eine Verbrüderung? Man kann nicht überall zugleich sein, dachte P. Immel, aber man möchte es, diese Stadt macht einen zum Kontrollfreak! »Was ist super?«, fragte er scharf und entschieden, während sich Michael 1, Michael 2, Jürgen 1, Jürgen 2, Kluge mit seiner gschissenen Kamera – der drehte schon wieder! – wie auch Enno und das Mariandl um ihn scharten, das war schon schön, so mit einer großen Corona hier aufzutauchen und gleich mal die depperten Punks in ihre Schranken zu weisen, da kann der Trottel einen Irokesen haben, wie er lustig ist, dachte P. Immel, am Ende ist es die Qualität der Mannschaft, die entscheidet, das war bei Rapid schon immer so gewesen und so war es auch hier bei der ArschArt, geh scheißen mit deinen Punkdeppen, dachte P. Immel zufrieden, während er auf H.R.s Antwort wartete.

»Ach, nur so, wir haben uns nur nett unterhalten!«, sagte der schließlich.

»Nett unterhalten?!«, fragte P. Immel scharf nach, man ist misstrauisch, dachte er, aber ist man es zu Recht? Hat man Zeit für sowas? Und wieso denkt man von sich selbst in der dritten Person? Liegt's am Mariandl? »Na schön«, gab er es auf, »mir soll's wurscht sein.« Und zu seiner Anhängerschaft, Piefke oder nicht, sagte er: »Steigts ein!«

»Ja«, sagte H.R. und klappte die hintere Pritschenwand herunter. »Alle hinten rein.«

»Nie im Leben!«, sagte das Mariandl. »Ich fahr doch nicht dahinten mit den Fummlern und Spechtlern mit, da weiß ich doch gleich, was da abgeht!«

»Also geh«, sagte Jürgen 1, »wieso Spechtler?«

»Ich fahre vorne mit!«

»Vorne sitze ich!«, sagte P. Immel listig. Da kann sie mich jetzt nicht als Fummler oder Spechtler beschimpfen, wenn sie sich absichtlich zu mir setzt, dachte er zufrieden.

»Ja und? Da passen doch drei Leute rein!«, sagte das Mariandl.

»Ja, okay«, sagte P. Immel gespielt widerwillig, »dann komm du mit nach vorne.«

»Spechtler, von wegen«, sagte Michael 2. »Was soll das überhaupt heißen?«

»Das weißt du nicht?!«, sagte Michael 1, während er die Ladefläche des LKWs erklomm.

P. Immel hörte nicht mehr hin. Was immer die jetzt sagten, er wollte es nicht wissen, Gott sei Dank machte das Hochklappen und Verriegeln der Pritschenrückwand genug Lärm, um das zu übertönen, und nachdem H.R. die Plane heruntergezogen hatte, war von der Ladefläche nur noch ein amorphes Gemurmel zu hören, so war es recht, nur ein »Nicht zumachen, das ist unheimlich hier drinnen!«, vom Mariandl-Bruder drang noch nach draußen.

»Kannst auch laufen, Enno!«, rief P. Immel.

»Flo bitte! Nicht Enno!«

»Schnell weg«, sagte P. Immel zu H.R., »bevor die alle wieder aussteigen. Oder die da« – er zeigte auf die Punks, die sich das alles seltsam stumm und passiv angeschaut hatten – gell, da schauts, dachte P. Immel – »noch auf dumme Gedanken kommen!«

Und dann kam der schöne Teil des Tages, in dem er sich dicht neben das Mariandl auf die Beifahrerbank setzen durfte. So könnt's bleiben, dachte er, während das Mariandl ihm – bewundernd, wie er hoffte – von der Seite dabei zuschaute, wie er die Wagentüre schloss.

*

Raimund trommelte und alles war gut, aber dann hörte Ferdi schon wieder mit seiner Synthie-Piepserei auf, aber nicht nur, dass er aufhörte, das hätte Raimund auch gar nicht bemerkt, so leise, wie der Synthie mittlerweile war, Ferdi hob vielmehr beide Hände in den Himmel und wedelte damit herum wie ein Fernsehshow-Gast beim Grande Finale, was versprach der sich davon? Was sollte das denn bringen? War das eine neue Bühnenshow-Idee, von der Raimund nichts mitgekriegt hatte? Jetzt schwenkte er die Arme wie die Typen auf den Flughäfen, nur ohne Kelle, peinlich! Raimund hörte auf zu spielen, es nützte ja alles nichts! »Was ist los, Ferdi? Was fuchtelst du denn da in der Luft herum?«

»Hast du das auch schon bemerkt, Raimund?«

»Ja klar, wieso?«

Ferdi seufzte. »Raimund: Wir haben alle leiser gemacht, wegen Lisa, damit die auch mal zu hören ist, nur du spielst nicht leiser.«

»Habt ihr Lisa auch leiser gemacht?«, fragte Raimund.

»Nein, die natürlich nicht. Das würde ja keinen Sinn ergeben.«

»Und Charlie? Habt ihr Charlie leiser gemacht?«

»Nein, natürlich nicht, das ist eine Bohrmaschine, Raimund, die hat keinen Lautstärkeregler, ehrlich mal.«

»Warum sagst du dann, wir haben alle leiser gemacht, Ferdi? Das ergibt dann ja wohl keinen Sinn!«

»Ich, Raimund! Ich habe leiser gemacht!«

»Okay. Meinetwegen.«

»Aber du nicht!«

»Nein, das ist ein Schlagzeug, das hat auch keinen Lautstärkeregler, Ferdi!«

»Aber man kann leiser spielen.«

»Ja, aber dann muss Charlie auch leiser werden«, sagte Raimund listig. »Vielleicht nicht so viel und so stark bohren, ich meine, es ist ja mehr die Bohrerei als die Bohrmaschine, die den Sound macht, oder? Wirklich laut wird es doch nur, wenn er in den Beton bohrt.«

»Hör mal, Raimund«, sagte Charlie, »ich lass mir da jetzt aber nicht reinreden.«

»Vor allem deshalb ist es ja wohl so laut, weil du den Schlagbohrer eingestellt hast«, sagte Raimund, der sich ja die Hose bohrmaschinentechnisch auch nicht mit der Kneifzange zumachte, auch ich weiß, wie ein Baumarkt von innen aussieht, dachte er, aber ich mach da kein Ding draus, da könnte sich Charlie mal eine Scheibe von abschneiden, mal ein bisschen mehr Demut an der Bohrmaschine, dachte Raimund, warum nur regte ihn die Bohrmaschine so auf? Das ist die Kraft der Kunst, dachte er, dass sie einen aufregen kann, insofern hat die Bohrmaschine natürlich ihre Berechtigung! »Vielleicht solltest du einfach das Schlagbohrdings da ausschalten, dann ist das nur noch halb so laut.«

»Hör mal, Raimund«, sagte Charlie, der jetzt ziemlich sauer aussah, was war der so empfindlich?, »du prügelst da die Scheiße aus dem Drum, dass einem die Ohren abfallen, und ich soll den Schlagbohrer rausnehmen, ich glaub, es hackt! Am Arsch die Räuber!« Der war jetzt richtig wütend, was waren die denn alle bloß so scheiße drauf?! »Spiel gefälligst leiser! Wenn ich den Schlagbohrer nicht drinhabe, dann komme ich in den Beton überhaupt nicht rein, so sieht's doch mal aus!«

»Jetzt hier mal nicht so aufregen!«, sagte Ferdi und hob schon wieder die Hände, bei dem war heute Händewedeltag, der gute alte Ferdi! »Jetzt mal alle schön abregen. Letzten Endes geht es doch darum, dass Lisa hier auch mal zu hören ist!« Er hielt beide Hände in Lisas Richtung, als wollte er ihr eine Schale mit was zu essen drin reichen. »Einfach spielen, Lisa. Lass dich nicht aufhalten. Auch nicht von Raimund. Das wird schon.«

»Na ja, es muss ja auch ein bisschen Platz sein fürs Saxophon.«

»Wir machen das anders«, sagte Ferdi, »auch heute

Abend, wir machen das so, dass Raimund anfängt, alleine und dann nicht so laut, und dann steigst du erstmal ein, dann hören dich die Leute auf jeden Fall, und danach erst kommen Charlie und ich dazu, dann geht das auch psychoakustisch klar, dass da ein Saxophon dabei ist.«

»Wieso? Sehen mich die Leute etwa nicht?«

»Doch schon, das ist optisch, ich sagte aber psychoakustisch.«

»Mein Gott, Ferdi«, sagte Raimund halb bewundernd, halb abgenervt, »was du für Wörter kennst!«

»Ja, auch ruhig mal ein Buch lesen, Raimund!«

»Was ist das hier? Die Volkshochschule? Oder spielen wir jetzt mal!«, meldete sich Charlie. Er schaltete die Bohrmaschine ein.

»Nein, nicht du anfangen, Raimund fängt an.«

»Der spielt zu laut und zur Belohnung darf er anfangen, oder was?«

»Er spielt jetzt mal ein bisschen leiser, okay, Raimund?«

»Sowieso«, sagte Raimund.

※

»Ich muss aufhören, so süße Sachen zu essen, vor allem morgens«, sagte Kerstin, während sie ein Stück Kuchen probierte, vor allem Kuchenessen ist heikel, ergänzte sie in Gedanken, nicht nur wegen der Figur, sondern weil am Ende Chrissie noch denkt, man will den Kuchen kontrollieren, die Qualität checken und was nicht alles so durch das paranoide Gehirn von dem armen kleinen Ding da rauscht, dachte sie, und das machte sie traurig, immer musste man aufpassen, was man sagte, man stolperte unablässig durch ein Minenfeld bei ihrem kleinen Babylein, wo waren sie nur hin, die unbeschwerten Tage, als die kleine Chrissie ihr noch ganz allein gehört und alles, was sie als Mutter gesagt hatte, in Ordnung gewesen war? Hatte es die überhaupt je gegeben? Von heute aus schwer vorstellbar. Aber der Satz mit den süßen Sachen war gut, der war dreifach raffiniert, weil er als kleine Selbstanklage rüberkam, in die Chrissie aber trotzdem nicht einstimmen konnte, ohne schwer beleidigend unterwegs zu sein, weil Kerstin damit außerdem eine Schwäche eingestand und indirekt dem Kuchen ein Kompliment machte, das aber eben indirekt daherkam und deshalb nicht als Schleimerei ausgelegt werden konnte, da kannte Chrissie ja nun überhaupt kein Erbarmen, und drittens, was war nochmal das Dritte? Keine Ahnung, aber da war noch was, Kerstin kam gerade nicht drauf, aber da sagte Chrissie auch schon: »Wieso vor allem morgens? Das ist ja wohl die einzige Tageszeit, wo man süße Sachen isst, oder nicht?«

»Ja, aber ich werde davon fett, wenn ich nicht aufpasse.«

»Und abends nicht?«

»Du weißt doch, was ich meine.«

»Morgens wird man ja wohl noch was Süßes essen dürfen.«

»Auf jeden Fall!« Kerstin seufzte.

»Dann werden wir jetzt alle fett, oder was?«

»Ich muss bald wieder zurück nach Hause«, sagte Kerstin niedergeschlagen. »Also nach Stuttgart. Ich kann hier nicht ewig bleiben.«

»Ja.«

Sie schwiegen eine Weile.

»Ich meine, nein«, sagte Chrissie dann.

»Der ist aber gut, der Kuchen«, sagte Kerstin.

»Ja klar, was hast du denn gedacht?!«

Und wieder schwiegen sie. Es war nicht gut, wenn sie unter sich waren, Chrissie, das spürte Kerstin ganz deutlich, wollte sie hier nicht haben, hier war Chrissieland und Kerstin hatte kein Visum dafür, so sah es wohl aus, es hat, dachte Kerstin in Erinnerung an den Transitweg nach Westberlin, gerade mal für eine Identitätsbescheinigung gelangt.

»Du bist immer so stachelig«, sagte sie aufs Geratewohl, keine Taktik mehr, dachte sie, schnell noch alles gesagt haben, bevor man für immer weg ist.

»Stachelig?«

»Ja, so abweisend.«

»Ich? Nie im Leben! Wie kommst du denn auf sowas?«

»Auch Wiemer gegenüber.«

»Willst du den eigentlich mitnehmen nach Stuttgart? Mir wär's recht!«

»Siehst du, das meine ich.«

Kerstin schob den Rest ihres Kuchens weg. Sie mochte ihn nicht mehr. Den Kaffee auch nicht. Am besten wäre es, dachte sie, man ginge jetzt gleich. Aber das war ihr zu dramatisch. Morgen ist auch noch ein Tag, dachte sie, morgen fahre ich weg, das ist ja alles nicht zum Aushalten, dachte sie, und wenn ich erst morgen fahre, kann ich mich heute noch an den Gedanken gewöhnen.

»Wiemer nehme ich nicht mit«, sagte sie. »Der bleibt hier. Was soll der in Stuttgart?« Und was soll ich dort, dachte sie, ohne Chrissie?!

»Du darfst mich nicht Mäuschen nennen!«, sagte Chrissie.

»Aber du warst doch immer mein Mäuschen, da kann man ...«

»Kann ja sein. Aber nicht vor den anderen.«

»Okay.« Niederlage, Niederlage, Niederlage, dachte Kerstin. Man fährt über zwei DDR-Grenzen, um sich dann im amerikanischen Sektor abwatschen zu lassen. Gut, dass Erwin in dieser bescheuerten Stadt wohnt, da hat man wenigstens einen, bei dem man sich nach Chrissie erkundigen kann, wenn man wieder zu Hause ist, dachte sie.

Die Tür ging auf und Wiemer kam herein. »H.R., weißt du vielleicht, wo der hinwollte?«, wandte er sich an Chrissie.

»Keine Ahnung, der ist mit dem LKW weg. Der hat was von einem Rahmen gesagt.«

»Rahmen?«

»Ja, Rahmen. Drei mal vier Meter.«

Jetzt fiel es Kerstin wieder ein. Das dritte Gute an dem Satz war gewesen, dass sie den Kuchen, falls er nicht schmeckte, stehen lassen konnte, ohne Chrissie zu verletzen. Aber der Kuchen war gut gewesen. Und sie mochte ihn trotzdem nicht mehr.

*

»Drei mal vier Meter?«, fragte Wiemer bang, aber auch voller Hoffnung, H.R. war ja wie Nitroglyzerin, da konnte jeden Moment was passieren, warum nicht auch mal zur Abwechslung was Gutes, und jetzt drei mal vier Meter, sollte er sich endlich entschlossen haben, die Sache mit dem Ölbild anzugehen?

»Ja, rede ich undeutlich?«, sagte Kerstins blöde Tochter, die ihm langsam mächtig auf den Senkel ging.

»Nein, nein, das nicht, aber das könnte ...«, dachte Wiemer laut vor sich hin.

»Vielleicht gehörte das auch gar nicht zusammen«, sagte Chrissie, »er hatte erst was von einem Rahmen gesagt und dann hatte er noch gefragt, ob bei einem Format von drei mal vier Metern drei für die Breite und vier für die Höhe steht, oder umgekehrt.«

»Und was hast du gesagt?«

»Ich habe gesagt«, sagte Chrissie, »dass bei diesen x-y-Sachen in der Schule x immer die horizontale Achse war und y die vertikale und, da das x vor dem y kommt, also im Alphabet, ich mal davon ausgehen würde, dass drei die Breite und dann vier die Höhe bezeichnet.«

Ja schon, dachte Wiemer, gut gedacht, aber ist das nicht eigentlich ein außerordentlich bescheuertes Format, drei Meter breit und vier Meter hoch? Er, Wiemer hatte sich das immer als zwar auch etwas knuffeliges, aber auf jeden Fall naheliegenderes Querformat vorgestellt. Wen konnte man fragen bei sowas Banalem, ohne sich zu blamieren? Sigi? Sigi auf keinen Fall!

»Woher weißt du denn sowas?«, rief Kerstin und der Stolz einer Mutter sprach aus jedem Wort.

»Was?«

»Das mit der x- und der y-Achse.«

»Das hatten wir in der Schule.«

»Aber du hast doch nur Mittlere Reife!«

»Ja, aber mit lauter Einsen.«

»Aber du wolltest doch nicht auf das Gymnasium!«

»Ja, aber das hat doch nichts mit dem x-y-Ding zu tun.«

Wiemer blickte nicht mehr durch. Er schaute nach draußen. »Guckt mal«, rief er erfreut, »da kommt sein LKW.«

»Wem sein?«, fragte Chrissie.

»Wessen!«, sagte Kerstin.

»Ich weiß!«, sagte Chrissie. »Vergiss nicht: lauter Einsen!«

*

Als Kacki in den Hinterhof kam, wo der LKW zur Intimfrisur abfahren sollte, so hatte es P. Immel durch das Haus laufend gerufen, »Der LKW zur Intimfrisur fährt gleich ab«, was, wie Kacki fand, auch ein guter Titel für ein Theaterstück wäre, wenngleich keins im shakespeareschen Sinne, als jedenfalls Kacki in den Hinterhof kam, war dort kein LKW zur Intimfrisur, der gleich abfahren würde, und auch kein P. Immel und kein ArschArt-Galerie-Fußvolk, sondern nur ein einzelner Typ von den Hinterhofpunks, der mit dem Riesenirokesen auf dem Kopf, irgendwie fand Kacki den ja gut, weil der sich wenigstens ein bisschen um sein Äußeres kümmerte, so wie Kacki selbst ja auch, jetzt gerade hatte er ein Bündel Kleider unter dem Arm, das war sein Kaffeehausgewand, das hatte er in einer Kauf's-im-Kilo-Secondhand-Garage nahe dem Nollendorfplatz gefunden, ein echter Glückskauf, den wollte er prophylaktisch und voller Vorfreude auf die kommenden Kaffeehauszeiten schon einmal in der Intimfrisur verstauen, immer nur der kackbraune, hier und da ins Grün changierende Anzug war ja auch keine Lösung und im Kaffeehaus ganz unangebracht, jedenfalls standen sie sich jetzt gegenüber, Kacki im braun-grün changierenden Anzug mit den Kaffeehausklamotten unterm Arm und der Punker mit dem Irokesen, und sie starrten sich an, bis Kacki schließlich ausrief: »Wo sind die denn alle? Wo sind die denn alle hin?!«

»Wer?«

»Na die ...«, sagte Kacki und bremste dann ab. Er durfte nicht vergessen, dass er es hier mit einem Feind zu tun hatte, da durfte man sich keine Blöße geben, die anderen waren zwar verdammte Arschlöcher, vor allem P. Immel, der sich in Kackis Augen langsam zur größten Enttäuschung mauserte, seit der blöde André Heller seinen gschissenen Circus Roncalli in Deutschland eröffnet hatte statt in Österreich, das war arg gewesen, aber hier alles noch schlimmer, P. Immel und die anderen hatten ihn, Kacki, vergessen, sie waren im LKW zur Intimfrisur gefahren und hatten ihn vergessen, Kacki, die Mitgliedsnummer 2 bei der 1. Ottakringer Shakespeare-Kampfsportgesellschaft, vergessen und zurückgelassen wie einen alten, löchrigen Schuh in einem sumpfigen Boden, und da steckte er nun und starrte einem blöden Hinterhauspunker auf den Irokesen, aber der Hinterhauspunker immer noch mehr Feind als die eigenen Leute, die zwar Enttäuschungen waren, vor allem natürlich P. Immel, aber doch wohl noch keine Feinde, so wie der Irokesenbettbrunzer hier, aber das war nur ein Zwischenstand, wenn es so weiterging, war völlig unklar, wo das noch enden würde!

»Ich will keinen Streit mit dir«, sagte er nach einer stummen Weile zum Irokesenmann. »Aber sag: Sind die schon abgefahren?«

»Ja. Also wenn du die Typen mit dem Heuler-und-Müller-LKW meinst.«

»Genau die.«

»Ja.«

Kacki schwieg. Er war so müde jetzt! Eben noch hatte er sich auf die Intimfrisur gefreut, jetzt war er nur noch müde.

»Wieso keinen Streit?«, sagte der Punk. »Ist doch alles geklärt!«

»Geklärt?« Kacki horchte auf. »Verstehe ich nicht.«

»Wieso, wir haben uns doch geeinigt!«

»Geeinigt? Du? Mit P. Immel?«

»Was weiß ich denn, wie der heißt, ist das der Dicke?«

»Der ist nicht dick«, verteidigte Kacki seinen alten Freund mehr aus Gewohnheit denn aus Überzeugung, hier werteten sich ja gerade alle Werte um, »der ist nicht dick, der hat nur etwas einen Bauch.«

»Mit dem jedenfalls nicht. Mit dem anderen, dem Dünnen mit dem Scheitel!«

»H. R.?«

»Keine Ahnung, der das Auto hatte. Der gehört doch auch dazu, oder nicht?«

»Nein.«

»Stimmt. Meinte der auch. Wir kommen heute Abend.«

»Ihr?«

»Ja, der hat uns eingeladen.«

»Und …« – Kacki war aufs Äußerste alarmiert. Hier ging ja wohl alles drunter und drüber! »… wissen das auch die anderen?«

»Welche anderen?«

»Die dann mit ihm weggefahren sind.«

»Keine Ahnung. Die sind später gekommen, aber dann mit ihm weggefahren.«

»Das will nichts heißen.«

»Wieso nicht? Jedenfalls kommen wir heute Abend.«

Hier lief irgendetwas ganz Seltsames. Oder vielmehr nicht etwas Seltsames, dachte Kacki, sondern etwas ganz Arschklares: Hier lief Verrat. Entweder von allen an ihm oder von H. R. an allen. Auf jeden Fall schlimm. Sehr schlimm.

»Und mich haben sie vergessen«, brach es bitter aus ihm heraus, »dabei war ich bloß kurz auf dem Klo, ich habe noch die Tür aufgemacht und ihnen ins Treppenhaus hinterhergerufen, dass ich gleich fertig bin, wieso vergessen die mich?« Er blickte auf und sah in das Gesicht des Irokesenpunks. »Wieso vergessen die mich?«

»Warum nicht? Ich meine, warum denkt überhaupt irgendjemand an irgendjemand anderen?«

»Verstehe ich nicht«, sagte Kacki verdutzt.

»Der Scheißeeimer ist mir gar nicht aus der Hand gefallen«, sagte der Irokesenmann. »Ich hatte den fallen gelassen. Weil ich keine Lust mehr hatte.«

»Ja nun ...«, sagte Kacki unsicher.

»Das bringt doch alles nichts, Scheiße im Eimer und dann bei euch reinkippen.«

»Warum nicht? Was ist falsch daran?«

»Alles. Deshalb finde ich ja gut, dass wir heute Abend auch kommen. Der mit dem LKW hat uns gefragt und wir kommen da hin und klatschen und dann übernimmt der die Stromrechnung.«

»Moment mal!«, sagte Kacki. »Moment mal.« Er atmete tief durch, bevor er fortfuhr: »Das musst du jetzt mal ganz genau erzählen!«

*

»Was ist denn nun schon wieder?« Raimund hatte bald keine Lust mehr. Wie sollte man denn richtig in die Musik reinkommen, wenn man dauernd mit dem Spielen wieder aufhörte.

Ferdi nahm die Hände runter. »Raimund, du musst echt mal leiser spielen.«

»Noch leiser? Das war doch schon superleise!«

»Nein, war es nicht. Das war genauso laut wie davor und wie davor und wie davor. Ich kann überhaupt nicht hören, was Lisa spielt.«

»Ich kann nicht leiser, ich meine, ich kann schon, aber irgendwie geht es nicht, Trommeln sind nun mal laut, ich meine, seit wann machen wir denn sowas, mit leiser spielen und so?!«

»Seit ich hören will, was Lisa spielt.«

»Du willst das doch bloß hören, weil du ein Kontrollfreak bist. Lass sie doch einfach spielen!«

»Raimund«, sagte Ferdi in einem scheingeduldigen Ton, den Raimund nicht besonders gut ertragen konnte, der kam ihm irgendwie hochmütig vor, »Glitterschnitter zu dritt, das war Powerpop, da kann man so laut spielen, wie man will, weil man trotzdem immer alles hört, aber zu viert, das ist subtil, verstehst du? Da muss man darauf achten, dass alle zu hören sind und richtig verzahnt ineinander spielen, da muss man aufeinander hören!«

»Wer muss darauf achten? Du oder ich? Ich spiele Schlagzeug, das muss reichen! Ich mach keine Synthie-Fiepsereien, bei denen ich noch die Zeit habe, auf irgendwas zu achten!«

»Ich will keine Umstände machen«, sagte Lisa, »ich spiele schon irgendwas, keine Bange!«

»Okay«, sagte Ferdi, »aber wir wollen auch, dass du gut zu hören bist. Was soll denn sonst die gute alte Leo denken? Dass wir dich unterbuttern? Ihre eigene Nichte?«

»Ich habe eine Idee«, sagte Charlie. »Wir lassen nicht Raimund anfangen und Lisa steigt ein, sondern umgekehrt.«

»Verstehe ich nicht«, sagte Raimund. »Was heißt denn in dem Zusammenhang umgekehrt?«

»Dass nicht du anfängst, sondern Lisa«, sagte Charlie. »Lisa fängt an und spielt erst mal eine Weile und du steigst dann irgendwann ein.«

Das war das Dümmste, was Raimund je gehört hatte, wie sollte das denn gehen? Bei Glitterschnitter hatte bisher immer Raimund angefangen und die anderen waren dann eingestiegen und fertig! Das Schlagzeug fängt an und gibt den Rhythmus vor, wer denn sonst? Aber egal, dachte Raimund, Hauptsache kein Streit mit Ferdi jetzt! Er sagte nichts.

»Genau, so machen wir's!«, sagte Ferdi.

Raimund schwieg.

»Okay, ja klar«, sagte Lisa, die Raimunds Meinung nach ruhig etwas begeisterter sein konnte, schließlich hatte das ja alles wegen ihr jetzt so kommen müssen. Aber Raimund schwieg. Ihm doch egal, »Ich muss sowieso gleich los«, sagte Lisa. »Ich habe noch eine Verabredung.«

Das wurde ja immer schlimmer. »Aber wir spielen doch noch, oder?«, versuchte Raimund den Tag irgendwie zu retten. »Dann eben zu dritt!«

»Ich weiß nicht, Raimund«, sagte Ferdi, »zu viel proben ist auch nicht gut, heute Abend ist ja der Gig, wenn wir jetzt zu viel proben, geht die ganze Energie flöten und wenn Lisa jetzt eh weg ist ... – die Probe war doch eigentlich nur wegen ihr.«

»Ich hab schon Schmerzen im Ellenbogen. Ich brauch mal eine Pause«, sagte Charlie.

»Ich würde aber gerne noch mehr spielen.«

»Und das ehrt dich, Raimund. Das ist, weil du so viel

Energie hast, und das ist gut. Und deshalb solltest du dich jetzt zügeln, weil wenn du diese Energie behältst, dann geht heute Abend der ganzen Welt ein Licht auf.«

Ganz schön raffiniert, der alte Schmeichler, dachte Raimund.

*

»Ich bin noch nicht ganz wieder der Alte, Frankie, ehrlich mal. Wenn ich da auf den Kudamm gehe, neulich bin ich da mal raufgegangen, auweia.«

Sie lustwandelten rauchend durch den kleinen, aber trotzdem irgendwie schönen Hinterhofgarten des Hotels, in den der Kudamm-Lärm nur gedämpft, wie eine leise, mahnende Erinnerung, über die Dächer hinweg eindrang, lustwandeln, dachte Frank, ein starkes Wort und irgendwie auch eine gute Beschreibung, in der platten Ebene erscheint auch ein Sandhaufen als Hügel, hatte Achim in Bremen mal gesagt, in welchem Zusammenhang nochmal, keine Ahnung, und das hatte Frank gefallen, und im Vergleich zu der platten Ebene eines Abhängens im Probandenhotelfoyer war das hier gewiss der Hügel des Lustwandelns, angenehm, an sowas zu denken, war das schon der erholsame Effekt der gelben Schotterwege, nassgrünen Rasenstückchen und blätterlosen Bäume? »Auweia«, wiederholte sein Bruder, »ich ging auf den Kudamm, also wörtlich jetzt, so Fuß für Fuß, und das war, als ob man auf eine schaukelnde Hängebrücke ging. Na ja, ist schon ein paar Tage her.«

»Waren das die Pillen?«

»Entweder ja oder nein, also entweder ja, weil sie noch wirkten, oder nein, weil die Wirkung nachgelassen hatte, also in jedem Fall ja, keine Ahnung, sie schleichen das ja aus, sagen sie, komisches Wort, aber irgendwie auch geil, jedenfalls wollten die Ärzte das auch wissen, wenn das überhaupt Ärzte sind, oder sind das Pharmakologen, sind Pharmakologen auch Ärzte?«

»Keine Ahnung«, sagte Frank.

»Die fragen einen jedenfalls dauernd alles Mögliche, man weiß gar nicht, was man sagen soll oder was die hören wollen, im Augenblick geht's immer darum, wie man sich fühlt, das ist meistens okay, aber neulich hätte ich bei der Frage fast zu heulen angefangen, das ist dann irgendwie auch peinlich, oder?«

»Ja, nee, weiß nicht«, sagte Frank. »Und nach dem Abendessen darfst du nicht mehr raus?«

»Keine Ahnung, wahrscheinlich schon. Warum?«

»Nur so. Du könntest mal vorbeikommen. Deine neue Wohnung besichtigen.«

»Das ist ja wohl eher deine, oder? Ich bin ab Januar eh weg, ist da überhaupt Platz für mich?«

»Kriegen wir schon hin.«

»Sonst gehe ich zu irgendwem anders.«

»Nein, da ist Platz«, sagte Frank.

»Gut«, sagte sein Bruder und lächelte. »Sehr gut. Und du arbeitest heute Abend hinter dem Tresen?«

»Ja, ich soll auf Klaus aufpassen.«

»Wer ist Klaus nochmal?«

»Der arbeitet da auch.«

»Und auf den sollst du aufpassen?«

»Irgendwie ja.«

»Du weißt schon, dass das ein bisschen irre klingt, oder?«

»Ja klar.«

»Dann ist ja gut«, sagte Freddie. »Alles okay, solange man es noch merkt!«

*

H. R., das musste P. Immel ihm lassen, ging mit dem LKW so sicher um wie Kacki mit dem Schneebesen, das hatte er letztens an Kacki bewundern können, wie der mit dem Schneebesen durch das Eiweiß gewirbelt war, alle Achtung, da hatte es einen elektrischen Rührbesen, den sie natürlich nicht gehabt hatten, auch wirklich nicht gebraucht, eine Esterházy-Torte hatte er machen wollen, schon eine arge Sauerei im Ganzen, aber für Kacki kein Problem, das war beeindruckend gewesen, die Torte auch, aber da hatte bei der ArschArt keiner Zeit aufs Bewundern verschwendet, gleich alles aufgefressen, der arme Kacki, jedenfalls egal, der H. R. mit dem LKW war wie der Kacki mit dem Schneebesen, der wirbelte damit durch die gschissene Naunynstraße und die ganzen Grattler mit ihren gschissenen Autos, die dort kreuz und quer durcheinander die Straßen verstopften, und dann am Heinrichplatz, wie er da fesch und forsch auf die Oranienstraße einbog, gegen alle Regeln und alle anderen schneidend, aber keiner hatte gehupt, weil der H. R. so elegant gefahren war, so geschmeidig sich dort eingefügt hatte, und das mit einem gschissenen Pritschen-LKW voller ArschArt-Galerie-Leute, alle Achtung, und dann war der auch noch geliehen und warum ging der eigentlich nie zurück an die Heuler- und-Müller-Arschlöcher, warum hatte der den immer? War das eine Dauerleihgabe? P. Immel wollte gerade die Frage stellen, Interesse jetzt nicht einmal geheuchelt, da machte das schöne Mariandl, das die ganze Zeit eng neben ihm gesessen und die Füße gegen das Armaturenbrett gestemmt hatte, es hatte lange Beine, das Mariandl, so lang, dass dem Mariandl praktisch die netzbestrumpften Knie den schönen Kopf einrahmten, P. Immel wusste gar nicht, wo er hingucken sollte, er starrte die ganze Zeit mehr oder weniger geradeaus und beobachtete den Verkehr, jedenfalls machte das Mariandl den Mund auf und sagte: »Und das da ist euer gschissenes Kaffeehaus?«, weil H. R. den Wagen gerade auf die Bushaltestelle vor dem Einfall gelenkt und angehalten hatte, und dabei zeigte sie auf das gschissene Café Einfall und warum hatte er, P. Immel, heute eigentlich so eine schlechte Laune, das ist der Kontrollverlust, dachte er, weil jetzt haben in allen Belangen die anderen die Kontrolle übernommen, da leidet man, dachte er, man könnte es als Erleichterung sehen, aber am Ende ist es bloß demütigend und die Katastrophe unausweichlich.

»Nein«, sagte er bemüht freundlich, um seine sexuellen Aussichten beim Mariandl nicht zu verspielen, »das ist das depperte Café Einfall. Die Intimfrisur ist das daneben!«

Er zeigte drauf.

»Wieso heißt das Intimfrisur? Das ist doch kein Name für ein Kaffeehaus.«

P. Immel seufzte. »Wärst mal pünktlich gewesen bei den Plenums, dann wüsstest du's!«

»Plenums? Das heißt doch Plena, oder nicht?«

»Na gratuliere«, sagte P. Immel, langsam das sexuelle Interesse verlierend. »Das ist die Hauptsache, dass man das weiß!«

»Ich halte mal hier, aber das ist die Bushaltestelle, da könnte jetzt jeden Moment ein Bus kommen, wir müssen schnell ausladen!«, sagte H. R.

»Schnell? Das ist was für Deutsche, immer dieses schnell, schnell, schnell!«, sagte P. Immel misslaunig.

»Ich *bin* Deutscher!«, sagte H. R.

Der traute sich was!

*

»Oder ist das gar nicht sein LKW?«, sagte Wiemer. »Warum stehen die da an der Bushaltestelle und steigen nicht aus? Da könnte doch jeden Moment ein Bus kommen! Das ist doch sein LKW, oder?«

Kerstin war schwer genervt. Ja, es war Zeit, nach Hause zu fahren, und auch Zeit, den hier zurückzulassen, der war ihr irgendwie jetzt auch mal zu jung und zu doof, das mit dem jung hatte sicher Vorteile, fester, schlanker Körper, Leistungsfähigkeit, Gehorsam, aber Doofheit konnte man damit nicht kompensieren, fand Kerstin, man darf kein Spielball seiner Triebe werden, dachte sie, und das ließ sie wieder an ihre damalige Absicht denken, Psychologie zu studieren, das war im Grunde eine schöne Idee gewesen, aber eigentlich, dachte sie, hatte man ja schon im Kindergarten genug mit Verrückten zu tun, vor allem bei den Eltern, da musste man ja nicht auch noch ein Studium draus machen. Und sich auch, dachte sie mit einem Blick auf Wiemer, keinen Kindergarten nach Hause holen!

»Guckt mal!«, rief Wiemer. Der LKW fing an zu wackeln, seine Plane sich hier und da auszubeulen, Hände kamen unter der Plane hervor und öffneten die Verriegelung der hinteren Pritschenklappe, dann sprangen Leute auf die Straße, einer nach dem anderen, die waren alle so in Wiemers Alter oder sogar noch jünger, und Kerstin glaubte sogar zu erkennen, dass das Leute aus der bescheuerten ArschArt-Galerie waren.

»Was soll das denn?«, fragte Wiemer.

»Was weiß ich«, sagte Kerstin unwirsch. »Ist doch dein Freund. Schau halt nach!«

*

»Ich *bin* Deutscher!«, äffte P. Immel H. R. nach. »Was ist das denn für ein bescheuertes Argument?«

»Gar kein Argument, mein Peter, das ist einfach nur die Wahrheit.«

Jetzt sagte der auch noch mein Peter. Und schlimmer noch, er sagte es vor dem Mariandl und das Mariandl lächelte dabei!

»Das ist wohl ein Argument, weil du das ja nicht zu dir selber gesagt hast, sondern zu mir und dem Mariandl hier.«

»Mariandl«, sagte H. R. und schaute dem Mariandl tief in die Augen, »das ist ja mal ein folkloristischer Name!«

»Gar nicht folkloristisch«, sagte P. Immel, um wenigstens hier die Kontrolle nicht auch noch zu verlieren.

»Red du nicht für mich, red du für dich selbst. Oder besser, sei kusch!«, sagte das Mariandl und ließ dabei den Blick nicht vom H. R., sie sagte es über die Schulter hinweg, ohne ihn anzusehen, behandelte ihn, so kam es P. Immel vor, wie einen Hund, der da nur saß, weil er während der Autofahrt den Fensterspalt brauchte, um daran nach Luft zu schnappen, sie war ein bisschen von ihm ab- und zu H. R. hingerückt, gerade dass sie einen nicht an der Autobahn aussetzen, weil die Ferien beginnen, dachte P. Immel, der neulich erst was darüber in der BZ gelesen hatte, das ja quasi die hiesige Kronenzeitung war, aber anderes Thema, hier jedenfalls war er voll abgehängt, denn das Mariandl jetzt zu H.R. zuckersüß: »Aber freilich bin ich's Mariandl, und dazu die einzige Frau in der ArschArt-Galerie.«

»Das wäre noch die Frage«, ließ P. Immel sich nicht einfach abwürgen, »ob du wirklich zur ArschArt-Galerie ...«

»Papperlapapp«, sagte das Mariandl.

»Warum wackelt das Auto so?«, sagte H.R.

P. Immel öffnete die Beifahrertür und schaute raus. »Das sind die hinten, die springen da raus.«

»Na schau«, sagte H.R., »geht doch!«

Das Mariandl lachte.

P. Immel kletterte aus dem Auto! Bloß raus da! Das Mariandl, so ein Luder!

*

»Schnell, du auch«, sagte H.R. zu dem Mädchen, das sich Mariandl nannte, Mariandl, mein Gott, dachte er, wer tut sich denn so einen Namen an, ich dachte, dachte er, da wäre mal ein bisschen was passiert mit der Frauenemanzipation, auch in Österreich, wenigstens so viel, dass man sich nicht Mariandl nennt, die Moderne, dachte H.R., ist eine zögerliche Sau und sie macht immer wieder mal einen Schritt zurück, »du musst auch aussteigen!«

»Aussteigen, aussteigen, schnell, schnell«, maulte das Mariandl und zog eine Schnute, sollte das süß aussehen, oder was? »Da hat er schon recht, der P. Immel ...«

»Ja, aber wenn gleich der Bus kommt, dann hat er nicht mehr recht. Und deine ArschArt-Kollegen steigen ja auch schon aus, und ich muss noch was ausladen.«

H. R. hatte genug von dem Gespräch und stieg selber aus. Fast hätte er dabei einen Althippie auf einem Fahrrad umgeworfen, aber eben nur fast, Gott sei Dank, er hatte jetzt keine Zeit für sowas.

»Dummes Arschloch«, rief der Fahrradhippie.

»Okay«, sagte H. R.

Hinten waren alle vom LKW gesprungen und der, den sie Enno nannten, saß auf dem Asphalt und hielt sich den Knöchel.

»Voll verstaucht! Oder gebrochen!«

»Stell dich nicht so an«, sagte das Mariandl. »Du warst immer schon so eine Heulsuse!«

»Ich bin dafür, dass du wieder nach Hause fährst«, sagte Enno und stand auf.

»Fahr doch selber nach Hause!«

In der Ferne, ungefähr auf der Höhe der Pizzeria Los Amigos, sah H. R. den 29er Bus kommen.

»Da kommt der Bus«, sagte er mahnend.

P. Immel stand vor der Ladefläche und hielt die Plane hoch.

»Wo ist denn Kacki? Wo ist denn Kacki? Kacki, komm raus, der Piefke drängelt!«, rief er in den LKW hinein.

Der Bus kam näher.

*

»Kacki? Ich glaube gar nicht, dass der mitgekommen ist«, sagte Jürgen 2.

P. Immel starrte ihn an. Das ist es, was ich tue, dachte er, ich starre ihn an. Oder einen anderen. Oder noch einen anderen. So geht das hier! Immer wieder! Immer starre ich wen an. Und was nützt es? Und dann dachte er: Kacki! Ich habe Kacki vergessen, ich habe Kacki verraten, bloß weil ich neben dem blöden Mariandl sitzen wollte, das sich dem blöden H.R. an den Busen wirft oder umgekehrt, und schon vorher habe ich Kacki verraten, ich habe Witze über ihn gemacht, ihn wegen ein paar Lachern auf dem Plenum in den Regen gestellt wie einen alten Schreibtisch, dachte P. Immel, dabei ist es doch Kacki, dachte er, mein ältester Freund, Kacki, Kacki, Kacki, was habe ich getan?!, verdammte er sich selber und dann schnauzte er zur Triebabfuhr Jürgen 2 an: »Ja, seids deppert?! Den Kacki vergessen?! Wo der doch die ganzen lebenden Bilder ... – den brauchen wir doch, den Kacki, verdammt.« Und dann kämpfte er mit den Tränen – wegen Kacki, dem Kuchenblödmann, nur weil er ihn ein bisschen verraten hatte, was ist los mit mir, dachte er, rief er sich zur Ordnung, kämpfte er die Tränen zurück, der Kacki ist ein elender Verräter, ein blöder Sausack, schärfte er sich ein, nur damit die Tränen nicht kamen, und kaum hatte er die Tränensituation etwas unter Kontrolle, rief er: »Jetzt ist es schon so weit, dass wir den Kacki vergessen, ihr blöden Arschkrampen, jetzt haben wir den Kacki vergessen!«

»Lasst mich mal ran, ich muss ausladen«, sagte H.R. und kletterte auf die Ladefläche.

»Das war doch nicht unsere Schuld mit dem Kacki, du wolltest doch unbedingt los, P. Immel!«, rief Jürgen 1. Wurde der jetzt auch schon opstanatsch? Das Wort gefiel P. Immel immer besser.

»Was wollt ihr denn mit dem Deppen, der ist doch eh zum Scheißen zu blöd!«, sagte das Mariandl und da war sie hin, die Liebe, da war sie zum Abfluss raus, das Klo hinuntergespült, das war's, Mariandl, dachte P. Immel, wir sind geschiedene Leute, aus uns beiden wird nichts mehr, da kannst du noch so betteln, du blöde Nuss!

*

Als Wiemer zum LKW kam, sah er, dass weiter hinten, etwa auf Höhe der Apotheke, der 29er Bus kam. H. R. sprang gerade auf die Ladefläche, beobachtet von einem halben Dutzend ArschArt-Knalltüten, die, ihre Glieder dehnend und streckend, das Haltestellenhäuschen bevölkerten und P. Immel dabei zusahen, wie er große Reden schwang.

»H. R.«, rief Wiemer, als er am LKW ankam, »was hast du vor? Der Bus kommt!«

»Fängt der auch schon damit an«, sagte P. Immel hinter ihm.

»Wiemer«, rief H. R., »hilf mir mal ausladen.«

»Was denn? Ich habe das auf dem Plakat gelesen und …«

»Die Folie und die Latten, ich muss das Bild in dem Laden aufbauen, das wird ja das Bühnenbild.«

»Was wird das?«, sagte Wiemer. Er verstand nur noch Bahnhof und kam sich überdies blöd dabei vor, wie er mit dem Oberkörper unter der Plane ein Bündel Dachlatten entgegennahm und nach hinten schob, bis sie auf die Straße fielen.

»Drei mal vier Meter, das kriege ich doch niemals durch die Tür da rein. Ich muss das da drinnen zusammenbauen«, sagte H. R. und schob ihm eine schwere Rolle mit einer Folie, oder was immer das war, entgegen.

Hinter Wiemer hupte es so laut, dass es nur vom 29er Bus kommen konnte. Wiemer entschied sich, mit Kopf und Körper so weit es ging unter der Plane zu bleiben, jetzt bloß nicht gucken, dachte er, er wusste sowieso, was es da zu sehen geben würde, einen Doppeldeckerbus und einen Busfahrer, der die Hupe bediente, und hinter ihm jede Menge Fahrgäste, die glotzten, ein rollender Zuschauerraum auf zwei Etagen, die teuren Plätze oben ganz vorne und der Busfahrer voll der Anwalt der kleinen Leute, die es eilig haben, das ganze Bulettenelend, so sah Wiemer das, aber auf ihn hörte ja keiner!

»Hallo Leute!«

Jetzt kam der KOB zu ihnen unter die Plane, der dünne Mann mit dem traurigen Schnurrbart, er rauchte eine Zigarette und blies den Rauch Wiemer direkt ins Gesicht, was ist das denn für ein komischer Auftritt, fragte sich Wiemer, der das alles immer mehr als Theater empfand, ist das nun der dritte, vierte oder fünfte Akt, fragte er sich, während der KOB sagte: »Nun aber schnell, der Bus kommt! Fahrt mal mit dem Auto weg, Leute!«

»Schon klar«, sagte H. R., »können Sie mal eben mithelfen? Die Folie hier muss noch raus!«

»Was denn, ich?«

»Ja, damit's schneller geht!«

»Na ja, man ist ja kein Unmensch.« Der KOB zog an der Rolle, die aber schwer war, Wiemer wollte übernehmen, aber der KOB winkte ab, er warf seine Kippe weg und zog und zerrte ächzend und stöhnend die Rolle stückweise zu sich heran, bis sie griffbereit dalag. Dann sah er Wiemer auffordernd an. »Nun aber mitmachen!«, sagte er.

Wiemer griff zu. Gemeinsam trugen sie die Rolle in das Bushaltestellenhäuschen und lehnten sie schräg dagegen.

»So«, sagte der KOB und wischte sich den Schweiß ab, »jetzt muss aber der LKW hier weg, dalli, dalli, Leute!«

Er schaute zum Busfahrer. Der hob die Hände in fragender Weise. Der KOB streckte ihm eine Handfläche entgegen, wie um ihn zurückzuhalten.

»Schnell, Leute! Die Dachlatten müssen da weg!«, sagte der KOB und zeigte auf die Straße hinter dem LKW.

Wiemer und H.R. trugen das Dachlattenbündel in das Wartehäuschen.

»Das ist eigentlich ein Wartehäuschen für Menschen, nicht für Plunder«, sagte der KOB.

»Bleibt bei den Sachen«, rief H.R. Dann sprang er in den LKW und fuhr weg. Der Bus hupte ihm noch einmal hinterher.

»Nicht nachtreten, Leute«, rief der KOB, »nun ist auch mal gut.« Er zündete sich eine Zigarette an.

Der Bus fuhr in die Haltestelle ein, blieb kurz stehen und fuhr dann weiter, ohne dass jemand ein- oder ausgestiegen war.

»Mei, Kacki, der wird angefressen sein!«, sagte P. Immel.

Es begann zu regnen. Die ArschArt-Leute und der KOB drängelten sich zu Wiemer in das Wartehäuschen. Da steht man nun, dachte Wiemer.

»Kacki, was habe ich dir angetan?!«, sagte P. Immel.

Der Regen wurde stärker.

*

»Schau dir den an«, sagte Kerstin. »Warum stellt der sich da unter? Wegen dem bisschen Regen? Warum kommt er nicht hierher?«

»Vielleicht will er nicht!«, sagte Chrissie. Kerstin war sich nicht sicher, wie sie das meinte, aber im Zweifel ja wohl gehässig.

»Bis Weihnachten bleibe ich nicht«, sagte sie aus einer Laune heraus.

»Wieso Weihnachten?«, sagte Chrissie. »Wolltest du bis Weihnachten bleiben?«

»Ja, hatte ich doch gesagt.«

»Ach so«, sagte Chrissie. »Warum?«

»Nur so«, sagte Kerstin und stand auf. Sie musste hier raus. »Ich geh mal gucken, was da los ist.«

»Meinetwegen«, sagte Chrissie.

*

»Den Kaiser Maximilian kann ich zur Not auch machen«, sagte Enno, »den kann doch im Grunde jeder! Piff, paff und dann tot umfallen, was ist schon dabei?!«

»Kusch, du Fetzenschädel«, herrschte P. Immel ihn an. Sie hatten Kacki vergessen und hier konnte er schon live erleben, wie seine Zukunft aussah, Ennos überall und nirgendwo ein Kacki, gruselig! »Du könntest nicht einmal auf die eigenen Füße scheißen, so blöd bist du.«

Jetzt kam die Frau aus der Kneipe, wie war die nochmal mit wem verwandt?, fragte sich P. Immel, wie waren überhaupt alle diese Leute in sein Leben gekommen und hatte sich Kacki, sein ältester und einziger Ottakringer Freund, zugleich immer mehr von ihm entfernen können oder umgekehrt er sich von Kacki, wer wusste das schon, war es die Schuld dieser Frau, war es Wiemers Schuld? Ennos? H.R.s? Kackis? Sicher nicht, aber wessen dann? Er wusste es nicht mehr, er wusste nur noch, dass alles ein Elend war und plötzlich auch wieder, dass die Frau, die aus der Kneipe kam, mit Wiemer zusammen war, nicht schwer zu wissen, wenn die gleich zu ihm ging und ihn unterhakte und sich an ihn schmiegte und fragte: »Was redet denn der Idiot da?«

»Das ist P. Immel«, sagte Wiemer.

P. Immel wollte der blöden Plunzn gerade etwas wirklich Böses an den Kopf werfen, als Kacki angerannt kam, und zwar so schnell, dass er ihn gar nicht hatte näherkommen sehen, Kacki materialisierte sich quasi aus dem Nichts vor ihm, wie konnte der so schnell sein? Oder hatte er sich angeschlichen? Nein, dafür war er zu sehr außer Atem, der alte Nichtraucher.

»Verrat, Verrat!«, schrie er.

Und P. Immel freute sich so sehr, ihn wiederzusehen, dass es gleich aus ihm heraussprudelte: »Verrat? Welch starkes Wort, mein braunberockter Freund!«

Und er sah, wie sich Kackis Gesicht bei diesem kleinen Shakespeare-Kampfsport-Versöhnungsangebot aufhellte, und gleich stieg er ein in die Shakespeare-Arena, der Karl Maria Anzengruber aus dem sechzehnten Bezirk: »Steh er nicht da und überlege er, wie er die Freunde, die er schnöde sitzenließ, weiter und gar ärger noch erniedrigen und knechten kann, als er es ohnehin schon tat, sitzt doch der Feind schon auf den Mauern uns'rer Burg und …«

»Ja, ja, schon gut«, unterbrach ihn P. Immel, der es nicht leiden konnte, wenn einer nachtrat, auch nicht bei Kacki, auch nicht in Versen, aber egal, »es tut mir leid, Kacki, von Herzen tut's mir leid, ich hätte nicht … – allein, bedenke er«, wechselte P. Immel die Tonart, »ich hatt es gleich bemerkt, als ich die Horde Trottel, die der Herrgott eines schlimmen Tags, an dem die Sonne tief stand und die Zwerge lange Schatten warfen, aus Vollidiotenlehm gebacken hat, dem völlig sinnlosen Gefährt …«

»Was ist denn mit denen los?!«, sagte die Frau bei Wiemer. »Sind die irre geworden?«

»Schschsch ...«, sagte Wiemer. Immerhin, dachte P. Immel, immerhin hat da mal einer ein bisschen Respekt vor der Kunst, auch wenn's ein Piefke ist!

»Ja wie nun?«, rief Kacki, dessen Gesicht sich schon merklich aufgehellt hatte. »Sag an, mein Peter, sollen wir den Shakespeare-Kampf beenden? Allein, wie schwer ist das, ich frage dich, es ist ja mit dem Shakespeare wie mit den Kartoffelchips, die leicht und ohne Arg man in den Mund sich stopft, nur um zu finden, dass man nicht mehr davon lassen kann, so ist's auch hier beim Shakespeare-Kampf, hat einmal nur der Mensch damit begonnen, schon purzeln ihm ohn' Unterlass die Worte aus dem Munde einem Sturzbach gleich, der sich, dem hohen Berge grad entronnen, ins lichtlos Tal der allgemeinen Dummheit willenlos ergießt und dort verschluckt wird von der Ignoranz der Deutschen ...«

»Jetzt ist's aber genug, ihr beiden Ottakring-Schwachmaten! Sagt an: Was heißt Verrat? Und wer hat wen verraten?«, warf sich der aufdringliche Michael 2 dazwischen. Wollte der jetzt mit billigen Reimen eins raufkommen, der blöde Adabei?

Aber Kacki beschwerte sich nicht, es schien vielmehr, als sei er froh, an sein Thema erinnert worden zu sein: »Okay, ich sag euch, wer hier wen verraten hat«, sagte er.

Und holte tief Luft.

Und alle spitzten die Ohren.

IV
Soundcheck

»So sieht's jedenfalls aus!«, sagte Klaus am Ende seiner langen Ansprache und dann bekräftigte er noch einmal: »So sieht's jedenfalls aus!«

»Wie sieht's aus?«, sagte Erwin – nicht etwa, weil er nicht verstanden hätte, was Klaus meinte oder wie's aussah oder was auch immer, sondern um ihn noch ein bisschen laufen zu lassen, den guten alten Klaus, denn das hier war, soviel war mal klar, Klaus' letzter Tango im Café Einfall und Erwin wollte die Sache noch ein bisschen genießen, gleich sag ich's, dachte er, gleich sag ich's.

»Ich sag dir, wie's aussieht«, sagte Klaus und hob einen Finger und stach damit durch die Luft in Richtung Erwin. »Ich sag's dir!«

»Ja, nun sag's aber auch.«

»Habe ich eigentlich aber eben schon. Sage ich schon die ganze Zeit.«

»Ja, okay, aber fass es nochmal zusammen. Vielleicht habe ich ja nicht richtig aufgepasst!«

»Okay, ich sag dir, wie's aussieht: Wenn *der* hier arbeitet, wenn du mir *den* hier hinter den Tresen stellst, wenn ich mit *dem Typen* hier arbeiten soll, dann arbeite ich nicht.«

Es folgte ein kurzer Moment der Stille. Erwin, der gerade mit Helga in einer langen Filmnacht beide Teile von

»Der Pate« gesehen hatte, schaute auf seine Fingernägel, um die Situation noch etwas zu dramatisieren. Dann sagte er: »Klaus, du bist raus!«

»Warum das denn?«

Erwin war kurz versucht, einfach nur »Egal, du bist raus, frag nicht!« zu sagen, weil bei Der Pate 1 und 2 ja auch nichts erklärt wurde, aber nun waren sie im Café Einfall um kurz vor sechs Uhr abends und Chrissie war dabei und Klaus, den Erwin telefonisch den ganzen Tag nicht erreicht hatte, stand hinterm Tresen, obwohl seine Schicht noch gar nicht angefangen hatte, und eine reine Der-Pate-1-und-2-Macht- und Konfrontationssause ließ sich ohne Gewalt schlecht durchziehen und Erwin hasste Gewalt, jedenfalls im richtigen Leben. Außerdem sollte Chrissie dabei etwas lernen, also inhaltlich, nicht nur Machtpositionen betreffend. Deshalb wechselte er nun Tonart und Genre und zählte die Punkte an den Fingern der linken Hand auf wie ein Buchhalter von der guten alten schwäbischen Alb: »Lass mal sehen: Weil ich dir a) gerade gesagt habe, dass Frank Lehmann hier heute Abend arbeiten soll, weil nebenan der Kram von H.R. und Glitterschnitter und der ArschArt ist und wir dann viele Leute hier haben werden, und weil du b) gesagt hast, dass du das scheiße findest, und ich c) gesagt habe, dass ich das aber so will, und du d) gesagt hast, dass ich dich mal am Arsch lecken kann, und ich e) gesagt habe, dass mir das wurscht ist, weil der kleine Lehmann hier heute Abend auf jeden Fall arbeitet, und weil du f) gesagt hast, dass du auf den keinen Bock hast und dass, wenn der hier arbeitet, du auf jeden Fall nicht arbeitest, deshalb bist du dann g) raus!«

»Ich geh dann mal«, sagte Chrissie.

»Nein«, sagte Erwin möglichst sanft, »bitte warte noch, liebe Nichte, es ist erst zehn vor sechs, du hast noch zehn Minuten Zeit!«

»Ich wollte mich eigentlich nochmal hinlegen, bevor das heute Abend mit dem Konzert losgeht!«

»Was hat das damit zu tun? Deine Schicht geht bis sechs, Chrissie.«

»Ja, aber Klaus ist doch schon da, da kann der doch ...«

»Klaus ist raus, Chrissie! Rede ich hier die Wand an? Klaus ist raus, hast du das nicht gehört?!«

»Nein, ich habe nicht zugehört, was geht mich das an, was ihr beiden da zu bequatschen habt?«

»Das geht dich einiges an! Davon kannst du viel lernen.«

»Das ist doch unhöflich, einfach so zu lauschen!«

»Chrissie, du bist hinter dem Tresen, zusammen mit Klaus, der raus ist, und ich sage ihm das und du kriegst das nicht mit?«

»Wieso ist Klaus raus?!«, sagte Klaus.

»Weil ich das sage. Und weil du das gesagt hast. Und dann sind da noch die Punkte a) bis f)!«, sagte Erwin.

»Weil ich das gesagt habe?«, sagte Klaus ungläubig und schlug sich dabei mit der Hand an die Brust wie ein Opernsänger, neulich war Erwin mit Helga in der Deutschen Oper gewesen, an einem Gala-Abend, daran erinnerte ihn das.

»Ja, weil du gesagt hast, wenn der kleine Lehmann hier arbeitet, bist du raus.«

»Raus habe ich nicht gesagt.«

»Nein, du hast gesagt, dass du dann hier nicht mehr arbeitest. Und ich habe raus gesagt, weil sich das auf Klaus reimt und weil ich das schon lange sagen will, ich habe es nur bisher nicht übers Herz gebracht, Klaus, aber jetzt hast du es mir leicht gemacht, mir eine goldene Brücke gebaut, Klaus, mir den Weg gepflastert, mir gewissermaßen eine Einladung geschickt!«

»Wieso nicht übers Herz gebracht?«

»Weil ich unter anderem auch ein Herz für Arschlöcher habe, sogar für dich. Aber nur soundso lange, Klaus. Und wenn ein Arschloch von sich aus sagt, dass es raus ist, dann ist es raus.«

»Es? Wieso es?«

»Das Arschloch. Sächlich. Der Klaus, aber das Arschloch.«

»Jetzt kommst du dir wohl besonders schlau vor, oder?«

»Nein, aber zufrieden bin ich schon.«

Klaus starrte ihn an und Chrissie starrte ihn auch an. Warum? Was erhofften sie sich davon? Ich hätte das mit dem Arschloch nicht sagen sollen, dachte Erwin, das war zu hart und am Ende wird es deswegen noch hässlich. Aber Klaus starrte nur und Chrissie starrte auch. Was hatte die zu starren? War die am Ende noch auf Klaus' Seite?

»Klaus, kann ich noch irgendwas für dich tun, jetzt wo du hier nicht mehr arbeitest?«, fragte Erwin möglichst konziliant und suggestiv zugleich.

»Ich scheiß dich an«, sagte Klaus. »Wegen Schwarzarbeit.«

»Okay, Klaus.«

»Ich geh zum KOB.«

»Sicher eine gute Idee.«

»Du wirst schon sehen.«

»Werde ich. Auf jeden Fall!«

Klaus zog seine Jacke an, stach noch ein paarmal mit dem Zeigefinger in Erwins Richtung und ging dann raus.

»Kann ich auch gehen?«, sagte Chrissie.

»Nein, warte bitte, bis Frank kommt.«

»Du kannst doch hierbleiben und auf ihn warten. Ich bin sicher, du willst eh noch mit ihm reden, nach dem, was du gerade abgezogen hast.«

»Wieso abgezogen?«

»Nichts.«

»Wieso abgezogen?«

»Ich mein ja nur!«

»Chrissie«, sagte Erwin und beugte sich vor, damit die vier, fünf Leute, die sonst noch im Café Einfall herumhingen, nicht alles brühwarm mitkriegten, »Chrissie, hör mal zu: *Ich mein ja nur* ist das Dümmste, was jemand sagen kann. *Ich mein ja nur* ist ...« Erwin brach ab, es hatte keinen Zweck. »Mach die Kasse, Chrissie«, sagte er, »Geld zählen, dann geht die Zeit wie von selber rum.«

»Ach so, ja klar. Ich nehme mir mein Geld gleich raus, okay?«

»Ja«, sagte Erwin. »Lass uns einfach hoffen, dass es dafür reicht!«

*

Kerstin war in Chrissies Zimmer und baute deren Ikea-Schrank auf, sie hatte eigentlich damit warten wollen, bis Chrissie zurück war, dann hätten sie das zusammen machen können, aber dann hatte sie sich anders entschieden, weil sie nicht mehr glaubte, dass das gemeinsame Aufbauen eines Ikea-Schranks noch etwas ändern konnte, Chrissie wollte sie hier nicht haben, also baute sie den Schrank alleine auf, es ist wie mit den Heinzelmännchen, dachte sie, das war eine Geschichte, die Chrissie als kleines Mädchen geliebt hatte, und so fühlte Kerstin sich jetzt, ein Heinzelmännchen, dass die Arbeit macht, aber nicht gesehen werden will, der Schrank ist das Letzte, was ich für sie tun kann, dachte sie traurig, jetzt ist sie wirklich groß und ich bin allein.

Vielleicht wäre das alles nicht so traurig, dachte sie, wenn Wiemer nicht so eine Flasche wäre, wenigstens der könnte doch helfen, aber nein, er hatte eine Blase am rechten Daumen von der Kurbelei mit dem kleinen, kurbelförmigen Sechskantschlüssel, der bei dem Ikea-Kram überall die Hauptrolle spielte, so eine Blase hatte Kerstin natürlich auch, aber dann kann man doch, dachte sie, während sie mit der linken Hand eine Schraube in ein Brett kurbelte, einfach mal die andere Hand nehmen, statt zu jammern und sich aufs Klo zu verpissen, war der immer noch auf dem Klo, das ist ja ekelhaft, dachte Kerstin, man nimmt einen mit, damit er einem hilft, und dann verpestet er der eigenen Tochter das Klo! Sie wurde wütend, stand auf und ging zur Klotür, die Gott sei Dank geschlossen war, wenigstens das! Sie hämmerte dagegen.

»Wiemer, was ist los? Geht's dir nicht gut? Hast du Durchfall, oder was?«

»Hier bin ich«, rief Wiemer aus einem der anderen Zimmer.

Sie folgte seiner Stimme. Als sie die Tür öffnete, bekam sie einen kleinen Schock. Das Zimmer, in dem Wiemer in einem Sessel unter einer Stehlampe saß, sah fast genauso aus wie damals die Musterwohnung bei Ikea. Wiemer saß einfach nur da, im Schein der rotgepunkteten Stehlampe, und blätterte in einem Stapel Polaroidfotos.

»Mein Gott, das ist ja fast genauso wie bei Ikea«, sagte Kerstin.

»Das ist *ganz* genauso«, sagte Wiemer, ohne aufzublicken. Das nervte Kerstin. Was war sie hier? Eine Stichwortgeberin für faule Klugscheißer?

»Nein, ist es nicht«, sagte sie.

»Sag mir drei Unterschiede! Also jetzt mal davon abgesehen, dass die Geräte nicht angeschlossen sind und kein Wasser und so.«

»Das waren die bei Ikea auch nicht«, sagte Kerstin. »Das wäre kein Unterschied.«

»Ach so, okay. Dann sag mir drei Unterschiede!«

»Die Griffe von den Schubladen sind falsch. Die Lampen hängen noch nicht alle. Und dann fehlt da noch ein Bild, das zeigt so eine schwedische Landschaft oder was das sein sollte. Sah für mich aus wie Oberschwaben in flach.«

Jetzt schaute er zu ihr auf. Und schwieg verblüfft.

»Das hatte irgendeinen komischen Namen, ich komm grad nicht drauf«, sagte Kerstin. »Das hieß irgendwas mit *bakken*!«

»Hast du ein fotografisches Gedächtnis?«

»Kann schon sein«, sagte Kerstin.

»Aber du warst doch gar nicht dabei, als wir das alles aufgeschrieben haben.«

»Nein, wenn ich dabei gewesen wäre, würden diese Sachen ja auch nicht fehlen.«

»Die waren einfach nicht da, daran lag's. Die hatten die nicht auf Lager.«

»Ja, ja, das würde ich an deiner Stelle auch sagen.«

»Wir haben alles aufgeschrieben! Aber manche Sachen waren nicht da.«

Irgendwie ja auch süß, dachte Kerstin, fehlt nur noch, dass er mit dem Fuß aufstampft. »Ja, ja, schon gut«, lenkte sie ein. »Hilfst du mir mal mit dem Schrank? Ich muss das

Ding auf den Bauch drehen, damit ich da hinten die Pappe raufnageln kann. Das geht nur zu zweit, weil das noch so instabil ist.«

»Ja klar. Dann muss ich aber zu H.R. Ich kann den da unmöglich allein lassen.«

»Allein?«, sagte Kerstin. »Der ist nie allein. Der hat immer irgendwelche Leute dabei, die was für ihn tun.«

»Ja«, sagte Wiemer säuerlich. »Deshalb ja!«

*

H.R. war hinter dem Schlagzeug mit seinem Riesenbilderrahmendings zugange, während der Peter, also P. Immel, von dem Kacki jetzt, wo sie sich wieder lieb hatten, wo sie wieder Verbündete waren, nur noch als der Peter denken wollte, sowie Enno, Michael 1 und Jürgen 1 schon auf der Bühne standen, die aber keine war, es gab in der Intimfrisur keine Bühne, man spielte ebenerdig, und es gab nur eine einzige Monitorbox, die hatte die Punkmaria mitgebracht, die hatte überhaupt die ganze PA besorgt, links eine Box, rechts eine Box, eine Monitorbox vorne, hinten das Schlagzeug von den Glitterschnitterleuten, dahinter H.R. mit seinem Bild, das war irgendwie die Bühne, wenn das mal gutgeht, dachte Kacki, wo bleibt da die Distanz, wo ist da noch die Aura und der ganze andere Schmäh, der zur Kunst dazugehört?, fragte sich Kacki, während die Punkmaria hinter ihrem kleinen Mischpult sitzend den Kassettenrecorder anstellte und die schöne Mexikomusik melancholisch durch den Laden wehte und sich die vier Mexikomusikerdarsteller auf der ebenerdigen Bühne zu bewegen, zu drehen gar begannen und dabei an Pappbass, Pappgitarre und Papptrompete taten, was sie von einem Bassisten, Gitarristen und Trompeter erwarteten, während der vierte Akteur, P. Immel, der sich eine Extrawurst gebraten und einen Eierschneider an einem Autosicherheitsgurt um den Hals gehängt hatte, an ebendiesem herumschrummte, mit einem Zehnschillingstück als Plektrum, das er sich (»Geh, Kacki, das ist gut gegen das Heimweh«) extra für diesen Zweck, wie er behauptete, aufbewahrt hatte. Viel zu hören war davon allerdings nicht, warum er das überhaupt tat, war nicht zu verstehen, jedenfalls nicht für Kacki, der kopfschüttelnd zusah und dabei die nagende Frage zurückhalten musste, wo zum Teufel sie denn dann später die lebenden Bilder machen sollten, wenn die Musikkasper schon den halben Laden mit ihrer ebenerdigen Bühne für sich reklamierten. Aber nicht lang ging der Soundcheck, dann gab es ein schlürfendes Geräusch und die Mexikomusik kam zu einem jähen Ende.

»Was ist denn nun schon wieder?«, fragte P. Immel barsch.

»Das muss das Tape sein«, sagte die Punkmaria. Sie nahm den Kassettenrecorder hoch und hielt ihn sich vor die Augen. Das war ihre Achillesferse, dass sie so kurzsichtig war und keine Brille trug, das wusste Kacki, er hatte sich mit ihr einmal darüber unterhalten, ansonsten eine starke Frau, die Punkmaria, die hatte das Herz auf dem rechten Fleck, und sie sah auch gut aus, trotz der Punksachen, Netzstrümpfe mit Laufmasche und was nicht alles, bei ihr auch irgendwie fesch, fand Kacki, sie außerdem so schlau und praktisch und technisch begabt, eine Toningenieurin und was nicht alles, das war jetzt aber wirklich mal was Gutes an Glitterschnitter, dass die die Punkmaria für dieses Konzert hatten gewinnen können.

Die Punkmaria öffnete den Kassettenrecorder und fummelte die Kassette heraus, von der sich ein bisschen Band abgewickelt hatte, das löste sie vorsichtig aus dem Gerät. »Bandsalat. Aber nicht gerissen«, sagte sie. »Krieg ich hin!«

Die Punkmaria holte einen kleinen Schraubenzieher aus einer olivgrünen Armeetasche und begann damit die winzigen Schrauben von der Kassette aufzuschrauben, die traut sich was, dachte Kacki, der das auch mal versucht hatte, das war aber vielleicht eine Katastrophe gewesen!

»Scheiße, das ist unser einziges Tape mit der gschissenen Mexikomusik«, rief P. Immel.

»Nicht geschissene Mexikomusik«, protestierte Kacki. »Die ist schön. Das ist eine gute Musik.« Er schob den riesigen Sombrero etwas nach hinten, der hatte die Tendenz, nach vorne zu kippen, eigentlich unlogisch, war er doch rund und darum überall gleich schwer oder wie man das bezeichnen sollte, aber er kippte immer wieder nach vorne, saß auch ein bisschen zu tief, da hatte P. Immel es mit der Sombrerogröße für ihn wohl etwas zu gut gemeint oder vielleicht, dachte Kacki beunruhigt, ihn sogar eigentlich für jemand anderen gekauft!

Am Schlagzeug gab es einige Scheppergeräusche, als H. R. zwischen die Trommeln fiel, aber er zog sich gleich wieder an dem Seil hoch, das er in den Händen hielt, und zuerst kam hinter ihm durch dieses Am-Seil-Ziehen das Bild nach oben, er hatte eine Vorrichtung an der Decke angebracht, Haken mit Rollen, daran eine Seilgeschichte, die, wenn er an ihr zog, das Bild aufrichtete, das war so hoch, dass es, wenn es aufrecht und ganz oben hing, gerade so nur den Boden verlassen hatte, weil ja die Haken und die Rollen auch noch Platz unter der Decke brauchten, jedenfalls konnte sich H. R., als das Bild erstmal oben angekommen war, an dem Seil, mit dem er es hochgezogen hatte, selber aus dem Schlagzeug wieder befreien und die Punkmaria sagte, Kacki hörte es ganz genau, »Auweia«.

»Sorry«, rief H.R.

»Macht nichts«, sagte die Punkmaria und widmete sich wieder der Kassette. Das war aber wirklich mal eine coole Frau!

»Geh her, H.R.«, sagte P. Immel, »ich dachte, das mit dem Bild machst du erst bei den Glitterschnitterdeppen!«

Das Bild, von dem er sprach, war aber eigentlich keins, das war nur eine schwarze Folie, die auf einen riesigen Rahmen gespannt war.

»Wer hat das denn gesagt?«, sagte H.R. »Ich meine, stimmt«, fügte er hinzu, »den letzten Schliff gebe ich dem Bild erst, wenn Glitterschnitter spielen oder so, weiß ich noch nicht, aber ich muss das jetzt schon mal anfangen, sonst wird das ja nicht fertig. Das ist ja auch deren Bühnenbild.«

»Wir Glitterschnitterdeppen sind hier hinten«, rief Ferdi von Glitterschnitter scharf. Der stand mit seinen Leuten mit allerhand Plunder in einer Ecke und hatte die Arme verschränkt und machte überhaupt einen ziemlich angefressenen Eindruck, was wollte der denn? Sollte der doch an den Knöpfen der Gerätschaften fummeln, die er um sich herum stehen hatte, oder den Betonblock stemmen, den der blöde Charlie dahin gelegt und auf den er einen Fuß gestellt hatte wie ein Jäger seinen Fuß für ein Foto auf einen toten Hirsch, und daneben die Frau, die die ganze Zeit auf einem Saxophonblatt herumkaute, was wollten die eigentlich? Nun gut, Kacki wusste natürlich, dass sie Soundcheck machen wollten und dass er ungerecht war, sie taten ja nichts Böses, aber egal, auch mal ungerecht sein, dachte Kacki, er konnte die Glitterschnitterleute einfach nicht mehr leiden, jetzt wo er wusste, dass H.R. für sie die Punker angeworben hatte, die sind Teil des Problems, dachte Kacki und der Sombrero kippte ihm schon wieder nach vorne, lästig!

»Wir sind hier hinten«, rief Ferdi noch einmal, »und das mit den Deppen habe ich einfach mal überhört, Freund Pimmel, und mal ehrlich, H.R., das mit dem Bühnenbild ist ja schön und gut, aber da ist ja überhaupt nichts drauf!«

»Was ist das überhaupt für eine komische Folie?«, fragte der Peter.

»Das ist Dachfolie aus dem Baumarkt. Die hält viel aus und ist elastisch und bleibt straff, wenn die Farbe draufkommt. Die ist perfekt!«

»Was nimmt man dann für Farbe?«

»Acryl, schnelltrocknend.«

»Die Folie stinkt!«

»Das sind die Weichmacher, hat der Typ vom Baumarkt gesagt!«, sagte H.R. »Starkes Wort!«, fügte er nach kurzem Nachdenken hinzu, »Weichmacher, Weichmacher, Weichmacher«, wiederholte er wie abschmeckend, »Obacht, da kommt der Weichmacher, ich bin dein Weichmacher, Baby, gleich, Kinder, gleich kommt der Weichmacher, der macht alles weich!«

»Du bist ein Baumarktfreak, H.R.«, sagte P. Immel und Kacki fragte sich, ob der Peter jetzt ewig mit diesem Vorgeplänkel weitermachen wollte oder ob er endlich mal zur Sache kam, da wartete Kacki schon ziemlich lang drauf, dass es jetzt endlich mal losging, »sag du nichts, Kacki, ich mach das, ich wähle den richtigen Zeitpunkt, dann geht's los«, hatte der Peter gesagt, aber das war schon arg lang her!

»Ich weiß. Und daran ist nichts falsch!«, sagte H. R.

»Und ein Verräter bist du auch, H. R. Ledigt!«

So, dachte Kacki, jetzt ist es raus. Da schaut er, der Schlawiner, das schockt ihn!

Aber H. R. Ledigt machte keinen sehr geschockten Eindruck. »Echt?«, fragte er freundlich, so als habe man ihn nicht Verräter genannt, sondern nur bemerkt, dass es draußen regnete oder sowas. »Warum das denn?«

»Weil du die Punks hierherbestellt hast, die Arschlöcher aus dem Hinterhaus, und weil du dich mit denen verbündet hast und weil wir die hier nicht haben wollen.«

So ist es recht, zeig's ihm, Peter!

»Warum das denn nicht?«

»Weil die scheiße sind. Und unsere Feinde. Opstanatsche Nemesis, wenn du verstehst.«

»Ich glaube, jetzt kriegst du die Folklore durcheinander, P. Immel. Ist das mit dem Opstanatschen nicht eher was für Frank Lehmann?«

»Nicht ablenken!«, rief der Peter unbeirrt, die Augen aller Anwesenden waren auf ihn gerichtet, auch die der übrigen ArschArt-Leute, die in einer Ecke herumlungerten und den Bierdosenstapel bewachten, den sie dort aufgetürmt hatten, »Bravo«, rief einer von ihnen, es war Michael 2, der gerade eine Bierdose öffnete.

»Warum hast du die herbestellt, ohne uns zu fragen?«

»Wir brauchen Publikum, P. Immel. Ohne Publikum bringt das nichts.«

»Ja, aber *dieses* Publikum brauchen wir nicht! Ich werde doch nicht die Perlen unserer lebenden Bilder und Dr.-Votz-Performances vor die Hinterhauspunksäue werfen!«

»Okay«, sagte H. R. Ledigt und fummelte einen nagelneuen Pinsel aus einer Plastikverpackung, »dann sage ich ihnen, dass sie erst kommen sollen, wenn Glitterschnitter spielen. Das war eh der Plan.«

Kurze Pause. Der Peter kratzte sich am Kopf. Bleib stark, Peter! »Wieso war das eh der Plan? Du hast die hierhergelockt und wir sollen davon nichts abkriegen oder was?«

»Na ja, die waren nicht so gut auf euch zu sprechen«, sagte H. R. Ledigt, »und ich dachte, dann erspare ich euch das.« Der war schon schlau, das musste Kacki zugeben, offensichtlich auch schlauer als der Peter, der voll auf ihn reinfiel.

»Am Arsch. Ich will die auch haben.«

»Vorsicht, Peter«, platzte es aus Kacki heraus. »Nicht! Lauf nicht in die Falle!«

»Welche Falle?«

»Die der Glitterschnitter-Verräter da aufstellt!«

»Ach, Verräter«, sagte H.R., »und wenn schon. Ich dachte, ein bisschen Publikum wäre nicht schlecht.«

»Moment mal«, rief der Ferdi. »Für wen denn? Für uns?«

»Ja klar, ich habe gedacht, wenn ihr ein Publikum habt, das nach Punk aussieht, dann wirkt das mit dem Bühnenbild besser und überhaupt authentischer, wenn die Typen da kommen, du weißt schon, Sigi und Leo.«

»Wer ist Sigi?«, sagte Ferdi und Kacki wurde sauer auf den Peter, weil der sich erst so einlullen und dann so abhängen ließ, warum griff er nicht ein?

»Schmarrn!«, rief Kacki, damit überhaupt mal einer den ArschArt-Standpunkt vertrat, alles muss man selber machen, dachte er.

»Wer ist Sigi, verdammt?«, rief Ferdi.

»Der Typ von der Wall City«, sagte H.R. »Der für die Bilder zuständig ist. Der will kommen, hat Wiemer gesagt, Wiemer wollte das unbedingt, weil Sigi mich da noch auf den letzten Drücker reingenommen hat und weil ich heute das Bild male, da soll der sich das angucken, sagt Wiemer, weil der ja unbedingt ein Bild will, obwohl ich viel lieber die Ikea-Wohnung da aufgebaut hätte. Und wenn ich schon so ein Bild malen soll, dann will ich auch ein bisschen Aktion und Konzept drum herum, sonst macht das keinen Bock!«

Ferdi lachte. »Hast du Bock gesagt, H.R.? Hast du etwa ein Buch mit Sponti- und Punksprüchen gelesen und versuchst jetzt mit Wörtern wie Bock deine Authentizität nach vorne zu bringen?«

H.R. nickte ernsthaft. »Ja klar«, sagte er, »ich bin einer von euch, werde ich den Punks zurufen. Für euch, mit euch, unter euch, werde ich sagen. Ich bin euer Mann, werde ich rufen, auch ohne Vaseline im Haar!«

»Die sollen wegbleiben, Peter«, rief Kacki, der kurz vorm Verzweifeln war. »Lass dich nicht einwickeln! Die sollen wegbleiben!«

»Ganz ruhig, Kacki, keine Sorge«, sagte P. Immel. Und zu H.R. sagte er: »Die werden dir was scheißen, die Punks. Die kannst du nicht einfach kaufen. Und mir ist wurscht, was ihr euch gedacht habt. Ich will die hier nicht haben, da hat Kacki ganz recht, die sollen draußen bleiben, wenn wir spielen. Ich werde doch unsere schöne Dr.-Votz-Performance nicht an die Hinterhaus-Arschlöcher herschenken!«

»Okay, ich sag's ihnen«, sagte H.R.

»Das Tape ist wieder in Ordnung, wir können weitermachen«, sagte die Punkmaria und hielt die reparierte Kassette hoch.

»Kann ich bitte für den Eierschneider ein Mikrofon bekommen?«, sagte P. Immel.

*

»Also«, sagte Chrissie, »da sind fünfzig Mark Wechselgeld drin gewesen und dann noch einmal zweiundsiebzig Mark dreißig Umsatz und ich habe mir achtzig Mark rausgenommen, könnte sein, dass da jetzt ein bisschen weniger Wechselgeld ist.«

»Das glaube ich auch«, sagte Erwin, der sich, während Chrissie die Kasse durchzählte, um den Tresen kümmerte, zwei Bier hatte er schon rausgegeben, wo blieb der kleine Lehmann? Es war drei Minuten nach sechs, was war nur los mit den ganzen Freaks? Der eine kommt zu früh, dachte Erwin, und dann muss man ihn rausschmeißen wegen dem anderen, der zu spät kommt, das muss irgendwas zu bedeuten haben, aber was? »Wie kommen die dreißig Pfennige ans Ende vom Umsatz?«, fragte er erst einmal das Naheliegende. »Gibt es irgendetwas, das nicht auf null oder fünfzig Pfennige endet, so preismäßig? Habt ihr irgendwelche Rabatte oder Zuschläge eingeführt bei eurer glorreichen Frühschicht?«

»Das ist sicher Trinkgeld, das ich vergessen habe ins Glas zu tun.«

»Und wie viel war da so drin?«

»Nur wenig.«

Erwin seufzte. Das ist jetzt das neue Ding, dachte er, seufzen. Früher hatte ich in Berlin keine Familie, dachte er, heute habe ich eine Schwester, eine Nichte, eine Freundin und bald auch ein Kind. »Also sind jetzt sieben Mark siebzig weniger Wechselgeld in der Kasse als vorher, richtig?«

»Acht Mark weniger. Die dreißig Pfennige habe ich jetzt auch noch rausgenommen, die waren ja wohl Trinkgeld!«

Das freute Erwin dann irgendwie doch, die gute alte Chrissie, dachte er in einem plötzlichen Anfall von Liebe und Rührseligkeit und er sagte: »Chrissie, ich bin nicht deine Mutter, ich bin nur dein Onkel, aber ich habe trotzdem immer gehofft, dass du im Leben klarkommst, und ich muss schon sagen: Die Hoffnung hat nicht getrogen!«

»Hier«, sagte Chrissie und hielt ihm zwei Fäuste voller Scheine und Münzen entgegen. »Das habe ich mir rausgenommen. Achtzig Mark. Und das Trinkgeld. Willst du nachzählen?«

»Nein, woher denn«, sagte Erwin, »du bist eine ehrliche Haut, Chrissie, und du hast dir das Geld sicher irgendwie auch verdient.«

Erwin holte sein Portemonnaie raus und tat acht Mark in Münzen zum Wechselgeld in der Kasse dazu. »So, ich mach's wieder rund«, sagte er. »Acht Mark, was ist das schon?!«

»Allerdings habe ich mir das verdient«, sagte Chrissie. »Dafür habe ich den ganzen Tag hier gestanden und Milch aufgeschäumt und was nicht alles!«

»Ja«, sagte Erwin. »Und das ist lieb von dir, Chrissie, ich dank dir auch recht schön!«

*

Chrissie wusste nicht recht, was sie von dieser Unterhaltung halten sollte. Was war denn mit dem Onkel los, hatte der was getrunken? Sie hatte Erwin noch nie Alkohol trinken sehen, vielleicht war das ja die unerwartete Wirkung, dass der hier so zahm herumeierte. Oder wurde er im Alter langsam weich? Im Herzen? In der Birne? Zahlte der einfach Geld in die Wechselgeldkasse, als ob's egal wäre!

»Den Kuchen rechne ich erst ab«, sagte sie, um auch mal ein bisschen was zurückzugeben, »wenn der jeweils alle ist, also wenn ein ganzer Kuchen weg ist, dann muss man den Bestand an Kuchenstücken nicht protokollieren!«

»Kuchenstücke? Protokollieren?«

»Ja, das müsste man sonst ja tun, wenn man die verkauften Kuchen immer sofort abrechnen würde.«

»Ich dachte, du kriegst das Geld immer dann und in voller Höhe, wenn du den Kuchen anlieferst. Du bist doch für die Kuchen schon bezahlt worden!«

»Ach so, ja«, sagte Chrissie, der das jetzt auch wieder einfiel, »die sind ja schon bezahlt.«

»Aber noch nicht verkauft, wie's aussieht«, sagte Erwin.

»Das wird schon noch.«

»Ja, ich freu mich.«

Da kam Frank herein.

»Hallo Leute«, sagte Frank. »Wo ist denn Klaus?«

»Klaus kommt nicht!«, sagte Erwin.

»Erwin hat ihn gefeuert!«, sagte Chrissie.

»Aber doch nicht wegen mir, oder?«

»Ich glaube schon«, sagte Chrissie.

»Warum das denn?«

Erwin seufzte, das tat er neuerdings öfter, das war Chrissie schon aufgefallen, auch so ein Alte-Leute-Ding, dachte sie, dieses nervige Herumseufzen, so jetzt auch Erwin, er seufzte und sagte dann: »Klaus wollte nicht, dass du heute Abend mit ihm arbeitest. Und dann hat sich das so ergeben. Kannst du das hier zur Not auch alleine machen?«

»Ja klar«, sagte Frank. »Aber wieso wollte er nicht mit mir arbeiten? Was habe ich ihm denn getan?«

Erwin zuckte mit den Schultern. »Was weiß ich ...«

»Ich bin doch sogar schon zweimal für ihn eingesprungen, jedes Mal, wenn er von H.R. was an den Kopf bekommen hatte und er ins Krankenhaus musste!«

»Vielleicht darum.«

»Aber da konnte ich doch nichts dafür!«

»Nein, aber wer weiß, ob Klaus das auch so sieht.«

»Ich finde das scheiße!«, sagte Frank. »Jetzt bin ich der, der Klaus den Job weggenommen hat, oder was?«

»Ach Quatsch«, sagte Erwin, »das hat er ganz alleine gemacht. Ich glaube, der hatte einfach keinen Bock mehr. Der wollte doch, dass ich ihn rausschmeiße.«

»Warum sollte er das wollen?«

»Damit er endlich mal was anderes machen kann. Manche Leute brauchen einen sanften Schubs. Weißt du, wie das hier alles funktioniert?«, wechselte Erwin das Thema. »Hast du Fragen?«

»Ich kann das nicht glauben, dass der wegen mir ...«

»Jetzt hör mal auf damit. Das war nicht wegen dir! Oder wenn doch, dann ist er selber schuld, aber eigentlich hatte das mit dir nichts zu tun, ich glaube, der war einfach bloß, wie Freddie das mal genannt hatte, opstanatsch!« Erwin lachte kurz, wahrscheinlich, um zu zeigen, dass er das jetzt nur sagte, um die Sache mit einem Scherz zu beenden.

»Ich bin nicht sicher«, sagte Frank ernsthaft, »ob das Wort so richtig verwendet ist, das ist eher was, was Kinder sind, also opstanatsch, wenn die von einem abhängig sind und dann, keine Ahnung, aber du bist ja nicht Klaus' Tante oder sowas.«

»Tante? Wieso denn jetzt gerade Klaus' Tante? Was soll das denn jetzt heißen?«

»Dann eben Onkel«, warf Chrissie korrigierend ein. »Wenn dir das lieber ist!«

»Wieso denn jetzt Onkel? Schluss mit dem Quatsch!«

»Was ich sagen wollte«, sagte Frank und hob einen Finger, Chrissie fand das irgendwie niedlich, »wenn ich heute Abend alleine arbeite, aber Klaus gefeuert wurde, weil er unbedingt alleine arbeiten wollte, ist das dann nicht irgendwie ein Widerspruch?«

»Ich sag doch, darum ging es eigentlich gar nicht, der wollte doch gefeuert werden. Aber andererseits hast du recht, das könnte schwierig werden von der Arbeit her, das war ja die Idee dabei«, kam Erwin jetzt langsam ins laute Denken bzw. ins Labern, wie Chrissie fand, dabei tippte er auf den Fingern der Hand herum, wie wenn er was abzählte, wie alt war der jetzt, dreißig, fünfunddreißig oder was, der wurde langsam senil, wie's aussah! »Wann geht das nebenan los«, sagte er und bog dazu einen Daumen um, »um elf? Dann muss ab zehn ein zweiter Mann hier sein.«

»Mann, ich höre immer nur Mann«, sagte Chrissie, »du denkst ja wohl wie einer von vorgestern, Erwin.«

»Ja, ist denn irgendwo eine Frau? Heidi kann ja heute nicht, sonst wäre das doch alles …«

»Als ob das die einzige Frau wäre, die dafür in Frage kommt! Außerdem ist ein zweiter Mann ja wohl genauso wenig in Sicht.«

»Ist sie aber. Also Heidi die einzige Frau, die in Frage kommt.«

»Nein«, sagte Chrissie, »du könntest ja auch mich fragen!«

*

Wiemer saß auf dem Rahmen des auf dem Boden liegenden Ikea-Schranks und hielt auf Kerstins Wunsch mit einer Arschbacke und zwei Händen die darauf festzunagelnde Pappe fest, obwohl das gar nicht nötig war, die Pappe hatte in der Mitte einen Falz, der nur mit Papier zusammengehalten wurde, aber wenn sie ausgebreitet im Rahmen des Schranks lag, war sie von alleine stabil genug, um sie sicher festnageln zu können, und das tat Kerstin gerade, und wie sie das tat, mit vielen kleinen Nägeln im Mund, treffsicher und elegant den Hammer schwingend, mein Gott, war das sexy, aber auch beunruhigend, vielleicht ist da ein Zusammenhang zwischen sexy und beunruhigend, dachte Wiemer verwirrt. Und verstört. Denn nicht nur, dass Kerstin sich als Frau mit fotografischem Gedächtnis entpuppt hatte, außerdem als Ikea- und überhaupt Heimwerkergenie, wie es aussah, während er, Wiemer, kaum Zettel an einer Pinnwand anbringen konnte, ohne sich dabei zu verletzen, das allein schon beunruhigte Wiemer, wenngleich er sich viel auf seinen Feminismus zugute hielt, der allerdings in der Zeit mit Britta ein bisschen gelitten hatte, weil Britta immer diese madamigen Aussetzer gehabt hatte mit Trag-mich-über-die-Pfütze hier und Halt-mir-die-Tür-auf dort, da war Kerstin ja wohl ein ganz anderes Kaliber, aber das war es nicht allein, das war vielleicht verwirrend, aber noch lange nicht verstörend, verstörend war, dass sie ihm gerade eröffnet hatte, dass sie am nächsten Tag zurück nach Stuttgart fahren wollte, adieu Wiemer, es war schön mit uns beiden, sowas in der Richtung, das machte ihn traurig und ratlos, dazu musste er jetzt sicher irgendetwas sagen oder überhaupt wenigstens eine Meinung haben, schließlich waren sie doch in Wiemers Augen sowas wie Liebesleute, da konnte man doch nicht bloß nicken und »Aha, so so!« sagen, schon gar nicht bei einer Frau wie Kerstin, die ihm, je länger er sie kannte, immer besser gefiel, aber auch immer unheimlicher wurde, sexy halt, das gehört wahrscheinlich wirklich zusammen, dachte Wiemer, der von Liebe auch in Gedanken erst einmal nicht sprechen wollte, wenn man erstmal anfängt, in Kategorien wie Liebe zu denken, ist ganz schnell von Eigentumswohnungen die Rede, dachte er in Gedenken an Britta und ihre eher traditionellen Vorstellungen, nicht, dass er Kerstin das unterstellen wollte, aber er hatte Angst davor, dass ihre spezielle Art, die ihn so faszinierte und auch ängstigte, sich plötzlich in Luft auflöste, wenn das Wort Liebe ins Spiel kam, das Wort Liebe war bei sowas gerne mal der Katalysator, das wusste Wiemer aus einer Lebenserfahrung heraus, die sich mit mehr als nur einer Britta zu sehr verfestigt hatte, um jetzt angesichts der ersten Kerstin seines Lebens gleich über Bord zu gehen.

»Ich dachte, du hast noch ein paar Wochen Urlaub«, sagte er.

»Ja, nein, das ist so, ich muss da noch, Moment ...« – Kerstin war offensichtlich mit den Gedanken bei ihrer Hämmerei oder tat jedenfalls so, sie hämmerte und hämmerte und Wiemer wartete erst einmal ab, da waren viele Nägel in der Ikea-Nageltüte und Wiemer war sich sicher, dass die nicht alle gebraucht wurden, Kerstin aber nagelte gründlich den ganzen Rahmen entlang, oben, unten, beide Seiten, und dann nagelte sie zwischen die bereits genagelten Nägel weitere Nägel, sodass die Abstände zwischen den Nägeln sich halbierten, sie nagelte und nagelte und Wiemer wollte schon was sagen, zum Beispiel, dass man es mit dem Nageln auch übertreiben konnte, aber das war ihm dann doch zu doppeldeutig und ein bisschen Zeit zum Nachdenken konnte nicht schaden.

»So, gleich fertig«, sagte Kerstin. Sie hielt den letzten verbliebenen Nagel hoch, haute ihn dann in Pappe und Spanplatte und strich sich eine Haarsträhne aus der Stirn. »Was war nochmal?«

»Du hattest doch gesagt, du könntest noch ein paar Wochen bleiben, bis Weihnachten, hattest du gesagt.«

»Wir müssen den jetzt aufstellen und an der Wand anbringen«, sagte Kerstin und zeigte auf den Schrank. »Danach die Türen einhängen. Gibt's hier eine Bohrmaschine?«

»Was willst du denn mit einer Bohrmaschine?«

»Na, Dübel in die Wand und dann hier mit dem Befestigungssystem den Schrank befestigen. Achter Steinbohrer. Dübel hab ich besorgt. Ich dachte, die haben hier eine Bohrmaschine. Meinst du, ich will, dass der Schrank umkippt und auf Chrissie drauffällt? Dass ich ihr den Schrank aufgedrängt habe und sie kommt darunter um? Willst du das?«

»Nein, natürlich nicht!«

»Dann hilf mal mit!«

Sie richteten den Schrank auf und schoben ihn an die Wand.

»Woher weißt du, wo sie den Schrank hinhaben will?«

»Ich frag sie. Aber wir brauchen eine Bohrmaschine!«

»Woher kannst du das so gut?«

»Was?«

»Ikea aufbauen.«

»Würdest du das auch fragen, wenn ich ein Mann wäre?«

»Ja«, log Wiemer. »Ich kann das zum Beispiel überhaupt nicht.«

»Ich sage nur: Elterninitiativ-Kinderläden, mehr sag ich nicht«, sagte Kerstin. »Aber ich brauche eine Bohrmaschine!«

»Da weiß ich was«, sagte Wiemer, froh, helfen zu können.

»Na und?«, bügelte Kerstin ihn ab. »Ich auch!«

*

P. Immel wusste natürlich, dass es asozial war, ohne Absprache mit den anderen das Dr.-Votz-Playbackshowkonzept mit einem Eierschneider und einem Mikrofon zu durchbrechen, aber was wäre das für eine Welt, dachte er, während er mit wachsender Begeisterung mit dem Zehnschillingstück auf dem Eierschneider herumschrummte, wenn immer alles nach Plan liefe? Ihm war in der Früh beim Gedanken an die Mexiko-Playbackshow heute Abend aber sowas von fad gewesen, dass er noch beim ersten Kaffee fast wieder ins Wachkoma gefallen wäre, und deshalb hatte er sich heute Morgen urplötzlich und nur mit sich selbst auf das Eierschneiderding geeinigt und die drei Fetzenschädel, die da hinter ihm lustlos mit ihren Pappinstrumenten zu dem nervigen Mexikanergedudel herumturnten, sollten ihm mal schön dankbar sein, dass er was Neues und Aufregendes in die Sache brachte, denn mal ehrlich, das Playbackding war doch schon im Artschlag fad gewesen, wenn da nicht die Polizei gekommen wäre, hätte P. Immel sie selber rufen müssen, mit einer Selbstanzeige wegen Lebenszeitdiebstahls, so sah er das, und jetzt waren sie wohl neidisch, die Glitterschnitterdeppen, die da im Hintergrund auf ihren gschissenen Soundcheck warteten, so grantig, wie die aus der Wäsche schauten, ihm egal, der Eierschneider ganz klar ein Gewinner, das stand mal fest, »Olé, P. Immel«, rief Michael 2, endlich mal einer, der sich begeistern konnte, und er riss die anderen Arsch-Art-Leute mit, »Olé! Olé!«, riefen nun auch diese – außer Kacki natürlich, der war immer noch angefressen, aber das konnte man ihm nicht übel nehmen, so ist er halt, man muss Kacki lieben, dachte P. Immel, auch wenn er eine Grantscherbe ist, das vergeht, gebts ihm nur eine Torte zu backen und schon ist er wieder obenauf.

Hinter ihm war Stillstand, die drei Pappinstrumentkameraden Enno, Michael 1 und Jürgen 1 spielten nicht mehr, sie standen nur herum und wedelten mit den Armen, was war das hier, der Kölner Karneval?

»Stopp mal«, rief Michael 1 in die Richtung der Punkmaria. Die drückte die Stopptaste des Kassettenrecorders.

»Was gibt's?«, fragte P. Immel herausfordernd, jetzt werden sie renitent, dachte er fröhlich, wenn nicht gar opstanatsch, das ist prekär, aber auch unterhaltsam und notwendig!

»Geh schau, P. Immel«, sagte Michael 1, »das ist ungerecht. Du spielst ein richtiges Musikinstrument, das auch zu hören ist, mit Mikrofon und allem, wir dagegen sollen musikalische Handlungen nur vortäuschen. Das ist nicht gerecht. Und du kriegst den ganzen Ruhm ab.«

»Das stimmt«, sagte Enno. »Wer richtige Musik macht, ist gegenüber den Playbackleuten immer im Vorteil.«

»Ich dachte, das Konzept heißt Playback«, fiel Jürgen 1 in den Chor der Widerspenstigen ein, »wie soll das Konzept einen Sinn ergeben, wenn das nicht die ganze Dr.-Votz-Gruppe macht, sondern nur drei von vier.«

»Ihr seid nur neidisch auf meinen Eierschneider«, sprach P. Immel das aus, was ausgesprochen werden musste. »Weil ihr nicht von selber draufgekommen seid. Aber ich frage euch: Wollt ihr bloß die Asche der Playbackbequemlichkeit bewahren, oder wollt ihr das Feuer der aktionskünstlerischen Spontaneität weiterreichen? Soll alles nur noch abgesprochen und vorher ausgedacht sein? Bedenkt: Ein Playbackkonzept ist auch dann noch ein Playbackkonzept, wenn es drei von vier machen, nur eben dann ein etwas anderes Playbackkonzept.«

»Ja, aber ist das dann noch glaubhaft?«

»Aber sicher: Weil ihr verkörpert das mexikanische Ding und ich verkörpere das Dr.-Votz-Ding«, sagte P. Immel zufrieden.

Nun meldete sich auch noch Kacki zu Wort: »Das ist ein Schmarrn, Peter, weil wenn nämlich nur einer richtige Musik macht, dann kriegt der die ganze Aufmerksamkeit, und das betrifft ja nicht nur die Band, sondern auch die lebenden Bilder, ich meine, das taugt nichts, wenn wir da die lebenden Bilder machen, Kacki am Dampfen und den Kaiser Maximilian und die Scheiße im Propeller und alles, wenn du derweil den Eierschneider bedienst, dann schauen die doch alle zu dir, du stiehlst uns doch die Show!«

»Kann ja sein«, rief P. Immel in den Raum hinein, damit alle etwas davon hatten, er lief ja gerade zu großer Form auf, wie er fand, »kann ja sein, dass er recht hat, Freund Kacki hier, und Kacki ist ein ehrenwerter Mann! Aber nur ...!«, er machte eine kleine Kunstpause, während der alle schwiegen und ihn gebannt anstarrten, nur die Punkmaria schraubte an ihrem Mischpult herum und das Mariandl kaute ins Nirgendwo starrend an einem Kaugummi, die blöde Plunzn, dachte P. Immel, »aber nur ...!«, wiederholte er rhetorisch vielsagend, »aber nur, wenn man davon ausgeht, dass alles immer und überall nach den Regeln der Fairness gespielt werden sollte, aber ...!«, rief er wie ein sich selbst interzedierender Volkstribun, »bedenkt, wir sind keine gschissene Balletttruppe, wo sie alle gleichzeitig die Beine hochschmeißen und Dienstleistung am notgeilen Revue-Kunden unternehmen ...« – eins musste man der Intimfrisur lassen: Sie hatte eine schöne Akustik, P. Immels Worte donnerten durch die Stille und der kahle Boden und die mit Spiegeln versehenen Wände warfen seine Worte kalt und klar zurück – »... wir sind Künstler, wir sind Aktionisten, die verstören sollen, müssen, können! Wieso«, rief er und sah zur Seite zum Spiegel, um die Wirkung seines dazu erhobenen Fingers zu überprüfen, »sollte man da die eigene Verstörung vermeiden? Ihr seid verstört? Seid dankbar dafür! Ihr werdet nicht beachtet? Macht euch bemerkbar! Seid ihr blöd? Dann stellt euch nicht blöd!«

»Papperlapapp, du stiehlst uns die Show, das ist alles!«, quengelte der depperte Enno, der sich, wenn es nach P. Immel ging, gleich mal eine neue Wohnung suchen konnte.

»Die Show? Die Show? Habe ich Show gehört???!! Sind wir im Deutschen Fernsehen, oder was? Bin ich der Peter Alexander?«

»Irgendwie schon«, sagte Kacki, der heute, wie es schien, nicht mehr kleinzukriegen war, der hatte irgendwie Oberwasser, der traute sich was, »du bist der Peter Alexander der ArschArt, wenn du mich fragst, Peter von Immel!«

Jetzt mischte sich auch noch der dämliche Karl Schmidt von den Glitterschnittern ein. »Sagt mal, Leute, sollten wir nicht eigentlich um sechs Uhr Soundcheck machen? Und ist es für eine Konzeptdiskussion nicht etwas zu spät?«

»Also geh her, das ist unser Laden und ihr spielts eh später, da seid ihr auch später dran mit dem Soundcheck!«, sagte P. Immel, der über diese Ablenkung ganz froh war, die ganze Diskussion fäulte ihn an, es hatte ja eh keinen Zweck mit den Bettbrunzern und Kacki heute unbesiegbar wie Prinz Eugen, die alte Sau!

»Das ist ein Irrtum«, sagte der Glitterschnitter-Schlagzeuger, wie hieß der nochmal, die dumme Weichbirne? Reinhard? Raimund? »Die Vorgruppe macht immer zuletzt ihren Soundcheck, weil die ihren Kram dann gleich stehen lassen kann.«

»Da hat er recht«, stimmte die Punkmaria ein. War ja klar, dass die auf deren Seite war. P. Immel drehte sich zu H. R. um, der gerade die Dachfolie auf seinem Bilderrahmen befühlte wie der Baustoff-Fetischist, der er ja wohl offensichtlich war.

»Sag du doch mal was«, herrschte er ihn an. Jetzt konnte nur noch H. R. helfen, wenn alle gegen ihn waren, dann würde H. R. für ihn sein, P. Immel verstand bei ihm zwar meistens Bahnhof, aber eins wusste er ganz genau: H. R. Ledigt war der geborene Advocatus Diaboli!

»Ich glaube, das mit dem Eierschneider ist ein gute Idee«, sagte H. R. auch gleich, »also Playbackshow gemischt mit richtiger Musik, so eine Art Art-brütt-Musik mit Eierschneider, das hat was von übermalter Fotografie, das Playback dann das Foto, der Eierschneider die Übermalung, also Polke und Richter und so.«

P. Immel war gerührt, auf H. R. war wirklich Verlass! »Wenn schon übermalte Fotos, dann ja wohl Arnulf Rainer bittschön!«, sagte er freundlich, »mit deinen Piefkes brauchst du hier nicht zu kommen.« Und zu Kacki und den anderen sagte er: »Da hört ihr es!«

»Muss es nicht Ahr brüh heißen, also französisch ausgesprochen werden? Das haben doch die Franzosen erfunden, das ist doch ein französischer Begriff!«, sagte Kacki.

»Papperlapapp«, sagte P. Immel. »Darum geht's doch jetzt gar nicht.«

»Okay, dann mache ich heute Abend aber nicht den Kaiser Maximilian, wenn du dir da auf dem Eierschneider einen abzupfst, da kannst du dir dann einen anderen Trottel suchen, Peter!«

»Ist mir recht, Kacki!« Bei den Rest-ArschArtlern kam Unruhe auf, da schauen die Deppen, dachte P. Immel grimmig, da sehen sie's, so schnell kriegt man seinen Stage Act gestrichen, wenn man nicht aufpasst! »Für die lebenden Bilder haben wir eh keinen Platz. Und auch nicht genug Leute, wenn wir hier noch einen auf Kneipe machen wollen, beim Manet und dem Kaiser Max waren das ja alleine schon sieben Leute, und wer verkauft dann das Bier in der Zeit?«

Jetzt herrschte verdutzte Stille im Raum.

»Ihr wollt doch unbedingt eine Kneipe haben! Da müsst ihr euch jetzt entscheiden!«, sagte P. Immel genüsslich. Manchmal kommen einem die besten Argumente erst beim Reden, dachte er. »Entscheidet euch«, machte er den Diskurssack zu. »Geld oder Kunst!«

∗

»Okay«, sagte Erwin, »dann frage ich dich eben: Willst du, liebe Chrissie, heute Abend hier noch ein bisschen aushelfen? Vielleicht ab zehn oder so?«

»Kannst du vergessen!«

»War klar!«

»Wieso war klar? Du hattest ja noch nicht mal daran gedacht, mich zu fragen!«

»Ja, aber war doch klar!«

»Gar nichts war klar und immer nur Männer hier, Männer da, voll scheiße das!«

Chrissie verschränkte die Arme und zog die Schultern ein, das gefiel Frank, sie sah toll aus, wenn sie wütend war, und wütend war sie, aber Erwin auch und auch er verschränkte seine Arme, hier war mal zu sehen, dass die beiden verwandt waren, nicht, dass Frank das wichtig war, aber Chrissie sah toll aus, ihre Augen funkelten und sie pustete sich eine Haarsträhne aus dem Gesicht, ohne die Arme aus ihrer Verschränkung zu nehmen, und so standen sich die beiden gegenüber, irgendwie gut, diese Kächeles, dachte Frank.

»Du wolltest, dass ich dich frage, und dann sagst du, das kann ich vergessen, was ist das für eine Art, mit seinem Onkel umzugehen, frage ich dich?! Ich hätte ja nichts dagegen gehabt, wenn du nein gesagt …«

»Ach nein, auf einmal ist er wieder der Onkel, sonst immer sag nicht Onkel, sag nicht Onkel, aber jetzt wieder Onkel hier, Onkel da, na sauber.«

»Und warum kann denn die Nichte jetzt nicht die Schicht übernehmen, obwohl der Onkel sie doch so nett fragt und im Grunde auch bittet, eben das zu tun, und sie ja auch gefragt werden wollte?«

»Brauch ich dir gar nicht zu begründen!«

»Egal. Ich warte!«

»Ich will mich erstmal hinlegen und dann später sehen, wie Lisa da Saxophon spielt.«

Erwin seufzte und nahm die Arme wieder auseinander.

»Schau, Chrissie«, sagte er sanft und, wie es schien, auf

Entspannung bedacht, »und sowas hatte ich mir schon gedacht. Darum habe ich dich gar nicht erst gefragt.«

»Ich meinte das ja im Prinzip«, sagte Chrissie. »Es kann doch nicht sein, dass man immer nur von Männern spricht, wenn es um den Job geht. Und mich dann nicht mal fragt. Das heißt ja nicht, dass ich dann ja sagen muss, ich bin doch nicht deine Leibeigene!«

»Das stimmt, Chrissie. Du siehst: Ich lasse mich nicht provozieren. Es sieht dann nur so aus, als müsste *ich* heute Abend arbeiten.«

»Jetzt mach hier mal nicht einen auf Mitleid«, sagte Chrissie. »Bist ja selbst schuld, wenn du Klaus gefeuert hast.«

Erwin sah aus, als würde er gleich zu heulen anfangen, außerdem war er grau im Gesicht, er war eindeutig nicht in Form, sein kurzer Anfall von Streitlust schien ihm die letzte Energie geraubt zu haben. »Ich will nicht hören, wer schuld ist, Chrissie«, sagte er resigniert. »Ich will, dass du jetzt in deinen wohlverdienten Feierabend gehst.« Und dazu machte er eine wegwedelnde Handbewegung.

»Ja klar, gern«, sagte Chrissie. Und zu Frank sagte sie: »Kann ich ein Bier haben?«

Frank gab ihr ein Bier. Schade, dachte er. Er hätte gerne mit Chrissie gearbeitet, jedenfalls lieber als mit Erwin. Er schaute sie an, als er ihr das Bier gab, und ihre Augen trafen sich und sie hielten kurz beide zusammen die Flasche fest, die Übergabe dauerte etwas länger als nötig, sie hielten also beide die Flasche fest und ihre Augen trafen sich und Frank wurde plötzlich ganz aufgeregt, weil er da etwas in ihren Augen sah, das ihn aufwühlte und erschreckte, er ließ die Flasche gerade noch so rechtzeitig los, dass es nicht peinlich wurde.

»Ja klar«, sagte er. »Aber dann musst du auf die andere Seite des Tresens wechseln. Das ist heute alles sehr streng hier. Ich bin schon angeschissen worden.«

In diesem Moment kam wie auf ein Stichwort Karl Schmidt herein. Na gut, dachte Frank, dann eben Bauerntheater! »Von dem da!«, sagte er und zeigte anklagend auf Karl Schmidt, den er ab jetzt in Gedanken immer so nennen wollte, Karl Schmidt, weil er nicht mehr sein Freund war!

»Bitte, keinen Streit«, sagte Karl Schmidt. »Ich entschuldige mich, Frank. Es tut mir leid. Und ein Bier bitte. Ich zahl auch. Die Dosenscheiße von den ArschArtlern kann ja keiner trinken. Die haben da Dosen vom Aldi geholt!«

Aber so einfach war er nicht zu haben. Frank rührte keinen Finger.

»Es tut mir leid, Frank. Soll ich es mir selber holen? Oder muss ich warten, bis Klaus da ist.«

»Klaus ist raus!«, sagte Erwin.

»Wieso ist Klaus raus?«

»Frag nicht, ist halt so.«

»Ja toll«, sagte Karl Schmidt. Er wartete einen Moment und sagte dann: »Wie jetzt? Krieg ich eins?«

»Kann schon sein«, sagte Frank, rührte sich aber nicht.

»Ja wie?«, sagte Karl Schmidt. »Soll ich es mir selber holen?«

»Nein«, sagte Frank. »Hinter den Tresen darfst du jetzt natürlich nicht. Das ist ja gegen die Vorschrift. Und die Vorschriften, was hier geht und was nicht, die kennst du ja wohl ganz genau!«

»Quatsch!«

»So so!«

»Du machst dich hier voll zum Horst, Frank Lehmann!«

»Mir egal.«

»Okay, dann gehe ich jetzt wieder rüber und trinke Dosenbier«, sagte Karl Schmidt, blieb aber stehen und verschränkte sogar noch die Arme.

»Was ist denn mit euch los?«, mischte sich Chrissie ein. »Ich hau euch gleich. Alle beide!«

»Ich auch!«, sagte Erwin.

*

»Ich glaube trotzdem, das muss man Ahr brüh aussprechen«, nahm Kacki den von P. Immel barsch abgerissenen Gesprächsfaden wieder auf, als er neben H.R. stand. Neben H.R. stand er, weil er sich umziehen wollte und das nicht vor allen Leuten, darum ging er nach hinten zum Schlagzeug, da hoffte er mit der Umgebung zu verschmelzen, außerdem hatte er dort vorhin das Bündel mit dem Kellnergewand abgelegt, das zog er jetzt an, den Sombrero legte er so lange aufs Schlagzeug, und H.R. stand bei ihm und fragte: »Darf ich mir mal den Sombrero aufsetzen?«, und Kacki natürlich kein Frosch, also ja gesagt, und so waren sie ins Gespräch gekommen und Kacki hatte sich daran erinnert, dass das Thema mit der Aussprache von dem Ahr-brüh-Ding noch offen war, Kacki mochte es nicht, wenn die Gesprächsfäden abgerissen auf dem geistigen Nährboden lagen, das war unordentlich und unbefriedigend, fand er, und H.R. zwar ein Verräter, aber eigentlich auch ganz nett.

H.R. drehte den Sombrero auf seinem Kopf herum und sagte: »Ich war neulich in einem Getränkegroßhandel, da war da so ein Weinhändler gewesen, der hat immer brütt gesagt und ich hatte ihn das auch gefragt und der hat gesagt, die Weinleute sagen in Deutschland brütt, weil wenn du im Kontext eines deutschen Satzes plötzlich brüh sagst, dann klingt das doch total bescheuert.«

»Was klingt bescheuert? Mein Eierschneider?«, mischte sich P. Immel ein. Der stand noch immer auf der Bühne und soundcheckte seinen Eierschneider zum wer-weiß-wievielten Male alleine vor dem Mikrofon, alle waren schon total genervt, schrumm, schrumm, pling, pling, wie hielt die Punkmaria das nur aus?

»Nein, der klingt super«, sagte H.R. gutgelaunt, bei dem blickte Kacki immer weniger durch, es war wie mit diesem Scheinriesen in dem schönen Kinderbuch, der immer kleiner wurde, je näher man ihm kam, nur dass bei H.R. die Sache dergestalt lief, dass man ihn immer weniger verstand, je mehr man ihn kannte, verrückt! »Der Eierschneider ist eins a, mein Peter«, sagte er jetzt. »Wobei ich eh glaube, dass Art brütt in dem Zusammenhang der falsche Begriff ist, die Art-brütt-Leute arbeiten ja nicht mit Fotoübermalung, oder?«

»Ja nun, Fotoübermalung ist es aber auch nicht direkt, wenn man einen Eierschneider spielt. Und bei Ahr brüht geht's ja wohl auch eher darum, dass man einen an der Waffel hat«, sagte P. Immel.

»Ja nun …«, sagte H.R. gutgelaunt, der hatte wirklich die Ruhe weg, fand Kacki, wusste er irgendwas, was Kacki und die anderen nicht wussten, hatte er irgendwas in der Hinterhand, lief für ihn alles nach Plan? Für alle anderen ja wohl kaum, außer vielleicht P. Immel, eben doch eine Führungsfigur, dachte Kacki, weil wenn der das mit dem Eierschneider etwa geplant hatte, um sie alle auf dem falschen Fuß zu erwischen, dann alle Achtung, das war ihm gelungen, dachte Kacki, »... wenn es darum geht«, sagte H. R. unterdessen, »dass man einen an der Waffel hat, dann ist es auf jeden Fall Art brütt, was ihr da macht!«

»Natürlich ist das Ahr brüht«, sagte der Peter, der musste natürlich noch seine ganz eigene Aussprache dafür haben, eh klar. »Ich brauche aber auch noch was davon auf dem Monitor«, sagte er zur Punkmaria und zeigte auf den Eierschneider.

»Ist doch schon!«

»Okay, dann mehr.«

Die anderen drei Musikanten hatten die Bühne verlassen, hatten sich mitsamt ihren Pappinstrumenten zu den Bierdosen gesellt und jeder gleich eine Dose in der Hand. Von ihnen meldete sich nun Jürgen 1 zu Wort: »Jetzt hör aber auf, P. Immel«, sagte er, »du kannst doch den gschissenen Eierschneider nicht lauter machen als unsere ganze Musik!«

»Wieso eure ganze Musik? Das ist doch Playback!«

»Ja eben. Und wir sind drei Leute, die das machen. Also das Playback. Und wenn wir die Musik dann nicht mal mehr hören, sondern nur noch deinen gschissenen Eierschneider, dann ist es nicht mal mehr Playback, dann ist es Pantomime, und dann wird's prekär!«

P. Immel lachte dreckig. »Wenn ihr Pantomime macht, ihr Bettbrunzer, dann ist das aber ganz gewiss Ahr brüht. Dann seid ihr ja wohl voll die Mongos.«

»Also jetzt Ahr brüh oder Art brütt?«, ließ Kacki nicht locker.

»Quatsch, Kacki«, sagte P. Immel, »auf französisch heißt das brüht. Nicht brüh!«

»Klingt doch scheiße, Ahr brüht«, sagte H. R. »Da klingt Art brütt doch viel besser!«

Von der Tür meldete sich Jürgen 3: »Ich will ja nicht drängeln, P. Immel, ich will eure Eierschneidereien und auch eure französischen Bildungsgespräche gewiss nicht abwürgen, aber ich glaube, für das Geschäft wär's gut, wenn wir irgendwann auch mal aufmachen könnten. Solange noch Bier zum Verkaufen da ist.« Er zeigte auf den Haufen Bierdosen bei den ArschArt-Leuten, der immer kleiner wurde, wohingegen die ArschArt-Leute immer besoffener. »Da müssten die anderen aber vorher noch Soundcheck machen.«

»Genau«, rief der Glitterschnitter-Schlagzeuger, »obwohl, wegen mir könnt ihr auch schon zum Soundcheck aufmachen!«

»Soundcheck ist im Grunde überbewertet«, sagte der andere Glitterschnittermann, der Ferdi hieß, ein schöner Name, dachte Kacki, eigentlich der schönste Name überhaupt! Aber warum fiel der seinem Schlagzeuger in den Rücken?

»Kann sein, dass Soundcheck überbewertet wird«, sagte der, der Raimund hieß, wie einer von Kackis Onkeln, die er aber nie richtig kennengelernt hatte, die hatten die Oma kaum je besucht, »aber mein Schlagzeug würde ich schon ganz gerne mal eben warmspielen, oder? Außerdem wollt ihr anderen doch was auf dem Monitor haben, vor allem die Lisa, wo ist die eigentlich?«

Die Frau, die direkt neben ihm auf einem Friseurstuhl saß, sagte: »Hier.« Sie trank den Rest aus ihrer Bierdose und warf sie auf den Bierdosenhaufen zurück, wie bescheuert, dachte Kacki, da vermischen sich dann ja die leeren mit den vollen Dosen, wie war die denn drauf?! »Gib mir mal ein Bier rüber!«, sagte sie zu Jürgen 3.

Und der gehorchte sofort. War das, weil die Frau so gut aussah? Weil sie Saxophon spielte? Jürgen 3 schien jedenfalls liebesverwirrt, denn er reichte der Frau ein Bier, sagte »Hier!«, und dann zu P. Immel: »Die Glitterschnitterleute saufen uns alles weg. Ihr müsst jetzt mal fertig werden.«

P. Immel zeigte auf H.R. und Kacki. »Dann sag denen da, die sollen nicht gschissener Eierschneider sagen! Das hält nur auf.«

»Ich habe nicht ...«, wollte sich Kacki wehren, aber H.R. fiel ihm ins Wort: »Apropos Eierschneider: Kennt einer von euch noch aus seiner Kindheit das Gedicht mit der königlichen Eierschlitzmaschine?«

»Hä?«, sagte P. Immel.

»Und wenn ja: Weiß jemand noch, wie da der letzte Satz geht?«

Tatsächlich, ein Scheinbekannter, dachte Kacki. Je mehr man ihn kennt, desto weniger versteht man ihn!

*

»Scheiße«, sagte Kerstin, aber Wiemer hatte kein Mitleid mit ihr, im Gegenteil, Wiemer war sauer und enttäuscht, weil sie kein Vertrauen hatte und nicht zuhörte und alles besser wusste, da konnte sie jetzt mal selber sehen, wie sie bohrmaschinentechnisch aus dem Quark kam, sie war ja so schlau, so allwissend ... Zur Belohnung saß sie jetzt mit ihm ratlos in der H.R.schen Musterwohnung, wo natürlich *keine* Bohrmaschine war, und wusste nicht weiter.

Dabei hatte er nur helfen wollen, als er »Da weiß ich was!« gesagt hatte, und sie gleich »Na und? Ich auch!« und okay, dann eben so, wenn sie soviel schlauer war!

»Scheiß heile Welt!«, sagte Kerstin und meinte wohl die Pracht der H. R.schen Musterwohnung. »Lunebakken!«

»Lunebakken?«

»So hieß das Bild. Ist mir gerade wieder eingefallen. Lunebakken. Mit Doppel-k in der Mitte. Mit Rahmen. Das hing da drüben!«

»Ja, das hat der Nachbar auch gesagt, der Marko.«

»Der Nachbar!«, sagte sie. »Ich glaub, ich frag den mal, ob der die Bohrmaschine hat, da muss doch irgendwo eine sein.«

»Ja klar.«

»Ich klingel gleich mal bei dem.«

»Ja klar. Aber eigentlich ist der immer hier und arbeitet in der Musterwohnung, und wenn der nicht hier ist, dann fährt er wahrscheinlich Taxi. Oder er ist bei Ikea, Lunebakken holen!« So, dachte Wiemer, touché!

Kerstin sah ihn abschätzend an. »Ich bleibe nicht bis Weihnachten«, sagte sie kalt.

»Ich weiß. Hast du schon gesagt.«

»Ich fahre morgen.«

»Ich weiß!«, sagte Wiemer, aber er war traurig und sein Herz tat ihm weh, morgen schon, dachte er, morgen schon, wenn sie morgen schon fährt, dann sollte man sich heute vielleicht nicht mehr streiten.

»Ich weiß, wo wir eine Bohrmaschine herkriegen«, sagte er. »Ganz sicher!«

Kerstin nickte gnädig. »Dann sag!«

*

»Jetzt gib ihm ein Bier und hör auf, so ein Stinker zu sein, Lehmann«, sagte Chrissie. Das mit dem Lehmann war ihr so rausgerutscht, sie hatte eigentlich Frank sagen wollen, aber wenn er sich hier so doof anstellte, dann musste sie ihn Lehmann nennen, da ist er dann selber schuld, dachte sie, da kann man nichts machen, sie konnte unmöglich zulassen, dass er sich mit Karl zerstritt, das wäre nicht gut für ihn, dachte sie, er tat ihr ein bisschen leid, wie er so dastand, mit verschränkten Armen und schmollend wie ein kleiner Junge, irgendwie niedlich und rührend, aber auch doof und nicht gut für ihn, er hat doch sonst überhaupt keine Freunde, dachte Chrissie, höchstens seinen Bruder, und der ist am Kudamm als Labormaus eingesperrt, kein Wunder, dass er so empfindlich ist, man müsste irgendwas für ihn tun, dachte Chrissie verwirrt, was war denn bloß mit ihr los?!

»Du arbeitest hier nicht, du hast hier gar nichts zu sagen«, sagte Frank. Der dumme Arsch, dachte Chrissie, das hat man davon, dass man Mitleid mit ihm hat!

»Stimmt, Chrissie«, sagte der blöde Erwin-Onkel. »Aber du könntest dir ein Stimmrecht erschleichen, indem du mit Frank die Abendschicht machst.«

»Am Arsch«, sagte Chrissie. Sie ging hinter den Tresen, nahm ein Bier, machte es auf und gab es Karl. »Ich habe gerade erst acht Stunden gearbeitet, ich mach doch jetzt nicht einfach irgendwelche Überstunden. Ich will mich erstmal hinlegen.«

»Schon klar«, sagte Erwin, »und das kannst du ja auch. Stell dir einfach einen Wecker und komm um zehn dazu. Bis zehn kann er auch alleine arbeiten.«

»Wie? Ich? Bis zehn alleine?«

»Ja, so wie Klaus meistens auch«, sagte Erwin. »Also, was ist, Chrissie?«

Die Kneipentür ging auf und eine Reihe von Leuten

kam herein, darunter Kerstin und Wiemer. »Kannst du vergessen«, sagte Chrissie.

»Was denn?«, mischte sich Kerstin sofort ein.

»Der will, dass ich weiterarbeite«, sagte Chrissie empört, »dass ich immer, immer, immer weiterarbeite!« Und dabei zeigte sie anklagend auf Erwin.

»Ich habe doch gar nicht ...«

»Das ist ja wohl das Allerletzte, bist du wahnsinnig, du blöder Ausbeuter?!!«

»Kann ich mir mal deine Bohrmaschine ausleihen?«, sagte Wiemer zu Karl.

»Wieso du?«, sagte Kerstin. »*Ich* wollte die haben. Ich brauch die, um Chrissies Schrank an der Wand zu sichern. Du hast ja wohl bisher noch gar nicht gebohrt, Wiemer!«

»Jetzt wird's schlüpfrig«, sagte Karl.

»Sei du doch still, du Depp«, sagte Kerstin.

»Ich glaub, ich muss kotzen«, sagte Chrissie.

»Meine Bohrmaschine kriegt ihr nicht«, sagte Karl. »Geht doch zu H.R., der hat auch eine. Oder auch nicht, keine Ahnung. Vorhin hat er jedenfalls meine benutzt.«

»Ja, das wollen wir, äh, das will Kerstin«, korrigierte sich Wiemer, »ja auch nur mal eben kurz, also die benutzen.«

»Die hat mich gerade Depp genannt!«, sagte Karl.

»Ja nun, das ist ...«, sagte Wiemer.

»Mein Gott, sind hier alle schnell beleidigt«, sagte Kerstin.

»Kann man wohl sagen«, sagte Karl mit einem Seitenblick auf Frank. »Kann man wohl sagen!«

Gleich hau ich sie, dachte Chrissie. Alle fünf!

»Königliche Eierschlitzmaschine? Was soll das denn sein? Was ist das denn für ein depperter Schmäh?«, sagte P. Immel neugierig und schien über die Frage sogar seinen Eierschneider zu vergessen.

Ganz klar, dachte H.R., da spitzt ein P. Immel natürlich die Ohren, königliche Eierschlitzmaschine, da wird er hellhörig, wahrscheinlich kennen die das in Wien gar nicht, dachte er, dabei war das ein herrliches Gedicht gewesen, ewig lang, H.R. hatte es als Kind ganz auswendig gewusst, er war der Einzige gewesen, der den ganzen Riemen im Kopf immer beisammengehabt und jederzeit hatte aufsagen können.

Wenn man aber das Prinzip, dass nur etwas, das man im Kopf behalten kann, es das auch wert ist, hier anwendet, was sagt das dann, dachte H.R., während die anderen ihn anglotzten und eine Erklärung erwarteten, was sagt das dann aus über die Qualität des Gedichtes von der königlichen Eierschlitzmaschine, dass man sich heute nur noch an die eine Zeile erinnert? Ist der Rest nicht mehr gut, weil die Welt sich weitergedreht hat? Nicht mehr relevant? Obwohl, dachte H.R., Relevanz wird überschätzt, das ist was für Journalisten, Politiker und Strafverteidiger, wahrscheinlich ist es einfach veraltet, dachte er, die Zeit darüber hinweggegangen, begraben unterm Staub der Jahrzehnte, nur das Wort königliche Eierschlitzmaschine und der letzte Satz waren übrig geblieben, so geht es vielen großen Werken, dachte H.R., am Ende schrumpfen sie auf ein paar Bonmots zusammen, »Sein oder Nichtsein«, »Sieh da, sieh da, Timotheus, die Kraniche des Ibykus« und eben auch »Ein Krach, ein Schrei und über die Bühne rollt ein halbes Ei!«, das war's dann, Pech gehabt, unbekannter Dichter, aber warum soll's dir besser ergehen als Shakespeare und Schiller?!

»Klingt irgendwie gut«, sagte P. Immel. »Geht es um die Art von Ei, von der ich glaube, dass es um sie geht?«

»Aber immer«, sagte H. R. »Das ist ein langes Gedicht. Irgendwas über eine Prinzessin und so Sexkram. Und die königliche Eierschlitzmaschine.«

»Und was geht uns das jetzt an, H. R.? Was haben wir damit zu schaffen, dass du damit unseren Soundcheck unterbrichst?«

»Keine Ahnung. Ich erinnere mich nur an ›Ein Krach, ein Schrei und über die Bühne rollt ein halbes Ei‹. Das war das Ende. Oder fast. Ich glaube ja, da kam noch eine Zeile, aber wie ging die?«

»Jetzt wird mir aber fad«, sagte P. Immel. Er nahm den Eierschneider wieder auf und schrummte ein wenig darauf herum. »Das klingt so dünn«, sagte er zur Punkmaria. Die hatte H. R. besorgt, damit sich mal einer um den Sound kümmerte. Wenn Glitterschnitter spielten und H. R. sein Bild malte, wollte er dabei auch einen vernünftigen Sound haben! Außerdem mochte H. R. die Punkmaria sehr. Wenn er ehrlich war, war er sogar ein bisschen in sie verliebt, aber für Liebesdinge hatte er neuerdings keine Zeit mehr.

»Geh«, sagte P. Immel zu Kacki, der hinter H. R. stand und seine Klamotten wechselte. »Wieso ziehst du denn das komische Gewand an?«

»Du hast uns Lebende-Bilder-Leute gerade aus der Performance gekickt, Peter«, sagte Kacki. »Da geht's dich gar nichts an, was für a Gwand i an hab!«

»Das sieht scheiße aus. Machst du jetzt hier einen auf Kaffeehaus-Ober, oder was?«

»Kann dir doch wurscht sein.«

In der Tür erschien der Kontaktbereichsbeamte der Polizei. Er rauchte eine Zigarette und machte einen auf Spaghettiwestern, er schaute sich mit zusammengekniffenen Augen langsam um, und hustete dann lange und ausdauernd, bis alle, aber auch wirklich alle Augen auf ihn gerichtet waren, der Mann hat Stil und Klasse, dachte H.R.

»Leute«, sagte der KOB, »wem gehören die Friseurstühle da draußen?«

Keiner sagte etwas.

»Die sind doch von hier, oder etwa nicht?«

Stille.

Der KOB warf seine Kippe hinter sich und zündete sich eine neue an. »Wollt ihr mich verarschen? Die hattet ihr doch vorher noch hier drin zu stehen gehabt!«

Stille.

»Die müsst ihr doch wohl in der letzten Stunde oder so rausgetragen haben! Vor einer Stunde bin ich hier vorbeigekommen, da standen die da noch nicht!«

Niemand sagte etwas. P. Immel plingte auf dem Eierschneider herum. Das Mariandl lachte kurz auf und verstummte gleich wieder.

Der KOB schaute auf seine Uhr. »Schon nach sechs, okay, Leute, ich mach Feierabend«, sagte er. »Ich bin ja kein Unmensch. Aber wenn die Friseurstühle morgen früh um zehn nicht weg sind, dann gibt's eine Anzeige, Geldbuße, Entsorgungskosten, das ganze Programm.«

»Okay. Kein Problem«, sagte Jürgen 3.

»Will ich hoffen«, sagte der KOB und ließ ordentlich Rauch durch die Nase raus.

»Sind wir jetzt mit dem Soundcheck dran?«, fragte Glitterschnitter-Raimund.

»Ich bin gleich fertig«, sagte P. Immel. »Aber wo ist denn euer Idi mit der Bohrmaschine?«

*

Kerstin stand direkt vor Karl und tat so, als klopfte sie an seine Stirn. »Hallo?! Ist jemand zu Hause?!«, sagte sie. »Können wir jetzt mal die Bohrmaschine haben?«

»Du hast mich Depp genannt.«

»Ja, aber ich entschuldige mich.«

Chrissie war genervt. Warum tauchte ihre Mutter immer und überall auf und zog alle Aufmerksamkeit auf sich, das ist doch peinlich, dachte sie, für uns beide!

»Ich entschuldige mich«, wiederholte Kerstin, »du bist kein Depp! Können wir jetzt deine Bohrmaschine haben?«

»Warum? Weil wir so gute Freunde sind?«

»Es ist für Chrissie, nicht für mich.«

»Wieso für mich?«, sagte Chrissie.

»Weil ich bei dir im Zimmer mal ein bisschen bohren muss! Damit der Schrank nicht umfällt!«

»Hör mal«, sagte Karl Schmidt, »das ist nicht irgendeine billige Scheißbohrmaschine, das ist eine Hilti-Bohrmaschine vom Allerfeinsten!«

»Ja und?«

»Und ich brauch die, wir haben gleich Soundcheck.«

»Dass ich nicht lache. Stell dich doch einfach auf die Bühne und schrei brummbrumm!«

»Du machst es einem wirklich leicht!«, sagte Karl.

»Ja, nee, natürlich brauchst du die«, sagte Wiemer beschwichtigend, »aber wir bräuchten sie auch mal eben, aber nur kurz, kriegst du dann gleich wieder!«

»Hetzen lass ich mich aber auch nicht!«, sagte Kerstin.

Wiemer seufzte.

Das ist ja wohl heute das Ding mit den alten Leuten, dachte Chrissie, dass die einen auf seufzen machen und auf verständnisvoll und sorgenvoll und den ganzen Scheiß, und in Wirklichkeit, ja, in Wirklichkeit was? Sie wusste es nicht, aber sie spürte, wie sie wütend wurde, auf Erwin, auf ihre Mutter und auf Wiemer und eigentlich überhaupt auf alle seufzenden Leute, die steckten doch alle unter einer Decke!

»Nun sei doch mal ein bisschen nett«, sagte Wiemer zu ihrer Mutter.

»Ich bin überhaupt nicht nett!«, brach es aus der heraus. »Ich scheiß auf nett! Ich will bloß noch den Schrank fertig aufbauen und so an der Wand anbringen, dass er meiner Tochter nicht auf den Kopf fällt, und dann reise ich ab, so sieht's aus! Morgen bin ich weg! Dann seid ihr mich alle endlich los, ihr Arschlöcher! Ich will hier nicht mehr sein! Das ist doch alles scheiße!«

Sie fing an zu weinen. Chrissie erschrak. Sie hätte ihre Mutter gerne in den Arm genommen und ganz fest gedrückt, aber bevor sie sich dazu durchringen konnte, hatte die sich schon wieder gefangen, »Ihr Arschlöcher, ihr blöden!«, rief sie und wischte sich über die Augen. »Ihr seid's alle überhaupt nicht wert!«

»Ja nun ...«, sagte Wiemer hilflos.

»Dann nimm sie halt«, sagte Karl, der auch ziemlich belämmert dreinschaute, »die ist nebenan, in der Intimfrisur. Im Koffer. Das ist ein roter Koffer, kann man nicht übersehen. Ich hole sie mir dann später wieder. Die machen da wahrscheinlich eh noch ewig mit dem Dr.-Votz-Soundcheck weiter.«

»Komm«, sagte Wiemer. Er nahm Kerstin behutsam am

Arm und führte sie hinaus. »Komm, wir gehen rüber und holen die Bohrmaschine!«

*

Raimund langweilte sich. In der Intimfrisur war jetzt schon die Luft raus, dabei war doch erst Soundcheck, wie sollte das erst heute Abend werden, wenn die jetzt schon alle so lustlos und abgeschlafft waren, die drei mexikanischen ArschArtler hatten ihre Pappinstrumente beiseite gelegt und ihre Sombreros abgenommen und saßen trübselig bei den anderen ArschArt-Leuten in der Ecke und tranken Bier; auf der Bühne stand immer noch P. Immel und plingplongte leise und melancholisch auf seinem Eierschneider herum, der allerdings, das musste Raimund zugeben, kein uninteressantes Musikinstrument war, und dann dieser Kacki, der mit dem Sombrerohut in der Hand dastand und wohl überlegte, ob er ihn jetzt aufsetzen sollte oder nicht, und darüber zur Salzsäule erstarrt war. Der Einzige, der gut drauf war, war H.R. Ledigt, der stand hinter dem Schlagzeug an seinem Dachfoliendingsda und pinselte fröhlich weiße Farbe drauf, warum auch immer.

»Geh bitte, P. Immel, jetzt hör auf, da herumzuschrummeln«, sagte einer von den Mexikanern.

Lisa fing an, Saxophon zu spielen, und gar nicht mal so schlecht, fand Raimund, wenigstens eine, die noch zu etwas Lust hatte! Und wo war überhaupt Charlie?

»Geh, du da, hör auf zu spielen, ich mache noch Soundcheck«, rief P. Immel zu Lisa hinüber. Und zur Punkmaria sagte er: »Geht das nicht lauter auf dem Monitor?«

Lisa spielte weiter.

»Geht das nicht lauter?«, schrie P. Immel.

»Nein, dann koppelt's rück. Und schrei mich nicht an!«, schrie die Punkmaria zurück.

»Jetzt hör doch mal auf! Man versteht ja nichts!«, brüllte P. Immel Lisa an.

»Ich muss das Blatt weichspielen, das ist neu«, sagte Lisa.

»Wir sind jetzt eh dran, Pimmel!«, rief Raimund. Was machte eigentlich Ferdi? Raimund schaute sich um. Ferdi saß im Friseurstuhl und schlief. Mit einer Bierdose in der Hand! Ohne dass sie runterfiel! Dieser Ferdi!

»Mei, stinkt das, was ist das für eine Farbe?«, wandte sich P. Immel an H. R.

»Acryl«, sagte H. R. »Auf Nitrobasis. Die trocknet besonders schnell, haben die im Baumarkt gesagt.«

»Die deckt aber schlecht auf der schwarzen Folie.«

»Das macht nichts. Hauptsache Farbe.«

»Mei, wie das stinkt!«

»Jetzt spießer hier mal nicht so rum«, sagte H. R., den Raimund immer mehr zum Freund haben wollte, das war mal ein wirklich cooler Freak. »Dann müsst ihr eben mehr rauchen, wenn euch der Gestank stört.«

»Ich wollte eigentlich mit dem Rauchen aufhören«, sagte P. Immel nachdenklich.

»Seit wann?«

»Seit heute Morgen, zu Hause, auf der Treppe, da musste ich so schnaufen!«

Raimund nahm seine Sticks und ging hinter sein Schlagzeug. »Ich fang schon mal an«, sagte er.

»Womit?«, fragte P. Immel.

»Schlagzeug spielen, Soundcheck machen«, sagte Raimund.

»Aber die Punkmaria hat doch noch gar keine Mikrofone an deinen Schlagzeugscheiß gemacht!«

»Maria reicht«, rief die Punkmaria. »Außerdem braucht das Schlagzeug keine Mikrofone, das ist laut genug.«

»Und ob das laut genug ist«, sagte Raimund und setzte sich auf seinen Schlagzeughocker. »Ferdi?!«

»Ich komme«, rief Ferdi mit noch geschlossenen Augen. Er hob die Bierdose, die er die ganze Zeit gehalten hatte. »Nur eben noch austrinken. Wo ist Charlie?« Ferdi trank die Bierdose aus, stand auf und rollte seinen Verstärker auf P. Immel zu. »Lasst mich mal durch!«

»Kann ich das noch zu Ende streichen, während ihr den Soundcheck macht?«, sagte H. R.

»Ja klar«, sagte Raimund.

»Mich hast du das nicht gefragt!«, sagte P. Immel vorwurfsvoll.

»Ich muss noch aufbauen«, sagte Ferdi.

»Hast du noch einen Pinsel? Dann helfe ich dir«, sagte Raimund.

»Ja, hier«, sagte H. R. und reichte ihm einen breiten Lackpinsel. »Pass auf, dass es nicht so viele Schnotten gibt!«

»Easy.« Raimund pinselte drauflos. »Was sind Schnotten?«

»Nasen.«

»Verstehe ich nicht. Malst du dann noch was anderes drauf als weiß?«

»Ja.«

»Stark.«

»Wo ist Charlie?«, sagte Ferdi.

»Der ist nebenan, anderes Bier trinken«, sagte Lisa.

»Der soll mal kommen. Dem muss mal einer Bescheid sagen!«

»Ich kann gerade nicht«, sagte Raimund.

»Der muss seinen Betonbrocken noch hierherstellen. Ich schlepp den nicht!«

»Sagt einmal, spinnt ihr, ihr Arschlöcher? Ich mache hier noch Soundcheck!«, sagte P. Immel.

Die Punkmaria kam zur Bühne. »Das ist okay so«, sagte sie. »Mehr Monitor geht eh nicht. Und dein Mikro brauchen wir jetzt für das Saxophon.«

»Was soll …«, sagte P. Immel.

Lisa blies in ihr Saxophon.

*

P. Immel war fassungslos vor Wut. Er wurde vor den Augen seiner Leute gedemütigt, sie behandelten ihn wie ein lästiges Möbel, das im Wege stand. Und sie unterbrachen ihn, wenn er etwas sagen wollte, mit Saxophonspiel, das war ja wohl die ultimative Unverschämtheit!

»Nun hör doch mal auf, du dumme Plunzn, man versteht ja nichts!«, schrie er die Saxophonspielerin an.

Aber die spielte einfach weiter. Die Punkmaria, die beide Hände an P. Immels Mikrofonständer hatte, um ihm den wegzunehmen oder jedenfalls so zu verbiegen, dass er für die Saxophonfrau von den Glitterschnittern taugte, winkte ihn zu sich heran.

»Wenn du«, hauchte sie in sein Ohr, und ihr warmer Atem kitzelte ihn dabei, »die Frau nicht in Ruhe lässt, hau ich dir erst eine runter und dann nehme ich die Anlage wieder mit und du kannst sehen, wo du bleibst, du blöder Schwanz!«

»Äh ...«, sagte P. Immel, ohne den Kopf wegzuziehen.

»Noch«, hauchte die Punkmaria weiter in sein Ohr und P. Immel sah, wie die anderen ihn neidisch anblickten, außer dem Mariandl, das schaute grimmig, ja, da schaust, Mariandl, dachte P. Immel, »noch«, hauchte also die Punkmaria, »habe ich dir das ins Ohr gesagt, noch kannst du ohne Gesichtsverlust mit dem Schwanzgehabe aufhören, hast du das verstanden? Einfach nicken, wenn du verstanden hast!«

P. Immel nickte bedächtig.

»Gut«, sagte die Punkmaria laut. »Machen wir's so.«

»Ich glaube, ich mach schon mal den Laden auf, dann können wir auf diese Weise ein bisschen lüften, weil das stinkt ja schon ziemlich nach der Farbe«, sagte Jürgen 3.

»Ihr müsst mehr rauchen«, sagte H. R.

P. Immel hatte keine Lust mehr. Er schaute auf den von seinem Hals sinnlos herabbaumelnden Eierschneider und wurde traurig von dem Anblick. Das interessierte aber keinen, nicht einmal Kacki, der sich mit einer Bierdose in der Hand in seinen gschissenen Kellnerklamotten samt Sombrero auf dem Kopf vor einem Friseurspiegel hin- und herdrehte.

Jürgen 3 machte die Tür auf, gerade als die Mutter von der Kächele-Göre und der gschissene Wiemer davorstanden.

P. Immel nahm den Eierschneider ab und tat ihn samt Gurt in eins der Friseurwaschbecken.

»Kommt rein«, sagte Jürgen 3. »Dose Bier zwei Mark.«

»Wir wollen nur schnell die Bohrmaschine abholen«, sagte Wiemer.

*

Die Chrissiemutter war schnell. Sie kam rein und steuerte gleich auf den roten Koffer mit Charlies Bohrmaschine zu.

»Da ist er ja«, sagte sie. »Ist da alles drin, auch die Bohrer?«

Keiner sagte etwas. Der ganze Raum starrte sie an.

»He, ihr Schwachmaten, ich hab euch was gefragt!«

»Keine Ahnung«, sagte Jürgen 3.

»Ich nehm die mal eben mit!« Die Chrissiemutter hob den Koffer hoch. »Ganz schön schwer, das Ding!«

»Äh, Moment mal …!«, sagte Ferdi, aber da war die Frau auch schon wieder draußen. Ein bisschen weiße Farbe war von Raimunds Pinsel auf seine Schuhe und den Boden getropft. Gut, dass das weiße Lederschuhe waren, die konnten eh mal wieder einen Anstrich gebrauchen.

»Habt ihr das gesehen?«, sagte Ferdi.

»Das ist das Matriarchat«, sagte H.R. »So wird das irgendwann immer sein.«

»Besser wär's!«, sagte die Punkmaria. »Aber keine Angst, das dauert noch.«

»Jetzt hat die einfach Charlies Bohrmaschine geklaut!«, sagte Ferdi.

»Nein«, sagte Wiemer, der immer noch da herumstand, den hatte die Chrissiemutter einfach stehen gelassen, »wir haben das mit ihm abgesprochen, wir bringen die gleich zurück. H.R., was machst du denn da? Malst du das Bild jetzt schon?«

»Nein, ich arbeite nur vor. Drei mal vier Meter, ist das eigentlich dann Quer- oder Hochformat?«

»Ich habe nochmal nachgeschaut: Die Höhe wird in den Katalogen wohl immer zuerst genannt.«

»Dann passt es ja! Bei Bühnenbild ist Querformat natürlich besser.«

Raimund malte und malte. Die Farbe deckte nicht gut. Wiemer war näher gekommen und Raimund hatte schon Angst, dass der ihm den Pinsel wegnehmen würde.

»Da vorne nicht mehr malen«, sagte H.R. Er kam zu Raimund herüber und skizzierte mit seinem Pinsel, der etwas schmaler war als der von Raimund, einen Umriss. »Bis dahin immer.«

»Und was soll das? Wird das alles weiß?«, fragte Wiemer.

»Wiemer, was habe ich denn gerade gemacht? Ich habe dem Glitterschnitter-Schlagzeuger, meinem neuen Assistenten quasi, die Umrisse skizziert, bis wohin er malen soll, passt du denn überhaupt nicht auf?«

»Doch, aber was soll das werden? Und wieso Assistent quasi?«

»Ist doch geil, Assistent«, sagte H.R. »Wie bei Rembrandt. Vielleicht sollte ich ihn alles alleine malen lassen.«

»Moment mal«, sagte Raimund. Er fand es nicht gut, dass man in der dritten Person von ihm sprach, und außerdem war er der Schlagzeuger von Glitterschnitter, kein Assistent von irgendwem, so nicht, Leute, dachte er. Er hielt den Pinsel dem H.R.-Manager, oder was immer Wiemer jetzt war, vor das Gesicht. »Hier, nimm mal!«

»Was soll ich damit«, sagte Wiemer und nahm den Pinsel.

»Keine Ahnung«, sagte Raimund, »weitermalen oder was!« Er setzte sich hinter das Schlagzeug und trat ein paar mal in die Bass-Drum.

»Was ist das denn für ein komischer Pinsel?«, sagte Wiemer.

»Der ist aus einem Pinselset vom Baumarkt«, sagte H.R. »Zehn Pinsel für drei fünfundneunzig, mal ehrlich, Wiemer, wie machen die das?«

»Keine Ahnung. Was wird denn das Weiße?«

»Das ist die Serviette.«

»Welche Serviette?«

»Die von deinem Sigi da. Heute Abend, beim Gig, schreibe ich den Text drauf.«

»Welchen Text?«

H. R. holte eine weiße Papierserviette aus seiner Hosentasche, faltete sie auseinander und las davon ab: »Platz für ein gemaltes Bild, höchstens 3 x 4 m, auf der Wall City Berlin 1980 zugesichert. Sigfrid Scheuer.«

»Bist du irre? Der Sigi kommt doch heute Abend!«

»Na und?«

»Was ist, wenn der das sieht und dann sauer wird? Und zurückzieht?!«

»Nie im Leben«, sagte H. R. »Wir haben ja den Vertrag! Und wenn doch, voll der Skandal! Können wir nur gewinnen!«

*

Chrissie sah, wie Kerstin mit dem Bohrmaschinenkoffer draußen am Café Einfall vorbeilief, und Karl sagte: »Da läuft sie. Hoffentlich bricht die mir nicht den Bohrer ab.«

Chrissie seufzte. Und erschrak. So schnell geht das also, dachte sie, kaum hat man den ganzen Tag gearbeitet, schon seufzt man, genau wie Erwin und die anderen alten Leute!

»Will die jetzt da oben wirklich bohren?«, fragte sie. »Ernsthaft? Jetzt? Wo ich mich eigentlich hinlegen wollte?«

»Sieht so aus«, sagte Karl Schmidt.

»Ich wollte mich doch noch ein bisschen hinlegen, bevor das losgeht«, sagte Chrissie und dann fiel ihr auf, wie sehr sie damit nach alter Oma klang, auch durch die Wiederholung, es ist wie verhext, dachte sie.

»Kannst dich ja in mein Bett legen«, sagte Frank und öffnete eine Bierflasche für irgendwen.

»Von wegen«, sagte Chrissie, »ich lege mich doch nicht bei dir ins Bett, was denkst du dir denn? Wie bist du denn drauf? Ich in dein Bett …!«

»Chrissie, die starren schon alle«, sagte Erwin leise. »Mach mal ein bisschen halblang. Er hat dir ja keine Orgie vorgeschlagen. Er ist doch hier und arbeitet.«

Die Tür ging auf und Kerstin kam mit ausgepackter Bohrmaschine im Arm herein.

»Hast du auch einen Achtmillimeterbohrer?«, fragte sie Karl.

»Ja«, sagte Karl, »der müsste eigentlich in dem Koffer sein, nein, den habe ich rausgenommen, der liegt auf dem Fensterbrett in meinem Zimmer.«

»Welches ist denn dein Zimmer?«

»Das, wo nur die Matratze ist.«

»Ich würde ja den 10er Bohrer nehmen, wenn ich 10er Dübel hätte, ich habe aber nur 8er Dübel.«

»Ja schlimm«, sagte Karl. »Obwohl, da sind auch noch andere Sachen in meinem Zimmer, ich komm mal mit, bevor du da alles durchwühlst. Und bevor das noch ewig dauert.«

»Ja, danke!«, sagte Kerstin trocken. »Sehr lieb!«

Die beiden gingen raus. Chrissie sah ihnen hinterher. Dann fiel ihr Blick auf Erwin. Der schaute sie erwartungsvoll an.

»Wie sieht's aus?«, sagte Erwin.

»Okay, du hast gewonnen«, sagte sie. »Ich würde gerne heute Abend hier arbeiten, Onkel Erwin. Ich fang auch gleich an.«

»Das ist nicht nötig. Fang erst um zehn an. Leg dich lieber vorher noch ein bisschen hin.«

»Ich kann auch wachbleiben«, sagte Chrissie, die plötzlich unendlich müde war.

»Du hast schon acht Stunden gearbeitet. Jetzt mach Pause bis um zehn, leg dich ein bisschen hin oder auch nicht, mir egal, aber dann kommst du um zehn Uhr wieder und ich hab heute Abend frei!«

»Okay«, sagte Chrissie.

»Alles klar, danke«, sagte Erwin, »ich weiß das zu schätzen.«

»Okay«, sagte Chrissie, »du schuldest mir was.«

»Nein. Es war eher umgekehrt. Wir sind dann quitt.«

»Quatsch.«

»Doch.«

»Quatsch.«

»Doch.«

»Quatsch!«

Erwin lächelte. »Egal«, sagte er. »Hauptsache, du arbeitest.«

»Mach ich.«

»Gut!« Erwin rieb sich die Hände wie ein alter Mann vor dem Essen. »Dann kann der Abend ja kommen!«

V
Glitterschnitter

Eigentlich fand Frank Lehmann Klaus ganz sympathisch, unfreundlich zwar und in seinem Kampf gegen H.R. unangenehm verbohrt, aber eben auch irgendwie sympathisch, wobei Frank gar nicht sagen konnte, warum, er hatte nie mehr als zwei, drei Worte auf einmal mit Klaus gewechselt, aber Sympathie, dachte Frank, als er Klaus kurz vor zehn Uhr abends das Café Einfall betreten sah, Sympathie fragt nicht nach Gründen, Sympathie macht, was sie will, aber, dachte Frank, als er Klaus dabei beobachtete, wie er sich leicht schwankend in der Tür stehend umsah, Sympathie führt auch nicht unbedingt dazu, dass man sich immer freut, jemanden zu sehen, man kann, dachte Frank, während Klaus die Eingangstür vom Café Einfall losließ und mit gründlichen, sorgfältig ausgeführten Schritten am Tresen entlang zu dessen hinterem Ende schritt, anders als schreiten konnte man es nicht nennen, was Klaus tat, so langsam und sorgfältig führte er das aus, um sich dann auf einem freien Hocker am anderem Ende des Tresens niederzulassen, man kann, dachte Frank, jemanden sympathisch finden und sich dennoch wünschen, dass er mal eine Weile wegbleibt.

»Ein Bier«, rief Klaus und hob dazu einen Arm, als meldete er sich in der Schule, und natürlich passte es nicht hierher, wie Klaus sein Bier bestellte, das Café Einfall war nicht der Ort für Herrenmenschengehabe, hier wartete man, bis man gefragt wurde, wobei man als Tresenmensch nicht wirklich fragte, man schaute die Leute nur an und dann wussten sie, dass sie dran waren und bestellen konnten, so hatte Frank das bei den Kollegen beobachtet und so machte er es selbst jetzt auch, und alle hielten sich daran, bis eben auf Klaus, der machte hier einen auf Vordrängeln, was war bloß los mit dem, wieso wusste der das nicht, der hatte hier doch bis eben noch gearbeitet?!

Und deshalb sagte Frank zur Sicherheit: »Du bist doch Klaus, oder?«

»Sehr schlau bemerkt«, sagte Klaus.

»Also bist du gerade von Erwin gefeuert worden«, sagte Frank. »Und dann kommst du aber hier rein und setzt dich hin.«

»Offensichtlich.«

»Und was soll das?«

»Ich hätte gern ein Bier«, sagte Klaus auffällig verschleppt, er reihte ein Wort an das andere, aber langsam, so als müsste er sie erst vorher kurz zusammensuchen, wie jemand Buchstaben beim Scrabble zusammensuchte, und da wurde Frank erst richtig klar, dass Klaus total besoffen war, hackedicht, stramm wie die Axt, sternhagelvoll, »werd ja wohl noch als Gast hier …« – er wedelte mit der Hand und rülpste und ließ das dann so stehen.

Frank gab ihm ein Bier. »Okay, dann aber eine Frage«, sagte er. »Soweit ich gehört habe, wolltest du nicht, dass ich heute Abend mit dir arbeite, und darum der Streit mit Erwin und dass du rausgeflogen bist.«

»Das war schon die zweite Frage«, sagte Klaus, dann rülpste er noch einmal und schaute mit einem Auge böse durch das grüne Glas der Bierflasche, die zwischen ihm und Frank auf dem Tresen stand. »Du hast gesagt, eine Frage, das war schon die zweite, die erste war, ob ich Klaus bin.«

»Ja, okay. Aber das mit der einen Frage habe ich erst danach gesagt. Und selbst wenn: eigentlich habe ich nicht gefragt, ob du Klaus bist, ich habe gesagt, dass du Klaus bist, und ans Ende dieser Feststellung ein kleines fragendes Oder gehängt, das ist keine richtige Frage.«

»Okay, dann war's nur eine. Wie war die nochmal?«

»Die hatte ich noch gar nicht gestellt«, sagte Frank, »also: Du wolltest nicht mit mir arbeiten und bist deswegen rausgeflogen, aber mit mir im selben Raum auf der anderen Seite des Tresens zu sitzen, das ist okay, oder was?«

»Ist das die Frage?«

»Ja.«

Klaus dachte nach. Er nahm einen Schluck vom Bier und rülpste wieder, dabei floss ihm etwas Bier aus dem Mund und Frank fing an, sich Sorgen zu machen. Klaus wischte sich den Mund ab und sagte: »Auf der anderen Seite des Tresens sitzen ist okay, weil ich dann nicht mit dir arbeiten muss.«

»Drei Mark«, sagte Frank.

»Drei Mark? Wieso drei Mark?«

»Ja wie«, sagte Frank, »ist dir das neu, was das kostet?«

Klaus überlegte und überlegte, jedenfalls sah es danach aus, weil er die Stirn runzelte, sich am Kopf kratzte, die Augen zur Decke drehte, seufzte und dann noch einen Rülpser rausließ, bevor er antwortete: »Hab's oft kassiert, hab's nie bezahlt.« Er kramte in seinen Taschen, holte eine Handvoll Geldmünzen raus und knallte sie auf den Tisch.

Einige rollten weg und auf den Fußboden und um Klaus herum wurden sofort Stühle gerückt, Menschen bückten sich und klaubten Münzen auf. »Hier«, sagte Klaus.

Frank kramte in dem Münzhaufen. »Ich nehm mir mal drei Mark da raus, okay?«

»Hier«, sagte Klaus.

»Der Rest ist deins, Klaus, kannst du wieder einstecken.«

»Hier«, sagte Klaus und schaute von oben in seine Bierflasche hinein.

*

Kacki genoss die Ruhe. So konnte es, wenn es nach ihm ging, immer sein. Er saß am Eingang der Intimfrisur, aus der wohl, da machte er sich nichts vor, kaum je ein Café an der Wien oder was auch immer werden würde, das Leben verlief halt nicht so, wie man es gerne hätte, das hatte Kacki schon als kleines Kind gelernt, meistens lief es genau andersherum, aber manchmal oder sogar meistens, wie Kacki fand, war es trotzdem schön, das Leben, ein kleiner, schöner Moment, dachte Kacki, entschädigt einen für so vieles, er löscht alles Schlechte aus, dachte Kacki, und gerade jetzt war so ein kleiner, schöner Moment, still und friedlich, der Soundcheck vorbei, die garstigen Glitterschnitterleute beim Essen, ebenso der größte Teil der ArschArt-Galerie-Leute, nur er und P. Immel hielten für die ArschArt die Stellung, da konnte man mal sehen, was das Chef-Gehabe von Jürgen 3 wert war, Liebe ist nur ein Wort, dachte Kacki, so kann man wohl die Liebe von Jürgen 3 zur Intimfrisur am besten beschreiben, die Worte von Johannes Mario Simmel wie immer ein Trost in schwerer Zeit, von der aber jetzt gerade nichts zu spüren war, Kacki an der Kassa sitzend, auf den Ansturm des Publikums auf die abendliche Konzertveranstaltung wartend, weit hinter ihm am Schlagzeug sitzend P. Immel, vertieft in eine Pose wie der Denker von Rodin, aber seitenverkehrt, das Kinn in die linke Hand gestützt und mit dem Zeigefinger der rechten Hand leise auf das große Becken dengelnd, das gab ein zartes Geräusch wie Engelsgesang, und hinter P. Immel H. R., auch er nun ein Freund irgendwie, jedenfalls schön anzusehen, wie der da an seinem Bühnenbild herumpinselte, der hatte richtig Feuer gefangen, da konnte man ihm nicht mehr böse sein, fand Kacki.

Am schönsten aber war, dass auch die Punkmaria bei ihnen geblieben war, die saß anmutig hinter ihrem kleinen Mischpult und las ein Buch, was das wohl für ein Buch war, Kacki hätte gerne gefragt, aber er traute sich nicht, vielleicht später, es wäre schon gut, dachte er, sowas zu wissen, wenn man weiß, was für Bücher jemand liest, dann ist es, wie wenn man in seine Seele schaut, dachte Kacki, als er da auf dem ganz hoch eingestellten Friseurstuhl saß, den sie von draußen wieder hereingeholt hatten, P. Immel persönlich hatte das für ihn erledigt, das war wohl so etwas wie ein Friedensangebot gewesen.

Und Frieden war. Für Kacki fast mehr, als sein Herz verkraften konnte, so ungewohnt war das nach all den Aufregungen der letzten Tage und Wochen, es war, als hätte Weihnachten vorzeitig begonnen, alles ruhig, alles still, nur der leise Engelsgesang des Beckens von P. Immel und das gelegentliche Seufzen und Umblättern der Buchseiten von der Punkmaria, es hatte etwas von einem Krippenspiel, da war die Punkmaria, er, Kacki, dann vielleicht der Joseph, P. Immel auf jeden Fall das Jesuskind. Aber wer war der Ochse, wer der Esel?

Die Tür ging auf und zwei Leute kamen herein, ein Mann und eine Frau.

»Fünf Mark«, sagte Kacki, um gleich keine Missverständnisse aufkommen zu lassen.

»Fünf Mark? Wieso das denn?«, fragte der Mann.

»Konzert. Dr. Votz.«

»Dr. Votz? Was ist das denn für ein Name?«, fragte die Frau. »Was ist das denn für ein Laden? Seid ihr so Pornotypen?«

»Nein. Und Glitterschnitter«, sagte Kacki widerwillig.

»Ah, Glitterschnitter«, sagte der Mann.

»Kennst du die?«, fragte ihn die Frau.

»Ja, nein, weiß nicht, vom Namen, glaube ich.«

»Glitterschnitter …«, sagte die Frau nachdenklich. »Habe ich auch irgendwo mal gelesen, den Namen.«

»Und Dr. Votz!«, beharrte Kacki.

»Hähä, Dr. Votz«, sagte der Mann.

»Ist doch scheiße, Dr. Votz«, sagte die Frau, »so Pornoscheiße!«

»Fünf Mark«, sagte Kacki.

»Nee«, sagte der Mann. Die Frau nickte und die beiden gingen weg. Kacki war's recht.

»Was …«, begann P. Immel leise eine Frage, aber die Tür ging wieder auf. Dieselben beiden Leute standen wieder vor Kacki. »Eine Frage noch?«, sagte der Mann.

»Ja, was denn?«

»Diese Friseurstühle da draußen, kann man sich da einen von wegnehmen?«

»Nein, die gehören uns«, sagte Kacki.

»Schade«, sagte der Mann.

»Was wollt ihr denn damit? Wir können die gut gebrauchen!«, sagte die Frau.

»Ja und?«, sagte Kacki. »Wir auch.«

»Dann könnt ihr uns doch einen abgeben.«

»Nein.«

»Warum nicht?«

»Die gehören uns!«

»Arschloch!«, sagte die Frau und die beiden gingen wieder raus.

»Was wollten die?«, fragte P. Immel.

»Die wollten die Friseurstühle.«

»Am Arsch!«

»Ich weiß«, sagte Kacki. Und nach einer schweigsamen Weile: »Ist nicht gerade viel los bis jetzt, Peter.«

»Das ist doch immer so, dass erstmal keiner kommt.«

»Ja, aber es ist schon nach zehn. Ihr müsst in weniger als einer Stunde anfangen.«

P. Immel trat auf das Pedal, das die Schnappbecken, oder wie immer das bei den Schlagzeugern hieß, zuschnappen ließ, und es klirrte metallen. »Wir müssen gar nichts. Wir sind heute Abend easy. Die Einzigen, die irgendwas müssen, sind die Glitterschnitterleute, die sind ehrgeizig, die wollen auf die Noise, wir sind ja schon dabei!«

Kacki sagte, und er wusste selber nicht, ob es eher sorgenvoll oder doch leicht hämisch gemeint war, die Weihnachtsstimmung war auch schon wieder weg, die kommt und geht, die Weihnachtsstimmung, dachte er, nur wenn die Oma dabei ist und ein Baum, nur dann bleibt sie, dachte Kacki, jedenfalls sagte er halb hämisch, halb sorgenvoll: »Ich bin schon gespannt, wie ihr mit Dr. Votz heute Abend ankommt, so mit Vollplayback und dann noch ohne die lebenden Bilder!«

»Sag nicht immer ihr, Kacki, so als wärst du gar nicht dabei.«

»Bin ich ja auch nicht. Du hast die lebenden Bilder gestrichen. Selber schuld!«

»Schuld, Schuld, was ist mir Schuld, wenn Freundschaftsbande spröd zerbrechen, als wären es in Wahrheit schnöde Ketten, die man mit eines kalten Herzens Hammer nur zertrümmern müsste, um eigner Seele letzte Fesseln immerdar zersprengt zu haben ohne ...« – P. Immel brach ab und dachte kurz nach, dann sagte er: »Ketten und Fesseln, spröd und schnöd, so geht's nicht, fad, schlecht, Punktabzug. Du bist dran, Kacki.«

»Ich mag nicht mehr.«

»Wenn du, mein Kackimann, wie früher nur den braunen Anzug wieder trügst, der so viel Freud gebracht und so viel Leid gezähmt ... Ach, ist doch eh wurscht!«, sagte P. Immel resigniert.

»Reich wird man so nicht«, wechselte Kacki das Thema.

»Das wird schon«, meldete sich H. R. von hinter dem Peter, »wenn hier erst ein Kaffeehaus ist. Das mögen die Leute.« Er trat einen Schritt zurück und rempelte dabei den Peter an.

»Pass halt auf, H. R., depperter!«, entfuhr es dem.

»Entschuldigung«, sagte H. R. ohne erkennbare Reue. Er betrachtete das Bühnenbild, das hatte in der Mitte jetzt eine weiße Fläche draufgemalt, aber unregelmäßig und mit Falten drin, wie eine Papierserviette oder sowas, Kacki hatte am Nachmittag nicht mitgekriegt, was das Bild überhaupt darstellen sollte, und jetzt war es zu spät zum Fragen, fand er, nun gut, es sollte ja auch das Bühnenbild für die Glitterschnitterleute sein, was ging ihn das dann auch an, hier lief ja wohl sowieso eine Menge an ihm, Kacki, vorbei, man kann die Leute nicht ausschließen und dann noch Interesse von ihnen erwarten, dachte Kacki. Aber was er sah, das sah ganz klar nach Serviette aus. »Die Farbe haftet nicht gut und trocknen tut's auch nicht«, sagte H. R., »wenigstens verläuft es nicht. Irgendwie stark!«

»Ja was nun«, sagte Kacki unzufrieden. Und fügte an: »Ich will's schon gar nicht mehr, das Kaffeehaus! Das steht doch alles unter keinem guten Stern!«

Die Tür ging auf und vor ihm stand der Punk mit dem Irokesenschnitt und hinter ihm die ganze Hinterhauspunk-Bagage aus der Naunynstraße.

»Oje«, entfuhr es Kacki.

✳

Klaus saß still und zusammengesackt auf seinem Hocker und starrte das Bier vor sich an und manchmal meldete sich bei ihm ein Schluckauf, der den ganzen Körper durchschüttelte, das beunruhigte Frank, er behielt ihn die ganze Zeit im Augenwinkel und auch gedanklich kam er nicht von ihm los, der kotzt mir die Bude voll, ging es mantramäßig durch Franks Kopf, während er zugleich jeden direkten Blickkontakt mit dem Ex-Café-Einfall-Mitarbeiter möglichst vermied, das forderte Kraft und lenkte ihn ab, machte ihn fahrig bei der Arbeit, schlimm, es war viel zu tun, es kamen immer mehr Leute herein und alle wollten Bier und drängelten sich um den Tresen und von Chrissie noch immer keine Spur, dabei war es schon nach zehn, und dann steckte Klaus sich einen Finger in den Mund, saugte daran und hielt ihn ganz hoch in die Luft wie einer, der sich geschnitten hatte und vermeiden wollte, dass zu viel Blut rauskam, und dann rief er in Franks Richtung: »Aber auch eine Frage von mir noch!«

Frank versuchte, ihn zu ignorieren, aber Klaus ließ nicht locker, zweimal noch sagte er »Aber auch eine Frage von mir noch!«, da war es dann schon so weit, dass Leute auf der anderen Seite des Tresens auf Klaus zeigten, um Franks Aufmerksamkeit auf ihn zu lenken, da musste er wohl oder übel hinschauen.

»Welche Frage?«, sagte er abweisend.

»Auch ich darf eine Frage stellen!«

»Ja, okay, stell!«

»Kann ich genauso wie du vorhin!«

»Ja, okay. Stell die Frage!«

»Also!« Klaus machte eine Kunstpause, dann schluckte er eine Weile, das machte Frank Sorgen, er kannte die Symptome baldigen Erbrechens aus eigener Erfahrung.

»Warum ist dann hier kein zweiter Mann?!« Klaus ließ seinen erhobenen Arm wie eine Bahnschranke sinken und richtete den Zeigefinger auf Frank. »Warum ist dann hier kein zweiter Mann?«

»Tja«, sagte Frank, »das geht dich überhaupt nichts mehr an!«

»Warum nicht?«

»Weil du hier nicht mehr arbeitest!«

»Aber warum ist hier kein zweiter Mann?«

»Weil du hier nicht mehr arbeitest.«

Und weil Chrissie nicht kommt, ergänzte Frank in Gedanken. Es war schon nach zehn. Und der Laden wurde immer voller.

*

Chrissie wachte davon auf, dass jemand sagte: »Warum willst du denn unbedingt morgen schon fahren?«, und sie war sich erst nicht sicher, ob das nicht doch ein Teil ihres gerade geträumten Traumes war, ein komischer Traum war das gewesen, aber schon als sie darüber nachdachte, ob dieses »Warum willst du denn unbedingt morgen schon fahren?« noch dazugehörte, hatte sie schon wieder vergessen, worum es in dem Traum gegangen war, es war etwas Wichtiges gewesen oder war ihr jedenfalls in dem Traum wichtig vorgekommen, nun war es verschwunden und bedeutungslos, stattdessen dieser Satz, »Warum willst du denn unbedingt morgen schon fahren?«, ausgesprochen von Wiemer, wie sie im zweiten Anlauf begriff, was machte der in H.R.s Zimmer? Sie hatte sich hier hineingeschlichen, um ihrer Mutter nicht zu begegnen, sie hatte sich unten in das Kinder-Etagenbett gelegt, weil sie wusste, dass H.R. immer oben schlief, unten war die Wäsche frisch, da lag sie nun, in der Kinderzimmernische, die vollgestellt war mit kleinen Stühlen, Tischen, Regalen, Kinderbüchern, sie lag auf dem Rücken und schaute auf das Bett über sich, während sie ihre Mutter sagen hörte: »Ich kann nicht mehr. Ich habe bei ihr alles fertig aufgebaut und dann fahre ich jetzt auch nach Hause.«

»Aber du wolltest doch bis Weihnachten bleiben?!« Das war wieder Wiemer.

»Ja, aber Chrissie will mich hier nicht haben«, sagte Kerstin.

Das stimmt doch gar nicht, dachte Chrissie, oder doch, dachte sie, natürlich stimmt es, aber doch nicht so! Oder, dachte sie, natürlich stimmt es so, aber es ist doch nicht so gemeint, wie sie denkt. Oder doch?

»Ich störe hier nur«, fuhr Kerstin fort. »Ich mache alles

falsch.« Sie seufzte und schwieg eine Weile und Chrissie fürchtete schon, dass sie jetzt weinte. Dann aber sagte sie ohne Tränen in der Stimme: »Die arme Kleine!«

»Ja was nun?«, sagte Wiemer. »Erst behandelt sie dich schlecht und dann sagst du die arme Kleine, das ergibt doch keinen Sinn!«

»Du verstehst das nicht.«

»Sieht so aus.« Wiemer klang deprimiert, aber das war Chrissie egal. Der sollte sich mal schön raushalten!

»Wir passen überhaupt nicht zusammen!«, sagte Kerstin. »Überhaupt nicht!«

»Nein«, sagte Wiemer. »Und schon gar nicht, wenn du morgen wegfährst. Stuttgart, ich meine, ehrlich mal!«

»Ja, dann ist es vorbei, Wiemer. Warst halt nur eine Urlaubsliebschaft.«

»Ja, schade.«

»Ja.«

Sie schwiegen lange. Aus anderen Wohnungen drangen Stimmen und von draußen Verkehrsgeräusche in das Zimmer, so leise war es. Chrissie wagte kaum zu atmen.

»Ich glaube, ich gehe mal zu den anderen in die Intimfrisur«, sagte Wiemer schließlich.

»Ja, dann geh halt«, sagte Kerstin.

»Kommst du nicht mit?«

»Als ob das wichtig wäre!«, sagte Kerstin barsch. Dann fügte sie etwas freundlicher hinzu: »Vielleicht später. Da läuft ja auch irgendwo Chrissie rum, das schaffe ich jetzt nicht.«

Wiemer stand auf und ging wortlos hinaus, wenn Chrissie die Geräusche richtig deutete. Ihre Mutter aber blieb, das spürte sie ganz deutlich.

Chrissie lag da, starrte auf das Bett über sich und wartete.

※

»Wir stehen auf der Gästeliste«, sagte der Punker mit dem Irokesenschnitt, Martin hieß er, erinnerte sich Kacki, es war der, mit dem er sich ganz gut verstanden hatte am Morgen auf dem Hof. Warum sagte der dann jetzt was von Gästeliste? Warum tat er so, als wären sie Fremde? War das für die anderen Punks, die hinter ihm standen? Ging jetzt alles von vorne los?

»Es gibt keine Gästeliste«, sagte Kacki.

»Aber wir sollten doch extra kommen, wo ist denn der andere? Nicht der Dicke, der andere andere«, sagte der Punker.

Das war Kacki nur recht, dass sich auch mal andere – oder andere andere, dachte er – um das Punkproblem kümmern sollten. Er drehte sich um und rief in den Raum: »H.R.! Kommst du mal?«

»Woher weißt du, dass H.R. gemeint ist, Kacki? Ich hab genau gehört, was der gesagt hat!«, sagte der Peter.

»Ich glaube, der meint H.R., frag nicht!«, sagte Kacki vage.

»Nicht der Dicke, der andere andere!«, sagte der Peter beleidigt. »Er hat gesagt: Nicht der Dicke, der andere andere! Und du rufst nach H.R.!«

»Ja und?«

»Auch du, Kacki? Und wenn du mich stichst, glaubst du etwa, ich blute nicht?«

»Geh bitte, niemand will dich stechen«, sagte Kacki beschwichtigend, da musste jetzt schnell mal was geschehen, bevor schon wieder ein neuer Konflikt zwischen ihm und dem Peter ausbrach, »H. R., nun komm schon her, du blöder Bettbrunzer«, rief er in den Raum, ich lass mich hier nicht zum Opfer machen, dachte er, ich bin Österreicher, uns Österreichern hat man viel angetan, aber hier ist jetzt mal Schluss, genug ist genug, egal, was der Piefke singt!

»Easy«, sagte H. R., »easy!« Er legte den Pinsel beiseite und kam zum Eingang geschlendert. »Was gibt's denn?«

»Hier«, sagte Kacki, »deine Freunde. Die du bestellt hast. Die stehen auf der Gästeliste, sagen sie. Es gibt aber keine Gästeliste.«

»Doch, klar gibt es eine Gästeliste. Die Gästeliste von Glitterschnitter. Und da stehen die alle drauf!«

»Und wo ist diese Gästeliste?«, fragte Kacki scharf.

»Hier oben!«, sagte H. R. und tippte sich an die Stirn. »Da ist die Gästeliste. Und da stehen die alle drauf.«

»Am Arsch, H. R.«, rief der Peter von hinten und Kacki freute sich. »Am Arsch! Nur über meine Leich! Nur über meine Leich kommen die hier rein, wenn Dr. Votz spielen!«

»Ihr seid noch zu früh«, sagte H. R. zu den Punks. »Die Vorgruppe spielt um elf. Und erst danach spielen Glitterschnitter. Dann seid ihr dabei.«

»Dr. Votz ist keine Vorgruppe«, protestierte Kacki. »Und bei Dr. Votz steht ihr nicht auf der Gästeliste!«

Und der Peter schrie von hinten: »Aber sowas von gar nicht steht ihr da auf der Gästeliste, ihr Arschlöcher!«

»Also was jetzt?«, sagte Punkmartin.

»Easy«, sagte H. R. »Geht doch einfach nach nebenan, bis Glitterschnitter spielen, das wäre dann so um …« Er drehte sich zum Peter um. »Wie lange spielt ihr, P. Immel?«

»Woher soll ich das wissen?«

Kacki fing an, sich Sorgen um den Peter zu machen, der wirkte instabil. »Wie lange geht eine Seite von dem Mexikotape?«, rief er zur Punkmaria hinüber.

Die Punkmaria holte die Kassette aus dem Kassettenrecorder und schaute drauf.

»C60«, las sie vor, »also dreißig Minuten!«

»Höchstens dreißig Minuten«, sagte Kacki zu H.R.

»Dann geht doch so lange einfach nach nebenan, ins Einfall«, sagte H.R. zu Punkmartin.

»Einfall?«, sagte der. »Ist doch scheiße! Das ist doch ein Scheißladen! Und teuer ist der auch!«

»Ja«, sagte H.R., »aber ihr müsst in der Nähe bleiben. Warum kauft ihr euch nicht am Imbiss ein paar Bierdosen und geht damit ins Einfall?«

»Und wovon sollen wir die kaufen, die Bierdosen?«

»Moment!« H.R. ging zu dem großen Haufen Bierdosen, der in der Ecke lag, in der bis vor kurzem noch die ArschArt-Kollegen gehaust hatten, und kramte darin herum, bis er eine vollständige, noch eingeschweißte Palette Dosenbier gefunden hatte.

»Hier, nehmt die, das wird ja wohl reichen.«

Punkmartin nahm die Dosen und machte die Tür wieder zu. Durch das Schaufenster sahen sie, wie die ganze Bande nach rechts weiterzog.

»Bist deppert!«, rief der Peter. »Hast du die Arschlöcher eingeladen!«

»Das haben wir doch schon diskutiert. Wir brauchen Publikum.«

»Dr. Votz braucht die jedenfalls nicht. Wir haben auch so genug Publikum, die können sich schleichen, die Rotzpippn!«

»Und wo ist euer Publikum jetzt?«

»Bei dem Scheißladen hier ist es doch schon genug, wenn die ArschArtler kommen, dann ist es doch schon voll!«

»Und wo sind die?«

»Die sind nur was essen, die kommen schon noch!«

»Ich dachte, die müssen spielen und Bier verkaufen.«

»Ist doch egal!«

Kacki machte sich nun aber wirklich Sorgen. Was war das für eine komische Unterhaltung? »Wie soll das gehen, Peter?«, sprach er aus, was ihm auf dem Herzen lag. »Wie soll das gehen, mal ehrlich, sag selbst, da ist kaum noch Dosenbier da. Und wenn die ArschArt-Leute das Publikum sind, wer soll dann das Bier verkaufen? Das eh nicht mehr da ist? Und an wen? Ich blick schon nicht mehr durch!«

»Geh, Kacki, die kommen schon noch, unsere Leute. Es sind doch unsere Leute!«

Er leidet unter Realitätsverlust, dachte Kacki. Und er hört überhaupt nicht zu!

»Aber die sind doch jetzt eh schon total besoffen!«

»Quatsch, die sind doch was essen gegangen, danach sind die wieder nüchtern!«

*

»Da ist aber schon sehr viel Knoblauch auf dieser Meeresfrüchtepizza. Da hätte man ja gleich zum Griechen gehen können«, sagte Enno und Jürgen 3 ärgerte sich darüber, es war seine Idee gewesen, in die Pizzeria Los Amigos zu gehen, hier ging er immer her, hier war nie viel los und man fand auch in größeren Gruppen stets einen Platz, die Pizzeria Los Amigos war billig und schnell, kaum hatte man bestellt, war das Essen auf dem Tisch, und das war auch wichtig, denn seine Mannschaft, so sah er die Knallköpfe hier, Knallköpfe nannte er sie in Gedanken immer, bloß keine Folklore, nicht einmal Knallköppe würde er denken, so sehr war er gegen jede Dialektfolklore, auch so einen Scheiß wie Bettbrunzer sagte er nur, wenn Kacki oder P. Immel in der Nähe waren, und nur, wenn er unbedingt musste, seine Österreichvita war im Grunde gefälscht, seine Mutter zwar aus Oberösterreich, aber aufgewachsen war er in Passau, da redete man Niederbayerisch und das war eh das Allerschlimmste, das gute reine Hochdeutsch sollte es sein, wenn es nach Jürgen 3 ging, wobei natürlich nicht klar war, ob Knallkopf da dazugehörte, aber österreichisch oder niederbayerisch war es wenigstens nicht, diese Knallköpfe waren jedenfalls jetzt seine Mannschaft und wenn das heute Abend ein Gastro-Erfolg werden sollte, wenn heute Abend die Lebensfähigkeit der Intimfrisur als Gastrobetrieb unter Beweis gestellt werden sollte, dann musste die Mannschaft funktionieren, wenigstens so weit, dass sie irgendwie noch Deutsche Mark von Schilling unterscheiden konnte, und davon waren die von Dosenbier und billigem Hasch gezeichneten Elendsgestalten um ihn herum weit entfernt, da brauchte es noch einiges an Knoblauch, Meeresfrüchten und dickem Pizzateig, um diese *equipe de merde* leistungsfähig zu machen, da konnte er Kommentare von einem wie Enno, der über diesen Namen froh sein sollte, wer wollte schon Florian heißen, wir sind doch alle nur hierhergekommen, weil wir's im Florianland nicht mehr ausgehalten haben, dachte Jürgen 3 grimmig, da konnte er solche Kommentare jedenfalls nicht gebrauchen und deshalb sagte er: »Halt's Maul und iss, Enno!«

»Mir ist schlecht«, sagte Jürgen 1. Er winkte den Kellner heran. »Toni«, sagte er zu ihm, »darf ich noch ein Bier haben?«

»Ja klar«, sagte Toni, den Jürgen 3 eigentlich als Mario zu kennen glaubte, »una birra, kein Problem.«

»Super, Toni!«

Toni oder Mario oder wer auch immer ging Richtung Tresen davon und Jürgen 1 sagte, »Dieser Toni!«, und dann: »Ich glaub, ich muss kotzen!«

»Wenn du kotzen musst, raus!«, rief Toni, der offensichtlich scharfe Ohren hatte, über die Schulter hinweg. »Aber schnell!«

»Mir ist fad«, sagte das Mariandl.

»Geht schon wieder«, sagte Jürgen 1. Dann flüsterte er: »Das sind überhaupt keine Italiener! Ich weiß das!«

»Ja wie jetzt?«, sagte das Mariandl und stand auf. Sie zog sich am Tisch hoch und noch als sie, leicht schwankend wie ein Schilfrohr am Donau-Ufer im Wind, aufrecht stand, hielt sie sich weiter am Tisch fest, das sah putzig aus, weil sie dabei die Finger so lustig in die Tischdecke krallte. »Mir ist fad. Gemma jetzt?!«

»Der heißt eigentlich Ahmed«, flüsterte Jürgen 1 so laut, dass es das ganze Lokal mitkriegte.

»Ruhig«, sagte Jürgen 3. »Und schön aufessen alle!«

»Ich will heute Abend nicht spielen. Da liegt kein Segen drauf«, sagte Jürgen 2.

Toni kam mit einem Bier zurück und stellte es vor Jürgen 1 auf den Tisch. Bevor er wieder ging, zeigte er auf Enno, der lustlos an seiner Meeresfrüchtepizza herumsäbelte.

»Schmeckt's?!«

»Ja schon. Aber warum ist da so viel Knoblauch drauf?«

»Wir Italiener mögen unsere Pizza immer ein wenig al dente!«

»Ach so.«

»Die von Glitterschnitter sind beim Griechen«, sagte das Mariandl.

»Ja und?«, sagte Jürgen 3 scharf.

»Wollen wir da hingehen? Ich mag den Schlagzeuger von denen, der ist fesch!«

Jürgen 2 schaute auf seine Uhr. »Viertel vor elf. Wir sind gleich dran. Wir können Kacki und P. Immel nicht im Stich lassen.«

»Und vor allem die Intimfrisur nicht!«, ermahnte Jürgen 3. Ihm war schon aufgefallen, dass die anderen dem Abend nicht mit dem gleichen gastronomischen Verantwortungsbewusstsein entgegengingen wie er.

»Ich mag nicht«, sagte Jürgen 1, »das ist doch scheiße mit den Pappinstrumenten und Playback und …« Er stoppte seinen Redefluss und erbrach sich kurz und schnell neben den Tisch. »Oje!«, sagte er und wischte sich den Mund mit dem Handrücken ab.

»Du da, raus!«, rief Toni.

»Nun lass ihn doch mal. Er fühlt sich halt nicht so gut!«, sagte Jürgen 2.

Toni, der, wie auch immer er hieß, jedenfalls größer und kräftiger war als alle anderen im Raum, packte Jürgen 1 beim Kragen, zog ihn von seinem Stuhl hoch und schleifte ihn zum Ausgang des Restaurants. Jürgen 1 tat, wie Jürgen 3 dachte, das einzig Richtige und wehrte sich nicht, wie ein Brett hing er in äußerster Schräglage hinter dem wütenden Kellner, er streckte den Rücken und die Beine durch und wurde auf diese Weise nur auf den Fersen schleifend und auf ganzer Länge leicht wippend zum

Ausgang gebracht. Die Hände hatte er vor der Brust gefaltet wie eine ägyptische Mumie.

An der Tür stellte Toni ihn auf und gegen die seitliche Wand. Dann öffnete er die Tür und schubste Jürgen 1 hinaus in die feindliche Welt.

»Du Arschloch«, hörte man Jürgen 1 rufen, »du bist überhaupt kein Italiener, du bist ...«, dann hatte der Kellner die Tür geschlossen.

»Müssen wir jetzt auch gehen?«, fragte Jürgen 2, als Toni wieder an ihrem Tisch war.

»Ja, außer ihr wollt jetzt noch aufessen.«

»Also diese Meeresfrüchtepizza ...«, sagte Enno.

»Wollte eh gehen«, sagte das Mariandl. Sie stand noch immer am Tisch und hielt sich an ihm fest.

»Heißt du echt Toni?«, fragte Jürgen 3, um die Atmosphäre durch einen Themenwechsel zu entspannen. »Ich dachte immer, du heißt Mario!«

»Ja«, sagte Toni. Und zu Jürgen 2 sagte er: »Aber erst bezahlen!«

»Wieso bezahlen?«, fragte Jürgen 2.

»Weil das so üblich ist.«

»Nicht, wenn ihr uns rausschmeißt.«

»Erst bezahlen, dann aufwischen, dann gehen!«, sagte Toni. Er rief etwas in Arabisch oder einer ähnlichen Sprache, Italienisch war es jedenfalls nicht, in die Tiefe des Restaurants hinein. Aus der Küche kamen zwei Männer in Kochkleidung und ein weiterer Kellner.

*

Die Leute kamen und füllten das Café Einfall und Frank hatte alle Hände voll zu tun, er musste Bierflaschen öffnen, kassieren, Bierflaschen abräumen, ein Auge auf die

Kasse haben und durfte sich zugleich nicht davon irritieren lassen, dass Klaus ihn die ganze Zeit vom Ende des Tresens aus anstarrte, bloß nicht zu ihm hinüberschauen, dachte Frank, bloß kein Blickkontakt, wer sich in die Augen schaut, dachte Frank, der redet auch, und wer redet, streitet, und das würde bös enden, dachte Frank, während er sich ganz allein die Finger wundarbeitete.

Die Tür ging auf und der Kontaktbereichsbeamte kam herein. Er war in Zivil. »Tachchen ooch« sagte er, ging den Tresen entlang und setzte sich neben Klaus.

»Was machen Sie denn hier?«, fragte Frank.

»Na was wohl, junger Freund? Ich mache Feierabend! Ich trinke jetzt mal schön ein Bierchen, habe ich mir mal gedacht.«

»Sie wissen aber schon, dass das hier die falsche Kneipe ist?«

»Falsche Kneipe? Seit wann jibtet denn sowat?«, fragte der KOB heiter.

»So sind die hier!«, sagte Klaus und rülpste.

»Na ja«, sagte Frank, »meinen Sie denn, ohne Uniform erkennt Sie keiner?«

»In der Nacht sind alle Katzen grau, junger Freund. Und wenn einer ein Bier trinken will, dann darf er das an jedem öffentlichen Ausschank.«

»Sie wissen aber schon noch, wie das beim letzten Mal ausgegangen ist?«

»Ach dit!«, winkte der KOB ab. Sein Schnurrbart, fiel Frank auf, war ganz zottelig, er sah überhaupt ziemlich alt und verhutzelt aus in Zivil, immer wieder erstaunlich, was so eine Uniform bewirkt, dachte Frank. »Dit war doch nur, weil ick in Uniform und weil da diese Hausbesetzerpunker waren, die sind doch sonst immer in der Naunynstraße!«

»Woher wollen Sie das denn wissen?«

»Ick weeß so manchet, junger Freund. Die wohnen in der Naunynstraße, da haben die ooch in der Jejend jede Menge Kneipen für ihrereinen, sa'ck ma!«

»Ja, aber woher wissen Sie, dass die nicht auch mal hierherkommen?«

»Ick wohne jejenüber, junger Freund.«

»Sie? Jejenüber?«

»Na ja«, räumte der KOB ein, »nicht direkt jejenüber, eher schräg jejenüber, in der Ohlauer Straße.«

»Schräg jejenüber in der Ohlauer? Da ist doch dieses Fabrikgebäude.«

»Sie sind aber kleinlich heute, junger Mann. Außerdem schief jewickelt, sa'ck ma. Das Fabrikgebäude ist daneben. An der Ecke ist ein janz normalet Haus.«

»Ich hätte gedacht, dass Kontaktbereichsbeamte gerade nicht da arbeiten, wo sie wohnen, weil das ja heikel ist.«

»Ja? Is dit so? Is dit heikel?«

»Ja, wie bei den römischen Legionären, die wurden auch immer ganz woanders stationiert, als wo sie herkamen, damit es keine Interessenkonflikte gibt.«

»Na, das ist ja aber mal interessant. Sie sind mir ja ein ganz schlauer junger Mann«, sagte der KOB. Er kratzte sich hinterm Ohr. »Kann ick jetzt mal'n Bierchen kriejen?«

Frank öffnete eine Flasche Beck's und stellte sie ihm hin. »Danke«, sagte der KOB. »Aber wenn ihr schon zu faul zum Zapfen seid: Ein Glas wäre schön!«

»So ist das hier«, sagte Klaus.

Frank gab ihm ein Glas. »Das macht drei Mark«, sagte er.

»Janz schön teuer.«

»Kann man wohl sagen«, sagte Klaus.

»Ich hab ja gesagt«, sagte Frank, »dass das wahrscheinlich die falsche Kneipe für Sie ist.«

»Nüscht. Zahl ick!«, sagte der KOB und kramte nach Geld. »Und stimmt, dit is bei uns KOBs genauso wie bei Ihren Legionären da. Nie da arbeiten, wo man wohnt, weil sonst hört dit nie auf, sonst muss man immer ein Ooje zudrücken oder man hat keene netten Nachbarn mehr, nur noch Stinker, sa'ck ma. Hier ist Ihr Jeld. Nur hat der letzte KOB hier zu viel Ärger gehabt und keiner von den Kollegen wollte hier hin, also ha'ck mir freiwillig gemeldet.«

»Aber Sie haben doch schon gemerkt, dass ... ich meine, es gibt so viele Eckkneipen, wo einer wie Sie ...«

»Einer wie ich?«, sagte der KOB höhnisch aufbrausend. »Von wejen! Ick lass mir nicht vertreiben. Und ich kann mich noch gut erinnern, wie das hier noch eine ganz normale Kneipe war, das war, die hieß früher, die hieß ...«

Der KOB runzelte die Stirn und drehte die Augen zur Decke, um sich an den Namen zu erinnern.

»Zartbitter«, sagte Klaus.

»Jenau!«

»Das war aber für Schwule«, sagte Klaus.

»Nüscht!«

In diesem Moment öffnete sich die Tür der Kneipe und die Punks aus der Naunynstraße kamen herein, angeführt von dem mit dem Irokesen.

»Auweia«, sagte der KOB und duckte sich hinter seine Bierflasche.

*

Kerstin saß in der Ikea-Wohnung und weinte. Gut, dass überall diese albernen Papierservietten auf dem Tisch herumlagen, da waren Mondgesichter und Schäfchen und was nicht alles draufgemalt, albern, aber praktisch, sie brauchte drei Stück davon, bis sie sich einigermaßen wieder im Griff hatte, aber warum auch nicht, an diesem Tisch würde ja wohl, wenn sie es richtig verstanden hatte, sowieso niemand jemals was essen, die ganze Musterwohnung überhaupt mitschuld an ihrer Weinerei, einerseits so rührend und niedlich und heileweltmäßig, aber eben andererseits auch genau das, was man nie gehabt hat, dachte sie, der Plan, der dieser Musterwohnung zugrundelag, war der Plan für ein perfektes Leben, alles war dafür vorbereitet, da hinten in der Nische war ein Etagenbett für zwei Kinder, sie hatte nur eins bekommen, ein Doppelbett für die Eltern in einer anderen Nische, sie war mit Chrissie alleine geblieben, nie hatte sie länger als ein paar Wochen einen Freund gehabt und nichts Gescheites und nie bei ihr zu Hause, schon wegen Chrissie, immer mit zu dem gegangen, das konnte ja nichts werden. Nicht, dass sie wirklich zwei Kinder hätte haben wollen, und nicht, dass es nicht auch ohne Mann gegangen wäre, aber dass ihr alles immer nur passiert war, immer ohne Plan, mit achtzehn schwanger, und dann alles so gekommen, wie es gerade kommen musste, nie wie geplant, nie heile Welt, ach scheiß drauf, dachte Kerstin und nahm noch so eine Serviette, eh schon wurscht, jetzt war sowieso alles vorbei, Chrissie weg, Wiemer auch, egal, einer wie Wiemer und vor achtzehn Jahren kennengelernt, das wäre nicht schlecht gewesen, aber heute? Wenn Chrissie jetzt schwanger werden würde, dachte Kerstin, dann wäre ich nächstes

Jahr schon Oma, mit siebenunddreißig, dachte sie, mit siebenunddreißig Jahren Oma, wenn Chrissie denselben Fehler macht wie ich!

Aber war das mit Chrissie überhaupt ein Fehler gewesen? Natürlich nicht! Egal! Wo war die überhaupt? Sie wischte sich mit einer weiteren Serviette die Tränenreste aus den Augenwinkeln und schneuzte dann hinein. Zeit, mal nach der Kleinen zu sehen und ihr Bescheid zu sagen, dass sie morgen nach Hause fuhr, Zeit für Chrissie, auf eigenen Füßen zu stehen. Und für mich auch, dachte Kerstin.

*

Chrissie lag im Etagenbett und hörte ihre Mutter weinen, sich schneuzen und vor sich hinmurmeln. Sie hätte gerne selber ein bisschen geweint und ihre Mutter in den Arm genommen oder umgekehrt, aber das ging natürlich nicht, irgendwann musste das aufhören, dass man immer weinte und sich trösten ließ! Chrissie wusste, wo sowas hinführte, Versöhnung, hab dich lieb und am Ende wohnte man wieder in Stuttgart, da hatte man dann erst recht Grund zum Weinen!

*

Kurz vor der Intimfrisur stolperte Wiemer und fiel fast auf die Schnauze, wahrscheinlich hatte ihm einer von den Punks, die vor der Intimfrisur in den Friseurstühlen lagerten und Dosenbier tranken, ein Bein gestellt, aber das konnte er nicht beweisen und selbst wenn, was hätte das auch gebracht, jedenfalls stolperte er, fiel gegen die

Tür von der Intimfrisur und öffnete sie schnell, um dem Aggro da draußen zu entkommen, schon im Café Einfall hatten jede Menge Punks mit Dosenbier herumgestanden, Himmelherrgott, dachte Wiemer, war das etwa das Publikum von Glitterschnitter? Und wenn ja, warum waren die dann alle im falschen Laden oder draußen auf der Straße, sie hatten Dezember verdammt, da sollte man doch eigentlich sehen, dass man irgendwo ins Warme kam!

Hinter der Tür von der Intimfrisur saß Kollege Kacki von der ArschArt auf einem Hocker, in Oberkellnerkluft oder was immer das sein sollte, ja, Oberkellner wahrscheinlich, sogar eine Fliege baumelte ihm auf halb acht um den Hals, was war das hier, eine Laientheateraufführung?

»Das macht heute Abend fünf Mark Eintritt.«

»Ich bin der Manager von H. R. und will mit ihm reden und so wie ich es verstanden habe, ist H. R. ja wohl derjenige, der euch den Scheiß heute Abend finanziert.«

»Das ist jetzt mal egal, das macht fünf Mark.«

Wiemer hatte keine Lust mehr. Er holte sein Portemonnaie raus und entnahm ihm einen Fünfmarkschein, den er eigentlich hatte aufheben wollen, weil Fünfmarkscheine neuerdings so selten waren, der Fünfmarkschein hatte einen Frauenkopf von Dürer drauf, der Britta ziemlich ähnlich sah, von dem konnte er sich nur schwer trennen, aber egal, er nahm den Schein und gab ihn Kacki.

»O«, sagte der, »ein DDR-Dollar!«

»Quatsch, das ist Westgeld«, sagte Wiemer.

»Nein, hat neulich einer gesagt, DDR-Dollar.«

»Warum?«

»Weiß ich nicht.«

Mein Gott, dachte Wiemer. Er war wirklich gerne H.R.s Manager und er sah für sie beide eine große Zukunft, weil H.R. ein Genie war, aber Genie hin, Genie her, dachte Wiemer, H.R. muss langsam mal damit aufhören, mit diesen Schwachmaten Geschäfte zu machen!

»Hier, Stempel.«

»Den brauch ich nicht!«

»Doch, natürlich brauchst du den«, sagte Kacki, »weil wenn du wieder rausgehst, dann kommst du ohne Stempel nicht wieder rein.«

»Okay«, sagte Wiemer und ließ sich das Handgelenk beschmieren. Dann betrat er den Laden, in dem war nichts los, nur P. Immel saß am Schlagzeug und dengelte mit einem Finger auf dem großen Becken herum, während hinter ihm H.R. an seinem Bild herumpinselte. Wiemer ging näher ran.

»Herrje, H.R.«, sagte er, »wird das überhaupt noch trocken?« Ich darf nicht so scheiße drauf sein, dachte er, nicht heute Abend, mal ein bisschen positiv drauf sein, dachte er, mal hier nicht so rumspießern, auch mal das Gute sehen! Denn Gutes gab es zu sehen, H.R. hatte eine eins a Serviette gemalt, so viel war mal sicher, und die komische dunkle Folie, auf die er malte, gab der Sache eine interessante Tiefe.

»Im Baumarkt haben sie gesagt, die Farbe ist schnelltrocknend«, sagte H.R., ohne sich umzudrehen. Er wechselte den Pinsel in die linke Hand und fuhr mit dem Zeigefinger der rechten vorsichtig über die Farbe. »Mein Problem ist, dass ich von dem ganzen Farbkram nicht viel Ahnung habe, ich meine, Bilder malen, echt mal, kann ich ja gleich an die HdK gehen!«

»Wann malst du die Worte drauf?«

»Wenn Glitterschnitter spielen.«

»Als Bühnenbild ist das scheiße!«, sagte P. Immel, ohne sich umzudrehen. »Da spielt man vor einer Serviette, was soll das denn bringen?«

»Ich find's gut«, sagte Wiemer. »Schöne Serviette auf jeden Fall. Bin mal gespannt, was Sigi dazu sagt.«

»Ich auch«, sagte H. R. »Oder auch nicht, Hauptsache Bild! Was ist falsch daran, vor einer Serviette als Bühnenbild zu spielen?«, wandte er sich an P. Immel. »Am Theater machen die noch ganz andere Sachen.«

»Theater, Theater ... – da machen die oft was mit Nackten und so«, sagte P. Immel. »Das wäre jedenfalls besser als so eine gschissene Serviette.«

»Fragt doch Kacki, ob er sich auszieht!«, sagte Wiemer. »Wusste gar nicht, dass du so gut malen kannst, H. R.!«

»Was man kann, ist egal, wichtig ist nur, was man will!«

»Sowas kannst du sagen, aber nicht denken!«

»Das gefällt mir«, sagte H. R. »Gute Einstellung!«

»Ja. Das kannst du jedenfalls gut den Journalisten erzählen, wenn die dich bei der Wall City interviewen. Apropos: Wie willst du das Bild denn da hin-, also ich meine, hier wieder rauskriegen? Das ist doch viel zu groß für die Tür!«

»Wenn das erstmal trocken ist, kann man die Folie vom Rahmen nehmen und das durch die Tür tragen.«

»Aber die Folie ist doch unter Spannung, oder?«

»Ja, wieso?«

»Also leicht gedehnt.«

»Ja klar.«

»Wenn du die dann abnimmst, bröckelt die Farbe dann nicht ab?«

»Keine Ahnung«, sagte H. R. »Wird man sehen.«

Wiemer ließ das mal lieber so stehen. Ein Manager, der den Enthusiasmus der Künstler erstickt, ist ein Manager ohne Zukunft, dachte er. »Was ist mit dem Konzert, geht das gleich los?«

»Keine Ahnung, aber da wäre eh erstmal Dr. Votz dran«, sagte H. R.

»Ich mag nicht«, sagte P. Immel. »Und die anderen sind noch nicht da. Und ein Publikum hat's auch noch nicht.«

»Die kommen schon noch, hat vorhin einer gesagt«, rief Kacki vom Eingang herüber. »Die kommen schon noch. Aber die lebenden Bilder, die kommen nicht mehr!«

»Geh, Kacki«, sagte P. Immel. »Sei stü und zig di aus, dann kann's wegen mir gleich losgehen!«

*

Elend, Elend, Elend, dachte Jürgen 1, als er auf dem Bürgersteig auf allen vieren hockte und die Pflastersteine betrachtete. Ein Knie tat ihm weh, eine Schürfwunde, da war jetzt sicher auch die Hose kaputt, er traute sich gar nicht hinzuschauen, das war seine einzige Hose, wenn man von der Instandbesetzungshose mal absah, aber die war voller Farbe, wer wollte schon den ganzen Tag in Arbeitsklamotten herumlaufen, ich nicht, dachte Jürgen 1, aber schlecht war ihm, also legte er eine kurze Denkpause ein, um sich hinter einem Blumenkübel, der vor der Pizzeria herumstand, warum auch immer, Blumen waren nicht darin, um sich also hinter diesem Blumenkübel aus Waschbeton noch einmal kurz zu entleeren, er kroch auf allen vieren hin, so gab ihm der Kübel wenigstens Schutz vor den Blicken der vorbeilaufenden Leute, die aber eh nicht hersahen, sie hatte auch ihr Gutes, die menschliche Kälte in dieser Stadt.

Danach ging es ihm besser. Er wischte mit dem Handrücken seinen Mund und seinen Handrücken an der Hose ab und ging zurück zum Eingang des Restaurants. Diesem Toni werde ich es zeigen, dachte er, ein Ahmed ist er und alle sollen es wissen, dass die Kellner in der Pizzeria Los Amigos aus geschäftlichen Gründen einen auf Italiener machen, wir Österreicher, dachte Jürgen 1 stolz, sind ja nicht so blöd wie die Piefkes, wir erkennen einen Italiener, wenn er ein Italiener ist, und wir erkennen einen Pseudo-Italiener, wenn er ein Pseudo-Italiener ist, und wenn einer wie neulich der Ahmed, dachte Jürgen 1, Pizza Napola statt Pizza Napoli sagt, dann ist ja wohl klar, was die Stunde geschlagen oder, besser, dachte Jürgen 1 grimmig, was der Muezzin gerufen hat! Das mit dem Ahmed hatte er dann beiläufig mitbekommen, als der Möchtegerntoni neulich von einem der Köche Ahmed gerufen worden war und darauf reagiert hatte, Kinderspiel, da musste man ja wohl kein Sherlock Holmes oder auch nur Engländer sein!

Von solcherart Gedanken umgetrieben, umfasste Jürgen 1 sorgfältig die Klinke der Eingangstür des Restaurants, um sich von seiner niedrigen Position, denn er war immer noch auf allen vieren, nach oben zu ziehen. Er zog sich also hoch und dabei ging die Tür auf und er fiel fast vornüber in das Restaurant. Er lehnte sich an die Wand und schaute sich um.

Was er sah, gefiel ihm nicht. Kluge, der seine Kamera vergessen hatte, hielt einen Schrubber samt Feudel in der Hand und feudelte damit den Boden.

Um ihn herum standen andere ArschArtler und zeigten

mal hierhin, mal dorthin, nur das Mariandl war schon an der Tür und fiel fast in ihn hinein, als er da so stand und die Szene in sich aufnahm, während am Tisch Jürgen 3 dem Toni gerade irgendein Geld auf den Tisch zählte, rätselhaft.

»Wassn hier los?!«, rief er aus.

Keiner antwortete.

»He Leute«, rief Jürgen 1, »es geht mir wieder besser!«

Keiner reagierte. Das Mariandl drehte sich um, ging zurück zum Tisch und ließ sich auf einen Stuhl fallen.

»Alles klar«, sagte Ahmed-Toni und fegte Scheine und Münzen sorgfältig mit der linken Hand in sein vor den Tisch gehaltenes Kellnerportemonnaie. Dann stand er auf, klopfte Jürgen 3 auf die Schulter und rief: »So Leute, jeder noch ein Schnäpschen aufs Haus?«

»Aber immer!«, sagte Jürgen 1.

»Du nicht, Jürgen«, sagte Ahmed.

»Woher weißt du, dass ich Jürgen heiße?«, fragte Jürgen 1 verdutzt.

»Heißt ihr denn nicht alle Jürgen?«, sagte Ahmed und lächelte dabei.

*

»Wo ist denn Chrissie«, war die Begrüßung, mit der Kerstin durch die Tür des Café Einfalls kam.

»Keine Ahnung«, sagte Frank.

Das Einfall war sehr voll, aber es war trotzdem nicht viel zu tun, überall standen zwar Punks herum, aber keiner bestellte was, kein Wunder, hatten sie doch alle Dosenbier dabei, an dem sie mit verstohlenen Gesichtern pseudoheimlich herumnuckelten und sich ansonsten gegenseitig

anrempelten und auf die Schulter hauten oder sich etwas zubrüllten, denn die Musik war sehr laut, es war die Kassette von Glitterschnitter und Frank hatte sie, weil er keine Lust auf die Punks, aber auch keine auf Klaus oder den KOB hatte, ziemlich laut gedreht.
»Wo ist Chrissie?«
»Keine Ahnung.«
»Mach doch mal die Musik leiser!«
Von wegen. Frank sah sich nicht verpflichtet, von Chrissies Mutter Befehle entgegenzunehmen, obwohl er zugeben musste, dass die Glitterschnitterkassette sein Leben nicht leichter machte, von der anderen Seite des Tresens wedelte der KOB mit seiner Bierflasche, wohl weil sie leer war und ersetzt werden sollte, außerdem formte Klaus die Hände vor seinem Mund zu einem Trichter und schrie irgendetwas und überhaupt schien es Frank, als sei die Grundstimmung im Café Einfall mit der höheren Lautstärke der Kassette aggressiver geworden, also zuckte er mit den Schultern, um Chrissies Mutter zu bedeuten, dass es nicht wegen ihr war, und drehte die Musik leiser, bis man fast nur noch den wummernden Beat der Drums hörte, der war ziemlich stumpf, fand Frank, immer bumm, bumm, bumm, bumm, aber warum auch nicht, das gibt dem Verlauf der Zeit wenigstens Struktur, philosophierte er sich die Musik schön, vom Synthiegefiepe, das ihn viel mehr genervt hatte, war jedenfalls nicht mehr viel übrig, komisch, dass das beim Leisermachen als Erstes verschwindet, dachte er.

Hinter Chrissies Mutter drängelten sich immer mehr Leute herein und Chrissies Mutter wurde immer weiter in den Raum hinein- und am Tresen entlanggetrieben, bis sie neben Klaus und dem KOB zum Halten kam.

»Wo ist denn nun Chrissie?«, rief sie von dort noch einmal zu Frank herüber. »Ich dachte, die arbeitet hier gerade?«

»Keine Ahnung. Das würde ich auch gerne wissen.«

»Hab ich's doch gewusst«, sagte Klaus.

»Wer hat dich denn gefragt, Idiot?«, herrschte Kerstin ihn an.

»Ich meine ja nur ...« Klaus brach ab und rülpste.

»Was ist hier überhaupt los?«, fragte Kerstin. »Was machen denn die ganzen Punkarschlöcher hier? Und warum trinken die alle Dosenbier, statt sich was zu kaufen? Außer dem da!« Sie zeigte anklagend auf den KOB.

»Das kann man auch netter sagen«, sagte der.

»Kenn ich dich nicht?«, sagte Kerstin. »Du kommst mir irgendwie bekannt vor, ich komm bloß nicht drauf.«

Direkt neben ihr stand der Punkmartin mit dem Irokesen und auch der musterte jetzt den KOB.

»Ich kenn dich auch irgendwie«, sagte er.

»Ach Quatsch«, sagte Frank schnell.

»Wieso ach Quatsch?«, sagte Punkmartin zu ihm. »Woher willst du das denn wissen?«

»Halt's Maul, Idiot«, sagte Kerstin, »dich hat keiner gefragt. Und hör auf, hier mitgebrachtes Dosenbier zu trinken! Meinst du, der Laden finanziert sich von alleine?«

»Was willst du denn? Ist das etwa dein Laden, oder was?«

»Hähä«, sagte Klaus.

»Halt's Maul«, sagte Kerstin zu ihm. Und zu Punkmartin: »Kauf erstmal ein Bier, bevor du mit mir redest, Freundchen!«

»Ich will überhaupt nicht hier sein«, sagte Punkmartin.

»Ich bin nur hier, weil wir nebenan noch nicht reinsollten, die wollten, dass wir warten.«

Der KOB lachte laut auf.

»Was lacht der so komisch?!«, sagte Kerstin. »Ich kenn den!«

»Nein«, sagte Frank schnell.

»Warum denn nicht?«

»Versteh ich auch nicht«, sagte Punkmartin.

»Da ist sie ja!«, rief Kerstin.

Chrissie kam herein. »Was ist denn hier los?«, fragte sie.

»Da bist du ja«, sagte Frank. »Ziemlich spät.«

»Nicht Erwin sagen!«, sagte Chrissie.

Klaus lachte hämisch und rülpste. »Ich sag's Erwin!«

»Habe ich dir nicht gesagt, dass du die Klappe halten sollst?«, fragte Kerstin.

»Ja, aber …«

»Dann tu's auch, Blödmann!«

Die Tür ging auf und die Glitterschnitterleute kamen herein, Karl als erster. »Was ist denn hier los?«, fragte er.

»Was soll schon los sein?«, fragte Frank gereizt.

»Schau dir mal diese Typen an, die ganzen Punks hier, die trinken alle Dosenbier!«

»Ich hätte auch gerne eins«, sagte Ferdi.

»Ich auch«, sagte Lisa.

»Wir haben kein Dosenbier!«, sagte Frank, den das jetzt langsam überforderte. Chrissie war aber schon hinter den Tresen geschlüpft und öffnete Bierflaschen.

»Ich meine, die trinken Dosenbier!«, sagte Karl.

»Ja und? Was soll ich denn tun? Die Bullen rufen?«

»Polizei, bitte«, sagte der KOB.

»Ihr Arschlöcher«, sagte Punkmartin. »Dabei stehen wir hier nur friedlich herum.«

Karl beachtete ihn gar nicht. »Was meinst du, was dir Erwin erzählt, wenn der das sieht?!«, sagte er zu Frank.

»Wir wären auch lieber nebenan, so sieht's mal aus«, sagte Punkmartin.

Das ließ Karl aufhorchen. »Was meinst du mit nebenan?«

»Da ist doch das Konzert.«

Chrissie reichte jedem ein Bier. »Drei Mark!«

»Ich bin deine Mutter!«

»Unser Konzert? Am Arsch!«, sagte Karl.

»Charlie, sei vorsichtig, was du sagst«, sagte Ferdi, »du sprichst mit unserem Publikum, die Punks hat H. R. doch extra für uns herbestellt.«

»Ihr seid doch alles Idioten«, sagte Klaus.

»Klaus, was machst du denn noch hier?«, fragte Karl. »Ich dachte, du bist raus!«

»Was geht's dich an?!«

»Jetzt pass gut auf und lerne!«, sagte Karl zu Frank.

Er packte Klaus am Kragen, schleifte ihn zur Tür und warf ihn auf die Straße. Dann setzte er sich wieder auf seinen Hocker.

»So wird das gemacht, Frankie! Das gehört dazu, wenn du hier arbeitest«, sagte er schwer atmend.

»Wieso schmeißt du ihn raus?«, sagte Frank. »Er hat doch gar nichts getan!«

»Wörter sind auch Taten«, sagte Karl.

»Hoho«, sagte Ferdi. »Da hat aber mal einer seinen Hegel gelesen!«

*

Leo hatte schlechte Laune, als sie mit Sigi, dem bescheuerten Kunstfreak, die bescheuerte Wiener Straße hinunterlief, Sigi war eh schon nicht ihr Typ, ein Angeber vor dem Herrn und blöd wie Stulle, aber irgendwie hatte sie sich darauf eingelassen, mit ihm ein Taxi zu teilen, großer Fehler, die ganze Fahrt von Charlottenburg bis in das bescheuerte Kreuzberg auf der Rückbank zu sitzen und von hinten Sigis Segelohren, durch die die Lichter der Nacht hindurchschimmerten, anzuschauen, es gab sicher Schöneres, aber nicht in Kreuzberg, wenn man Leo fragte, die ganze Hippiescheiße in Kreuzberg ging ihr schon jetzt auf die Nerven, dabei war sie erst ein paar hundert Meter durch den Quatschbezirk zu Fuß gelaufen, jawohl, zu Fuß, widerlich, was man da zu sehen bekam, Leo wusste, dass sie in den Augen vieler Leute ein Freak war, aber wenigstens ein cooler Freak, die Freaks hier in scheiß Kreuzberg das genaue Gegenteil von cool, dabei aber eine Angeberei wie Bolle, Kreuzberger Nächte sind lang und der ganze Quatsch, und wenn sie auch nicht gerade froh war, dass der Sektor so weit ab vom Schuss im eigentlich noch bescheuerteren Steglitz lag, so war sie doch auch stolz darauf, dass ebendort, im langweiligsten Westberliner Bezirk von allen, der wichtigste Club der ganzen Stadt lag und eben nicht hier in dieser sinnlosen Angebergegend, geschah dem scheiß Hippiekreuzberg mit seiner ganzen Lebenliebenlachenhausbesetzerscheiße nur recht, denn genau so sah sie das, Intimfrisur hin, Zone her, die konnten alle einpacken, wenn sie anfingen, sich mit dem Sektor zu vergleichen, sonst hätte der bescheuerte Sigi sie ja wohl auch nicht gefragt, ob sie das Musikfestival zu seiner Kunstsause am Wannsee im Sektor ausrichten wollte, kein Problem, zehntausend Mark, und der Eintritt und die Gastro gehen an mich, und das Programm suche ich alleine aus, hatte sie gesagt und er gleich easy, machen wir so, ich hätte zwanzigtausend sagen sollen, ärgerte sich Leo, während sie mit dem bescheuerten Sigi die Wiener Straße hinunterlief, was ja nun das Gegenteil von Taxifahren war, aber das kam eben dabei raus, wenn man sich mit so einem Idioten in dasselbe Auto setzte, nur damit der Wirtschaftssenator die Kosten übernahm, da stritt sich der Knallkopf dann völlig sinnlos mit dem Taxifahrer, ob der jetzt den kürzesten Weg fuhr, als ob das irgendein Schwein interessierte, und dann wurde man kurz hinter dem Kottbusser Tor aus dem Auto geworfen und gezwungen, zu Fuß weiterzulaufen, mein Gott, war das bescheuert!

»Und deine Nichte spielt da mit?«, sagte Sigi jetzt, wahrscheinlich, um von seiner Taxidummheit oder, besser, von seinem Taxischeitern oder, besser, von seiner gescheiterten Taxiklugscheißerei abzulenken, wegen der sie jetzt durch die nasse, stinkende Kälte laufen mussten, Leo wäre am liebsten umgedreht und zurück nach Charlottenburg.

»Ja«, sagte sie grantig. »Ist aber nicht meine Nichte. Schwester von 'nem alten Kumpel.« In Wirklichkeit war es die Schwester von einem Exfreund von ihr, die kleine Lisa, die war wirklich niedlich, ein bisschen frech, aber niedlich, leider log sie immer und überall, dass sich die Balken bogen, Leo machte sich ein bisschen Sorgen um sie, warum bloß, sie war doch mit ihrem Bruder schon lange nicht mehr zusammen oder war der doch Lisas Onkel gewesen, lieber nicht, Tante sein, am Ende gar Ex-Tante, wer brauchte denn sowas?

»Und da fährst du extra dafür nach Kreuzberg? Das ist ja nett!«

Was wollte der damit sagen? Dass sie eine blöde, sentimentale Kuh war? Dieser Sigi war ziemlich frech, genau wie die kleine Lisa, aber niedlich war er nicht. Früher hatte er mal bei ihr gespielt, das war noch vor dem Sektor gewesen, in der Ruine in Schöneberg, da hatte sie damals das Programm gemacht, das war, wenn sie sich richtig erinnerte, eine ziemliche Scheißband gewesen, in der er gespielt hatte, Keyboard oder was, du liebe Güte, wie hatten die nochmal geheißen, irgendwas wie Blut im Stuhl oder so, Krautrock hatten die gespielt, peinlich. Könnte man bei Bedarf gegen ihn verwenden, dachte Leo.

»Hier ist es«, sagte Sigi. Sie standen vor einem Laden, der tatsächlich nach Friseur aussah, na ja, kein Wunder bei dem Namen, da hingen ein paar Leute drin ab, die Scheiben waren beschlagen, man konnte nicht viel erkennen.

Sigi riss die Tür auf. Dahinter saß ein Oberkellner, mit Fliege und allem Drum und Dran, was war das denn für ein Scheiß?

»Fünf Mark«, sagte der Oberkellner.

»Ja, aber ich hoffe mal, wir stehen auf der Gästeliste«, flötete der Kunstkurator. Wo hatte der, fragte sich Leo, eigentlich seine gute Laune her?

»Von wem?«

»Wiemer.«

»Ich habe keine Gästeliste von Wiemer«, sagte der Kellnerfreak.

Tja, Pech gehabt, Kunstblödel, dachte Leo, aber laut sagte sie: »Was ist mit Glitterschnitter? Ich bin von Glitterschnitter eingeladen.«

»Von denen habe ich auch keine Gästeliste. Also nicht schriftlich.«

»Was ist das denn für ein Scheiß«, ließ sich Leo nicht abwimmeln. »Was heißt denn nicht schriftlich? Also mündlich oder was?«

»Müsste ich ihn fragen. Er hat gesagt, er hätte die hier oben«, sagte der Kellnertyp, der wie ein Österreicher klang, für Österreicher hatte Leo eine Schwäche, kaum hörte sie den Dialekt, wurde ihr etwas weich in den Knien, sogar bei diesem seltsamen Exemplar hier, erstaunlich, dachte sie.

»Ja, dann frag ihn.«

»Ich kann hier doch nicht weg.«

»Wir passen auf«, sagte Leo.

»Ich bin auf der Gästeliste von Wiemer«, wiederholte der bescheuerte Sigi. Konnten denn die Kinder nicht mal still sein, wenn sich die Erwachsenen unterhielten?

»Sind denn die Glitterschnitterleute schon da?«, sagte Leo.

»Oder Wiemer?«, sagte Sigi.

»Glitterschnitter glaube ich nicht«, sagte der österreichische Ober und schaute nach hinten, »aber Wiemer, glaube ich.« Er rief nach hinten: »Wiemer? Wiemer da? Wiemer?!«

Wiemer, der Name sagte Leo auch was. Der hatte mal Bass gespielt in einer Band mit einem fürchterlichen Sänger. Die hatte sie als Vorgruppe bei den Stranglers genommen, was für eine Verschwendung!

Und tatsächlich, es war derselbe Typ, der jetzt hinter dem Kellnertypen auftauchte.

»Was gibt's denn?«, fragte er, dann sah er Sigi und sagte: »Mensch Sigi, komm rein! Du auch, Leo!«

Sigi ging rein, Leo folgte ihm. Sie hatte schon keine Lust mehr. Die Glitterschnitterarschlöcher konnten sich gehackt legen. Lisa hatte gesagt, sie solle unbedingt kommen, weil die auf der Wall City Noise spielen wollten und sie mit dem Saxophon dabei war und man könne sich dabei doch mal wiedersehen, und Leo wusste eh schon nicht, warum sie bei der kleinen Lisa immer so nett war, das verlogene kleine Luder, wahrscheinlich stimmte das alles gar nicht, wahrscheinlich hatte sie sich das wieder nur ausgedacht, das war ja das große Problem mit ihr, dass die Geschichten nur so aus ihr heraussprudelten und nur jede fünfte davon wahr! Dann aber fiel ihr Blick auf ein Plakat am Eingang, da stand es wirklich drauf, Glitterschnitter mit Lisa Kremmen und H. R. Ledigt, H. R. Ledigt, genau, das war der Sänger bei der furchtbaren Band von dem Wiemer gewesen, ich habe eindeutig ein zu weiches Herz und ein zu gutes Personengedächtnis, dachte Leo, beides macht nur Kummer!

Im Laden war nichts los. Aber sowas von gar nichts los, das war schon wieder gut, fand Leo, das machte sie fast ein bisschen neidisch, im Grunde ja das perfekte Konzert, wenn mal wirklich niemand da ist, dachte sie, das war es auch, was ihr an den Soundchecks im Sektor immer so gut gefiel, diese rein auf Musik konzentrierte Atmosphäre, wenn erstmal die Leute da waren, war für ihren Geschmack die Sache schon verwässert, zum Ausgleich war mit Publikum die Musik besser, weil die Musiker beim Soundcheck meistens lustlos oder verkatert oder beides waren und sich keine Mühe gaben.

»Wie heißt der Laden?«, fragte sie, obwohl sie es wusste, aber sie wollte es noch einmal gesagt bekommen, weil es so schön doof war.

»Intimfrisur«, sagte Sigi.

»Keine gute Idee«, sagte sie gutgelaunt. »Ich meine,

wenn sich zwei Leute verabreden, was sagen die dann? Wir sehen uns heute Abend in der Intimfrisur?«

»Finde ich eigentlich ganz gut. Ah, das Bild«, sagte Sigi. Er zeigte auf ein großes Bild hinter dem Schlagzeug. Die hatten hier noch nicht einmal eine richtige Bühne. Arme Lisa.

»Wo ist die Backstage?«, fragte Leo, aber keiner der anderen reagierte. Am Schlagzeug saß einer, der mit einem Finger auf einem Becken herumspielte, und hinter ihm war einer, der sich die Finger mit einem Lappen reinigte. Es stank ziemlich nach Terpentin.

Der bescheuerte Sigi kniff die Augen zusammen und sagte: »Ich habe meine Brille nicht auf. Was steht denn da auf dem Bild?«

»Das Bild«, sagte Wiemer, »zeigt eine Serviette.«

»Meinetwegen«, sagte Sigi, »aber was steht denn da?«

»Da steht: Platz für.«

»Platz für?«

»Platz für.«

»Was soll das denn?«

»Das Weiße ist eine Serviette.«

»Meinetwegen, aber was soll das heißen, Platz für?«

»Das ist erst der Anfang.«

»Okay, aber wovon?«

»Kommt dir das nicht bekannt vor?«

»Nein, was ist das hier, eine Quizshow im Fernsehen?«

»Frag ihn«, sagte Wiemer und zeigte auf den Typen, der wohl das Bild gemalt hatte und sich gerade mit seinem Stinkelappen zu ihnen gesellte, es war H.R. Ledigt, der furchtbare Sänger von der Band, bei der der andere damals den Bass gespielt hatte, Hölle, Hölle, Hölle, dachte Leo.

»Sigi will wissen, wie der Text auf dem Bild weitergeht!«

H.R. Ledigt, der auch Veranstaltungen in der Zone machte, eigentlich ein Kollege, interessanter Typ irgendwie, wenngleich natürlich blöd wie Stulle und vor allem ein grauenhafter Sänger, trotzdem hier der einzige Typ mit Stil und Klasse, von dem Österreicher am Eingang mal abgesehen, der war zwar nur sexy, aber immerhin, H.R. Ledigt jedenfalls zog eine zerknüllte Papierserviette aus der Tasche und las ab: »Platz für ein gemaltes Bild, höchstens 3 x 4 m, auf der Wall City Berlin 1980 zugesichert. Sigfrid Scheuer.«

»Moment mal«, sagte Sigi, »das habe ja ich geschrieben!«

»Wo ist die Backstage?«, sagte Leo, die das langweilte.

»Hinter dem Bild«, sagte H.R. Ledigt.

»Das habe ich geschrieben«, wiederholte Sigi.

»Ja sicher«, sagte H.R. Ledigt. »Das ist ja das Schöne!«

Leo ging weg, um hinter dem Bild nachzusehen, ob Lisa in der Backstage war. Als sie am Schlagzeug vorbeikam, sagte der Typ dahinter: »Wo gehst du denn da hin?« Auch er hatte diesen österreichischen Singsang in der Stimme, genau wie der Typ an der Kasse, es war einer von Dr. Votz, die hatte sie auf Bitten des bescheuerten Sigis ins Programm der Wall City genommen, weil die auf einmal als Sombreroträger auf den Krawallbildern vom Artschlag berühmt geworden waren, Leo hätte das nicht gebraucht, sie kannte die Typen, von denen hatte sie viele Tapes in vielen Kartons und kein einziges gutes dabei!

»Wo ist dein Sombrero?«, fragte sie.

»Setz ich gleich auf.«

»Will ich hoffen.«

»Ah, du bist ja Leo«, sagte der Typ.

»Ja«, sagte Leo und schaute hinter das Bild.

»Da ist keiner.«

»Wo sind die Glitterschnitterleute?«

»Wahrscheinlich nebenan.«

»Was heißt nebenan?«

»Im Café Einfall.«

»Ach so«, sagte Leo. Café Einfall, das passte natürlich ins scheiß Kreuzberg, die benannten ihre Kneipen hier genauso kalauerfreudig wie die Friseure ihre Salons. Sie ging am bescheuerten Sigi und seinen beiden Kunstfreaks vorbei zum Ausgang.

»Lass mich mal raus«, sagte sie zum Oberkellner.

»Da brauchst du einen Stempel.«

»Meinetwegen. Spielst du heute Abend bei Dr. Votz?«

»Ich weiß nicht … eher nicht.«

»Was ist das denn für eine Antwort?«

»Keine Ahnung.«

»Wenn ja: Vergiss nicht, deinen Sombrero aufzusetzen!«

*

»Was soll das heißen, das ist ja das Schöne?«, sagte Sigi empört, »Warum sagt er das?!«, und dabei zeigte er auf H.R. und Wiemer wusste nicht zu deuten, ob Sigi das jetzt empört fragte oder gespielt empört, ob ironisch belustigt oder vorgetäuscht beleidigt, ein schwer zu lesender Typ, der gute alte Sigi, da kann man noch so lange mit ihm Einwegspritzen und Alkoholtupfer an Junkies verteilt haben, dachte Wiemer, schlau wird man trotzdem nicht aus ihm, wahrscheinlich gehört das dazu, dachte er, wenn man den ganzen Tag mit Politikern und Beamten zu tun hat, dann macht man gerne mal einen auf rätselhafte Diva, dachte Wiemer, aber dann rief er sich zur Ordnung, Vorsicht Wiemer, dachte er, jetzt gilt's, jetzt nicht den Sigi vergraulen, lass den Sigi in Ruhe, nicht aufregen ... – das hörte gar nicht mehr auf in seinem Kopf, ziemlich lästig!

»Was H.R. meint«, versuchte er zu erklären, »ist natürlich, dass durch das Zitat von dir auf einer Serviette auf einem Bild, von dem das Zitat handelt ...«, er stockte kurz, weil er selber ins Schleudern kam, das ist irgendwie ja auch bloß Kunstbetriebswichse, dachte er, jetzt aber Obacht, Wiemer, rief es im Oberstübchen, H.R. ist dein Schützling, denk an das Positive!

»Ist mir schon klar«, sagte Sigi, »ist mir schon klar. Ich frage mich nur gerade, wie ich das finde. Vor allem, wenn mein Name dann ...«

»Wenn du natürlich persönlichkeitsrechtlich damit ein Problem hast«, sagte Wiemer listig, er kannte Sigi gut genug, um zu wissen, wie eitel er war, sein Name auf einem Bild von H.R. Ledigt auf der Wall City, das war natürlich ein Fest für den guten alten Sigfrid Scheuer, Sigfrid ohne e egal wo und so weiter!

»Nein, nein, deshalb nicht«, sagte Sigi auch sofort, »ich frage mich nur, ob das nicht zu nepotistisch rüberkommt, außerdem ist das vielleicht auch ein Problem, wenn die Leute glauben, ich würde Verträge auf Servietten machen, was meinst du, was mir die Galeristen und Künstler erzählen, die ich abgelehnt habe, wenn ich das ... – obwohl, andererseits ...« Sigi verstummte. Er legte den rechten Ellenbogen in die linke Hand und sein Kinn in die rechte Handfläche und blieb so stehen. »Hm ...«

Wiemer und H.R. warteten.

»Und das wollt ihr auf die Wall City bringen?«

»Ja klar!«, sagte Wiemer.

»Auf jeden!«, sagte H.R.

»Was ist das für Material?«

»Dachfolie und Acrylfarbe«, sagte H.R.

»Dachfolie??«

»Ja. Es gibt nichts Besseres«, sagte H.R.

»Und das malst du dann später noch zu Ende? Da steht ja bis jetzt erst Platz für!«

»Wenn Glitterschnitter spielen!«, nickte H.R.

»Also so Action-Painting-mäßig?«

»Ja, aber erstmal sind Dr. Votz dran.«

Als hätte er auf dieses Stichwort gewartet, trat P. Immel in die Bassdrum. Dann stand er auf und rief: »Setz den Sombrero auf, Kacki, wir fangen an!«

»Aber die anderen sind doch noch gar nicht da!«, rief Kacki. »Und es ist auch gerade erst elf!«

»Geh her, Kacki, ist mir egal. Nur wir beide! Wie früher!«

»Wie früher, wie früher! Wie früher ist gar nichts mehr, Peter!«

»Ist doch wurscht, Kacki, setz den Sombrero auf!«

Die Tür ging auf und einer von der ArschArt-Galerie kam herein, den Namen wusste Wiemer nicht, man muss sich die Namen merken, dachte er, ein Manager muss sowas wissen!

»Wo seid ihr denn alle?!«, schnauzte der Kellner-Kacki ihn vorwurfsvoll an.

Der Typ, wahrscheinlich ein Jürgen, die hatten viele Jürgens in der ArschArt, außerdem auch noch ein paar Michaels, glaubte sich Wiemer zu erinnern, der Typ war jedenfalls sturzbesoffen. Er starrte Kacki an, dann Wiemer, dann Sigi, dann H. R. Dann rülpste er und sagte: »Die anderen sind noch in der Pizzeria Los Amigos. Mir wollten sie da keinen Schnaps geben. Die machen auch noch sauber und so.«

»Jürgen 1!«, rief P. Immel ihn zur Ordnung. »Sombrero auf! Es geht los!«

»Aber es ist doch niemand da!«, sagte Kacki.

»Mir doch scheißegal«, sagte P. Immel, »wir machen das jetzt. Wenn in einem Wald ein Baum umfällt und keiner sieht es, ist er dann nicht trotzdem umgefallen?«

»Wo ist denn mein Somb…«, sagte Jürgen 1 und verlor das Gleichgewicht. »Hoppla!« Er kippte nach hinten, ruderte mit den Armen und fing sich wieder. »Die anderen sind noch in der Pizzeria Los …«

»Sombrero auf. Du auch, Kacki!«, befahl P. Immel. »Und du«, sagte er zu der Frau, die die ganze Zeit hinter ihrem Mischpult gesessen und ein Buch gelesen hatte, das war die Punkmaria, die kannte Wiemer natürlich, die kannte ja jeder, »spiel mal das Tape ab!«

»Wie heißt das?«, sagte die Punkmaria und legte das Buch beiseite.

»Das mit der Mexikomusik.«

»Ja, aber wie heißt das?«

»Keine Ahnung, da steht irgendwie Mexiko drauf, glaube ich.«

»Ja, aber wie heißt das?«

»Bitte!«, sagte P. Immel.

»Na also!«, sagte die Punkmaria.

*

Im Café Einfall fühlte Leo sich nicht unwohl, ein Scheißname zwar, aber der Laden ganz okay, wenn man von den vielen Hippie-Punks mal absah, die sich da drin breitmachten, und mittendrin die Glitterschnittertypen mit Lisa, und gleich Hallihallohallöle, na ja, das war dann ja wohl dieses Kreuzberger-Nächte-sind-lang-Ding, sie wusste schon, warum sie das scheiße fand!

»Mensch Leo«, sagte der, der Ferdi hieß, und er sagte es so, als wären sie gute Kumpels, »da bist du ja!«

»Ja«, sagte sie gallig. »Da bin ich.«

»Und du bist Lisas Tante?«, sagte der andere Glitterschnitter, Raimund. »Das haben wir ja gar nicht gewusst.«

»Ich auch nicht. Hallo Lisa!«

»Hallo Leo«, sagte Lisa. »Mehr so eine Adoptivtante.«

»Wenn überhaupt, dann Ex- und dann Ex-Schwägerin«, sagte Leo gutmütig. Irgendwie konnte sie Lisa nicht böse sein. »Wie lange spielst du schon bei Glitterschnitter?«

»Schon seit Monaten«, sagte Lisa. »Seit ich in Kreuzberg wohne.«

»Moment mal, ich dachte, du hättest bis eben noch in Schöneberg gewohnt, in dem besetzten Haus!«, mischte sich ein dritter Typ ein, eine Art Riesenbaby, den kannte Leo gar nicht.

»Wer bist du denn?«, sagte sie.

»Das ist Charlie!«, sagte Raimund. »Der spielt die Bohrmaschine!«

»Das mit Schöneberg war nur vorübergehend«, sagte Lisa, das kleine zwangsgesteuerte Ding. Was die denen wohl schon wieder erzählt hatte!

»Und da spielst du seit Monaten mit denen in einer Band und erzählst mir nie was davon? Und auf dem Demotape bist du auch nicht drauf?«

»Ich wollte erstmal mit denen üben und richtig gut werden und dich vorher nicht ausnutzen.«

»Seit Monaten?«, sagte der Ferdityp.

»Ich hätte gerne ein Bier«, wechselte Leo das Thema, um das kleine Lügenluder zu schützen.

Der, den sie Charlie nannten, reichte ihr ein Bier.

»Danke«, sagte sie und schaute sich um. Der Laden hier war brechend voll, der nebenan dafür völlig leer, bizarr, sowas konnte einem am Walther-Schreiber-Platz nicht passieren. Und dann die vielen Punks, dabei sah das gar nicht wie eine Punkkneipe aus, viele kannte sie vom Sehen, die waren ja immer alle im Sektor, wenn die englischen Punkbands spielten.

»Seid ihr wegen Dr. Votz hier?«, fragte sie einen, der neben ihr stand, ein besonders prächtiges Exemplar mit einem lila Irokesen, mein Gott war sie froh, dass sie nicht in Kreuzberg wohnte!

»Nein«, sagte der Irokesenfreak. »Wir sind wegen Glitterschnitter hier.«

»Die spielen aber nebenan.«

»Jetzt?«

»Ja, geht mal rüber! Schnell!«, sagte Leo.

»Okay«, sagte der Punk. Er ging und die anderen Punks liefen alle hinterher.

»Ist das euer Publikum?«, fragte Leo Ferdi.

»Sieht so aus.«

»Na ja«, sagte Leo, »für die Wall City Noise vielleicht nicht falsch, da brauchen wir auch Punks.«

»Brauchen? Punks? Wofür das denn?«

»Das mögen die Journalisten!«

*

Die Punkmaria drückte auf Play und der Raum veränderte sich. Man kann über die Mexikaner sagen, was man will, dachte Kacki, von Musik verstehen sie etwas, da macht ihnen keiner was vor, außer vielleicht die Österreicher, die mexikanische Musik schwebte jedenfalls durch den Raum und alles war wie verzaubert, fand Kacki, es war, wie wenn man sie mitsamt der Intimfrisur ans andere Ende der Welt teleportiert hätte, die Musik strömte eine Liebe, Lebensfreude und vertraute Exotik aus, dass ihm ganz warm ums Herz wurde.

Und nicht nur Kacki war beeindruckt, es kam auch Leben in P. Immel, er hängte sich den Eierschneider um und tänzelte ans Mikrofon und schrummte schon auf dem Weg dorthin, wo es noch keiner hören konnte, begeistert auf dem Eierschneider herum, und kaum war er vorne am Mikro, sprach er hinein: »Komm Kacki, ¡Arriba!«, sagte er und Kacki kamen fast die Tränen, weil sie jetzt wieder richtige Freunde und Kameraden waren, also setzte er den Sombrero auf, und als er sein Spiegelbild in der Schaufensterscheibe sah, wurde ihm klar, dass das das perfekte Mexikomusiker-Outfit war, diese Kombination aus Wiener Kellnerkleidung mit Fliege und allem und dann der Sombrero, so sahen die immer auf den Bildern aus, Kacki hatte mal vor langer Zeit im Café Weidinger in Ottakring in einem Geo-Magazin mit dem Thema Mexiko geblättert, da hatte es viele Musikerfotos gegeben, fantastisch! Er schnappte sich eine riesige Pappgitarre, die hatte eine Paketschnur, mit der man sie sich um den Hals hängen konnte, das tat er, und dann rief er: »Genau, nur wir beide«, und ging zur Bühne.

»Ich bin aber auch noch …«, sagte Jürgen 1 und hielt eine Papptrompete hoch, »… ich bin aber auch noch …!«

»Untersteh dich!«, rief P. Immel. »Ich schlag dich tot, wenn du auf die Bühne kommst.«

Jürgen 1 hielt inne und glotzte P. Immel an. »Aber du hast doch ...«, sagte er und rülpste dann.

»Musik lauter!«, rief P. Immel.

»Wie heißt das?«

»Bitte!«

Die Punkmaria drehte die Musik noch weiter auf und Kacki rückte seine Bassgitarre zurecht, so groß wie die war, war das wohl eine Bassgitarre, und so spielte er sie jetzt auch, immer schön ein Finger nach dem anderen, keine Akkorde, Bassgitarre, das sollte ja sowieso sein Instrument bei Dr. Votz werden, da konnte er gleich mal mit dem Üben anfangen, bei mexikanischer Musik gab es für den Bassisten viel zu tun!

Unten standen H. R. und seine beiden Kumpels, die aufgehört hatten, miteinander zu tuscheln, und stattdessen ungläubig herüberstarrten. An der von niemandem mehr bewachten Tür drängten die Punks vom Hinterhaus herein.

»Wir beide, Kacki! Wie früher!«

*

H. R. war froh, dass Dr. Votz endlich loslegten, auf diese Weise musste er sich das Gerede von Wiemer und Sigi nicht länger anhören, er hatte schon keine Lust mehr auf das Bild, er hatte es noch nicht einmal fertiggemalt, da hatte er schon keine Lust mehr, er hatte ja nicht aufgehört, den beknackten Text von dem beknackten Ölbild-Sigi da auf die Serviette zu schmieren, weil er das wirklich erst später machen wollte, während Glitterschnitter spielten, okay, das auch, aber das war ja eh Quatsch, für das Bild war es doch scheißegal, ob das während des Glitterschnittergigs draufgemalt wurde oder vorher oder hinterher, diese ganze Action-Painting-Scheiße war doch eh bloß esoterischer Unfug, das war was für die ArschArt-Leute, die standen auf sowas, warum auch nicht, ihr gutes Recht, dachte H. R., ich hätte mir den ganzen Kram hier schenken und das Geld dafür sparen können, obwohl, vom Sparen hielt H. R. nichts, vom Sparen kam kein Spaß, vom Sparen wurde die Kunst nicht besser und Geld war genug da, Geld kam ihm zu den Ohren raus, das nervte nur, die dreitausend Mark, die er P. Immel vorhin gegeben hatte, waren jedenfalls endlich weg, und jetzt konnte H. R. sich unbeschwert an der Mexikomusik erfreuen, immerhin, sowas hörte man ja viel zu selten, fand er nun, das ganze kitschige Geschluchze und Gefiedel und Getute, herrlich, und Kacki und P. Immel gefielen ihm auch ziemlich gut, wie sie sich da todernst auf der Bühne zum Horst machten, der eine einen Eierschneider vor das Mikro haltend, der andere eine Bassattrappe bearbeitend, als sei er Jaco Pastorius, das hatte was, das war besser als alles, was H. R. bisher von Dr. Votz gesehen hatte, und er hatte nicht übel Lust, sich dazuzustellen und ein bisschen zu tanzen, aber das ging heute nicht, die beiden passten einfach zu gut zusammen, da würde er nur stören, und heute war für ihn Glitterschnitter-Bühnenbildmalen angesagt, immer nur ein Stage Act auf einmal, dachte er, die Idee war zwar, wie er jetzt einsah, Mist gewesen, weil der ganze Action-Painting-Kram und sowieso die Idee von dem Bild Mist waren, am Ende bloß Kunstbetriebswichserei, dachte er, am Ende gar noch eine Schmeichelei für den blöden Sigi, aber, dachte H. R., man muss auch die schlechten Ideen manchmal bis zum bitteren Ende durchziehen, vielleicht kommt einem dabei ja eine bessere.

»Was soll der Scheiß denn?!«, schrie der dumme Sigi in sein Ohr und zeigte dabei auf Kacki und P. Immel.

»Ich mag's!«, sagte H. R.

Hinter ihnen ging die Tür auf und eine Menge Punks kamen herein.

*

»Wo sind denn die Punks jetzt alle hin?«, fragte Raimund, der schon mächtig Lampenfieber hatte, es baute sich immer mehr auf, in seinen Ohren rauschte es und es fiel ihm schwer, die Augen auf irgendetwas zu fixieren, er wusste aus Erfahrung, dass das ab jetzt immer schlimmer werden und erst, wenn er am Schlagzeug saß, vergehen würde, dann aber sofort, so war es jedes Mal, irgendwie toll, aber schlimm!

»Die sind rübergegangen«, sagte Ferdi. »Leo hat sie rübergeschickt.«

»Die sollen da mal anfangen«, sagte Leo, »ich will hier doch nicht übernachten!«

»Und du bist wirklich Lisas Tante?«, sagte Ferdi. »Heißt ihr darum beide Kremmen?«

»Ich wusste gar nicht, dass Lisa Kremmen heißt«, sagte Leo. »Eigentlich sind wir ja mehr so Schwägerinnen.«

»Ja, ich heiße Kremmen«, sagte Lisa.

»Aber dein Bruder hieß nicht Kremmen«, sagte Leo.

Raimund konnte nicht mehr hinhören, es regte ihn alles zu sehr auf. Außerdem störte ihn, dass hier in der Kneipe das Glitterschnittertape lief, das fühlte sich falsch an, und er sagte: »Warum läuft denn hier Glitterschnitter?«

»Wieso«, sagte der Freddiebruder, »das läuft doch schon den ganzen Tag.«

»Ich finde die Musik nicht so gut«, sagte der KOB, das war doch der KOB, oder nicht? Raimund war sich nicht sicher, er sah aus wie der KOB, aber er war in Zivil, war der jetzt Zivilbulle? Und wenn ja, war das dann eine Beförderung?

Der Freddiebruder ging zum Kassettenrecorder und stellte ihn aus.

»Dann eben gar keine Musik!«, sagte er.

»Das Tape war doch gar nicht zur Veröffentlichung bestimmt«, sagte Charlie. »Da ist auch keine Bohrmaschine drauf.«

»Dann lass es halt nicht hier rumliegen«, sagte der Freddiebruder barsch.

»Nicht!«, sagte Raimund zu Charlie. Er konnte jetzt keinen Streit gebrauchen, mit niemandem und von niemandem. Er musste sich auf sein Lampenfieber konzentrieren.

»Das ist ja nur mein Halbbruder«, sagte Lisa, was immer das nun bedeuten sollte, gar nicht hinhören, dachte Raimund, das lenkt nur ab. Er wollte jetzt nur noch zu seinem Schlagzeug. »Lasst uns schon mal rübergehen!«, sagte er.

*

Irgendwann, Kacki hatte es gar nicht gemerkt, weil er so sehr in sein Bassspiel vertieft gewesen war, musste Jürgen 1 doch noch auf die Bühne gekommen sein, denn als Kacki einmal kurz aufguckte, stand der neben ihm und blies in seine Papptrompete, die ziemlich doof aussah und die er außerdem falsch herum hielt, peinlich, dachte Kacki, der lieber mit dem Peter alleine auf der Bühne geblieben wäre, nur sie beide, wie früher! Und so dachte wohl auch der Peter, denn als er bemerkte, dass Jürgen 1 zu ihnen gestoßen war – er war genauso vertieft in sein Eierschneiderspiel gewesen wie Kacki in sein Bassspiel –, ging er zu Jürgen 1 und schubste ihn von der Bühne, was bei dieser Bühne nur bedeutete, dass Jürgen 1 in die Punks hineinstolperte und die ihn sogleich weiter nach hinten durchreichten, und als ob das ein Signal gewesen wäre, fingen sie jetzt alle an zu hüpfen und sich gegenseitig zu schubsen, und die, die weiter hinten standen, johlten und warfen leere Bierdosen, gerade traf eine davon Kackis Bass, nur gut, dass der nicht echt war!

P. Immel sagte etwas zu Kacki, aber Kacki konnte bei der lauten Mexikomusik nichts verstehen, deshalb hielt er dem Peter ein Ohr hin.

»Kacki, mir ist fad!«, schrie der Peter hinein.

Kacki nickte. »Mir auch!«

»Ich will heim!«, schrie P. Immel. Er stieß mit der Faust vor und schlug damit eine Bierdose weg, die sonst Kacki im Gesicht getroffen hätte. Dieser Peter!

»In die Naunynstraße?«, fragte Kacki zur Sicherheit, obwohl er natürlich wusste, was der Peter meinte.

»Nein, richtig heim! Nach Hause!«

»Ich auch. Schon lang!«

»Komm, Kacki, gemma!«

»Hierher«, sagte Kacki und führte den Peter an der Seite von der Bühne und zum Ausgang.

Die Punks johlten und klatschten und Kacki drehte sich um und sah, dass Jürgen 1 wieder auf der Bühne stand und tanzte und Trompete spielte. Viel Spaß, Jürgen 1, dachte er freundlich.

Am Ausgang trafen sie die Leute von Glitterschnitter.

»Wo wollt ihr denn hin?«, rief Ferdi. »Ich dachte, ihr spielt gerade!«

»Wir gehen nur schnell eine rauchen«, rief Kacki.

*

Plötzlich war das Café Einfall leer. Erst gingen die Punks, dann die Glitterschnitterleute mit Lisa und der Frau, die Leo hieß, und dann noch ein paar andere Leute, die keine Punks waren, und dann waren Frank und Chrissie fast allein in dem Laden, nur der KOB und Kerstin saßen noch am Ende des Tresens, und dann ging mit den Worten »Mal sehen, wo der Wiemer ist!« auch Chrissies Mutter hinaus, dafür kam Klaus wieder rein, schlich sich geduckt an Frank vorbei und setzte sich wieder auf seinen Platz neben dem KOB. Der KOB war eigentümlich still und Chrissie sah traurig aus, sie spülte pausenlos ein Glas, das längst sauber war. Frank nahm die Glitterschnitterkassette aus dem Recorder und tat eine andere hinein, »Mix 3« stand drauf, er drückte auf Play und eine düstere Musik waberte durch den Raum.

»Mir geht's nicht gut«, sagte der KOB. Dabei winkte er Frank zu sich heran.

»Wie meinen Sie das?«

»Mir ist schlecht.«

»Okay«, sagte Frank ratlos. »Brauchen Sie was zum Reinkotzen? Einen Eimer?«

»Mir geht's echt nicht gut«, sagte der KOB. Er presste es geradezu unter seinem Schnurrbart hervor, dazu hob er den linken Arm halb hoch und ließ ihn wieder fallen. Er war kreidebleich.

»Nicht kotzen«, sagte Klaus. Er versuchte, vom KOB abzurücken, und fiel dabei mit seinem Hocker um.

»Echt nicht gut«, sagte der KOB. Sein Gesicht wurde grau und er glitt von seinem Hocker leise raschelnd zu Boden.

»Ach du Scheiße!«, entfuhr es Frank.

»Was ist?«, rief Chrissie.

Der Durchgang vom Tresen war von Klaus versperrt, der auf dem Boden liegend mit seinem Hocker kämpfte und dabei »Scheiße, das tut weh« rief. Frank musste warten, bis Klaus das Gestühl irgendwie losgeworden war, zum Glück warf er es zur Seite und nicht auf den kleinen alten Polizisten drauf, der einen Meter weiter hinter seinem eigenen Hocker lag und mit einem Bein zuckte und ein komisches Geräusch von sich gab. Frank stieg über Klaus hinweg und kniete sich neben dem KOB nieder.

Der lag auf der Seite und regte sich nicht mehr. Frank drehte ihn auf den Rücken und horchte an seiner Brust. Da war kein Herzschlag zu hören, nur ein bisschen ein Gurgeln, das Frank nicht deuten konnte, er wusste nur, dass das kein Herzschlag sein konnte.

»Was ist denn da los?«, fragte Chrissie. Sie beugte sich über den Tresen, um besser sehen zu können.

Frank horchte noch einmal an der Brust des Mannes. Nichts. Und atmen tat er auch nicht.

»Chrissie«, sagte er möglichst beherrscht, »du musst schnell die Feuerwehr rufen, das ist ein Herzinfarkt, Herzstillstand, irgendwie sowas, schnell!«

»Wie denn?«

»Da ist doch ein Telefon hinter dem Tresen.«

Chrissies Kopf verschwand. Frank versuchte, sich an seine Ausbildung als Hilfssanitäter bei der Bundeswehr zu erinnern. »Manche«, hatte der Feldwebel gesagt, der sie in einem gerade mal dreitägigen Kurs zu Hilfssanitätern gemacht hatte, »werden Ihnen erzählen, dass man bei Herzdruckmassagen viel falsch machen kann, dass dabei Rippen brechen können oder was auch immer. Aber«, hatte der Feldwebel gesagt und einen Finger dazu gehoben, »wenn Sie die Herzdruckmassage nicht machen, stirbt der Mensch, und dann nützen ihm seine Rippen auch nichts mehr.«

Frank knöpfte das Hemd vom KOB auf. Er hörte, wie Chrissie im Hintergrund den Hörer vom Telefon abnahm und dann mehrere Male auf die Gabel drückte.

Frank legte die linke Hand über die rechte und drückte mit dem rechten Handballen auf den Brustkorb vom KOB. Es federte und aus dem Mund vom KOB kam ein komisches Geräusch. Nochmal. Nochmal. Frank begann zu zählen.

»Ich geh dann mal«, sagte Klaus.

»Das Telefon ist kaputt«, sagte Chrissie. »Da kommt kein Ton, so eine Scheiße!«

»Da drüben ist gleich die Feuerwehr, da musst du hinlaufen. Oder ist nebenan ein Telefon?«

»Wo nebenan?«

»Intimfrisur.«

»Nein, weiß nicht, da ist doch Konzert! Wo ist die Feuerwehr?«

»Schräg gegenüber. Ein paar hundert Meter auf der anderen Seite. Das Haus, das aussieht wie ein Schiff, das ist die Feuerwehr!«

»Ach so, ja«, sagte Chrissie. »Weiß ich doch.«

»Schnell! Oder soll ich gehen?«

»Nein«, sagte Chrissie, die jetzt neben ihm hockte. »Ich

weiß überhaupt nicht, wie das geht, was du da machst. Muss man den nicht auch beatmen?«

»Das kommt gleich. Schnell, du musst die Feuerwehr holen! Oder hier bei Leuten klingeln.«

»Nein, ich lauf da hin, das ist schneller«, sagte Chrissie. Und lief los.

Frank drückte weiter auf die Brust vom KOB und zählte.

*

Als Raimund mit den anderen in die Intimfrisur ging, kamen ihnen die zwei Typen von der ArschArt-Galerie entgegen, und zwar die, die immer das auffälligste Österreichisch sprachen, das war Raimund schon aufgefallen, die fand er von denen am besten, weil sie so irre waren, die sahen aus, als hätten sie es eilig, wegzukommen, aber als Raimund drin war, verstand er gar nicht, wieso, da war alles super, der Laden ziemlich voll, überwiegend mit den Punks, die vorher im Einfall gewesen waren, es lief eine brüllend laute Mexikomusik und die Punks johlten und schubsten sich gegenseitig hin und her, während im Bühnenbereich ein einzelner Typ mit einer Papptrompete fuchtelte und dabei so aussah, als würde er jeden Moment in Raimunds Schlagzeug fallen.

»Ich geh mal zur Punkmaria«, rief Ferdi.

Lisa lief zur Bühne und schubste den ArschArt-Trompetentypen von sich weg, als der versuchte, sie in seine Performance mit einzubeziehen. Sie ging zum Eierschneider-Saxophon-Mikro und bog es sich vor den Mund. »Wo ist mein Saxophon!«, brüllte sie hinein. Raimund hätte nie gedacht, dass sie so brüllen konnte, sie sollte Sängerin werden, dachte Raimund, der jetzt wegen des Saxophons kein großes Mitleid entwickeln konnte, er hatte andere Sorgen, das Schlagzeug sah ziemlich mitgenommen aus, die Hänge-Toms verdreht, die Beckenständer verrutscht, die Hi-Hat umgefallen, Raimund drängelte sich durch die Leute, ich hätte die Trommeln niemals alleine lassen dürfen, dachte er, während er Punks nach links und nach rechts schob, wenn sie erst einmal Lederjacken und stachelige Haare tragen, sind sie nur noch Bauern in einem subkulturellen Schachspiel, fiel ihm ein Satz ein, den Ferdi neulich mal gesagt hatte, der hatte es gut, der Ferdi, der konnte sich die Welt mit solchen Sätzen schönreden, aber sein blöder Synthie und der dazugehörige Amp waren auch verschwunden, wie Raimund jetzt auffiel, was machst du jetzt, Ferdi, dachte Raimund, obwohl er es falsch fand, jetzt gedanklich auf Ferdi einzuhacken, aber da war er auch schon an seinem Schlagzeug und fing an, es wieder herzurichten.

Die Mexikomusik stoppte. »Wo ist mein Saxophon?!«, brüllte Lisa weiter. »Gebt mir sofort mein Saxophon!«

Das erinnerte Raimund an ein altes Kinderlied, das sie früher immer zur Melodie vom Radetzkymarsch gesungen hatten, »Mein Sack, mein Sack, mein Saxophon / Mein Ei, mein Ei, mein Eigentum!«, komisch, wie sowas immer wieder hochkommt, dachte er, und zu den unpassendsten Gelegenheiten! Er stellte den Hi-Hat-Ständer wieder auf, hoffentlich war das Pedal nicht verbogen.

Hinter ihm kam H. R. mit einem Saxophon in der Hand auf die Bühne. Er tippte Lisa, die wütend den schweigenden Punks die Stirne bot, auf die Schulter und sagte: »Hier, ich hab's hinter dem Bild versteckt!«

Lisa sagte gar nichts, sie nahm das Saxophon, hängte es sich um und blies hinein. Es funktionierte.

Und dann spielte sie. Und spielte. Und die Punks starrten sie stumm an. Und weiter spielte sie und weiter und weiter, es waren viele Töne, rauf, runter, kreuz und quer, Raimund hatte für Saxophon nicht viel übrig, für ihn war das ein nerviges Dudelinstrument, aber das war schon ziemlich stark, was sie da raushaute, es war ebenso überraschend wie ihre Brüllstimme. Die Punks waren wie vom Donner gerührt. H. R. zog derweil Ferdis Verstärker samt obendrauf gestelltem Synthie hinter dem Bild hervor. Irgendwie super Typ, dachte Raimund. Er checkte Hi-Hat- und Bassdrumpedal und fing an zu spielen, denn es war jetzt an der Zeit, fand er, dass die Trommeln sprachen und die Sorgen schwiegen! Die Punks fingen wieder an zu hüpfen. Wartet nur, dachte Raimund und prügelte auf seine Trommeln ein, wartet nur, gleich brecht ihr euch die Beine!

*

Kerstin hatte, als sie draußen war, keine Lust auf gar nichts mehr. Vor dem Intimfrisur-Laden standen Friseurstühle herum. Sie setzte sich in einen hinein und zündete sich eine Zigarette an. Von drinnen kam Musik und Geschrei. Sie rauchte und dachte nach. Es war alles so traurig. Nach einer Weile kam der besoffene Typ aus Chrissies Kneipe und torkelte in ihre Richtung. Wenn er was sagt, hau ich ihn, dachte sie, der kommt mir gerade recht! Aber er lief an ihr vorbei und in die Intimfrisur hinein. Was für ein Scheißname für was für einen Scheißladen. Wenigstens weiß Erwin, was er tut, sein Café Einfall ist auf jeden Fall besser als das, was die da machen, dachte sie, und er kann sich um Chrissie kümmern, wenn ich nicht mehr da bin. Und dann sah sie, wie Chrissie aus dem Café Einfall herauskam und wie eine besengte Sau an ihr vorbei die Straße hinunterlief.

*

Chrissie war völlig erledigt, als sie bei der Feuerwache ankam, sie atmete gierig und das Herz schlug ihr bis zum Hals, als sie an dem Glaskasten stand, der draußen an das Gebäude angeflanscht war und in dem ein Pförtner saß, und das Gute daran, dass sie so außer Atem war und das Herz ihr bis zum Hals schlug, war, dass sie gar nicht erst auf die Idee kam, zu zögern oder zurückzuweichen, der Typ hinter dem Glas schaute sie eh schon blöd an, da konnte sie auch gleich zur Sache kommen.

»Da ist ein Mann, der ist bewusstlos!«

»Was meinst du damit?«, klang es blechern aus einem kleinen Lautsprecher.

»Was soll ich schon meinen?«, rief Chrissie. »Der ist bewusstlos. Da drüben in der Kneipe. Telefon geht nicht, deshalb bin ich gelaufen. Der ist bewusstlos, Telefon geht nicht. Sie müssen schnell kommen.«

»Was hat der?«

»Herzstillstand! Da ist mein Freund, der kümmert sich. Sie müssen schnell kommen!«

Der Feuerwehrpförtner beugte sich über einen Zettel und schrieb was drauf. »Wo ist das genau?«

»Café Einfall, das ist gleich da drüben, zweihundert Meter!«

»In der Wiener Straße?«

»Ja, Wiener Straße. Café Einfall!«

»Eigentlich machen wir hier keine Direktsachen, das

läuft alles über Telefon, das hast du schon ganz richtig erkannt, Mädelchen, da musst du eigentlich den Notruf wählen.«

»Das Telefon geht nicht!!«, schrie Chrissie. »Verdammt nochmal, sind Sie jetzt Feuerwehrmann oder nur so ein blöder Pförtner? Der stirbt da vielleicht!«

»Ja nun, kann ich ...«

»Ich zeig Sie an!« Chrissie hätte heulen können vor Wut! »Ich zeig Sie an. Wegen unterlassener Hilfeleistung!«

»Ja, ja«, sagte der Feuerwehrmann. »Ist ja schon gut, Mädelchen!« Er schaltete die Verbindung ab und sprach in das Mikrofon, ohne dass Chrissie ihn hören konnte. Dazu hielt er in ihre Richtung einen Finger in die Luft, als wollte er sagen, dass alles auf dem Weg sei.

Ich gebe ihm eine halbe Minute, dachte Chrissie, dann schlage ich die Scheibe ein!

*

Raimund ging es gut! Endlich nur noch trommeln! Das Einzige, was ein bisschen nervte, war, dass mal wieder einer aus der Glitterschnitterreihe tanzte, nämlich Charlie. Raimund mochte Charlie eigentlich gern, auch seine Bohrmaschine, aber nur, wenn er sie sparsam einsetzte, jetzt aber bohrte und bohrte Charlie, als gelte es, ein Haus abzureißen, der Staub war überall, na gut, sonst hätte Raimund das auch gar nicht gemerkt, denn eigentlich lief es gut und die Sache groovte, keine Ahnung, was diese Lisa da spielte, Ferdi sowieso eine Bank, fiep fiep Synthesizer, der hatte es drauf, was immer das war, was er da machte, aber Charlie voll panisch unterwegs, der hörte überhaupt nicht mehr auf zu bohren, es war, wie auf einer Baustelle zu spielen, nun gut, das war ja auch ein bisschen die Idee dabei, aber doch nicht so! Ich meine, dachte Raimund, bitte mal! Aber wirklich böse konnte er Charlie nicht sein, es sah irgendwie ja auch geil aus, wie er da mit der Schutzbrille und dem Helm stand und seine Hilti-Bohrmaschine brüllend und hämmernd wieder und wieder in das große Stück Beton versenkte, schon okay, Charlie, wenn's sein muss, dachte Raimund versöhnlich, Hauptsache, die Trommeln hörten niemals auf, solange die Trommeln gespielt wurden, war alles irgendwie okay und am Staub auf den Fellen konnte man sogar erkennen, welche Trommeln man am meisten spielte, das war interessant, und bei jedem Schlag flog Staub hoch, irgendwie ein geiler Effekt, und die Leute hinter Charlie, die man von Raimund aus kaum sehen konnte, da war ein Licht, das ihn blendete, von dem Staub in der Luft mal abgesehen, die Leute jedenfalls waren auch okay, zumindest gab es keine größeren Störungen, nur der besoffene Papptrompetentyp von der ArschArt stand direkt neben Raimund und glotzte auf sein Schlagzeug, aber was soll's, dachte Raimund, gekotzt hat er ja schon, das war vor ein paar Minuten gewesen und dabei war nichts auf sein Schlagzeug gekommen, Glück gehabt, aber egal, weitertrommeln, denn solange getrommelt wurde, war alles okay.

Dann kam H. R. von der Seite auf die Bühne, er hatte einen Topf Farbe dabei, der war offen, außerdem einen großen Pinsel, damit ging er um das Schlagzeug herum und zwängte sich hinter Raimund vor seine Bühnenbildleinwand, was sollte das denn, war der immer noch nicht fertig?

Frank drückte auf die Brust vom KOB und zählte, und er wusste, bei dreißig würde er sich entscheiden müssen, Mund-zu-Mund- oder Mund-zu-Nase-Beatmung, »Mund zu Mund ist im Zweifel besser, weil es einfacher ist, die Nase zuzuhalten als den Mund«, hatte der Feldwebel gesagt, aber Frank entschied sich schon beim zehnten Mal Brustkorbeindrücken dafür, die Mund-Nase-Variante zu wählen, der KOB roch wie ein voller Aschenbecher und sein Schnurrbart war grau-gelb und zottig, es wäre nicht gut, dachte Frank und pumpte und pumpte, dreizehn, vierzehn, fünfzehn, wenn man dem armen Mann am Ende noch in den Mund kotzt. Von über ihm tropfte Bier herunter, da war wohl vorhin eine Flasche umgefallen, wieso merkte er das erst jetzt? Der KOB stöhnte auf – oder war es ein Grunzen? –, sein Körper zuckte einmal kurz an allen Gliedern und seinem Mund entströmte ein tierischer Laut, das war gruselig, vielleicht aber auch gut, kam er wieder zu sich, schlug das Herz wieder? Zweiundzwanzig, dreiundzwanzig, Frank stoppte und legte ein Ohr auf das Unterhemd über der dürren Brust: kein Herzschlag! Atmen tat der Mann auch nicht, vierundzwanzig, fünfundzwanzig, sechsundzwanzig, siebenundzwanzig, achtundzwanzig, neunundzwanzig, dreißig, Frank überstreckte den Kopf des KOBs und klappte mit der rechten Hand seinen Mund zu. Der Schnurrbart kitzelte an seinem Zeigefinger. Dann blies er dem KOB Luft in die Nase. Der Brustkorb hob sich.

Von der Tür erklang eine Stimme: »Ist denn keiner da?«

Frank begann wieder, den Brustkorb zu drücken. Eins, zwei, drei ...

Schritte kamen näher. »Ach so!«, sagte die gleiche Stimme, nun schon deutlich näher. »Alles klar?«

»Ja«, sagte Frank, ohne hinzugucken.
»Kann ich helfen?«
»Nein.«
»Okay!«

*

Wiemer fand's nicht schlecht, was Glitterschnitter da veranstalteten, und wie es für ihn aussah, gaben sich auch die Punks alle Mühe, aus dem Konzert das Beste zu machen, sie hüpften und rempelten und johlten, aber so richtig klar kamen sie mit dem Rhythmus nicht, einerseits untenrum alles immer nur bumm, bumm, bumm, bumm, wie eine Pauke beim Schützenfest, aber obenrum ein wildes Gedengel, das Tempo eignete sich auch nicht so gut zum Hüpfen, dafür war es zu langsam und zu schnell zugleich, aber zum Schubsen war es wohl gerade richtig, denn geschubst wurde sehr viel, der Bereich, in dem man Gefahr lief, etwas abzukriegen, hatte sich schon mächtig ausgeweitet, Wiemer kriegte einen der Stachelhaarfreaks in seine Richtung geschleudert und musste alle Kraft aufwenden, um ihn aufzufangen und zurückzuschubsen, Leo und Sigi waren schon weiter zurückgewichen, aber Wiemer musste ja dranbleiben und sehen, was passierte, und tatsächlich, jetzt kam H.R. dazu, er trat von der Seite mit erhobenem Pinsel auf.

Sigi war wieder da und schrie in Wiemers Ohr: »Jetzt macht der das fertig, oder? Jetzt schreibt er den Rest mit Sigfrid Scheuer und so, ja?« und Wiemer war nur noch peinlich berührt, die ganze Idee war doch Kacke, wieso musste H.R., statt einfach irgendwo irgendwie ein Bild zu malen, so eine Action-Painting-Scheiße daraus machen, war das schon die ArschArt-Galerie, die da auf ihn abfärbte? Was hatte ihn bloß geritten, jetzt so eine kleinteilige Scheiße auf sein Bild zu malen, das konnte doch sowieso niemand erkennen, was er da auf die Serviette malen wollte!

Zumal H. R. einen Riesenpinsel in der Hand hielt, ein Eckenpinsel wie die, mit denen man seine Wohnung renovierte, damit machte er eine Runde über die Bühne, mit erhobenem Pinsel, ging's noch peinlicher?! Was würde Sigmund Freud dazu sagen? Dann kam er hinter dem Schlagzeug an und begann, große Buchstaben zu malen, ein H, ein A, ein U ...

»Was macht der denn da?«, fragte Leo, die jetzt auch wieder da war. Die Punks hörten mit der Hüpfer- und Schubserei auf und schauten H. R. bei seinem Malquatsch zu, anders konnte Wiemer das in Gedanken nicht mehr nennen, er hat's verloren, dachte er – ein P jetzt und ein T und ein S – H. R. hatte immer so ein gutes Gespür gehabt, er hatte immer so gute Ideen und Werke geliefert, aber das hier war doch Beipackzettelkunst, wer brauchte denn sowas? Vielleicht die Wall City, jedenfalls Sigi, der schaute ganz begeistert, mit sowas kommt man ins Deutsche Fernsehen, dachte Wiemer, die lieben sowas, aber H. R. war immer besser als das gewesen, man darf ihn nicht zwingen, etwas zu tun, auf das er keine Lust hat, dachte Wiemer, man hätte das mit der Ikea-Wohnung durchsetzen oder auf die Wall City scheißen sollen, dachte Wiemer, mit sowas lass ich ihn da nicht hin, dachte er.

»Was soll das denn werden?!«, rief Leo.

»Ist doch geil«, schrie Sigi. »Obwohl ...« – ein A und ein C und ein H und ein E ... – »wieso schreibt der nicht das andere?«

Und als Wiemer nicht reagierte, wiederholte er: »Wieso schreibt der nicht das andere? Das mit Sigfrid Scheuer?!«

Wiemer zuckte mit den Schultern. Jetzt auch schon wurscht, dachte er. Geschieht dir recht, Sigi!

*

Ein zweiter Feuerwehrmann tauchte neben dem Pförtner-Feuerwehrmann auf, drückte einen Knopf und sagte ins Mikrofon: »Wo ist das?«

»Da drüben, Café Einfall! Gleich da vorne. In der Wiener Straße!«, sagte Chrissie. Sie zeigte in die Richtung, waren die eigentlich blöd? War daran irgendetwas schwer zu verstehen?

»Und welche Hausnummer?«

»Weiß ich nicht«, sagte Chrissie. »Ich bin doch kein Telefonbuch.« Dann fiel es ihr ein: Das Café Einfall hatte ja die gleiche Hausnummer wie die Wohnung, in der sie wohnte. »Nummer 22!«

»Na also!«, sagte der neue Feuerwehrmann und der alte nickte. »Geht doch!«

Chrissie ballte beide Fäuste und stieß einen lauten Schrei aus.

*

»Fünfzehn, sechzehn, siebzehn ...«

»Kann ich helfen?«

»Nein.« Zwanzig, einundzwanzig, zweiundzwanzig ...

»Ist der tot?«

»Nein«, sagte Frank. Der KOB sah eigentlich ganz gut aus, die Gesichtsfarbe frischer als vorhin, Frank horchte noch einmal kurz an der Brust, nichts, sechsundzwanzig, siebenundzwanzig ...

»Soll ich einen Krankenwagen rufen?«

»Kommt.«

»Okay.«

Neunundzwanzig, dreißig!

*

F und A und R und B und E.

Sigi beugte sich rüber und brüllte Wiemer ins Ohr: »Hauptsache Farbe? Was soll das denn?«

»Keine Ahnung.«

»Irgendwie gut.«

»Ja, sag ich doch«, sagte Wiemer gegen die eigene Überzeugung. Right or wrong my country, dachte er, woher war das nochmal, irgendwas aus dem Fernsehen, aber egal, hier stimmte es, wenn man country mit H.R. übersetzte. Weil das alles wrong war. Peinlich. Kunstbetriebsscheiße!

»Die Musik ist gut, aber was soll denn der Scheiß mit der Farbe!«, brüllte Leo in sein anderes Ohr.

»Hat er das andere auch geschrieben?«, rief Sigi und stellte sich auf Zehenspitzen. »Das mit Sigfrid Scheuer? Oder schreibt er das jetzt? Schreibt er das noch?«

Vor der Bühne wurde wieder gehüpft. Was H.R. machte, interessierte jetzt außer Sigi schon keinen mehr, auch die Punks sind gelangweilt, dachte Wiemer und er sah keine Möglichkeit, das zu H.R.s Gunsten auszulegen.

*

Kaum hatte er das letzte E gemalt, überkam H.R. ein übles Gefühl. Das Bild war fertig und das Bild war scheiße. Das machte doch alles überhaupt keinen Spaß, was hatte er sich bloß dabei gedacht? Und dann war auch noch Wiemer mit diesem Sigi Scheuer gekommen, peinlich, doof, das einzig Gute an dem Abend war das Konzert von Glitterschnitter, bumm, bumm, bumm, bumm, dieser Raimund war wirklich ein Genie, warum bin ich nicht so gut wie der, fragte sich H.R. in einem Anfall von Verzweiflung; er drehte sich um und guckte auf den Rücken von Raimund und dessen wirbelnde Arme und tretende Füße, der ganze Körper aktiv und vibrierend, es war, als sei er Ursache und Wirkung der Trommelei zugleich, als sei die Trommelei sowieso da und würde ihn an seinen Geräten steuern, faszinierend. Was die anderen drei Leute dahinter machten, konnte man von dort, wo H.R. gerade stand, höchstens ahnen, viel zu hören war nicht davon und der Staub von Karls Bohrerei nebelte alles ein. H.R. war neidisch. Die hatten's drauf!

Dann passierte etwas Seltsames: Eine Gestalt materialisierte sich in der Staubwolke und taumelte auf das Schlagzeug zu, umkurvte es gerade noch rechtzeitig, ohne dabei an Tempo zu verlieren, im Gegenteil, sie schien noch an Fahrt zu gewinnen durch den kleinen Umweg um das Schlagzeug herum, so wie Satelliten durch den Vorbeiflug an Himmelskörpern an Schwung gewinnen konnten, wie H.R. noch kurz dachte, da stürzte sie, also die Gestalt, schon direkt auf ihn zu, er konnte gerade noch den Pinsel mit der roten Farbe heben, da krachte sie auch schon in ihn hinein, und erst als H.R. mit der ihn umklammernden Person, die genau wie er selbst vom nach oben gehaltenen, zwischen ihnen beiden eingeklemmten Pinsel im Gesicht rot eingeschmiert wurde, erst als H. R. also mit dieser Gestalt in die hinter ihnen hängende Bildkonstruktion krachte und der Rahmen an mehreren Stellen zerbrach und von der Decke gerissen wurde und mit der Dachfolie über ihnen zusammenklappte, begriff er, wer ihn da gerade umarmte: Es war Klaus, seine Nemesis!

*

Die Musik war super, fand Leo, vor allem das Schlagzeug, der Typ mit der Bohrmaschine nervte ein bisschen, aber Lisa und die anderen beiden Glitterschnittertypen waren gut, jedenfalls viel besser, als sie vorher gewesen waren, als sie noch »Zwei Himmelhunde auf dem Weg zur Hölle« geheißen hatten, scheiß Bandname, wenn man Leo fragte, man merkt immer schon gleich am Namen, ob sie doof sind oder nicht, hatte sie mal zu einem ihrer Leute gesagt, das war mehr so eine spontane Eingebung gewesen, aber je öfter sie darüber nachdachte, desto plausibler fand sie das, eine Band, die sich nach einem doofen Film benennt, ist eine doofe Band und lustige Bandnamen eh das Allerletzte, dachte sie auch jetzt wieder, während sich vor ihr eine Art von Bühnenshow abspielte, die sie nicht wirklich gebraucht hätte, das sah superbescheuert abgesprochen und ausgedacht aus, wie der Typ da in den anderen Typen mit dem Pinselfimmel hineinkrachte und beide ins Bühnenbild oder was das sein sollte und das Bild von der Decke runter und um sie rum, das haben die doch geübt, dachte Leo, für sie war das Rocktheater und Rocktheater noch schlimmer als Musical, falls sowas überhaupt ging, das war aber sowas von einem altmodischen Rocktheaterscheiß, also Leos wegen konnten die gerne auf der Wall City Noise spielen, schon wegen Lisa, der kleinen niedlichen Schwindlerin, sind sowieso zu wenige Frauen dabei, dachte Leo, aber diesen Performancequatsch sollte man ihnen gleich mal verbieten, dachte sie, das durfte man nachher auf keinen Fall vergessen ihnen anzusagen!

Die Punks um sie herum schienen das anders zu sehen, aber das war ja bei denen nicht anders zu erwarten, die schnallten ja sowieso nie, wenn sie verarscht wurden, verdammte Punkhippies, die johlten jetzt und warfen Bierdosen, während hinter dem Schlagzeug noch gerungen wurde – um was auch immer, wahrscheinlich muss man sich irgendwas dabei denken, dachte Leo, und das ist sowieso immer das Schlimmste!

*

»Und verarschst du uns auch nicht, Mädelchen?«

»Nein, ich verarsche Sie nicht und wenn Sie nicht sofort losfahren, rufe ich die Bullen an, dann reißen die Ihnen den Arsch auf, Sie blöder Feuerwehrmann!«

»Willst du die dann auch beschimpfen? Weil wenn du mit der Polizei so redest wie mit uns, dann werden die sich aber nicht besonders freuen!«

»Nein!«, schrie Chrissie. »Aber der da umgefallen ist und Herzstillstand hat, der ist Polizist, das ist der KOB, aber in Zivil, und wenn ich das den Bullen sage, dann werdet ihr ganz schön Ärger kriegen.«

»Dann wollen wir mal«, kam von drinnen die Antwort. Der Feuerwehrmann sprach etwas in sein Mikrofon und neben dem Glaskasten ging ein Rolltor nach oben und dahinter blinkte es blau.

»Wir sind gleich da, kannst schon mal vorgehen!«

Chrissie ging los, und als sie hinter sich die Sirene hörte, fing sie an zu laufen.

*

… drei, vier, fünf … – es ist eher ein Pumpen als ein Massieren, dachte Frank, an irgendwas musste er ja denken, und bevor er groß darüber nachdachte, ob der Mann, dem er gerade eben noch den Mund über die Nase gestülpt hatte, schon tot war, dachte er lieber über die Funktion der Herzdruckmassage nach, offensichtlich ging es um die Durchblutung des Körpers, man macht es nicht, dachte er, um das Herz wieder zum Schlagen zu bringen, oder doch? Fängt das Herz wegen sowas wieder an? Keine Ahnung, dachte er, schön wär's ja, aber man macht es wohl, dachte er, damit das Gehirn nicht stirbt, acht, neun, zehn, man drückt von außen auf das Herz und dann pumpt auf diese Weise mechanisch das Blut weiter durch den Körper, es wird als Handpumpe fürs Blut benutzt, kam es ihm durch den Sinn, stimmte das überhaupt? Hatte man ihnen das so beim Hilfssanitäterlehrgang erklärt oder dachte er sich das gerade aus? Er wusste es nicht, aber es kam ihm plausibel vor, es erklärte die frische Gesichtsfarbe, die der KOB jetzt hatte, er sah besser aus als zuvor den ganzen Abend, dreizehn, vierzehn, fünfzehn, Halbzeit, nochmal so viel und dann wieder beatmen, achtzehn, neunzehn …

»Hallo? Hören Sie mich?«

Frank schaute auf. Über ihm schwebten die Gesichter zweier Feuerwehrleute, die trugen die volle Montur, sogar Helme. Brannte es irgendwo? Einundzwanzig, zweiundzwanzig …

»Hören Sie mich? Verstehen Sie mich? Sie können aufhören.«

Fünfundzwanzig, sechsundzwanzig ...

Der eine der Feuerwehrleute kniete sich neben ihm nieder und legte ihm eine Hand auf die Schulter.

»Is ja jut, wir sind ja da«, sagte er freundlich. Sein Kollege öffnete einen großen Koffer und nahm allerlei Dinge heraus.

»Lassen Sie uns ma ran, dit wird schon, keene Sorje!«

»Lass die mal, Frank«, sagte Chrissie. Sie kam von der anderen Seite, von hinter dem Tresen hervor und hielt ihm eine Hand hin, was sollte das, wollte sie Hände schütteln? Frank ging im Entengang vom KOB weg und der Feuerwehrmann rückte mit Stethoskop und Helm nach. Chrissie ergriff seine Hand und zog ihn hoch. Sein linkes Bein war eingeschlafen und er wäre fast wieder hingefallen, schnell hielt er sich am Tresen fest und zog sich auf den Hocker, von dem der KOB heruntergefallen war.

Die Feuerwehrleute machten sich am KOB zu schaffen, der eine gab dem anderen Anweisungen, sie holten mehr und mehr Dinge aus ihrem Koffer und taten, was sie wohl tun mussten, Frank konnte nicht viel erkennen, ihm wurde durch den einen Feuerwehrmann die Sicht versperrt und außerdem hatte er einen Schleier vor den Augen, er merkte, dass er anfing zu weinen. Das fehlte gerade noch, dachte er und putzte sich mit einer von Erwins Servietten die Nase. Dann wischte er sich damit die Augen aus. Ich hätte es umgekehrt machen sollen, dachte er, erst Augen auswischen, dann die Nase putzen. Chrissie machte ein Bier auf und hielt es ihm hin. Im Eingang vom Café Einfall standen ein paar Leute, aber sie kamen nicht richtig herein.

»Eins, zwei, drei, zurück!«, sagte der Feuerwehrmann und der KOB bäumte sich unter ihm auf. Er war jetzt an allerlei Dinge angeschlossen, hatte eine Atemmaske über dem Gesicht und eine Nadel im Arm. Der Feuerwehrmann hörte ihn ab. »Na bitte«, sagte er, »Glück gehabt!« Er drehte sich zu Frank um. »Saubere Arbeit, brauchense sich nicht für zu schämen, sa'ck ma!« Und zu seinem Kollegen: »Hol mal schnell die Trage und dann ab ins Urban!«

Sein Kollege ging schnell weg. »Den kennick!«, sagte der Feuerwehrmann und zeigte auf den KOB. »Infarkt, wür'ck ma saren! Mann, der qualmt aber ooch wie'n Schlot! Ick kenn den, der wird schon wieder, zähet Kerlchen!« Er klopfte Frank, ohne hinzusehen, auf die Schulter. »Jute Arbeit. Was ist denn da nebenan zugange? Ick hatte schon Angst, dit jibt Ärger.«

»Was ist denn hier los?« Kerstin drängelte sich durch die Leute in der Tür.

»Allet in Butter, Fräulein«, sagte der Feuerwehrmann.

»Ich zeig Ihnen gleich was, von wegen Fräulein!«, sagte Kerstin. »Ist das nicht der Typ von vorhin?«

»Ja, der KOB«, sagte Chrissie.

»Dit is nicht der KOB«, sagte der Feuerwehrmann.

Hinter Kerstin kam sein Kollege mit der Trage. »Darf ick ma!«, sagte er zu Kerstin und schob sie beiseite, dann legte er die Trage neben den KOB, »eins, zwei, drei«, sagte er zu seinem Kollegen und zusammen legten sie den kleinen alten Mann auf die Trage. »Der war mal Polizist. Der ist aber jetzt pensioniert!«

»Wie, der war mal Polizist? Der war doch hier in Uniform und hat einen auf KOB gemacht«, sagte Chrissie.

Der Feuerwehrmann lächelte. »Tja, so ist das manchmal. Hat der seine Uniform wohl behalten. Hat ihm das wohl gefehlt. Bisschen durcheinander vielleicht. Oder einsam. Mal lieber nicht rumerzählen sowat, kriegt der nur Ärger. Und auf«, sagte er zu seinem Kollegen, und gemeinsam hoben sie die Trage an. »Mensch ist Mensch, sag ich mal, oder?«, sagte er zu Chrissie und Frank. »Dann mal los! Tschüßikowski!«

Und dann gingen sie mit dem KOB, der keiner war, hinaus zu ihrem blau blinkenden Wagen.

*

»Scheiße, hoffentlich lassen die mein Schlagzeug heil«, sprach Raimund aus, was ihn am meisten bewegte. Der Gig war doch eigentlich ganz gut gewesen, und wenn H. R. und der andere Typ da nicht so eine Scheiße mit dem Bild gebaut hätten, dann wäre er sogar ein voller Erfolg gewesen, aber jetzt war schon alles vorbei, das ist unbefriedigend, dachte Raimund, er hatte weiterspielen wollen, aber ein Teil des Rahmens von dem scheiß Bühnenbild hatte ihn im Runterkommen am Kopf getroffen, da war er aufgesprungen und kaum schwiegen die Trommeln, ging natürlich alles andere auch den Bach runter, erst musste er die beiden Idioten aus dem Dachfolien- und Holzlattengewirr rausholen, dann den Café-Einfall-Typen von H. R. trennen, damit er aufhörte, auf ihn einzuprügeln, dann, weil er natürlich nicht damit aufhören wollte, ihn in die Punks schubsen, von denen er dann nicht mehr zurückkam, wohl weil die selber gerade angefangen hatten, sich ernsthaft zu streiten, die lustige Hüpfer-, Rempel- und Schubserei, die sie betrieben hatten, als er noch am Trommeln gewesen war, war einem bösartigen Treiben gewichen, es wurde buh gerufen, Bierdosen wurden geworfen und aus Schubsen wurde Schlagen, aus Hüpfen wurde Treten und aus Anrempeln wurde Umhauen, da hatte Raimund den Rückzug angetreten und die Trommeln hatte er zurücklassen müssen, nur die Snare hatte er mitgenommen, die war das Beste an seinem Schlagzeug, und mit dieser Snare und Ferdi und Charlie und Lisa saß er jetzt in dem kleinen Raum, der nur deshalb nicht die Backstage war, weil ein großer gynäkologischer Stuhl darin stand, der ihn fast völlig ausfüllte; sie mussten sich irgendwie um ihn herum und Raimund sich sogar in ihn hineinstellen, um Platz zu finden.

»Mein schönes Schlagzeug«, sagte er.

»Lass dich nicht deprimieren, Raimund«, sagte Ferdi. Der gute alte Ferdi! »Seht mich an«, sagte er und zeigte mit beiden Händen auf sein Gesicht. »Der Synthie ist wahrscheinlich verloren, aber seht ihr mich jammern? Glitterschnitter wird gestärkt aus der Sache hervorgehen, ich sag's euch. Bin mal gespannt, ob wir den Gig bei der Wall City kriegen. Aber selbst wenn nicht …«

»Darf ich beim nächsten Mal wieder mitspielen?«, sagte Lisa.

Ferdi schaute sie lange an, dann sagte er: »Klar. Machst du ja schon seit Monaten.«

Das verstand Raimund nicht, aber egal. Draußen ging eine Musik an, es war die Mexikomusik. »Ich glaube, jetzt ist alles wieder gut!«, sagte Raimund.

*

Leo war als Erste draußen, man ist ja nicht umsonst Profi, dachte sie, das Letzte, was sie jetzt brauchte, war, von den blöden Punkhippies eins auf die Schnauze zu bekommen, das sollten die mal schön unter sich ausmachen, wieso waren die überhaupt hier gewesen, fragte sie sich, das war ja nun alles Mögliche, was diese Glitterschnitterleute da gemacht hatten, aber Punkmusik war es nicht, und Punks waren, was Musik betraf, die allerschlimmsten Spießer überhaupt, das war das Erste, was man lernte, wenn man Konzerte veranstaltete, die müssen aus Versehen dagewesen sein, dachte Leo, wahrscheinlich eine Namensverwechslung, obwohl – welche Punkband würde man vom Namen her mit Glitterschnitter verwechseln?

An der Bushaltestelle vor dem Café Einfall stand ein Krankenwagen mit eingeschaltetem Blaulicht, das musste sich bis nach drinnen bemerkbar gemacht haben, denn jetzt strömten ganz schnell ganz viele Leute aus dem Laden, um zu gucken, was los war, und die Enttäuschung, dass es nur ein Krankenwagen war, war vielen anzusehen, die Stimmung war auch draußen noch aufgeheizt, einige Leute setzten sich in die Friseurstühle und spielten daran herum, pumpten sich gegenseitig hoch und runter, aber die meisten standen hibbelig herum und starrten auf das Blaulicht, als ob sie hofften, dass das noch nicht alles war. Jetzt stellten sich Wiemer und der Sigi-Idiot neben sie, warum nur kamen solche Leute immer zu ihr, wo war Lisa, die hätte sie jetzt viel lieber gesehen, der war doch hoffentlich nichts passiert?

»Na?«, sagte Sigi.

»Na was?«

»Wie war's?«

»Na, gut natürlich«, sagte Leo. »Die Musik war gut. Aber das mit dem Bild war scheiße!«

»Ja, das Bild«, sagte Sigi und sah Wiemer an. »War das so geplant?«

»Keine Ahnung«, sagte Wiemer. »Das weiß nur H. R.!«

Aus dem Café Einfall kamen zwei Feuerwehrleute, die hatten Helme auf und trugen jemanden auf einer Bahre zu ihrem Auto. Leo guckte genauer hin. Was da auf der Bahre lag, war ein kleiner alter Mann mit Atemmaske auf. Na ja, Hauptsache nicht Lisa. Jetzt kam noch ein Typ zu ihnen, was wollte der denn?

»Wisst ihr, wo H. R. ist?«, fragte er. Er hatte ein großes, flaches Paket in der Hand. »Ich hab was für ihn.«

*

H. R. schaute sich den großen, mit Farbe beschmierten Haufen zerbrochener Dachlatten und zerknüllter Dachfolie an und war froh. Komisch, wie sich manchmal alles von selbst fügt, dachte er, man denkt, man ist am Ende, aber dann wird alles gut, so auch hier!

Danke Klaus, dachte H. R., wo immer du jetzt bist!

*

Kerstin stand mit Chrissie und dem kleinen Lehmann in der Tür vom Café Einfall und gemeinsam schauten sie dem Feuerwehrwagen dabei zu, wie er an der Bushaltestelle mit Sirene und Blaulicht wendete und die Wiener Straße hinunterfuhr. Aus dem Intimfrisur-Laden strömten die Leute.

»Schaut mal, da ist Klaus. Blutet der?«, sagte Chrissie.
»Wo?«
»Im Gesicht. Der ist ganz rot im Gesicht!«
»Eins ist mal klar«, sagte Kerstin. »Es war auf jeden Fall gut, dass ihr zu zweit wart!«
»Ja«, sagte Frank.

»Da hatte Erwin mal den richtigen Riecher«, sagte Kerstin.

»Ja«, sagte Chrissie.

»Immer schön auf Erwin hören!«, sagte Kerstin.

»Ich glaube, das Glitterschnitter-Konzert ist jetzt fertig«, sagte Chrissie, »da wird's jetzt wieder voll.«

»Ich bleib noch ein bisschen da, wenn's recht ist«, sagte Kerstin.

»Ja klar«, sagte Chrissie. »Danke!«

»Kein Ding!«, sagte Kerstin.

*

»H.R.!«, rief es aus dem Hinterzimmer. »Wie sieht's aus, ist alles ruhig da draußen?«

»Ja. Ihr könnt rauskommen.«

»Ist noch alles heil? Ist mein Synthie noch da?«

»Ja.«

»Mein Schlagzeug auch?«

»Ja klar, warum denn nicht?«

Ferdi, Raimund, Lisa und Charlie kamen zu H.R. und betrachteten das Bild oder das, was davon übrig war.

»Alter!«, sagte Raimund. »Sollte das so? Und ist das Blut in deinem Gesicht?«

»Farbe«, sagte H.R.

»Und hängst du das dann so in die Wall City?«

»Nein«, sagte H.R., »das ist scheiße!«

»Ja klar«, sagte Ferdi. »Und kaputt ist es auch. Musst du das wohl nochmal malen.«

»Lieber nicht«, sagte H.R.

»Ich kann auch gut malen«, sagte Raimund. »Ich hab als Kind viel gemalt.«

»Gut zu wissen.«

Wiemer, Nachbar Marko und Sigi Scheuer kamen dazu. »Mensch H. R., da bist du ja! Was sollte das denn?«, rief Wiemer schon von weitem.

»Keine Ahnung. Das war irgendwie Klaus' Idee.«

»Hier«, sagte Nachbar Marko und gab ihm ein großes, flaches Paket. »Ich hab's gekriegt. Hatte 'ne Fuhre nach Spandau, bin ich gleich bei Ikea nochmal rein und da war's gerade angekommen. Lunebakken!«

»Lunebakken?«, sagte Wiemer. »Was war das nochmal?«

»Ich brauch mal deine Telefonnummer, Raimund«, sagte H. R.

»Wozu?«

»Ich ruf dich morgen Nachmittag mal an.«

»Ich versteh immer nur Bahnhof«, sagte Sigi.

»Frag mich mal«, sagte Wiemer.

*

Es war bitter kalt auf dem Bahnsteig vom Bahnhof Zoo, auf dem P. Immel mit Kacki saß, aber das machte nichts, sie saßen eng beieinander und Kacki hatte den Kopf auf P. Immels Schulter gelegt und P. Immel fühlte, wie mit jeder Minute, die sie hier saßen, einsam, im trüben, DDR-haften Neonhalbdunkel der Bahnsteigbeleuchtung dieses trostlosen Bahnhofs, wie also mit jeder Minute, die Kacki seufzend an seiner Schulter lehnte, dick eingemummelt in mehrere Lagen warmer Kleidung, sie hatten alles Mögliche schnell übergeworfen, weil sie so viel Kleidung wie möglich mitnehmen wollten, aber keinen richtigen Koffer hatten, er spürte also, wie er mit jeder Minute, die sie hier dick eingepackt in Winterkleidung einsam auf den Zug wartend verbrachten, wie also mit jeder Minute immer mehr von der Last abfiel, die ihn die letzten zwei Jahre beschwert hatte, seit er mit Kacki hierhergekommen war, in diese hässliche, kalte, halbe Stadt, um das geerbte Haus in der Naunynstraße zu besetzen, sein eigenes Haus, bevor es andere Leute taten, was Kacki und ihm leider nur beim Vorderhaus gelungen war und nur, weil sie allerhand Halb-, Viertel- und Achtelösterreicher aufgenommen hatten, wie also mit jeder Minute der ganze Anführer-, ja quasi Sektenguruschmäh, der mit dem Hausbesitz und der Aktionskunst und all diesen Dingen einhergegangen war, von ihm abplatzte wie ein Gipsverband, in dem er sich kaum hatte bewegen können, und er freute sich darüber, wie geschmeidig nichtsdenkend und nichtswollend er jetzt hier so sitzen und auf den Zug warten konnte, die Taschen voller Geld, denn natürlich hatte er sich von H. R. das Geld vorher auszahlen lassen, da hatte er die anderen Arschkrampen einfach mal falsch informiert, er war ja nicht deppert, das hatte auch Kacki einsehen müssen, und der dann auch ganz glücklich damit, weil wenn's erstmal heimgeht und man Geld für ein Bahnbillet braucht, dann geht die Moral zum Teufel, und warum auch nicht?

»Wirst sehen, Kacki, gleich kommt der Zug nach Passau«, sagte er zufrieden.

»Bist du wirklich sicher, dass das die richtige Richtung ist? Wäre München nicht besser?«

»Das hatten wir doch schon! Nach München geht hier heute Nacht kein Zug mehr!«

»Aber Passau?!«

»Das ist gleich vor Oberösterreich, Kacki. Da werden

wir einen Zug nach Linz kriegen. Mit dem werden wir dann die Grenze nach Österreich überqueren!«

»Linz ... – Wir haben nicht einmal Schillinge.«

»Können wir einwechseln. In Passau. Wirst sehen!«

»Ich hab mich an die Deutsche Mark nie gewöhnen können«, sagte Kacki. »Alles mal sieben nehmen, nur damit man weiß, was es kostet. Das ist schwer.«

»Darum fahren wir ja auch heim.«

»Und Passau ist richtig, ja?«

»Aber sicher, Kacki. Ich habe aufgepasst in Heimatkunde.«

»Ich auch. Aber nur bei Ottakring.«

»Auch gut, Kacki!«

»Ja.«

»Der Zug kommt, Kacki«

»Die Oma wird sich freuen!«

»Ganz gewiss, Kacki!«

Inhalt

I	**Das wird super!**	7
II	**Nichtraucher**	101
III	**Shakespeare**	231
IV	**Soundcheck**	329
V	**Glitterschnitter**	387

Ein Forscherleben im Urwald der Kunst mit Andreas Dorau und Sven Regener

192 Seiten, 22 €

Die Saga geht weiter! Das neue Buch des exzentrisch-klugen Künstlerduetts.

»Wer diese Geschichten nicht komisch findet, findet gar nichts komisch. Beim Lesen schüttelt man immer wieder fassungslos den Kopf und liegt lachend auf dem Boden.« *Sven Sakowitz, taz* über das erste Buch *Ärger mit der Unsterblichkeit*

Galiani Berlin
www.galiani.de

Glitterschnitter
Das Hörbuch

Sven Regener
Glitter-schnitter
Ungekürzte Autorenlesung

2 MP3-CDs im Digipack | Ungekürzte Autorenlesung
ISBN 978-3-86484-793-6

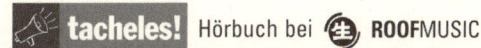

tacheles! Hörbuch bei ROOFMUSIC

Ein großer Roman voll schräger Vögel in einer schrägen Welt. Derbe, lustig und bizarr wie seine Protagonisten.

»Regener wirft eine grandios lustige Dialogschleudermaschine an, die einen das Staunen lehrt. (...) So schön, kaputt, schlapp und wunderbar blödsinnig kann das reale Kreuzberg gar nie gewesen sein.« *Wolfgang Höbel, Der Spiegel*

Leseproben und mehr unter www.kiwi-verlag.de